fv Fehnland-Verlag

**Wagner, Chriz: DIE EWIGEN. Erinnerungen an die Unsterblichkeit.
Sammelband der Folgen 6 - 10. Hamburg, Fehnland Verlag 2022**

1. überarbeitete Neuauflage
ISBN: 978-3-96971-111-8

Lektorat: Birthe Dauer, SE, acabus Verlag
Covernotiv: Celine Wagner
Cover: Lea Oussalah

Dieser Sammelband enthält die Folgen:
»Die Mönche vom heiligen Berg«
»Stimmen aus der Zukunft«
»Vom Schicksal der Zeit«
»Spiegelwelten«
»Gilgamesch und die Seherin«

Alle Folgen sind einzeln als E-Book erhältlich!

Bibliografische Information der Deutschen Nationalbibliothek:
Die Deutsche Nationalbibliothek verzeichnet diese Publikation in der
Deutschen Nationalbibliografie; detaillierte bibliografische
Daten sind im Internet über http://dnb.d-nb.de abrufbar.

Der Fehnland Verlag ist ein Imprint der
Bedey & Thoms Media GmbH, Hermannstal 119k, 22119 Hamburg.

Thyri und Simon sind unsterblich.
Auf ihrer Reise durch die Jahrtausende verloren sie sich aus
den Augen. Ihre Geschichten führen uns vorbei an mystischen
Orten und magischen Begebenheiten auf der Suche nach dem
Grund für ihr ewiges Leben.

Chriz Wagner

DIE EWIGEN

Erinnerungen an die Unsterblichkeit

Sammelband der Folgen 6 - 10

SIMON

Mein Name ist Simon.
Ich lebe ewig.
Solange ich zurückdenken kann, bin ich auf der Erde.
Ich habe außergewöhnliche Dinge gelernt auf der Suche nach einer
Antwort auf die Frage:
Wer bin ich?
Ich kann nicht sterben. Ich darf nicht lieben.
Ich bin Simon.

Die Mönche vom heiligen Berg

I

Athos, Byzanz im Jahr 963 nach Christus

Eigentlich hatte ich es eilig, als mir der sonderbare Mann begegnete. Ich hatte den Auftrag, den Heiler aus Acrothooi so schnell wie möglich zum Kloster zu schaffen. Er würde von einer höheren Macht beschützt, sagte man. Und er hätte die Fähigkeit, den Klostervorsteher vom Aussatz zu befreien. Allerdings war mein Hintern von dem Getrampel des Maultiers schon grün und blau geritten. Und ich war froh, mir die Füße vertreten und die Muskeln lockern zu können.

Seit Stunden kämpfte ich mich über karges Felsgestein und sandigen Boden. Staub und Dreck verfingen sich in den Poren meiner Tunika. Ich trug meinen alten römischen Kriegsgürtel. Jetzt rieb mir der Schmutz darunter die Haut an der Hüfte wund. Unvorhersehbare Windstöße wehten Sandkörner in meine Augen und dörrten meine Lippen aus.

Da saß dieser Mann. Ich war überzeugt, dass der Kerl tot war. Mit der flachen Hand schirmte ich die gnadenlose Sonne ab. Heißer Schweiß rann über meine Finger und mein Gesicht. Er hockte mit dem nackten Rücken an der Felswand, die knochigen Arme rechts und links baumelnd, das Kinn auf die Knie gelegt. Seine Augen konnte ich unter dem filzigen, struppigen Haar nicht erkennen. Nur die Nasenspitze lugte daraus hervor.

Ich verzog angewidert das Gesicht. Offenbar war der arme Bursche verhungert. Und dem Gestank nach zu urteilen war das schon länger her. Das bestätigte meine Meinung von dem, was ich über die Eremiten und den Berg Athos gehört hatte: eine Horde lebensmüder Spinner, die sich im Ödland verkrochen, um auf ein göttliches Licht zu warten, das niemals kommen wird.

Richtig ernst wurde der Spuk im Jahr 883 nach dem Erlass des Kaisers Basileos I., der verfügte, seine Soldaten dürften die eremitischen Mönche nicht mehr belästigen. Bis dahin hatten sich nur vereinzelt ein paar Herumtreiber in der Gegend aufgehalten. Ich selbst glaubte eine lange Zeit, es steckten nur Ammenmärchen dahinter – Geschichten, um vorlaute Kinder zu erschrecken: *Pass auf, was du sagst. Sonst holen dich die bösen Männer vom Berg und fressen dich auf.*

Nach dem Erlass strömte das faule Pack in Scharen auf den Berg Athos: Ehebrecher, Diebe, Mörder und jeder, der sich sonst nirgends mehr blicken lassen konnte.

Und das war daraus geworden: ein verhungerter Landstreicher am Wegesrand. Der beißende Gestank nahm mir die Luft zum Atmen. Ich hustete in meine Faust.

Da drückte etwas die Beine des Leichnams, die wie zwei aneinander gelehnte Knochen aussahen, auseinander. Schwarze Nase und weiße, spitze Zähne. Das Ding knurrte boshaft, sodass Zozo – mein Maultier – kehrt machte und erst nach ein paar Schritten wieder zum Stehen kam. Genau genommen waren es neun Schritte. Warum ich das so haargenau weiß? Dazu komme ich später.

Misstrauisch kniff ich die Augen zusammen und beobachtete den schnüffelnden Zinken. Auf der Suche nach dem Grund für meine Unsterblichkeit, anderen Wesen meiner Art und meiner Familie hatte ich Geschichten von Teufelswesen gehört, die sich durch die Leichen armer Seelen fraßen. Aber dass mir so einer in der Abgeschiedenheit dieser kargen Landschaft begegnen würde, wollte ich nicht so recht glauben. Es gab Straßenräuber, die einem die Ohren abschnitten, ja. Doch die verkrochen sich nicht hinter verstorbenen Eremiten. Sicherheitshalber trat ich einen Schritt zurück.

Die Beinknochen des Toten bewegten sich weiter. Und nach und nach erkannte ich, dass die schwarze Nase das vorderste Ende eines braunen Fellkopfes darstellte. Ich sah Schnurrhaare, eine Stirn und schließlich treue Hundeaugen, die mich vorsichtig von unten herauf ansahen. Und das boshafte Knurren verwandelte sich in ein behutsames Winseln.

Dann plumpste der Schädel des Eremiten zwischen seine Beine. Der Hund machte einen erschrockenen Satz und bellte. Zozo wieherte aufgeregt, schlug mit den Hinterläufen aus und trabte davon.

»Zozo, nein!«, befahl ich. »Hiergeblieben.«

Das war dem Tier egal. Das sonst so faule Vieh galoppierte, als sei der Teufel hinter ihm her. Die beiden Taschen hüpften auf und ab. Ein Apfel flog aus dem Beutel, klatschte auf den Staubboden und rollte vor meine ausgetretenen, römischen Marschstiefel.

Ich wollte hinterherrennen, meinen Proviant einfangen, da rief eine Stimme: »Iraklis, aus!«

Das Bellen erstarb.

Entsetzt sah ich den vermeintlich toten Eremiten an. Und er blickte zurück. Der Mann hatte seinen zerzausten Haarschopf angehoben und die leichenblassen Augen auf mich gerichtet. Wieder kamen mir diese Teufel in den Sinn. *Nur ein Ammenmärchen*, da war ich mir sicher.

Und in derselben Sekunde sprach er zu mir: »Dieses verflixte Muli hätte mich sowieso aus dem Gleichgewicht gebracht.« Seine Stimme klang dünn und fein, wie auf rauem Faden gespielt.

»Du warst tot«, murmelte ich verdutzt.

»Das wüsste ich«, sagte er und schüttelte das verknotete Kopfhaar nach hinten. Sein Gesicht war vernarbt, die Haut dunkelbraun und glänzend, wie gespanntes Pergament. »Oder wüsste ich es nicht?«, fragte er. »Bemerkst du eigentlich selbst, was für einen Unsinn du sprichst?«

Ich sah ihn erstaunt an.

Er redete einfach weiter: »Der Satz ›Du warst tot‹ ist ebenso unmöglich wie ›Ich lüge gerade‹ oder ›Rasiert sich der Barbier, der genau diejenigen rasiert, die sich selbst nicht rasieren?‹ Hätte ich also bemerkt, dass ich tot war, dann hätte ich diesen Umstand gar nicht wahrnehmen *können*.«

»Dein Köter hat meinen Zozo verjagt«, sagte ich, was ihn nicht zu interessieren schien.

»Daraus schließe ich, dass du mich mit deinem Gerede – tot oder nicht tot – schlicht und ergreifend aus dem Gleichgewicht bringen wolltest. So wie dein Muli mit neun Schritten rückwärts das getan hat. Kein Wunder, dass Iraklis ihn verscheucht hat.« Er zählte die Schritte eines Tieres?

»Ohne Zozo bin ich verloren.«

»Er kommt wieder«, sagte er. »Und vielleicht erinnert er sich daran, dass ihm ein zehnter Schritt gutgetan hätte.«

»Kann dein Kläffer nicht mein Maultier suchen?« Es war ein Hoffnungsschimmer. Hunde haben eine feine Nase. Ohne Proviant, vor allem ohne meine Wasservorräte, würde ich es nicht bis nach Acrothooi schaffen. Nicht bei dieser Hitze.

»Wo denkst du hin? Iraklis würde niemals einem Vieh folgen, dessen Satteltaschen so ungleich beladen sind wie deine.« Das klang wie ein Vorwurf – wenn auch ein unsinniger.

Langsam machte mich der Typ mit seinem Gerede wütend. »Was soll das heißen?«

»*Angenommen* das Tier läuft vierzigtausend Schritte am Tag. Nicht viel für ein Biest dieser Größe, das als Lasttier täglich unterwegs ist. Aber schließlich darf man nicht vergessen, dass die Gegend steinig und hügelig ist.«

Mir wurde sein Gelaber zu viel. Ich verdrehte ungeduldig die Augen.

»Und *angenommen* die Taschen sind nur um einen einzelnen Apfel ungleich gefüllt«, sagte er und hob den Zeigefinger.

Ich wollte seinen Redeschwall unterbrechen. Deshalb hob ich die Hand zum Gruß. »Simon ist mein Name.«

Er stellte sich auf die Beine. Außer einem undefinierbaren Stofffetzen als Lendenschurz sowie ausgelatschten Sandalen war er nackt. Eine Handvoll Fliegen erhob sich in die Luft, drehte eine Runde und setzte sich wieder irgendwo auf seinem Körper ab. Wo genau, wollte ich lieber nicht wissen.

»Und *angenommen* er läuft nur auf einer ebenen Fläche, einem Tal oder ähnlichem … und hier ist kein Tal. Oder hast du eines gesehen, Simon? Nein. Und *angenommen* …«

Ein heißer Luftschwall wehte seinen Gestank zu mir. Ich wandte mich ab und verzog das Gesicht.

»… *angenommen* das Vieh würde gerade Schrittzahlen laufen, was es aber nicht tut, was sehr schade ist – für das Tier, für dich und für mich.«

Ich warf die Arme in die Luft. »WAS?!«, rief ich. »Was ist dann?«

»*Dann* sind das vierzigtausend Äpfel, die den Körper deines Maultiers an nur einem Tag zur Seite ziehen. Glaube mir: Zozo merkt es. Nachvollziehbar, dass er ungleiche Schrittfolgen läuft.«

»Herrje, er ist ein Muli!«, entgegnete ich.

Der Eremit deutete dem verschwundenen Maulesel mit dem ausgestreckten Finger hinterher. »Das ist der Grund, weshalb das Tier weggelaufen ist: Deine ungleichgewichtige Lebensweise.«

Jetzt platzte mir der Kragen. »Dein Hund hat Zozo verscheucht!«, schimpfte ich. »Ich verlange Ersatz. Proviant. Ein

Reittier. Irgendetwas, womit ich von hier wegkomme.« Mit
Zozo wäre ich in ein paar Stunden da gewesen. Ohne ihn war's
ein Tagesmarsch.

»Glaube mir: Er kommt zurück.«

»Woher willst du das wissen?«

»Er ist ein Maultier. Die kommen immer zurück.«

Wie zur Zustimmung bellte sein Hund – *zweimal*. Eine
gerade Zahl. Damals erschien es mir unwichtig.

»Und was soll ich tun, bis sich das Vieh entschließt, hierher
zurückzukommen? Mich an die Wand lehnen und tot spielen?«

Der Eremit überlegte kurz. Dann schoss er mir eine ent-
schlossene Antwort entgegen: »Ja.«

»Ich sag dir was«, schnauzte ich ihn an. »Du hast doch mit
Sicherheit irgendwo in der Gegend eine Höhle. Ein dunkles
Drecksloch, in das du dich verkriechst, wenn die Nacht herein-
bricht, oder?«

»Möglich«, sagte er beleidigt.

»Ich weiß, was wir jetzt machen.« Er guckte in die Luft, als
hörte er mich nicht. »Du zeigst mir deine Stinkerhöhle und
gibst mir Wasser und etwas Essbares. Klar soweit?«

Keine Antwort.

Ich wischte mir den Schweiß von der Stirn. Es war besser,
die Nacht bei diesem Idioten zu verbringen, als allein in der
Dunkelheit. Und vielleicht hielt sein Gestank die wilden Tiere
fern.

»Und morgen verschwinde ich von hier.«

»Das Maultier wird uns nicht finden.«

Zozo wird niemals zurückkommen, dachte ich. Ich sah ihn
verdurstet und von Wölfen angefressen hinter einem Hügel liegen, umringt von meinem Proviant. »Weißt du was? Wie heißt
du?«

»Diogenis«, sagte er mit erhobenem Zeigefinger.

»Weißt du was, Diogenis? Ich nehme mir nur so viel, dass
ich über den Tag komme. Und wenn mein Maulesel zurück-

kommt, gehört er dir. Mit allem, was auf seinem Rücken festgebunden ist.«

Er musterte mich wie ein altes Möbelstück, das man eigentlich nicht in die Wohnung stellen wollte. Wie auf Kommando hockte sich der kleine Hund mit einem Mal auf den Po, machte Männchen und bellte ihn an – *zweimal*.

»Du musst den Beutel in die Mitte hängen«, sagte Diogenis. Ich sah an mir hinab. Der Ledersack, gefüllt mit ein paar Obolus, baumelte seitlich an meinem Gürtel. »Du weißt schon – das Gleichgewicht. Und ziehe Herrgott nochmal deine Hosenbeine gerade.«

Da stand ich nun, irgendwo in den Bergen und ließ mir von einem halbnackten, eremitischen Mönch sagen, wie ich meine Kleider zu tragen hatte. Wenn ich gewusst hätte, wo das noch alles hinführt, wäre ich auf der Stelle Zozo hinterhergerannt …

II

Wegen des zerzausten Barts und seines klapprigen Körpers wirkte der Eremit auf mich wie ein Greis. Und das, obwohl das filzige Haupthaar noch nicht grau war.

Zunächst lief ich ihm nach, weil ich befürchtete, ich müsste ihn auffangen, wenn er umkippte. Ohne den Trottel würde ich seine Behausung niemals finden. Die fleckige, behaarte und pergamentartige Haut seines Rückens wirkte auf mich, als würde sie bei der nächsten Bewegung reißen. Wenigstens trug er einen Lendenschurz. So musste ich seinen Hintern nicht sehen.

Doch schon bald schnaufte ich ihm nach, weil *ich* nicht mehr konnte. Der Weg führte zuerst über unebenes Geröll, dann auf den Fels. Seine Schritte stiegen gezielt auf trittfeste Steine und in vorteilhafte Mulden. Ich beobachtete seine Füße und hastete in seine Fußstapfen.

»Gerade gehen«, mahnte Diogenis. Mir war's gleich, was er sagte. Ich bemerkte, dass er leise zählte. Es war nur ein Flüstern, aber laut genug, um gelegentliche Worte herauszuhören: 254, 256, 258, 260. Ich stapfte mit ihm im Gleichschritt. So war es irgendwie einfacher. Und ich ging aufrecht – meine Entscheidung.

Der kleine Hund Iraklis trabte neben uns her. Ich denke, ich bildete es mir nur ein, doch auch er lief äußerst konzentriert und ausgeglichen. Nur war das natürlich nicht möglich.

»Einheitlichkeit und Gleichsinn«, sprach der Eremit zu sich selbst. »Immer gerade und gleichmäßig … 302, 304 …«

Überall an meinem Körper kitzelten Schweißperlen wie winzige Ameisen hinab. Als wir auf eine Felswand zustapften, dachte ich, wir wären endlich da. Und eigenartigerweise freute ich mich schon auf die Eremitenhöhle.

»Hier ist Schluss«, sagte ich, meinte aber: *Wo geht es weiter?*

Diogenis blieb still. Nur Iraklis schien mich verstanden zu haben. Er bellte zweimal – gleich laut, gleich stark, wuff-wuff – und rannte vorneweg um einen mannshohen Felsen herum. Dahinter verbarg sich eine Leiter, deren Anblick mir den Atem nahm.

Unendlich lange Holzplanken, nebeneinandergelegt und mit Querbalken vernagelt, sodass es möglich war, daran hinaufzulaufen, wie auf einer Treppe. Zudem hing da ein Seil, zum Festhalten und Hochziehen.

Ich musste meinen Kopf ins Genick legen, um den ganzen Weg erfassen zu können. Von hier unten zählte ich zweiundzwanzig dieser Sprossenbretter. Scheinbar ungesichert krochen sie an der Felswand nach oben, so weit das Auge reichte. Die ersten Leiterplanken waren so breit, dass bequem zwei Personen nebeneinander laufen konnten. Die Oberen jedoch waren geschätzt nur noch einen Fuß breit und so steil, dass ohne Klettern nichts ging. Der Pfad endete am Gipfel des Massivs, wo es mit Sicherheit keine Höhle gab.

»Was wollen wir da oben?«, fragte ich, meinte aber: *Ich will da nicht hinauf.*

»Muss Herr Zweifel alles in Frage stellen?«, maulte Diogenis und startete den Weg über die Leitern nach oben.

Nur weil ich Angst hatte, ihn zu verlieren, folgte ich ihm, Iraklis zwischen uns.

»Ich glaube nicht, dass du auf diesem Berg lebst«, sagte ich, hielt mich aber in seinen Fußstapfen. Er blieb stumm. Auch eine Antwort. Ich verstand sie als: *Glaub doch, was du willst.* Also stieg ich mit hinauf. Mir blieb ja nichts anderes übrig.

Die Füße auf die Querbalken gestützt, zogen wir uns am Seil hoch in schwindelerregende Höhen. Je steiler der Weg wurde, umso dichter lehnte die wackelige Treppe an der Felswand. Bis die Wand schließlich zum ständigen Begleiter an meiner linken Körperseite wurde. Rechts ging es todbringend weit nach unten. Und leider wehte hier oben kein von mir ersehntes Lüftchen.

Wir stapften zu dritt im Gleichschritt. Diogenis zählte mit: »… 16, 18, 20, 22.« Im Gleichklang. Bald fiel mir auf, dass es von Schritt zu Schritt einfacher wurde. Als würde sich der Körper an die kontinuierliche Belastung gewöhnen, anstatt die Kräfte zu verlieren, wie ich es kannte. Außerdem fiel mir auf, dass jede Leiter mit einer geraden Stufenzahl endete. Just als ich über dieses Phänomen grübelte, kamen wir oben an.

Der salzige Duft des Meeres schwappte mir ins Gesicht. Dann sah ich das große Wasser in seiner ganzen Schönheit. In unendlicher Weite spiegelte die Sonne ihr blutrotes Licht in einer Oberfläche aus Milliarden geschliffener Diamanten. Obwohl der Ozean mein alter Bekannter war, packte mich das Bild und brannte sich in mein Gedächtnis. Ein göttliches Gefühl.

*

Mittlerweile war ich imstande, alles zu glauben, was der Eremit sagte. Hauptsache, es gab bald einen Schlafplatz und Flüssigkeit, die meine staubtrockene Kehle benässte. »Hier wohnst du also?«, fragte ich und erkannte sofort, dass meine Frage die magische Stimmung des Augenblicks zerstörte.

»Sei nicht töricht.« Diogenis deutete nach unten. »Einheitlich und im Gleichsinn ... und immer schön gerade.«

Ich schluckte den letzten Tropfen Spucke weg und riss ungläubig die Augen auf. Denn das Einzige, was ich neben einer abfallenden Felswand und der Brandung in der Tiefe sah, waren weitere Holzleitern, unzählige, die abwärts führten. Unmöglich.

Den Rest des Weges mussten wir rückwärts bewältigen. Der Eremit ging vor, der Hund bezwang nach mir den Weg. Ich konzentrierte mich auf Iraklis und war von seiner Leistung überwältigt. Er hangelte sich mit dem Maul am Seil entlang und suchte mit seinen winzigen Beinchen auf den Sprossen Halt. Bis dahin hatte ich nicht gewusst, dass Vierbeiner überhaupt nach hinten laufen können.

Diogenis zählte: »... 16, 18, 20, 22.«

Auf dieser Seite des Berges waren die Holzplanken grau und verwittert. Trotzdem hielten sie unserem Gewicht stand. Gott sei dank. Ich hatte keine Lust, in die Gischt zu stürzen, die mit jedem Schritt lauter wurde. Ich gab mir Mühe, mit Diogenis Gleichschritt zu halten. Und wie schon beim Aufweg machte es die Sache auf unerklärliche Weise einfacher. Ich fragte mich, ob an der Lehre mit dem Gleichsinn etwas dran war ...?

III

Ich konzentrierte mich auf meine Schritte, auf Diogenis' Stimme und auf den wohltuenden Duft des Ozeans. Ich war so in mich selbst und mein Innerstes vertieft, dass ich erschrak, als der Eremit verkündete: »Wir sind da. Meine Höhle.«

Verstört sah ich mich um. Wir waren auf einem künstlich errichteten Plateau ungefähr hundert Fuß über dem Meeresspiegel angelangt. Iraklis sprang schwanzwedelnd um mich herum – einmal rechtsrum, einmal linksrum –, bellte zweimal und tippelte davon. Mein Blick folgte ihm und landete zu meiner Überraschung auf einem Gebilde aus Mauern und einem Dach.

»Die Höhle ist ein Haus«, sagte ich überrascht.

Diogenis schmunzelte – vielleicht sogar ein kleines bisschen selbstzufrieden.

*

Das Häuschen wirkte provisorisch und windschief. Das Holzdach und das Mauerwerk aus aufgeschichtetem Geröll lehnten am Hang. Es sah fast so aus, als krallte sich das Gebäude am Berghang fest. Die Dachplanken waren mit denselben Gesteinsbrocken beschwert, womit auch das Plateau aufgeschüttet worden war. Und ich fragte mich, ob ein Menschenleben ausreichte, um so viele Wackersteine über den Berg zu schaffen. Die Sonne schickte ihr schwaches Licht zum Horizont. Die Aussicht konnte es mit dem Gipfelblick aufnehmen.

Ich folgte dem Hund die Veranda entlang, die einen vor dem Sturz in die Tiefe und somit dem sicheren Tod bewahrte. Vorbei an einem mannshohen, geschwärzten, hölzernen Kreuz, das aufs Meer hinausblickte, fand ich auf der gegenüberliegenden Seite des Häuschens die Tür. Iraklis schabte mit den Vorderpfoten an einer Stelle, die schon ganz zerkratzt war.

»Tritt ein«, sagte Diogenis und öffnete.

Wir betraten den unförmigen Wohnraum. Die Luft war überraschend kühl. Diogenis' Unterschlupf sah wie eine gewöhnliche Höhle aus. Sie erinnerte mich an ein Hügelgrab aus ferner Vergangenheit. Ich mochte mir nicht vorstellen, wie jemand dauerhaft zwischen Frischwasserkrügen, Proviantbastkörben, Fellen und Strohmatten leben konnte. Der Eremit trat als Letzter in den Raum und sein Gestank überflutete alle Gerüche, sodass ich einen Würgereiz wegschlucken musste.

»Mach es dir gemütlich«, sagte er und ich dachte sofort an einen Schlafplatz, direkt unter dem Fenster, als er fortfuhr: »Ich werde draußen schlafen.«

*

Nach erfrischendem Wasser und getrocknetem Salzfleisch setzte ich mich an die Klippe, lauschte den Wellen und beobachtete den Mond. Diogenis lehnte im Schneidersitz mit dem Rücken an der Berghütte, die Arme auf die Beine gelegt, die Augen geschlossen. Iraklis gesellte sich zu mir. Sein Schwanz schlug aufgeregt gegen meine Körperseite.

Ich brach die Stille.

»Warum?«

Diogenis bewegte sich nicht. Er atmete ruhig und gleichmäßig, fast wie ein Schlafender. Ich fuhr durchs zottelige braune Hundefell, was Iraklis beruhigte. Er legte sich auf die kurzen Beinchen.

Weil ich keine Antwort auf meine Frage bekam, ließ ich den Eremiten gut sein und spielte mit dem Hund. Ich umfasste seine Schnauze. Er wehrte sich. Ich kraulte ihn als Belohnung hinter dem Ohr. Der kleine Kerl freute sich und klopfte mit dem Schwanz auf den Boden. Zum zweiten Mal packte ich sein Mundwerk.

Diogenis seufzte. »Du möchtest wissen, warum?«

Ich nickte.

»Warum ich hier bin?«

Ich nickte wieder.

»Dann lass den Hund in Frieden«, befahl er. »Du bringst ihn aus dem Gleichgewicht.«

Unschuldig hob ich beide Hände hoch und zeigte ihm die Handflächen.

»Ich sage dir warum«, meinte Diogenis und holte einmal tief Luft. »Ich will das Licht sehen.«

Na klar, dachte ich mir. *Das Licht. Ich wusste es.*

»Ich weiß, was du denkst«, sagte er. »Du glaubst nicht daran. Du vermutest, ich bin ein Spinner.«

Ich setzte ein argloses Gesicht auf, tat mich aber schwer, meine Meinung zu verbergen.

»Du kannst glauben, was du willst«, fuhr er fort. »Auch ich hatte Zweifel – eine lange Zeit. Aber die Stille, der Gleichsinn und die Einigkeit mit mir und meiner Umgebung haben mich eines Besseren belehrt. Die äußere und innere Ruhe bringt den Eremiten in den Zustand des völligen Seelenfriedens. Es ist der Moment, wenn er mit seiner Umwelt so sehr eins wird, dass er von seinen Mitmenschen nicht mehr bemerkt werden kann. Er ist sozusagen unsichtbar.«

»Unsichtbar«, wiederholte ich abfällig. »Weg? Nicht mehr da? Aufgelöst?«

»Nein. Du verstehst es nicht«, entgegnete er. »Der Körper ist noch da. Er sitzt, er atmet, er lebt. Aber er wird von Außenstehenden nicht wahrgenommen. Er wird so intensiv ignoriert, dass er komplett ausgeblendet wird und damit nicht weiter wahrnehmbar ist.«

»Wenn du meinst«, murmelte ich und kraulte Iraklis hinter dem Ohr. Genießerisch drehte er den Kopf.

»Dieser Zustand ist die Voraussetzung für eine besondere göttliche Gnade: Dann kann der Eremit in einer Vision das ungeschaffene Taborlicht wahrnehmen.«

Der kleine Wuschelhund legte sich auf die Seite, schloss die Augen und hielt die Pfoten abgeknickt in die Luft. Aufgrund des dichten Fells war sein Unterleib nur schwer auszumachen. Aber nun konnte ich zwischen seine Beinchen schauen. Ich war zwar kein Hundekenner, aber wenn mich jemand nach meiner Meinung gefragt hätte, hätte ich gesagt, dass Iraklis eine Hündin war. Ich war verwirrt. Weibliche Tiere waren auf Athos strengstens verboten.

Diogenis lenkte mich ab.

»Es ist die unmittelbare Gotterfahrung. Das Taborlicht ist *kein* Teil der Schöpfung.« Diogenis' Augen schauten hoffnungsvoll in die Ferne, als könne man dort erahnen, wie dieses geheimnisvolle Licht aussah. Dann schloss er die Lider und atmete einmal kräftig aus.

Die Hundedame wurde unter meinen Händen immer ruhiger, bis sie gleichmäßig schnaufte. Die Sonne verkroch sich hinter dem Horizont und schon bald konnte ich das unendliche Meer nur noch hören und riechen.

*

Ich blieb noch eine Weile sitzen, ging meinen Gedanken nach und lauschte dem Schnarchen des Köters. Auch Diogenis gab Grunzlaute von sich. Als ich hinüberblickte, saß er noch immer meditierend da, die Augen geschlossen, der Atem gleichmäßig. Ich stellte mir vor, wie der verrückte alte Kerl seine Herzschläge zählte, damit sie mit den Atemzügen im Gleichklang waren.

Im Grunde mochte ich diesen Ort nicht. Die Halbinsel Athos hatte sich als eine Männerinsel entpuppt. Frauen durften den heiligen Boden nicht betreten. Das ging so weit, dass die Mönche, die für die Verwaltung des Mönchsberges verantwortlich waren, sogar die Anwesenheit von weiblichen Tieren untersagt hatten. Mit Ausnahme von Hühnern – wegen der Eier.

Aus diesem Paradiese ist das Weib verstoßen, damit der Mann nicht jenes Paradieses verlustig gehe, besagte das Avaton, wie man in Athos das Zutrittsverbot für Frauen neuerdings nannte. Umso eigenartiger war es, dass Iraklis ein Weibchen war. Ich beschloss, Diogenis danach zu befragen.

Es hatte einen Grund, dass ich es auf Athos bereits so lange ausgehalten hatte: die Sprachen. Ich hatte erkannt, dass es für mich wichtig war, mich intensiv mit den unterschiedlichsten Ländersprachen auseinanderzusetzen. Das erleichterte mir das Reisen und ließ mich an fremden Orten weniger fremd erscheinen. Der Mönchsberg war dafür ideal. Menschen aus aller Welt kamen hierher, um sich an diesem Ort niederzulassen. Die meisten Mönche stammten aus dem Byzantinischen Reich. Aber mittlerweile siedelten auch die ersten russischen und georgischen Gläubigen hier. Ich hatte Serbier getroffen und auf der Baustelle des Klosters Zographou schufteten Rumänen und Bulgaren. Ich hörte sogar von Amalfitanern, die angeblich ganz in der Nähe ansässig waren. Und ich beschloss, dort bei Gelegenheit ein paar Monate zu verbringen, um des Italienischen mächtig zu werden.

Für gewöhnlich half ich auf der Klosterbaustelle mit, wo immer meine Hände und mein Wissen gebraucht wurden. Und in meiner Freizeit beschäftigte ich mich mit den Sprachen, arbeitete regionale Merkmale heraus und unterhielt mich mit den Leuten.

*

Ich erschrak, als ich Diogenis mit eigenartig tiefer und langgezogener Stimme reden hörte: »Ich seeehe es. Es ist daaaa. Ganz in der Näääähe.«

Ich war sprachlos.

»Besucher Simon. Sag mir: Kaaanst du mich noch seeehen?«

Natürlich sah ich ihn. Er hatte sich seit einer gefühlten Ewigkeit nicht wegbewegt. Offenbar glaubte er an den Unsinn, den er von sich gab. Von wegen Unsichtbarkeit. Ich wusste es: Alles nur Wunschträume eines bemitleidenswerten Spinners.

Ich wollte ihm eine Freude machen. Schließlich hatte er nichts anderes als seinen Glauben und würde wahrscheinlich auch niemals etwas anderes haben.

Darum sagte ich: »Nein. Du bist unsichtbar.«

Er lächelte. Und in meinem Herzen wurde es warm.

IV

Ich war auf dem Weg nach Acrothooi und ich war furchtbar wütend; auf die karge Landschaft, auf die brennende Sonne und auf Diogenis. Besonders auf Diogenis. *Seinetwegen* schlurfte ich schon den ganzen Tag durch den Dreck, beladen wie sonst nur mein Muli Zozo, das wiederum *seinetwegen* angefressen in irgendeinem Graben lag. Zu allem Übel hatte ich letzte Nacht fast kein Auge zugetan. Der Hund schnarchte und der Eremit stank zum Himmel.

Trotzdem war ich morgens guter Dinge gewesen. Diogenis hatte mich mit ausreichend Wasser und Brot versorgt, hatte mir Feigen mitgegeben und mir versichert, dass der Marsch nur einen halben Tag dauern würde. Vielleicht etwas länger. Und ich war wild entschlossen gewesen, diese Zeit zu unterbieten.

Nun war später Nachmittag und kein Dorf in Sicht. *Ob ich mich verlaufen hatte?*, fragte ich mich und erklomm zum hundertsten Mal einen Felshügel, um von da oben die Umgebung auszukundschaften. Und wie jedes Mal hoffte ich, endlich dieses Nest und um Himmels willen keine Räuber zu entdecken.

Ich erinnerte mich an das Gespräch. »Was? Iraklis ist eine Hündin?«, hatte er gesagt, dabei aber wenig überrascht geklungen. Er hielt mich davon ab, den Hund umzudrehen. Stattdessen beichtete er: »Sie heißt Ira und sie ist mein liebes Mädchen. Was hätte ich tun sollen? Sie ersäufen?« Und als die niedliche Ira mich mit ihren treuen Hundeaugen ansah, konnte ich nicht anders, als ihre Lefzen zu streicheln und zu sagen: »Für mich bleibst du der Iraklis.« Daraufhin hatte sie gebellt – zweimal, gleich laut, gleich lang.

Mit der flachen Hand schirmte ich mir die Sonne aus dem Gesicht. Ich war mir nicht sicher, aber am Ende des Horizonts schienen meine Augen etwas auszumachen. *Noch gut zwei gottverdammte Stunden*, fluchte ich in Gedanken und kratzte mir den getrockneten Schweiß von der Stirn. Ich kletterte vom Felsen und stapfte geradewegs auf das Ziel zu.

Ich zählte 2, 4, 6, 8, so wie der Eremit es getan hatte und hielt dabei Schultern und Hüften gerade. Ich atmete gleichmäßig, mit dem ersten Schritt ein, bei jedem Zweiten wieder aus, wie ich es den ganzen Tag trainiert hatte. Es war simpel. Die Wasserbeutel baumelten mittig an meinem Rücken. Auf diese Art fiel mir die Wanderung tatsächlich leichter.

Und für einen kurzen Augenblick hatte ich sogar alles um mich herum vergessen: Diogenis, Iraklis, das Missgeschick mit Zozo und den Umstand für diese misslungene Reise, diesen widerwärtigen Aussatz …

V

Das Schlimmste war der üble Geruch. Je näher ich dem Dorf kam, umso intensiver fraß sich der Mief in meine Sinne, bis ich ihn nicht mehr nur riechen, sondern sogar schmecken konnte. Und ich dachte mir, *so stelle ich mir die Ausdünstungen meines Maultiers vor, das seit gestern tot in der Sonne brät.* Aber was noch viel erschreckender war: Dieser Gestank war menschlich.

Sofort schoss mir ein Wort durch den Kopf, das mich von da an nicht mehr loslassen wollte: *Aussatz.*

Kaum war ich bei der Siedlung angekommen, sah ich einen Mann mit einem gelben Loch an der Stelle, wo seine Nasenwurzel hätte sein sollen. Dann erschrak ich, weil sich seine Augenhöhlen so weit nach innen zogen, dass mich nur noch zwei dunkle Flecken anglotzten. Trotzdem lächelte er. Und er grunzte etwas Unverständliches.

Aussatz – das waren entstellte Gesichter.

Und danach, als hätte eine übersinnliche Macht meine Ankunft angekündigt, kamen von überall her Monster aus den Baracken gekrochen. Die meisten wackelten auf zwei Beinen, den

Körper umhüllt von Tüchern, die überwiegend aus Staub und Löchern bestanden. Ein Mann schleppte sich auf dem Hinterteil in meine Richtung über den Sandboden. Er zog seinen Torso mit blutigen Stümpfen vorwärts, wo eigentlich die Hände hätten sein müssen. Ein anderer, kahlköpfiger, sah mich mit seinem schwülstigen Gesicht an. Furunkel und Krater überzogen seinen Kopf, sodass man nur noch erahnen konnte, wo sich die Augen versteckten.

Aussatz – das waren verstümmelte Finger und Zehen.

Schließlich erschien der Skelettmann. Auch er hatte ein dunkles Loch, wo seine Nase hingehört hätte. Die Lippen zogen sich wie brüchiges Dörrfleisch über die Zähne zurück, weshalb er den Mund nicht mehr schließen konnte. Er lächelte unentwegt, humpelte auf mich zu und hob einen Armstumpf grüßend in die Höhe. Sein Schädel wirkte wie ein lebend gewordener Skelettkopf.

Aussatz – das war fehlendes Schmerzempfinden.

»Mein Name ist Iassonas«, sagte er. »Wer bist du? Was suchst du hier?« Er klang wenig erfreut. Trotzdem grinste er – weil er nicht anders konnte.

Ich tat einen Schritt rückwärts.

»Ich komme im Auftrag des Klostervorstehers Emilios vom Kloster Zographou. Ich will zu eurem Arzt.«

Jetzt grinste er wütend. »Zographou ist kein Kloster. Zographou ist ein heidnischer Dreckshügel, das kannst du deinem Emilios sagen.« Dann lachte er, bis sein Bellen in ein Keuchen überging.

Aussatz – das waren Infektionen, Husten bis zum grundlosen Herzstillstand.

Ein paar der entstellten Männer patschten zustimmend ihre Stümpfe aneinander. Ich drehte den Kopf weg und trat noch einen Schritt zurück.

Aussatz – das war der lebende Tod.

*

Unterdessen wankte die stinkende Menschengruppe näher an mich heran, als mir lieb war. Ich hatte schon oft Menschen gesehen, die mit diesem Fluch belegt waren. Jedoch nie so viele zugleich. Und die Vorstellung, unzählige schmerzlose Verletzungen könnten bei mir entzündete Fingerstümpfe zurücklassen, die bei lebendigem Leibe faulend abfielen, fand ich abscheulich. Mit der Hand verdeckte ich Mund und Nase.

Ein paar der Untoten schnaubten verächtlich. Unmenschlich. Entstellte Löwengesichter begafften mich.

»Bringt mich zu eurem Heiler«, sagte ich.

Der Arzt von Acrothooi wurde angeblich von einer höheren Macht beschützt. Nur deshalb blieb er gesund. Und höhere Mächte waren das, was der Klostervorsteher dringend brauchte, seitdem er diese Krankheit hatte. Für mich war es die Gelegenheit, den mysteriösen Heiler endlich einmal kennenzulernen. Immer wenn mir Geschichten über wundersame Genesungen oder ewig kerngesunde Menschen unterkamen, wurde ich hellhörig und dachte an Wesen meiner Art. Ich war seit jeher auf der Suche nach Gleichgesinnten, nach Mitgliedern meiner Familie und nach der Antwort auf die Frage: Wer bin ich? Vielleicht konnte mir dieser rätselhafte Heilkundige weiterhelfen. »Dann seid ihr mich auch schon wieder los«, sagte ich und wollte den Skelettkopf damit besänftigen. Stattdessen wurde er noch wütender.

»Warum sollten wir Emilios helfen? Wir sind ihm nie begegnet. Und doch mischt er sich in unser Leben ein, als gehöre Acrothooi ihm ganz allein.« Er riss den Mund auf und zeigte mir die schwarzen Zahnstümpfe. Ein Schwall grauenvolle Atemluft wehte in mein Gesicht.

Von mir unbemerkt hatten die Kerle einen Kreis gebildet und mich in die Mitte genommen – in die Zange.

Ich blickte über deformierte Köpfe, fleckige Haut und offene, zersetzte Nasenknorpel hinweg und lotete die Gegend aus. Das Dorf der Aussätzigen lag in einer Senke mit Schutz vor Windböen. Sie hatten ihre windschiefen Holzbaracken im Halbkreis aufgestellt, mit den Türen nach innen. Keine Barrikaden, keine Zäune. Wozu auch? Hier gab es nichts zu holen – außer ein ewiges Grinsen. Und wenn man leicht hineinkam, dann konnte man ebenso einfach wieder heraus. In Gedanken flüchtete ich durch die Dorfmitte und auf die andere Seite hinter den großen Hügel. Niemand der Anwesenden war auch nur annähernd in der Lage, mir bei einem Sprint zu folgen.

»Hört zu. Ich weiß zwar nicht, warum Emilios euch so wütend gemacht hat, aber …«

»Das kann ich dir sagen«, schnauzte Iassonas mich an.

Und seine Kumpanen schnürten den Ring um mich noch enger. Von nun an wäre eine Flucht nur mit einem Sprung über den beinlosen Aussätzigen möglich gewesen. »Man hat uns angewiesen, Acrothooi nicht zu verlassen. Wir sitzen fest, wie die Krabben in einer Pfütze. Wer zur Wasserstelle möchte, hat sich an die vorgeschriebenen Zeiten zu halten. Außerdem muss er ein Kupferglöckchen mit sich tragen und unentwegt damit läuten. Einer von uns – er hieß Theodosius – hatte es gewagt, aus dem Dorf zu verschwinden und auf den Berg zu steigen. Ich glaube, er wollte den Horizont sehen. Die Nacht darauf lag sein totgeschlagener Leichnam hier, wo wir jetzt stehen. Na, was sagst du? Das ist das wahre Gesicht deines Emilios.«

Ich schluckte.

Er senkte den grinsenden Skelettkopf. Ich folgte seinem Blick, sah seine Füße. Die Haut um die Zehen hatte sich um die Knöchelchen zusammengezogen. Die Zehennägel wirkten überdimensional groß.

»Acrothooi ist kein Zuhause«, flüsterte er. »Es ist das Gefängnis der lebenden Toten.«

Die Vorstellung, den Rest meines Lebens in diesem Grab zu verbringen, fand ich schrecklich. Und ich konnte nicht nachvollziehen, weshalb diese Menschen überhaupt hierhergekommen waren.

»Warum packt ihr nicht eure Sachen und verschwindet?«

»Es ist die letzte Chance«, sagte Iassonas. »Hier, am Fuße von Athos, können wir Gott nahe sein. Während die Menschheit sich durchs Erdenleben quält, haben wir die einmalige Gelegenheit, Buße zu tun. Für uns steht das Himmelreich offen. Bleibt nur das Warten auf den schnellen Tod.«

Die anderen nickten zustimmend.

Da wusste ich: Diese armen Kerle würden niemandem etwas zuleide tun. Und ich versuchte es mit einem gezwungenen Lächeln.

»Du hast Glück«, sagte Skelettkopf. »Der Arzt ist da. Er wohnt einen Tagesmarsch von Acrothooi entfernt. Aber er ist heute eingetroffen. Folge mir.«

Und ich war gespannt, um was für einen Menschen es sich bei diesem geheimnisumwobenen Heiler handelte …

VI

Als ich das Haus des Arztes sah, war ich verwundert, weshalb alle anderen Menschen von Acrothooi in verfallenen Baracken lebten. Dieses Wohnhaus war aus Lehmziegeln gemauert, mit einem Holzdach versehen und sogar Drumherum ein wenig begrünt. Es lag leicht abseits. Ein Weg führte durch einen einfachen Gemüsegarten geradewegs auf den Eingang zu, sodass ich mich gleich wohl und eingeladen fühlte. Weg von dem tristen Grab der lebenden Toten.

Auf den zweiten Blick sah ich einen Mann in traditioneller, orthodoxer Mönchskleidung. Er trug ein tiefschwarzes Kleid und ein ebenso schwarzes Klobuk mit langem Schleier auf dem Kopf. Mir den Rücken zugewandt hantierte er an einem Maultier. *Das muss der Arzt sein*, dachte ich. Doch als er einen Schritt zur Seite tat, stockte mein Atem. Unmöglich. Unfassbar.

»Zozo«, rief ich und mein Herz ging dabei auf. Ich hatte nicht damit gerechnet, meinen treuen Gefährten je wiederzusehen. Am liebsten wäre ich ihm um den Hals gefallen.

Meine Gedanken sprangen ziellos hin und her. War es ein Schicksalswink, dass ich ihn im Dorf der lebenden Toten wiederfand? Aber wie …?

Da drehte sich der Mönch um. Diogenis.

»Sei gegrüßt, Simon«, sagte er mit naiver Leichtigkeit.

Das Erste, was mir einfiel, war ein abfälliger Fluch.

»Was zur Hölle tust du hier?«

»Ich kümmere mich um das Gleichgewicht. Solltest du auch tun.«

Ich war schockiert. In diesem Gewand sah er sogar ein wenig erhaben aus. Mein Mund öffnete sich unkontrolliert und klappte wieder zu.

»Und …«, stotterte ich, »… und was machst du mit meinem Muli?«

»*Mein* Maultier«, sagte er beiläufig.

»Aber …«

»Du hast es mir geschenkt. Erinnerst du dich? Ich hatte dir gesagt, dass es zurückkommen wird.«

Fassungslos starrte ich den Eremiten an. Dann stieg brennende Wut in mir auf. Der Scheißkerl hatte mich reingelegt! Ich wollte nur noch eins: weg von hier. Und ich befürchtete, ich könnte dem Kerl versehentlich eine reinhauen.

Ich wandte mich dem Skelettkopf zu.

»Aber … aber … Wo ist der Heiler?«

»*Er* ist unser Arzt«, sagte er und deutete auf Diogenis.

Da kam auch schon Iraklis aus dem Ärztehaus und bellte mich freudestrahlend an – zweimal – gleich laut, gleich lang.

Ich konnte nicht anders als den kleinen Kerl zu wuscheln.

*

Es fiel mir schwer, diesen Trottel um Hilfe zu bitten. Schließlich hatte er mich durch die Wüste geschickt und mich meines Mulis beraubt. Wie ein schwerfälliger, verwundener Knotenballen saß die Wut in meinem Bauch und glimmte.

»Ich …«, sagte ich und rang um Fassung.

Diogenis erkannte sofort, dass ich etwas zu sagen hatte, das mir unangenehm war. Er riss die Augen auf und lächelte erwartungsvoll. Vielleicht freute er sich auf ein 'Du hattest Recht.' Aber das würde er aus meinem Mund im Leben nicht zu hören bekommen. Niemals.

Ich schluckte den Wutballen weg und beschoss den Eremiten, ohne ihn dabei anzusehen, mit meiner Bitte: »Du musst mitkommen und Emilios von Zographou helfen.«

Er reagierte nicht. Niemand bewegte sich. Stille. Und es schien, als würden sie nicht einmal mehr atmen. Ich blickte in Diogenis' Augen. Aber er zuckte nur kurz, riss sie noch weiter auf und wippte mit dem ganzen Körper vor und wieder zurück.

Dann ging mir ein Licht auf.

»Bitte«, hörte ich mich sagen und fühlte, wie die Wärme des Wutballens in meinem Magen zunahm. Trotzdem lächelte ich – so nett es mir möglich war.

Die Spannung ließ nach. Die Zombies um uns herum atmeten erleichtert aus.

Ich war froh, diese Aufgabe hinter mich gebracht zu haben. In Gedanken wandte ich mich bereits ab und packte unsere Sachen auf Zozos Rücken. Ich dachte darüber nach, während der Nacht zu reisen. Dann könnten wir schon früh am Morgen …

»Nein.«

… an der Klosterbaustelle ankommen und …

Es dauerte einen Augenblick, bis ich begriff, was er gesagt hatte. Und ich spürte, wie der Knoten in meinem Bauch heißer wurde.

Unsicher hakte ich nach: »Warum nein?«

»Weil ich deinen Emilios nicht ausstehen kann«, sagte Diogenis und erntete dafür Applaus – jawohl, richtig so.

Sprachlos sah ich ihn an.

»Und außerdem«, fügte er an, »kann ich diese ganze Sache nicht leiden. Die Klöster, die Zentralisierung, die vielen Menschen aus aller Herren Länder.«

Der steinharte Ballen in meinem Bauch schien nur noch aus glühender Wut zu bestehen.

»… das bringt mich aus dem Gleichgewicht«, sagte er salopp.

Der brennend heiße Wutballen stieg in meiner Kehle hoch. Ich hatte das Gefühl, jede Sekunde explodieren zu müssen.

Ich spannte die Wangenmuskeln an und biss die Zähne aufeinander. Dann zischte ich scharf: »Warum hast du mir eigentlich nicht gleich gesagt, dass *du* der Heiler bist?«

»Du hast mich nicht danach gefragt«, meinte er beiläufig. »Und außerdem ist es irrelevant – weil ich ja sowieso nicht mitkomme. Punkt.«

Er machte kehrt und drehte mir den Rücken zu.

Meine Hände ballten sich zu knallharten Fäusten mit weißen, blutleeren Knöcheln. Mein ganzer Körper straffte sich. Ich wollte den Mann packen, ihn wie einen Feigensack über den Eselrücken werfen und mit ihm losreiten.

Da kam mir der Einfall.

Ich schluckte die wütende Sonne, die in meinem Hals langsam nach oben kroch, zurück in meinen Bauch und atmete tief ein und wieder aus.

Und dann sagte ich seinen Namen: »Diogenis.«

»Ja?« Er sang es fast.

»Möchtest du uns eine Kleinigkeit über Iraklis sagen?«

Er riss den Kopf hoch und sah mich mit großen Augen an.

»Möchtest du?«, fragte ich noch einmal.

Und mit einem Schlag sah er gar nicht mehr so von sich selbst überzeugt aus. Eher verstört. »Was …?«

Ich grinste, sagte aber nichts.

Er wusste genau, wovon ich sprach. Wenn auch nur einer von den Bewohnern dieser Stadt wüsste, dass Iraklis in Wirklichkeit eine Ira war, dann hätte ihr letztes Stündlein geschlagen.

Diogenis' Stimme zitterte: »Du würdest doch nicht …?«

»Hm …«, brummte ich und verbreitete mein Grinsen.

Und als wäre nichts gewesen, nahm Diogenis seine normale Körperhaltung ein und sagte: »Oh. Hab's mir soeben anders überlegt. Wann reiten wir los?«

VII

Am nächsten Morgen waren wir auf dem Fußweg durch die Felswüste. Leichter Wind täuschte über die Hitze hinweg und der Sand kitzelte in meiner Nase. Diogenis hatte den beladenen Zozo im Schlepptau, der sich beharrlich weigerte, tiefer in die Wüste hineinzugehen. Immer wieder musste man am Zaumzeug zerren, damit das Maultier nicht stehen blieb. Wer weiß, was es erlebt hatte, als es die Nacht allein in der kargen Gegend verbracht hatte. Ich stapfte hinter dem Muli her. Das knochige Hinterteil wankte einschläfernd hin und her. Hin und her. Hin und her.

Eigentlich wollte ich die Wegstrecke in der kühlen Dunkelheit zurücklegen. Bis dieser blöde Eremit die Straßenräuber zur Sprache brachte, die nachts den Reisenden die Köpfe abtrennten. Wieder einmal hatte er Recht. Das ärgerte mich.

Vergangene Nacht, in dem Häuschen in Acrothooi, quälte ich mich durch tausend schlaflose Stunden, in denen mich eine Mischung aus saurem Schweißgeruch und nervtötenden Fliegen wach hielt. Und als ich eine wegschlug, sabberte mir der müde Kläffer aufs Gesicht.

Jetzt schläferte mich Zozos pendelndes Hinterteil beinahe im Gehen in den Schlaf. Hin und her. Hin und her. Hin … und her …

Iraklis tippelte vergnügt neben mir. Fasziniert beobachtete ich, dass der Hund mit exakt der doppelten Schrittgeschwindigkeit des Eremiten unterwegs war. Ein eingespieltes Team – im Gleichklang. Und sogar Zozo schloss sich deren Trott an.

Ich entschied mich mitzumachen. Und abermals lief es sich leichter, wenn man dem Rhythmus der Reisegesellschaft Folge leistete. An dieser Einklang-Sache war tatsächlich etwas dran. Davon war ich mittlerweile überzeugt. Bloß würde ich *das* nie zugeben.

»Weißt du«, meinte Diogenis, »heilen ist wie wandern. Es geht einzig und allein um die Ausgewogenheit.«

Womöglich will er mir jetzt weismachen, dachte ich, *dass durch eine angemessene Schrittfolge der Aussatz verschwindet.*

»Ach«, sagte ich und stampfte unauffällig im Gleichtakt zu Zozos monotonem Pendelpo.

»Der Körper gerät aus den Fugen, wenn er sein Gleichgewicht verliert. Die ganze Welt basiert auf Gleichsinn.«

Ich reagierte nicht. Aber nicht, weil ich überzeugt war, dass seine Theorien Blödsinn waren. Sondern, weil ich Angst hatte, er könne schon wieder Recht haben.

Diogenis redete trotzdem weiter: »Nimm beispielsweise den Geist. Zwei Menschen, deren Verstand nicht im Einklang ist – weil sie vielleicht andere Ansichten vertreten – werden miteinander nicht auskommen. Ihr Gleichklang ist gestört. Vielleicht hassen sie sich sogar und bringen damit ihrer beider Welten auf den unrechten Pfad – nur wegen fehlenden Gleichgewichts.«

Ich hörte weg. So gut ich konnte.

»Mit dem Körper ist es ebenso. Vier Säfte bestimmen die Gesundheit: die gelbe und die schwarze Galle, Blut und Schleim. Sie stehen für Feuer, Erde, Luft und Wasser. Die Elemente des Lebens. Die Körpersäfte müssen stets ausgewogen sein. Im

Gleichsinn. Herrscht ein Ungleichgewicht, belastet es auf Dauer den Organismus – wie der fehlende Apfel in Zozos Korb. Erinnerst du dich? Und dann wird der Mensch krank.«

Ich brummte.

»Glaubst du nicht?«, fragte der vermeintliche Heiler.

Ehrlich gesagt wusste ich nicht, was ich denken sollte. Er schien in vielen Dingen Recht zu haben. Und trotzdem war er ein Spinner.

Ich vermied eine Antwort.

»Hauptsache du bekommst den Klostervorsteher wieder hin«, sagte ich. »Als ich ihn das letzte Mal gesehen habe, sah er mehr tot als lebendig aus.«

»Weißt du, Simon«, sinnierte er, hielt kurz an und sah mir in die Augen, »tot sind wir alle doch längst. Der eine schon eine halbe Ewigkeit, der andere weniger.«

Ich erschrak. Konnte er wissen, was ich war? *Wer* ich war? *Unmöglich.*

Ich fragte vorsichtig nach: »Wie … wie meinst du das?«

Er lachte. »Da lebt der Mann unter den Mönchen und hat es noch immer nicht begriffen …«

Langsam kam ich mir wie ein Schuljunge vor, der von seinem Lehrer eine Lektion erhielt. Trotzdem war ich mir nicht zu schade, noch einmal nachzufragen: »Was begriffen?«

»Was denkst du, weshalb du das einzige Mannsbild auf Athos bist, das keinen langen Bart trägt?«

Weil ich der einzige zivilisierte Mensch bin, dachte ich, sagte aber nichts dazu.

»Nach unserem Glauben sind wir alle längst tot. Und Verstorbene pflegen, rasieren und frisieren sich nicht. Wer tot ist, gräbt sich ein, sobald es an der Zeit ist. Oder er lässt seinen Körper begraben.«

Er drehte sich um und setzte sich auf den Boden.

»Was wir tun ist abwarten und Buße tun, bis wir geholt werden. Sonst nichts.« Er rieb sich die Hände. »Pause.«

Es ärgerte mich, dass dieser schräge Vogel so viel wusste. Es war an der Zeit, ihn aus dem Gleichklang zu bringen, nur um ihn etwas zu ärgern. Ich rätselte nur noch wie?

Als ich den Wasserbeutel aus Zozos Satteltasche holte, nahm ich automatisch auch Diogenis' Beutel heraus, damit das Gleichgewicht stimmte. Dann setzte ich mich in den Dreck und gab ihm das Wasser. Ich schlüpfte aus einem Schuh. Gleich kam Iraklis angehüpft, bellte zweimal vergnügt – gleich laut, gleich lang – und stellte seine Vorderpfoten an meine Brust.

»Musst ihm nichts geben«, sagte der Eremit. »Er bekommt von mir.«

Ich streichelte ihm durchs Fell und kraulte ihn hinter dem Ohr, was er sichtlich genoss. Anschließend schüttete ich einen Mundvoll Wasser in meine Hand und ließ ihn saufen. Die Zunge kitzelte über die Handfläche. Als ich den zweiten Schuh loswerden wollte, kam mir der Einfall.

Ich schwenkte den Fuß.

»Na los, Iraklis. Zieh an.«

»Lass das«, maulte Diogenis. »Hund. Komm her.«

Iraklis wedelte mit dem Schwanz und sah mich an. Den Kopf legte er schief.

»Zieh«, befahl ich und hielt ihm den Fuß mit dem Schuh vors Maul.

»Hör auf mit dem Käse«, sagte Diogenis. »Du bringst ihn aus der Balance.«

Das Tier blickte unsicher zwischen Diogenis und mir hin und her.

»Komm her«, forderte der Eremit barsch.

Der Hund drehte den Kopf beschwichtigend zur Seite und schnüffelte unterwürfig am Boden.

»Siehst du«, sagte Diogenis vorwurfsvoll. »Jetzt ist er ganz durcheinander.«

»Er weiß genau, was er will«, meinte ich, mit einem breiten Grinsen im Gesicht.

Dann flüsterte ich liebevoll: »Komm, kleine Maus. Trau dich.«

Der Schwanz wedelte stärker. Und nach einem prüfenden Blick zu seinem Herrchen sah Iraklis mich an und biss zu.

Für so einen winzigen Kerl hatte er ordentlich Kraft. Der Schuh schlüpfte von meinem Fuß und Iraklis schüttelte ihn kurz hin und her, bevor er ihn fallen ließ und mich stolz ansah.

»Braver Hund«, lobte ich und hielt ihm eine Handvoll Wasser hin.

»Lass das … nein … nicht … Iraklis«, schimpfte der Eremit. Doch das war dem Hund egal. Er schlabberte das Trinkwasser. Und als es weg war, setzte er sich auf den Po und sah mich erwartungsvoll an.

»Iraklis«, rief Diogenis wütend. »Du kommst jetzt her. Aber flott.«

»Du bist ja ein ganz ein Lieber«, flüsterte ich und streichelte ihm über Hals und Lefzen. »Schau mal.«

Ich schlüpfte mit dem Fuß zurück in den Schuh und sah, wie Iraklis in Stellung ging, bereit, das Teil ein zweites Mal von mir abzuziehen.

»Nein!«

»Jetzt guck her«, sagte ich und hielt den Fuß hin. »Zieh!«

Und wieder zerrte der Hund den Schuh ab und holte sich die Belohnung in Form eines Wasserschlucks.

»Jetzt reicht's«, rief Diogenis, stand auf und wollte nach Iraklis greifen.

Aber der kleine Kerl hatte bemerkt, dass sein Herrchen wütend war. Er machte einen Satz rückwärts und verblieb in sicherem Abstand.

Ich grinste breit. Und als der Eremit wie ein Storch über den Boden hopste, dem flinken Kläffer hinterher, konnte ich mir ein lautes Lachen nicht verkneifen. Ich nahm einen tiefen Schluck und genoss den Anblick.

VIII

Wir liefen in einer Spur, Diogenis, die Tiere und ich. Im Gleichschritt, Gleichsinn, Gleichtakt. Nach einer Weile sprachen wir nicht mehr. Ich lauschte meinem Atem und konzentrierte mich auf meinen Herzschlag. Und je länger wir den Rhythmus hielten, umso stärker wuchs in mir das Gefühl, in eine Trance zu fallen. Ich vergaß, wo ich war. Und auch mit wem. Mit jedem Atemzug wurde die Zeit unwirklicher. Wir stapften. Schritt. Schritt. Und das Herz schlug. Poch. Poch. Wie die Zeit verstrich. Tick. Tick. Atemzug für Atemzug.

Und mit einem Mal waren wir da.

Es war früher Nachmittag, als wir die Spitzen der Klostertürme entdeckten. Zographou thronte aus unserer Sicht hinter einem Hügel. Die beiden mit Gerüsten umwickelten Türme lugten über die Bergkappe zu uns herüber.

Ich fand, wir waren unfassbar schnell hier angelangt. Ich konnte es kaum glauben, weil es so einfach und flink gegangen war. Vor Freude kletterte ich auf die nächstgelegene Anhöhe, nur um ein wenig mehr von der Aussicht zu erhaschen. Und dann gierten meine Augen nach den unfertigen Turmspitzen.

»Siehst du das da hinten?«, rief ich.

»Leider«, maulte Diogenis.

Seitdem ich Iraklis dumme Sachen beigebracht hatte, hatte sich seine Laune nicht gebessert. *Als hätte das kleine Kunststückchen irgendwelche Auswirkungen,* sagte ich mir. Ich fand es schrecklich übertrieben. Gleichtakt, na gut. Es schien ja sogar zu helfen. Aber die ganze Zeit über nur Gleichsinn – das machte doch kein Hündchen froh.

Ich setzte mich oben auf den Hügel und trank einen Schluck aus dem Wasserbeutel. Der Eremit kletterte zu mir hoch. Es hätte eine gemütliche Pause werden können, hätte nicht Diogenis plötzlich den Blick wie angewurzelt in die Ferne gerichtet. Aufgeregt. Und konzentriert. Dann fiel mir auf, dass er in die falsche Richtung sah.

»Da hinten liegt das Kloster«, flachste ich und deutete auf die Baustelle.

Er wirkte verstört. Bleich.

»Was ist?«

»Da kommt jemand«, tuschelte er.

»Verflucht. Wie nah?« Ich sprang auf die Beine, hielt die Hand über die Stirn und richtete den Blick zum Horizont. Ein wenig hoffte ich, dass sich der alte Mann getäuscht hatte. Aber nein: Ganz am anderen Ende der Bergkette, da wo der Himmel den Boden berührte, wirbelte Staub auf. Zu viel, als dass es nur ein verirrtes Tier hätte sein können. Ein Reiter. »Ein Straßenräuber«, sagte ich. »Und er kommt geradewegs auf uns zu.«

Ich blickte zurück. Der Turm. Wir könnten es schaffen. Wenn wir schnell genug wären. Vielleicht hatte er uns noch nicht entdeckt, nahm nur zufällig den Weg. Uns blieb nur eine Chance. Zum Kloster.

»Los«, rief ich. »Renn!«

Wir sprangen vom Hügel. Ich packte Zozos Zügel und hetzte los.

Diogenis vorneweg. Er hob das Mönchskleid mit beiden Händen an. Je schneller er lief, umso mehr hüpften seine dünnen, krummen Beine wie die eines aufgescheuchten Storchs.

Ich wäre locker an ihm vorbeigesprintet, hätte ich nicht Zozo im Schlepptau gehabt. Das Maultier bockte gegen alle Versuche, zu rennen. Immer wieder blieb es stehen, zog mit dem Kopf entgegen der Laufrichtung und blökte laut.

Iraklis jagte aufgeregt im Kreis um uns herum und bellte.

Spätestens jetzt konnte man uns wegen der Staubwolke und des Lärms nicht länger übersehen.

Ich spähte zurück. Zu hügelig, als dass man den Reiter hätte sehen können.

Diogenis war uns ein ganzes Stück voraus. Je kräftiger ich an den Zügeln zerrte, desto langsamer wurde das Tier. Ich dachte daran, ihn zurückzulassen. Für die Reststrecke brauchten wir keinen Proviant mehr. Das Kloster war in Sicht. Und vielleicht würde sich der Räuber mit ihm als Beute zufriedengeben.

Dann hörte ich Hufe in den Boden treten.

»Versteck dich!«, brüllte ich und sah mich auch nach einem Versteck für das störrische Biest um.

Ein Felshügel. Ich zog Zozo auf die Rückseite und vertraute darauf, dass er schon aus Faulheit artig stehenbleiben würde. Den Hund nahm ich mit und hastete um den gigantischen Felsbrocken herum, auf der Suche nach Diogenis.

Der alte Blödmann saß im Schneidersitz auf dem Boden, die Arme auf die Oberschenkel gestützt, und übte sich in Gleichsinn.

»He«, rief ich. »Lass das!«

Mit geschlossenen Augen sagte er: »Es wird gelingen. Er wird mich nicht sehen. So wie *du* mich nicht gesehen hast.«

»Hör mir genau zu, Diogenis«, verlangte ich. Und es fiel mir schwer, das in diesem Moment zu sagen. Doch irgendwie musste ich den Spinner ja zur Vernunft bringen. »Was ich zu dir gesagt habe, war gelogen, hörst du? Was du da machst – dein Gleichsinn und so – es funktioniert nicht. Geh und verkrieche dich irgendwo. Jetzt!«

Er schlug die Augen auf. Sah mich an. Und ich konnte seine Enttäuschung in meinem Herzen fühlen. Er tat mir leid. Na gut. Aber deshalb brauchte ich ihn ja nicht gleich zu mögen.

»Verschwinde!«, befahl ich und bangte, ob er noch rechtzeitig ein Versteck finden würde.

»Nein«, sagte er energisch und schloss die Lider.

Das Getrampel der Hufe auf dem Sandboden wurde lauter.

»Sei nicht dumm. Hau ab. Sofort!«

»Dumm?«, rief er mit geschlossenen Augen. »Ist es das, was du von mir denkst?« Er verharrte in seiner Pose. Dann murmelte er: »Und ich hätte auf dich gewettet – als Freund.«

Er atmete einmal kräftig durch und legte die Hände mit den Handflächen nach oben auf seinen Beinen ab.

Schließlich sagte er: »Das Taborlicht wird mich beschützen.«

An der Art, wie er den Satz sprach, erkannte ich, dass an seinem Standpunkt nicht mehr zu rütteln war. Diskutieren zwecklos. Er blieb stur.

Jetzt war das Hufgetrappel so laut, dass ich den Reiter hinter der nächsten Erhebung vermutete.

Iraklis bellte. »Pst«, zischte ich. Ich hatte noch einen letzten Funken Hoffnung, er würde doch noch vorbeireiten. Ich baute mich breitbeinig auf.

*

Dann sprang das schwarze, kraftstrotzende Pferd mit einem Satz über den Fels. Die Zügel rissen den Schädel des Tieres hoch. Die Hufe gruben sich in den Sand. Staub wirbelte auf. Der Muskelberg schnaubte und kam zum Stehen.

Auf dem Rücken saß ein Mann, den kräftigen, stolz aufgerichteten Körper komplett in staubige, schmutzige Stoffe gewickelt. Die Tücher hingen wie eine Kapuze über dem Kopf und weit ins Gesicht hinein, sodass man nur den Mund erkennen konnte. Trockene, gebrochene Lippen. Das Pferd schnaubte und scharrte mit den Hinterläufen im Sand.

»Was willst du?«, rief ich ihn an.

Der Schädel des Reiters ging hin und her. Er suchte etwas. Für einen Moment blieb das Gesicht an dem auf dem Boden sitzenden Eremiten hängen.

Schließlich knurrte er, mit furchteinflößender Stimme, so leise, dass man ihn gerade noch verstehen konnte: »Euer Fleisch.«

Ich zuckte zusammen. *Er möchte uns fressen?* Da fielen mir wieder die Geschichten von den Sandteufeln ein, die sich durch die Leichen armer Seelen fraßen. Und ich erschauderte. Ich war nicht sterblich, ja. Aber was würde passieren, wenn jemand *mich aß?* Nahm er einen Klumpen Ewigkeit zu sich? Ich schüttelte den Gedanken ab.

»Verschwinde«, rief ich, obwohl ich wusste, dass ich keine Chance gegen den berittenen Mann hatte.

Mit einem metallenen Zischen zog er ein Schwert aus den Stoffen. Die Schneide glänzte gefährlich im Sonnenlicht. Er sagte kein Wort. Hielt nur die Waffe hoch. Damit waren die Fronten geklärt.

In diesem Moment beschloss Zozo, nach dem Rechten zu sehen.

Das Muli trottete rückwärts, aus Trotz, wie ich vermutete, aus seinem Versteck. Zunächst kam das Hinterteil, dann der bepackte Körper zum Vorschein. Und schließlich sah man den störrischen Kopf.

Die trockenen Lippen des finsteren Reiters deuteten ein Lächeln an. »Das Fleisch«, brummte er zufrieden. Mir lief es kalt den Rücken hinunter.

Er führte sein Reittier elegant zu dem Muli hin.

»Stop!«, rief ich.

Er ignorierte mich.

Stattdessen ritt er um den Felsen herum. Ich folgte ihm. Sein faltiges Grinsen weitete sich, sodass ich seine schwarzbraunen Zahnreihen sah.

»Nein!«, brüllte ich. »Lass ihn.«

Was ich sagte und tat, war dem Reiter egal.

Er hob das Schwert. Und mit einem schwungvollen Hieb durchtrennte er Zozos Hals. Der Schädel nickte bizarr nach vorne. Auf der Stelle klappte der Körper des Tieres in sich zusammen.

»Nicht Zozo«, kreischte ich verzweifelt. Da war er schon tot.

Iraklis winselte. Dann bellte er.

Blut strömte glucksend aus der offenen Kehle. Der Torso zuckte ein paar Male. Die Augen verdrehten sich in zwei Richtungen und Zozos Zunge hing unnatürlich schlaff aus dem Maul.

Ich spürte die Wut in mir hochschießen. Dieser Scheißkerl hatte meinen Zozo auf dem Gewissen. Damit würde er nicht ungeschoren davonkommen. Ich kochte innerlich. Mein Verstand setzte aus. Und ich rannte wutentbrannt auf den Reiter zu.

»Ich bring dich um«, presste ich durch zusammengebissene Zähne.

Offenbar verblüffte ihn mein Angriff. Ich packte fest in seine Kleidung und mit einem Ruck zerrte ich ihn vom Pferd. Er knallte rücklings auf den Boden und hechelte nach Luft.

Iraklis hüpfte bellend um den Mann herum.

Für einen Moment sah ich seine Augen aufblitzen. Und ich hatte das Gefühl, als verberge sich hinter der gefühlskalten Bosheit noch etwas anderes: die Furcht, erkannt zu werden.

Aber seine Benommenheit hielt nur kurz an. Mit einem wütenden Satz wuchtete er sich auf die Beine. Jetzt stand er mir gegenüber. Wieder sah ich nichts Menschliches. Nur ein vernarbtes Gesicht, wie bei einem Aussätzigen.

Dann beugte er sich vor. Ich dachte, er würde nach dem Schwert greifen, um es mir um die Ohren zu schlagen. Stattdessen packte er Iraklis am Hinterlauf.

»Nein!«, kreischte ich. »Nicht den Hund.«

Der kleine Kerl quiekte wie ein Ferkel. Der Mann wirbelte ihn in die Luft und ließ ihn los. Das Tier klatschte gegen die Felswand und plumpste reglos in den Sand. Eine Staubwolke umhüllte den leblosen Körper.

»Iraklis«, rief ich. Zu spät. Iraklis lag erschlagen vor mir im Dreck. Bittere Verzweiflung packte mich. Ich fiel auf die Knie. Am liebsten hätte ich losgeheult wie ein Waschweib.

Aber schon im nächsten Augenblick war ich wild entschlossen, diesem Wegelagerer den Garaus zu machen. Ich drehte den Kopf. Das Schwert lag noch da. Er sah, was ich dachte. Und mit einem Schlag stürzten wir uns auf die stählerne Waffe.

Ich war schneller, spürte das kalte Metall in der Handfläche.

Doch bekam ich nur die Klinge zu fassen. Der Reiter packte das Heft und riss mir einen blutigen Strich über Hand und Finger. Mein Blut – und das von Zozo.

Ich brüllte und warf mich gegen den Kämpfer. Mit der Schulter traf ich seinen Kopf. Er stürzte zu Boden, vor die Füße seines Hengstes. Das Tier stellte sich auf die Hinterläufe und wieherte.

Jetzt griff er mit dem Schwert an, wuchtete es herum. Mit dem Ellenbogen blockte ich seinen Arm. Noch in der Bewegung erwischte er sein Pferd am Bauch.

Das Tier röhrte und schrie und stampfte über den Körper des Räubers. Es musste ihn mehrfach getroffen haben. Überall Staub. Der Gaul sprang ziellos hin und her. Schließlich rannte er schnaubend los, weg von uns, geradewegs in die karge Wüstenlandschaft, so wie mein lieber Zozo einen Tag zuvor.

Jetzt hatte ich ihn – da war ich mir sicher. Ich wollte ihm das Schwert entreißen. Und dann würde ich mich rächen. Blutig. Mordlüstern.

*

Ich wuchtete mich auf die Beine.

Er lag vor mir, stöhnte, wand sich und drückte die Arme an Brust und Bauch. Als er mich auf sich zukommen sah, setzte er sich. Die Waffe hielt er in der zittrigen Faust. Die Kapuze halb über dem Kopf. Und ich sah, wie vernarbt sein Schädel aussah. Zwischen ein paar Haarbüscheln klebte verkrustetes Blut.

Aussatz.

»Na los«, rief ich. Wartete auf den Angriff. Mit dem Fuß wollte ich ihm die Klinge aus der Hand schlagen.

Da hörte ich Hufgetrappel. Aber nicht aus der Richtung, in die sein Gaul geflüchtet war. Und es war ganz nah.

Ein zweiter Mann zu Pferd trabte um den Felshügel herum. Er lachte laut und selbstsicher. Und er hob ein blutbesudeltes Schwert in die Höhe. Es blitzte im Sonnenlicht. Ein dicker Tropfen ließ sich von der Schwertspitze herab, fiel durch die Luft und platschte auf den Fels.

Gegen die beiden hatte ich keine Chance. Ich lief zur Seite. Der zweite Mann nahm den Ersten mit auf sein Pferd und sie ritten davon. Wieder hörte ich ihn lachen. Zufrieden. Siegesbewusst.

Und ich fragte mich: *Was war mit dem Fleisch? Zozo? Iraklis?*

Dann schoss mir das Bild des blutbeschmierten Schwertes in den Sinn. Und ein riesiger Brocken Angst kroch wie ein fetter Wurm meine Kehle hinab und in meine Brust. *Diogenis?* Ich war unfähig zu atmen. Hielt mich an dem gigantischen Felsbrocken fest, hinter dem ich ihn vermutete – im Schneidersitz, die Hände ausgebreitet.

»Diogenis«, sagte ich. Nicht zu laut – verängstigt. Wenn er nicht antwortete, bestand die Hoffnung, dass er mich nicht gehört hatte. Es tat sich nichts.

»Diogenis?« Etwas lauter. Ich musste zurück zur Realität. Und diese hatte mir gerade eben einen Reiter und sein blutiges Schwert gezeigt. Wieder keine Reaktion. Mein Herz pochte.

Ängstlich lief ich um den Felshügel herum.

Meine Hände schwitzten.

Doch die imaginäre Pranke packte mich und warf mich mit voller Wucht in die unliebsame Wirklichkeit.

Da lag der alte Spinner. Er glotzte mich mit leeren, verdrehten Augen an. Die Zunge hing aus dem schmerzverzerrten Mund. Und auf den zweiten Blick sah ich, dass es nur sein Kopf war. Der Körper saß noch immer in Meditationsstellung an den Felsen gelehnt, der Hals oben offen.

Ich brach zusammen. Bis zuletzt hatte der arme Blödmann an seine Lehre geglaubt. Beinahe hätte er sogar mich überzeugt. Nun war sein letzter Atemzug auf dieser Welt getan.

Ich schlug die Hände vor die Augen. Auf eine eigentümliche Art hatte ich ihn schließlich und endlich lieb gewonnen. Ihn und seinen Köter. Ich hatte alles verloren. Jeden, der die Tage mein Leben in eine neue Richtung gelenkt hatte. Zozo war tot. Und ich schwor mir, Rache zu nehmen. Die Kerle zu jagen, wo auch immer sie hingeflüchtet waren. Und sollte es ewig dauern. Für die Ewigkeit war ich gerüstet.

Und dann platzte die Trauer aus mir heraus. Ich weinte bittere Tränen – um das Maultier, um den Hund und um Diogenis.

*

Ich brauchte eine Weile, bis ich imstande war, mich auf den Weg zu machen. Und es hätte ein schmerzlicher Pfad werden sollen. Niedergeschlagen. Zerfressen von Schuld und Selbstmitleid. Wut.

Wenn mich nicht ein Geräusch von meinem Kreuzweg abgebracht hätte.

Wuff – wuff. Zweimal. Gleich laut, gleich lang.

»Iraklis«, rief ich, lange bevor ich den kleinen Frechdachs sah.

Wuff – wuff, machte er und tippelte auf mich zu, als ob er nie tot gewesen wäre.

»Du lebst«, rief ich und erwürgte den verwirrten Hund beinahe mit einer innigen Umarmung. Am Kopf präsentierte er eine blutige Schramme auf einer stolzen Beule. *Wuff – wuff.*

Wenigstens einen hatte mir der Gott von Athos gelassen, dachte ich. Und der wuschelige Kerl – oder besser, die Hundedame – überdeckte ein ganz klein wenig die tiefe Trauer in meinem Herzen …

IX

Die Ursprünge des eremitischen Mönchtums, wie es auf Athos gelehrt und gelebt wurde, lagen im alten Ägypten. Auf dem heiligen Berg fühlte ich mich zurückversetzt in die Zeit der Wüstenväter vom Nil. Das oberste Ziel der Ägypter von damals war die innere Ruhe – sie nannten es *Hesychia.* Dabei handelte es sich um eine Form von Gleichsinn und Ausgeglichenheit, die sie durch Schweigsamkeit und Demut zu erreichen versuchten. Mittels Stille und Synchronität wollten sie ihr Bewusstsein erweitern. Sie schirmten sich von allen Einflüssen ab, hausten in Einzelzellen und hatten nur selten Kontakt miteinander. So wie die Eremiten von Athos.

Für mich war die Zeitspanne auf dem Mönchsberg vor allem eine Phase des Lernens. Menschen aus der ganzen Welt lebten in Gemeinschaften. Überwiegend Franken, Slawen, Armenier und natürlich Byzantiner. Ich nutzte die Gelegenheit, um mich in die Sprachen und auch die Schriftzeichen einzuarbeiten, Gemeinsamkeiten herauszufiltern und Überschneidungen zu erkennen. Ich denke, nach meiner Zeit dort war ich sogar in der Lage mich flüssig mit Zeitgenossen zu unterhalten, deren Nationalitäten mir bis dato völlig fremd gewesen waren.

*

Klöster waren auf Athos etwas Neues. Mittlerweile lebten so viele Männer auf dem Berg, dass sie sich in kleinen Dörfern organisierten. Meist taten sich Mönche mit ähnlicher Herkunft oder gleicher Sprache zusammen. Jeder Ordensmann hatte ein weltliches Leben vor dem Mönchsdasein hinter sich gelassen. Es gab etliche bauerfahrene Menschen unter ihnen. Da war es ein logischer Schritt, dass sich die größten Gruppierungen an befestigten Bauwerken versuchten.

Drei Klosterbaustellen hatte ich um das Jahr 960 herum kennengelernt: Vatupediou, Hagiou Pavlou und Zographou. Bei der letzten hatte ich mich niedergelassen, eingelebt und meine Mithilfe angeboten. Man sprach von zwei weiteren Großbaustellen, eine davon unter nichtbyzantinischer Verwaltung. Aber das war alles nur Gerede.

Obwohl ich das unfertige Kloster Zographou nun schon eine ganze Weile kannte, beeindruckte mich die Baustelle an diesem Tag mal wieder aufs Neue. Möglicherweise, weil ich die unzähligen, weißen Rundbögen auf vier Stockwerken zum ersten Mal aus einer neuen Perspektive sah: den hölzernen und bemalten Balkon im zweiten Stock; den runden Kuppelbau mit dem Kupferdach; die Stufen zum Hauptportal, wo die unendlich hoch in den Himmel ragenden Palisadenpflanzen Spalier standen. Oder aber, weil ich die fantastischen Ausmaße der beiden Türme sonst aus den Augen verlor, wenn ich selbst Teil des Klosterlebens war.

Trotz der unfertigen Mauern und Gerüste herrschten an diesem Ort stets Gleichsinn und Synchronität. Das wurde mir erst jetzt bewusst. Wie sonst hätten die Baumeister seelenruhig, ohne ein klares Ziel vor Augen, eine so prächtige Oase am Hang des heiligen Berges erschaffen können?

Über Jahre hinweg hatten sich Fachmänner aller Gebiete auf Athos versammelt, die wussten, wie man aus der unwirtlichen Felswüste eine idyllische Stätte der Ruhe schafft. Und sie gingen ihre Arbeit beharrlich an – und mit Gleichsinn und Synchronität.

Neuankömmlinge sprachen davon, dass sie ein enthaltsames Leben auf staubigem Wüstenboden, unter der glühenden Sonne, trockene, dünne Bergluft atmend, erwartet hatten. Stattdessen fanden sie fruchtbare Böden, besinnliches Tagwerk bei Vogelgezwitscher, saftig grüne Sträucher und Schatten spendende Bäume in angenehmem Küstenklima. Ein Garten Eden mitten in der Einöde.

*

Morgens wurde man mit Glockenläuten geweckt. Zu welcher Uhrzeit spielte keine Rolle. Kalender und Uhren interessierten auf Athos nicht. Hier lebte man und lebt man bis heute abgeschottet vom Rest der Welt und eingesponnen in einer eigenen Zeit.

Im Kloster Zographou hatte jeder Ordensmann seine Aufgabe zu erfüllen. Niemand legte fest, wann wer was zu tun hatte. Neue Ordensbrüder fügten sich in die Gemeinschaft ein, fanden eigenständig ihren Platz und kümmerten sich, soweit es ihnen möglich war.

Ich trug den traditionellen schwarzen Talar, war aber kein Mönch – und das wussten alle. Ich ging beim Neubau zur Hand, weil ich körperlich fitter war als die Meisten hier, schleppte Lehmziegel und Wackersteine. Sie nannten mich den Bär – besser gesagt φέρουν. Und ich verstand ihre Sprache, was mich bei den Klosterbrüdern beliebt machte.

Es gab keine Besitztümer und keinen Neid. Diogenis hatte mich gelehrt, dass die Männer von Athos längst tot waren, ihre dunkle Kleidung war ein Symbol für aus der Welt geschiedene Menschen. Daher auch die Tradition, den Bart nicht zu scheren und die Haare nicht zu waschen.

Die Bewohner von Zographou sahen sich als eine große Familie von Produzenten und Künstlern. Der Geist frühbyzantinischer Kunst war allgegenwärtig. Hier gestaltete man prachtvolle Ikonenmalereien und farbenprächtige Heiligenbildchen, die außerhalb des Klosters gegen Salz und Getreide eingetauscht wurden. Es gab Boote, die an der Küste Halt machten und mit den Mönchen Handel trieben. Zwischen den Klostermauern fertigte man Körbe und Stühle, in einer Qualität, die auf der ganzen Welt einmalig war. Ketten und Glöckchen stellte man her sowie Kreuze aus allen Materialien und in sämtlichen Größen. Holzverarbeitung vom Heiligen Berg war gefragt und einzigartig. Und die prunkvollen Bilderrahmen aus Athos verkauften sich bis nach Mitteleuropa.

*

Iraklis tippelte neben mir her, als ich niedergeschlagen an die Pforte klopfte. Der Duft von Weihrauch schenkte mir ein vertrautes Gefühl, ebenso wie das Vogelgezwitscher und die zirpenden Grillen. Brütende Hitze trieb den Durst in mir hoch und die Zunge des kleinen Hundes baumelte seitlich aus dem Maul wie ein alter Lappen. Es war erst ein paar Stunden her und ich konnte noch immer nicht fassen, dass Diogenis tot war. Und Zozo. Das winzige Fenster in Form einer Blume schnappte zur Seite.

»Simon«, sagte Bruder Joris, der oft und gern an der Tür arbeitete, weil es da kühl und gemütlich war.

»Mach auf.« Vielleicht klang ich etwas zu schroff. Aber ich hatte wirklich keine Muße für Freundlichkeiten.

»Du wirst schon sehnlichst erwartet«, meinte Joris und ließ mich hinein. Dann rief er, so laut er konnte: »Simon ist zurück.« Ich hörte den Satz noch zweimal nachrufen, wie ein Echo.

Als ich durch den hölzernen Torbogen ging, fragte er: »Du bist allein?«

Anstelle einer Antwort sah ich ihn vorwurfsvoll an. Ich wollte nicht darüber sprechen. Und vor allem nicht mit *ihm*.

»Ist ja gut«, sagte er, als er meinen Gesichtsausdruck sah, und hob die Handflächen schützend vor sich.

»Na sowas. Da ist ja unser Bär.« Bruder Bas stampfte daher. Ein massiger Kerl, dessen Hände entgegen seines Körperbaus den Eindruck machten, als seien sie aus Butter. Bas gehörte zum innersten Kreis um den Prior. Trotzdem war er bei wichtigen Entscheidungen nicht dabei. Ich hatte mich schon oft gefragt, ob sie ihm misstrauten oder ob er ihnen zu einfältig war? Um mich an der Pforte abzufangen, dafür war er gut genug.

Ich folgte ihm über den großen Vorplatz zum Haupthaus neben dem hohen Turm. Iraklis lief mit.

»Vater Emilios hat von nichts anderem mehr gesprochen«, sagte er, »als von dir und deinem Auftrag.«

Ich stapfte wortlos hinter ihm her.

»Was ist mit dem Heiler?«, wollte er wissen. »Kommt er noch?«

Die Frage machte mich wütend. Ich denke nicht einmal, dass Bas es mit Absicht getan hatte. Aber in diesem Moment fühlte es sich so an, als stochere er genüsslich in meinen Wunden herum. Und am liebsten hätte ich ihn angebrüllt: *dass der Arzt nie, niemals, kommen wird, weil er mausetot war, kopflos infolge meiner Dummheit.* Stattdessen ließ ich den Kopf hängen. Auch eine Antwort.

Neuerdings hatte Prior Emilios seine Aktivitäten ins prunkvolle Haupthaus umverlegt. Bis dahin diente der große Saal als Gemeinschaftsraum; eine Säulenhalle, erfüllt mit Leben und Frohsinn, wo immer viel geplaudert und gelacht wurde.

Nun erinnerte mich der weitläufige Raum an einen Thronsaal, wie ich ihn von alten Königen der Ägypter oder auch der Babylonier her kannte. Am hinteren Ende saß Vater Emilios, sein Stuhl auf einem Podest. Rechts und links von ihm standen Bruder Cronos und Bruder Macario Wache. Seitdem der Aussatz in Zographou Einzug gehalten hatte, traf man die Drei nur noch selten allein an. Ich vermutete, dass ihr Leidensweg sie zusammenführte. Sie waren schlimm entstellt.

»Wen hat er uns gebracht?«, rief Emilios mir entgegen. Früher hatte er nicht so seltsam von sich selbst gesprochen. Ich erinnerte mich an einen netten Mönch, mittleren bis hohen Alters, der nur wenig, aber gut überlegt geredet hatte. Ein Mann der freundlichen und weisen Worte. Das war *vor* dem Aussatz.

Emilios betrachtete den Hund und rümpfte die Nase.

Der Klostervorsteher war in meinen Augen der Einzige, dem ich Rechenschaft abzulegen hatte. Schließlich war ich in *seinem* Auftrag unterwegs gewesen. Und es ging um *seine* Gesundheit.

»Es tut mir leid, Vater. Ich …«

»Es tut ihm leid?«, unterbrach er mich. Er sprach nicht direkt zu mir. Eher zur Halle. Oder zu seinen beiden Kumpanen. »Was meint er damit?«

Je näher ich kam, umso grausiger fand ich die Entstellungen. Es war schlimmer geworden. Mund und Nase zeigten keine klaren Linien mehr. Die Haut erschien uneben und aufgeplatzt, wie von Verbrennungen. Und die Ohren schwollen sichtlich an.

Und auch Cronos und Macario sahen schlimmer aus als vor ein paar Tagen.

Leise und unsicher erklärte ich: »Wir wurden überfallen.«

Emilios sprach in einem sonderbaren Tonfall. Es war, als sänge er ein unfreundliches Lied. Die einzelnen Wörter wurden von den Tönen getragen. »Was möchte er mir damit sagen?«

Ich wusste, dass ich ihm die Hoffnung auf Heilung nehmen musste. Umso schwerer war es, die Wahrheit zu sagen.

»Vater Emilios. Es tut mir leid. Der Heiler – Diogenis – er ist tot.« Ich schluckte.

»Was ist los?«, rief Bruder Cronos, der bisher nur schweigend danebengestanden hatte. »Hast du nicht auf ihn aufgepasst?«

»Selbstverständlich habe ich das. Es waren zwei …«

Jetzt fiel mir Macario ins Wort. »Zwei gegen zwei? Das ist ja lächerlich!«

Schließlich übernahm Vater Emilios wieder die Führung.

»Er hat also seinen Auftrag nicht erfüllt«, stellte er herablassend fest. Ein Gefühl, wie ein Schlag in die Magengegend. Nichts hätte ich mir mehr gewünscht, als dass der alte Spinner noch am Leben wäre. Mit einem Mal konnte ich die totgeweihten von Acrothooi verstehen und ihren Hass auf Vater Emilios nachempfinden.

»Du hast uns im Stich gelassen«, ergänzte Bruder Macario. Dann spuckte er verachtend auf den Boden.

Am liebsten hätte ich ihnen meine Meinung in ihre Fratzen geschrien. Was sie sich eigentlich einbildeten, so mit mir zu sprechen?

Nur mit viel Kraft war ich in der Lage, meine Wut zu kontrollieren. Fassungslos stand ich da und betrachtete die drei selbstgefälligen Gruselgestalten.

»Er darf gehen«, sagte Emilios.

Ich war froh, frische Luft atmen zu können …

X

Am selben Abend half ich Bruder Bas beim Küchendienst.

Ich hackte Mohrrüben. Danach hatte ich noch die Lorbeerblätter vor mir. Es sollte eine würzige Suppe werden und Bas und ich trugen die Verantwortung für die Geschmacksausrichtung und die Gerüche.

Ich arbeitete am Fenster, was nicht mehr als ein quadratisches Mauerloch nach draußen war. Ein weißes Pferd tänzelte am Ausblick vorbei. Die Mähne wehte im Wind und die Hufe stampften kraftvoll in den Boden.

Bis dahin hatte ich mich mit einer Mischung aus verbohrter Trauer und Wut durch den Tag gequält. Ich zwängte mich in meine Rolle und meldete mich zum Küchendienst. Vielleicht meinte ich auch, meine Gedankenwelt über die Teilnahme am Alltag wieder zur Ordnung rufen zu können.

Aber als ich sah, wie das Pferd die Freiheit genoss, kam es mir vor, als schickte mir jemand ein Zeichen: *Vertraue auf dich selbst, auf dein Bauchgefühl. Und lasse dir nichts einreden.* Es war an der Zeit auszubrechen.

Ich betrachtete Bruder Bas, der mit dem Holzlöffel in einem der Töpfe rührte.

»Sag mal«, sagte ich und unterbrach meine Arbeit. »Sind außer dem Prior, Cronos und Macario noch andere Ordensbrüder vom Aussatz befallen?«

Er ließ nicht von seinem Tun ab und antwortete nebenbei: »Nein. Bis jetzt nicht …«

»Das ist doch merkwürdig, denkst du nicht?«

»Findest du?«

Allerdings!, dachte ich. *Jedem musste das seltsam vorkommen. Schließlich griff die Krankheit für gewöhnlich verheerend um sich.*

»Warum die Drei?«, wollte ich wissen.

An seinem Gesichtsausdruck sah ich, dass es ihm unangenehm war, diese Art von Fragen gestellt zu bekommen.

»Wir sollten Gott tun lassen, was er möchte. Und nicht seine Entscheidungen in Zweifel ziehen.« Das Eigenartige war die Art, wie er es sagte. Es schien fast so, als müsste er sich rechtfertigen, obwohl er gar nicht verantwortlich war. Außer er wusste mehr, als ich vermutete.

Ich betrachtete ihn genau. Seine Bewegungen. Seine Körperhaltung. Er kam mir verkrampft und sonderbar ängstlich vor. Hatte ihn meine Fragerei in Bedrängnis gebracht?

Also, sagte ich mir, *lege noch mal einen obendrauf. Mal sehen, wie er damit zurechtkommt.*

»Bruder Bas?«

»Ja?« Er sah mich an.

»Kann es eine Strafe Gottes sein?«

Meine Frage war fast schon blasphemisch. Wenn irgendeiner von Gottvater bestraft werden musste, dann gewiss nicht Menschen aus den obersten Rängen des Klosters.

Sein Mund öffnete sich. Er wollte etwas sagen. Aber er schien nicht die richtigen Worte zu finden. Stattdessen sah ich, wie sich auf seiner Stirn eine milchig weiße Schweißperle bildete. Und auf einmal hatte ich das eigentümliche Bauchgefühl, einem alten Bekannten gegenüberzustehen. Es war schon eine Weile her, als ich mich um Roms Gartenanlagen gekümmert hatte. Damals sah ich einen ebenso fetten Schweißtropfen auf einer Stirn baumeln, der mir sagte, dass ich einer Täuschung erlegen war. In jenen Tagen musste ich meine Sichtweise ändern. Infolgedessen erkannte ich, dass die Welt um mich herum nur eine Illusion war – eine Gaukelei.

Noch immer schnappte Bruder Bas nach Luft wie ein Fisch an Land. Durch seine Sprachlosigkeit hatte er sich verraten. Und mit ihm die Bande um den Prior Emilios.

Etwas ging da nicht mit rechten Dingen zu. Und ich würde herausfinden, was es war. Das war meine Art der Vergeltung. Heute frage ich mich, ob es schlauer gewesen wäre, nicht tiefer in der Wunde zu stochern …?

Am nächsten Morgen schlich ich mich schon früh in die Kreuzkapelle. Ihren Namen hatte sie von ihrem Grundriss, der ein Kreuz bildete. Es war noch vor der Morgenliturgie und die Glocken würden bald ihren Weckruf über dem Kloster verkünden. Zu gerne hätte ich länger geschlafen, Energie getankt. Mein ausgemergelter Körper hätte es mir gedankt. Aber wie ich wusste, waren Emilios und seine Begleiter seit dem Ausbruch der Krankheit morgens bereits vor der Liturgie in der Kapelle anwesend. Daraus schloss ich, dass sie sich trafen und Pläne schmiedeten. Ich hatte sogar kurz den Gedanken, dass ihre frühmorgendlichen Treffen etwas mit ihrer Infektion zu tun haben könnten. Das war jedoch weit hergeholt.

Bruder Theofilos, ein alter Mann mit längerem, grauem Bart, richtete frische Kerzen her. Das kam mir ungelegen. Ich hatte gehofft, mich unbemerkt hinter den Sitzreihen für die Alten und die Schwachen verbergen zu können, bevor die Aussätzigen eintrafen.

»Bruder Simon«, sagte er. »Was treibt dich denn zu dieser Zeit hierher?« Er nannte mich *Bruder Simon*, obwohl ich gar kein Mönch war. Vielleicht die Macht der Gewohnheit.

»Die Sache mit dem Heiler macht mir zu schaffen«, flunkerte ich.

Theofilos war ein ausgeglichener, freundlicher Mann, der bereits mehrere Generationen in dieser Gemeinschaft überdauert hatte. Lange bevor Zographou zum Kloster wurde.

»Und du denkst, in der Kapelle unter dem Licht der Kreuze lässt es sich besser schlafen?« Er lächelte zufrieden. »Oder hast du den Wunsch zu beten?«

»Ich möchte zur Ruhe kommen – das ist alles.«

»Das kann ich verstehen«, sagte er und zwinkerte mit einem Auge. »Ich lass dich mal allein.«

Eine hervorragende Idee, dachte ich und nickte müde. Einen Augenblick später war er weg.

*

Ich hatte keine Ahnung, wie leise die Nacht sein konnte. Vor allem in der Kapelle. Die prächtig bemalten Holzeinbauten, die mit unzähligen Malereien und Zeichnungen geschmückte Trennwand zum Altarraum und die Glasmosaiken, die an jeder Wand zu sehen waren, schluckten jeden Ton. Die Ruhe war unerträglich. Mit jeder Bewegung hörte ich den Stoff meiner Kleidung rascheln. Nur hin und wieder knackte die Flamme einer Kerze.

Nun fiel mir auf, wie schwer es war, ein gutes Versteck zu finden. Eigentlich konnte man sich in der Kapelle überhaupt nicht verbergen. Alles war gut einsehbar. Auch die Stühle für die Alten bestanden bloß aus knochendünnen Verstrebungen.

Dann hörte ich sie kommen. Die Gesprächsfetzen klangen noch fern. Bruder Emilios' neue, selbstherrliche Art zu sprechen hätte ich aus hundert Stimmen heraushören können. Wenn sie mich jetzt anträfen, würden sie misstrauisch werden. Was ich hier wollte, zu dieser unheiligen Zeit? Und vielleicht würden sie glauben, ich würde spionieren. *Ertappt.* Ich musste weg. Sofort.

Ich huschte zügig zur Hintertür. Und im selben Augenblick, als sich die Vordertür öffnete, verschwand ich aus dem heiligen Raum.

Ich drückte mich an die Wand gleich neben der Hintertür, sodass ich hörte, was drinnen gesprochen wurde. Ich fühlte mich wie ein Gesetzesbrecher. Und ein bisschen war ich ja sogar ein Dieb. Ich stahl ihre geheimen Gedanken.

Zunächst sprachen sie nur über belangloses Zeug. Es ging um die Selbstbestimmung des Klosters im Gegensatz zur Eingliederung in eine große Klostergemeinschaft. Vater Emilios hatte eine Zusammenlegung immer vorangetrieben. Doch neuerdings war er strikt gegen eine Hauptverwaltung. Er meinte, Zographou müsse autark bleiben. Ich war überrascht und verwundert und fragte mich, was ihn dazu bewogen hatte, seine Meinung in so kurzer Zeit so gravierend zu ändern.

Dann hörte ich Bruder Cronos sprechen: »Ich denke, Bas ist bald so weit.«

»Bas ist ein Idiot«, sagte Bruder Macario.

Mit selbstverliebter Singsang-Stimme meinte Emilios: »Er unterstützt uns.«

»Ja, Vater«, bestätigte Macario kleinlaut.

Ich spitzte die Ohren.

»Jeder weiß, dass Bas für seinen Prior über glühende Kohlen gehen würde«, entgegnete Emilios und klang dabei sehr zufrieden.

»Eben deshalb wird sich auch niemand wundern«, sagte Cronos, »wenn er sich infiziert hat.« Er lachte herablassend und gemein.

Ich war entsetzt. Sie wollten Bas mit der Erkrankung absichtlich anstecken. Aber wozu? Ich fand, trotz ihrer Krankheit wirkten alle drei außergewöhnlich planungsstark und zukunftssicher. Und das, obwohl man von todkranken Menschen eher das Gegenteil erwartete. Es kam mir so vor, als wäre der Aussatz Teil ihres Plans. Der Gedanke machte mir Angst.

Schließlich kamen sie auf den Heiler zu sprechen. Doch niemand klang betroffen. Als wäre es ihnen egal, dass meine Mission gescheitert war. Ich fragte mich, ob sie einen besseren Weg der Genesung gefunden hatten. Da hörte ich Vater Emilios einen Satz sagen, der so schockierend war, dass ich einen Moment brauchte, um das Gehörte zu begreifen:

»Warum hat dieser Idiot von Straßenräuber Simon nicht gleich mit erledigt?«

Und mit einem Mal war alles anders.

Diogenis' Tod war kein Zufall gewesen. Und ich erinnerte mich, wie zielgerichtet diese Straßenräuber auf uns zugeritten waren. Sie fingen uns ab. Sie hielten uns auf.

Emilios und seine Kumpane hatten niemals vorgehabt, den Arzt heil im Kloster ankommen zu lassen. Und als mein Auftrag zu gelingen schien, war es die Aufgabe der Straßenräuber gewesen, uns zu stoppen, bevor wir die Klostermauern erreichten.

Emilios steckte dahinter. *Er* war schuld am Tod meines neuen Freundes.

Mit offenem Mund, schnell atmend, lehnte ich an der Wand. Mir blieb keine Zeit, das Gehörte zu verarbeiten, denn mit einem Mal wandten sich die Stimmen mir zu, wurden lauter und bewegten sich in meine Richtung. Und mir fiel auf, dass der Weg zur Morgenglocke durch die Hintertür führte, direkt an mir vorbei. Verdammt. Sie würden mich erwischen. Es war unausweichlich. Selbst wenn ich weglief, würden sie mich rennen sehen. Mich erkennen. Lange Haare, keine Mütze, kein Bart.

Ich brauchte einen Einfall. Entgegengehen, war meine erste Idee. Als ob ich rein zufällig durch den Hintereingang in die Kapelle wollte. Doch das würden sie mir niemals abkaufen.

Ich musste es drauf ankommen lassen. Mit dem Rücken rutschte ich die Mauer hinab, bis ich im Schneidersitz daran lehnte. Ich schloss die Augen. Wenn es nicht funktionierte, was anzunehmen war, könnte ich ihnen immer noch eine Geschichte auftischen – von morgendlicher Meditation, die mir der Eremit beigebracht hatte. Ich legte die Hände mit den Handflächen nach oben auf meine Schenkel. Und ich konzentrierte mich nur auf mich selbst. Ich sog die frische Morgenluft in meine Lungen. Atmete ein. Und wieder aus. Gleich lang und gleich fest. *Gleichsinn*, dachte ich. *Und Gleichgewicht.*

Ich achtete darauf, dass das Gewicht meiner Handknöchel unterhalb meiner Knie den idealen Druckpunkt fand. Keine Abweichungen. Mein Oberkörper sollte ausgewogen, in der Mitte der Ebene aus Beinen und Armen, gelagert sein.

Gleich viele Äpfel in beiden Körben.

Ich konzentrierte mich auf meinen Atem und meinen Herzschlag. Vier Schläge zum Ein- und vier zum Ausatmen. Gleich fest, gleich lang.

Und ich besann mich auf die Stille, blendete die Stimmen aus, als ob sie gar nicht da wären. Weg aus meiner Welt, in der Hoffnung – nein, in dem festen Glauben –, ich würde aus ihrer Wahrnehmung verschwinden.

Atemzug um Atemzug. Schritt um Schritt.

Es gab nur noch mich und meinen Gleichsinn.
102, 104, 106 …

Dann sah ich es.
Das Taborlicht.
Unfassbar grell.
Alles überdeckend.
Engelsrein.
Es überwältigte und erschreckte mich zugleich.
Wunderschön.
Ungeschaffen.

*

Aus Angst riss ich die Augen auf.

Und wahrhaftig. Ich lehnte an der Mauer der Kapelle. Emilios und seine Lakaien waren längst an mir vorbeigelaufen, ohne mich zu bemerken. Für ein paar Augenblicke war ich aus ihrem Wahrnehmungsbereich verschwunden. So unwichtig, unnütz, unauffällig, dass sie mich nicht sahen, weil ich durch Gleichsinn und Einigkeit mit mir und meiner Umwelt unsichtbar geworden war. Nur ein kurzer Moment – der Zustand des völligen Seelenfriedens.

Und da sagte ich im Geiste, was ich mir geschworen hatte, niemals auszusprechen – ich sagte:

»Diogenis, du hattest recht.«

XII

Ich saß noch immer im Meditationssitz auf dem Lehmboden, lehnte an der Mauer und dachte über das Taborlicht nach: wie prachtvoll es war, wie ergreifend, beispiellos und wie nahe es mir ging. Da sah ich, wie Cronos und Macario mit schnellen Schritten zurückkamen. Geradewegs auf mich zu.

Ich musste es ein zweites Mal hinbekommen. Und zwar sofort.

Wieder nahm ich meinen Verstand zusammen, schloss die Augen und übte mich in Gleichsinn und Einheitlichkeit, innerer Ruhe und Synchronität. Die Stimmen kamen näher. Noch sah ich kein Licht. Aber wenn es das erste Mal funktioniert hatte, warum nicht auch diesmal? Atem, Herzschlag …

Da zupfte etwas an meinem Fuß.

Entsetzt riss ich die Augen auf.

Verflixt – Iraklis. Der kleine Kerl zog an meinem Schuh. Und ich denke, er war mächtig stolz, dass er sich an den Trick erinnerte.

»Hau ab«, zischte ich.

So wurde das nichts mit dem Gleichsinn. Der Hund brachte mich völlig aus dem Gleichgewicht.

Ich hörte Macario sprechen. Jeden Augenblick würde er mich sehen, wie ich am Boden hockte und schimpfte.

»Los jetzt«, herrschte ich Iraklis an. »Pst.«

Aber der schien meinen Befehl als Spielaufforderung zu verstehen.

Er legte beide Pfoten mit gesenktem Kopf auf meinen Schuh, streckte den Po in die Höhe, wedelte mit dem Schwanz und bellte zweimal – gleich laut, gleich lang.

Entsetzt sah ich mich um. Da waren die Brüder Cronos und Macario.

Dann spürte ich einen Schlag auf den Schädel – und es wurde dunkel …

XIII

Ich erwachte direkt in der Hölle.

Als ich zur Besinnung kam, durchflutete mich das unbarmherzige Brennen meiner Gesichtshaut. Mein Herz raste. Panik übernahm die Kontrolle über meinen Körper. Ich dachte, ich läge in einem Flammenmeer, die Haut meines Gesichtes auf glühenden Kohlen. Ich riss die Augen auf. Tränen fluteten die Sicht. Und meine Augäpfel brannten wie Feuer.

Ich lag auf dem Rücken. Reflexartig wollte ich die Arme hochreißen, aber etwas hielt meine Gelenke fest. Wild schleuderte ich den Kopf hin und her. Lichter durchdrangen den Schleiernebel vor meinen Augen. Ich knurrte wie ein in die Ecke gedrängter Wolf. Meine Muskeln wehrten sich. Auch die Fußgelenke waren festgemacht. Ich war gefesselt, wie auf einer Streckbank. Und jedwedes Strampeln, Ziehen, Reißen bewirkte nur Schmerzen an den Gelenkknochen.

»Simon«, hörte ich jemanden meinen Namen sagen. Ein Schatten verdunkelte meine Sicht. Und noch einmal: »Simon.« Nur ein Wort und doch so herablassend, niederträchtig und beherrschend, dass ich sofort wusste, wer sprach – Prior Emilios.

Dann spürte ich eine schwere Hand auf meiner Schulter und beruhigte mich etwas.

Jemand wischte über meine Augen. Ich sah ein Tuch.

»Und nun putzt er ihm die Essigmutter von den Lippen«, befahl der Prior. Essigmutter kannte ich. So nannte man die schleimige Masse, die beim Gären von Wein zu Essig entstand. Jemand tupfte das brennende Zeug mit einem Lappen weg. Ich riss den Mund auf und saugte Sauerstoff in meine Lungenflügel. Die Luft stank sauer. Unzählige Taufliegen schwirrten um meinen Kopf.

Mit der Besinnung kehrte der Schmerz zurück. Meine Gesichtshaut brannte lichterloh. Tränen spülten meine Augen.

»Was ...«, japste ich.

»Erkläre es ihm«, hörte ich Emilios sagen.

»Aber … er ist doch eh bald tot«, sagte Cronos verständnislos.

Emilios' Ton wurde scharf und strafend zugleich: »Erklär' es!«

Cronos lächelte mich an. Ein boshaftes Lächeln.

»Du wirst sterben, Simon«, murmelte er. »Totgeätzt. Und es wird aussehen, als wäre es Aussatz.«

»Er hätte nicht nach Acrothooi gehen dürfen«, sinnierte Emilios über mich. »Dort infiziert man sich an jeder Ecke.« Er lachte laut und zufrieden. Bruder Cronos stimmte mit ein.

Jetzt erst beruhigte sich mein Verstand. Und mir kam in den Sinn, was ich gehört hatte, als ich neben der Kapelle saß.

Und dann schoss ein Gedanke wie ein Pfeil durch meinen Kopf.

»Du bist nicht Emilios«, sagte ich.

»Das kommt darauf an, von welchem Emilios er spricht«, sang er überaus selbstzufrieden. »Ist es *der* Emilios, Prior des Klosters Zographou, so wie du es heute kennst? Dann bin ich das sehr wohl.« Er kicherte, als hätte ihn der Wahnsinn gepackt. »Sucht er aber nach *dem* Emilios, der ihn lebend aus dieser Grabstätte retten würde … nun … dann ist er bei mir falsch.«

Jetzt verstand ich, was hier vorging.

Es gab keinen Aussatz in Zographou. Alles war nur ein Vorwand, um Personen ermorden und andere austauschen zu können. Der echte Prior lag vermutlich längst irgendwo in dieser elendigen Gruft. Dieser Mann, wer auch immer er war, hatte sein Gesicht mit derselben Säure entstellt, die sie mir aufgetragen hatten. Der Aussatz war eine Maske. Und seine Kumpane waren seinem Beispiel gefolgt.

Der arme Diogenis. Mein Auftrag war ein Mordauftrag. Diogenis war der einzige Mensch gewesen, der jemals die Intrige hätte aufdecken können. Er würde von einer höheren Macht beschützt, hieß es. Und er könne den Aussatz heilen. Hätten sie Diogenis – den einzigen Menschen, der vom Aussatz verschont blieb – in Acrothooi auf offener Straße beseitigt, dann hätte das großes Aufsehen erregt. Vielleicht hätte es sogar einen Aufstand provoziert? Zumal Iassonas Skelettkopf der Verwaltung durch das Kloster Zographou extrem negativ gegenüberstand. Es musste wie ein Unfall aussehen. Beim Angriff von Straßenräubern zufällig getötet. Und ich lockte ihn in die Falle.

Und das nächste Opfer war ich.

Deshalb brannten meine Backen, mein Kinn, meine Stirn, meine Ohren. Sie hatten pure Säureessenz aufgebracht. Wollten mich entstellen, wie sie es bei sich selbst getan hatten. Und dann sollte ich dahinsterben. Totgeätzt.

»Siehst du ihn?« Der vermeintliche Bruder Cronos zeigte auf eine zweite Holzbare, gleich neben mir. Ich erschrak. Aus tiefen Augenhöhlen glotzte mich ein lebloses Fleischgesicht an und grinste schmerzverzerrt, weil es nicht anders konnte.

»Bruder Bas«, sagte er. Vor Schreck blieb mir die Luft weg. Tausende dieser winzigen Fruchtfliegen saßen auf seinem Kopf. »Das ist dein Schicksal«, erklärte er und hörte sich dabei überglücklich an.

»Genug«, befahl Emilios. »Er langweilt mich. Mache er ihm die Essigmutter wieder drauf.«

»Was … nein«, rief ich.

Und schon klatschte mir Cronos das rotzige, brennende Zeug auf Augen und Mund. Vor Schmerz blieb mir die Luft weg.

In diesem Augenblick wusste ich, sie hatten gewonnen. Ich brüllte vor Entsetzen, bis das Feuer mein Bewusstsein umhüllte …

XIV

Wieder übernahmen Grauen und Panik die Kontrolle über mein Dasein. Ich wand mich, zog und zerrte. Das Flammenmeer in meinem Gesicht war kaum auszuhalten. Ich brüllte mit zusammengepressten Lippen. Trotzdem drang der beißendsaure

Geschmack in meinen Mund. Und ich hatte das Gefühl, als löste sich die Haut von meiner Zunge.

Dann hörte ich, wie die Stimmen verschwanden. Sie ließen mich hier einfach liegen. Wie einen mit Taufliegen gewürzten Fleischbrocken.

Ich musste meinen Verstand zusammenhalten. Den Schmerz verdrängen. Sonst würde ich wahnsinnig werden.

Ich konzentrierte mich auf mein Herz. Es raste, es pochte, es hämmerte. Und ich atmete durch die Nase, schnappte unregelmäßig nach dieser sauren, atemraubenden Luft.

Ich versuchte, Ruhe zu bewahren. Meinen panischen Schweinehund in eine Ecke zu drängen. Und ich fokussierte die Situation und mein Umfeld.

Da hörte ich, dass da noch jemand war. Etwas. Ein Tier. Es jammerte leise vor sich hin. Ein verzweifeltes Winseln. *Iraklis – Ira*, dachte ich. *Ich war doch nicht allein.* Der Gedanke tat gut.

Wenn sich das Zeug in meinen Schädel fraß, würde ich sterben, ja. Aber was war dann? Würden sie mich losschneiden? Präsentieren? *Seht her! Der Aussatz hat ein weiteres Opfer gefordert. Und nur die von Gott berufenen Emilios, Macario und Cronos bleiben vom Tod verschont. Ein Wunder!* Sie wären die Heilsbringer.

Würden sie meinen Körper in der Gruft einlagern? Die Genesung würde ein paar Tage dauern. Nach und nach würde die Jugend in meine Venen fließen. Die Zellen würden sich erneuern, die Wunden heilen und zu guter Letzt würde ich erwachen – hoffentlich allein und an einem Ort mit Fluchtmöglichkeit. Ich wollte mir nicht ausmalen, was geschehen würde, wenn ich unversehrt innerhalb der Klostermauern erwischt wurde.

Iras kalte Nase stupste mich an. Ich hörte sie schnaufen. Und wieder winselte sie. Sie war wohl hochgesprungen. Ihre Pfoten berührten meine Oberschenkel. Schließlich stieß die Hundenase gegen meinen Fuß.

In diesem Augenblick wusste ich, was zu tun war. Und vielleicht hatte der schlaue kleine Hund zur gleichen Zeit dieselbe Idee.

Ich wackelte mit dem rechten Fuß, um Iras Aufmerksamkeit darauf zu lenken. Dann öffnete ich die Lippen, nur ganz kurz und nur um ein einziges Wort auszusprechen: »Zieh.«

Auf einmal tippelten ihre Pfötchen aufgeregt auf mir herum. Ich spürte ihr Maul an meinem Schuh. Und mit einem kräftigen Hunderuck fühlte ich einen kühlen Luftzug am Fuß. Das Tier hatte mir den Schuh vom Fuß gezogen. Sie beherrschte das Kunststück noch immer. Am liebsten hätte ich ihr zugejubelt: *Bravo Ira, weiter so.*

Nur bis dahin half mir das Ganze nicht aus der misslichen Lage. Jetzt wurde es kompliziert.

Wieder wackelte ich den Fuß hin und her. Und erneut öffnete ich den Mund, so kurz, dass ich das Kommando geben konnte, ohne allzu viele Fliegen zu schlucken. »Zieh.«

Nun war's an der Hündin, mich zu retten.

Nichts passierte.

Offenbar wusste sie nicht, was ich von ihr wollte. Meine Augen waren zu. Vielleicht hatte sie den Schuh im Maul? Das Einzige, was ich mit Sicherheit wusste, war, dass sie immer noch auf mir herumtrat, vorsichtig und unsicher.

Ich musste das Kommando wiederholen. Ich öffnete die Lippen. Das schleimige Zeug rann in meinen Rachen. Es brannte entsetzlich. Am liebsten hätte ich den Mund sofort geschlossen. Aber ich wollte ihr einen verständlichen Befehl geben, sodass sie, ohne darüber nachzudenken, begriff, was zu tun war. Ein paar Fruchtfliegen kitzelten über meine Zunge. Und dann rief ich klar und deutlich: »Iraklis, zieh!«

Jetzt spürte ich, wie die Aufregung den Körper des Tieres packte. Die Pfötchen tapsten unkontrolliert auf mir herum. Und ich wackelte mit dem nackten Fuß, um ihr zu zeigen: *Da geht's lang.*

Zunächst passierte nichts. Ich dachte schon, *das war's gewesen. Ende mit den Tricks.* Doch dann spürte ich das angenehme Gefühl, wie sich das Seil vom Fußknöchel löste. Offenbar hatte meine Retterin das Fesselseil gleich an der richtigen Stelle erwischt. Der erste Fuß war frei. Und ich beschloss, der kleinen Hundedame den größten Fleischbrocken zu geben, den ich finden konnte – sobald das alles überstanden war.

Als Nächstes war das zweite Bein dran. Da hörte ich die Stimmen von Emilios und Cronos. Sie unterhielten sich. Und sie kamen näher. Jetzt musste es schnell gehen.

»Iraklis, zieh!«, rief ich. Diesmal huschten eine ganze Handvoll dieser kleinen Biester in meine Kehle. Ich keuchte die Mistdinger aus meinem Rachen.

Mein linker Fuß wurde kalt. Dann legte mir die Hündin den Schuh auf den Mund, als wolle sie mir damit zu Hilfe kommen.

»Zieh, Iraklis, zieh!«, hustete ich in den Füßling.

Die Pfötchen tippelten über meine Brust, meine Schenkel zu meinen Füßen hinab. Und wieder wackelte ich mit dem Fuß.

Kurz darauf war auch dieses Bein frei.

Der falsche Emilios hielt einen Monolog. Sie waren schon ganz nah.

»Iraklis, zieh!«, befahl ich und schüttelte die rechte Hand.

Der Hund regte sich nicht. Vielleicht dachte er, *was will der nur? Beide Schuhe sind ausgezogen.*

»He, Iraklis«, rief ich und keuchte noch ein paar Fliegen aus. »Schau hier!« Wie wild winkte ich mit den Fingern.

Vor der Tür zur Gruft blieben die unechten Mönche stehen. Emilios sagte etwas von dem neuen Bruder Bas und dass sie den Körper loswerden mussten.

»Iraklis, zieh … bitte«, flehte ich.

Endlich hatte sie es verstanden. Sie zerrte und zog an dem Seil, das mein Handgelenk festhielt. Aber es saß fest.

»So«, sagte der unechte Emilios. »Dann lass uns sehen, wie weit Simon ist.«

»Zieh, Iraklis, zieh!«, feuerte ich den Hund an, so laut ich konnte. Die Hündin mühte sich ab. Bloß der Knoten wollte nicht nachgeben.

»Was ist da los?«, rief Emilios, als er eintrat.

Im selben Augenblick lockerte sich die Handgelenksschlaufe. Und mit einem Ruck zog ich die Hand heraus.

Der falsche Cronos stürmte auf mich zu. Mit beiden Beinen stieß ich ihn weg. Ich langte nach meiner linken Hand. Ira kam mir zu Hilfe. Gemeinsam zerrten wir an dem Seil. Schlagartig löste sich der Knoten. Ich war frei.

»Dir werd ich's zeigen«, knurrte Cronos und sah mich mit finsteren, zusammengekniffenen Augen an.

Er zog ein Messer aus dem Stoff, die Schneide blitzte gefährlich im Kerzenschein. Und er kam auf mich zu …

XV

Cronos stach zu. Ich tat einen Satz zurück und zog den Bauch weg. Die Metallspitze stoppte kurz vor meinen Eingeweiden. Um ein Haar hätte sie meine Haut geritzt. Mit einem ungeübten Faustschlag schleuderte ich das Messer aus seiner Hand. Es flog durch die Luft.

»Du Drecksack, dich mach ich fertig«, schrie Cronos. Irgendwo hörte ich die Waffe klirren.

Von unten holte er zum Schlag aus. Mit der Elle blockte ich ab. Schmerz schoss in meinen Arm. Dann trat ich meinen Fuß in seinen Magen. Abermals krachte er mit dem Rücken an die Wand.

Endlich war Zeit, mir das schleimige Zeug aus den Augen zu wischen. Zwar brannte es, aber von nun an sah ich klar.

Keine Sekunde zu früh. Die Klinge zischte von oben herab, ich zog den Kopf weg. Sie durchschnitt die Luft haarscharf vor meiner Nase.

Vater Emilios.

Er hatte sich das Messer gekrallt. Jetzt brüllte er wie ein wildes Tier und hechtete auf mich zu, die Schneide voran.

Ira bellte und hüpfte aufgeregt zwischen unseren Beinen herum. Ich sprang in eine Drehung, meine Mönchskleidung flatterte, schlug ihn mit dem Fuß weg und packte seinen Arm.

Von der anderen Seite kam Cronos angestürmt.

Ich schob Emilios' bewaffneten Arm in seine Richtung, erwischte ihn unvorbereitet und presste ihm die Klinge in den Magen. Cronos gluckste und gurgelte. Dann drehte ich Emilios' Faust und zog die Waffe aus dem Bauch. Der falsche Cronos sah mich verdutzt an. Seine Fratze verzog sich zu einer schmerzverzerrten Maske. Dann brach er zusammen.

*

»Was hast du getan?«, brüllte der Prior, wie ein wütender Vater, der über seinen Sohn herfällt. Als wollte er mir Cronos' Tod zum Vorwurf machen.

»Komm her«, rief ich. »Dann zeig' ich's dir.«

Für eine Sekunde dachte ich, er hätte Angst. Mann gegen Mann. Er betrachtete die blutige Waffe in seiner Faust. Aber nun überdeckte pure Wut seine Gefühle. Und ich wusste, er würde erst zur Ruhe kommen, wenn ich tot war. Oder er.

Doch dann erschien Macario an der Tür. In der Hand blitzte ein Messer. Er sah den am Boden liegenden Leichnam.

Emilios grinste verzückt.

»Lass es uns erledigen«, sagte er schelmisch.

Macario nickte.

Sie flankierten mich, Emilios links, Macario rechts, die Klingen auf mich gerichtet. Ira stellte sich mir zur Seite, knurrte, zog die Lefzen hoch und zeigte die Zähne.

Zeitgleich stachen sie zu. Ich sprang zur Seite. Es funktionierte. Ich wich den Messern aus. Zumindest glaubte ich das. Ich lächelte atemlos, aber zufrieden.

Dann spürte ich den Schmerz. Ein Stechen biss in meine Körperseite. Und mein Rumpf drohte umzukippen. Ich sah an mir herab. Macario hatte mich erwischt. Das Blut pumpte über meine Hüfte in einem Rinnsal hinab.

Schon im nächsten Augenblick wurde mir schwarz vor Augen. Übelkeit überkam mich. Ich schnappte nach Luft, kämpfte gegen die drohende Bewusstlosigkeit an. Ira bellte aufgeregt.

»Wir haben ihn«, hörte ich den unechten Prior sagen. Seine Worte klangen wie das unanfechtbare Urteil eines Richters. »Gut gemacht.«

Ich wollte sie erledigen. Ihnen die Waffen entreißen und sie beide damit niederschlachten, aus Rache für den armen Diogenis und meinen Zozo. Doch mein Körper war am Ende. Ich konnte froh sein, wenn ich nicht auf der Stelle vor ihren Füßen zusammenbrach.

Dann sagte der falsche Emilios selbstgefällig: »Den letzten Stoß mache ich.« Und er genoss es, auf mich zuzugehen, das Messer vorgestreckt.

Ich wankte hin und her, als stände ich auf einem gefüllten Wassersack. Und im Geiste hörte ich Diogenis sprechen:

Vier Säfte bestimmen die Gesundheit: die gelbe und die schwarze Galle, Blut und Schleim. Sie stehen für Feuer, Erde, Luft und Wasser. Die Elemente des Lebens. Die Körpersäfte müssen stets ausgewogen sein. Im Gleichsinn. Herrscht ein Ungleichgewicht, belastet es auf Dauer den Organismus – wie der fehlende Apfel in Zozos Korb. Erinnerst du dich? Und dann wird der Mensch krank.

Schließlich war es mir gleich, was sie sagten und was sie taten. Ich tat, als wären sie nicht da. Mit den letzten Kräften und einem tiefen Atemzug ließ ich mich in den Schneidersitz fallen. Dann schloss ich die Augen und legte die Hände mit den Handflächen nach oben auf meinen Schenkeln ab.

Ira winselte.

»Schau. Er betet«, spottete Emilios.

Ich bekam es nur noch am Rande mit.

Denn ich konzentrierte mich auf die Intensität und den Rhythmus meines Atems. Ich gab mir Mühe, mich zu beruhigen. Meinen Blutfluss auf ein normales Tempo zu regulieren. Und ich atmete ruhig, im Gleichsinn und mit meinem Herzschlag in totaler Synchronität.

Macario sagte irgendetwas. Es schien, als tropften die Worte aus einer anderen Dimension zu mir herüber. Wie erfrischende Regentropfen an einem strahlenden Sommertag. Wohltuend. Und als ich im Geiste in die Sonne sah, erblickte ich das Taborlicht. Ungeschaffen. Nicht von Gott gemacht.

Es trug eine überwältigende Sehnsucht nach Liebe und friedvolle Gleichgültigkeit in mein Herz. Das Gefühl schwappte wie eine Welle über meinen Körper und über mein Bewusstsein, bis mein Ich ganzheitlich vom Licht umgeben war.

»Wo ist er hin? Verflucht. Wo ist er?«, hörte ich jemanden brüllen.

»Ich weiß es nicht, Vater.«

»Du hast ihn entkommen lassen. Sag, dass du es warst.« Trotz des trüben Dimensionsvorhangs klang Emilios' Stimme entfesselt, wie das Geschrei eines Wahnsinnigen. »Sag mir, wo er ist. Oder ich steche dich an seiner Stelle nieder.«

Für ihre Augen war ich unsichtbar. Im Geiste formte ich Worte, die ich niemals hatte sagen wollen: *Danke, Diogenis.*

Jetzt war der richtige Moment. Ich nahm meine letzten Kräfte zusammen, sprang auf die Beine, entriss Macario das Messer und stach auf Emilios ein.

Erde – ein Stich in die Milz, um den Fluss der Schwarzgalle zu stoppen.

Feuer – einer dahin, wo die Leber sitzt, zum Ausklang der gelben Galle.

Luft – ein entschiedener Hieb ins Herz, um den Blutfluss zu beenden.

Und *Wasser* – zuletzt, mit voller Wucht, die Schneide in die Stirn. Ich ließ das Messer dort stecken, zum Ende des Weißschleims.

Der falsche Prior fiel zusammen, die Säfte flossen aus seinem Körper. Und ich hatte den Eindruck, als löste sich sein Leichnam vollständig in die vier Körpersäfte auf und zerging in einer stinkenden Lache.

Ich hatte es geschafft. Emilios war tot.

Bruder Macario sah mich mit großen aber ängstlichen Augen an, als wäre er einem Geist begegnet. Und in gewisser Weise war das auch so.

Ich hatte meine Kräfte verbraucht. Es kam mir vor wie ein Tod – selbst wenn es keiner war. Ich fasste an mein Gesicht, spürte offenes Fleisch, die Wunden brannten. Und schließlich brach ich zusammen, fiel auf die Knie und klatschte zu Boden. Das war mein letzter Atemzug als Fratze von Athos.

XVI

»Noch nie habe ich Wunden so schnell heilen gesehen«, sagte Bruder Joris, dessen Zimmer ich während meiner Genesung mit ihm teilen durfte. Nur Wasser, erzählte er, hatte er verwendet, um meine Haut zu reinigen. Und meine Lippen hatte er damit benetzt. Schon nach wenigen Tagen war ich wieder auf dem Damm, als wäre ich niemals so grauenvoll entstellt gewesen.

Ich dachte viel darüber nach, aus welchem Grund der falsche Prior diese Intrige eingefädelt hatte. Und ich komme zu dem Schluss, dass es der Versuch dunkler Mächte gewesen sein musste, sich in eine der heiligsten Stätten der orthodoxen Kirche einzuschleichen. Die Kirche zu untergraben. Wieder einmal hatte mich das Schicksal auf magische Weise zur richtigen Zeit an den Ort des Geschehens gebracht. Und so fühlte ich mich als Waffe des Guten und fragte mich: *Lenkt es mich durch die Weltgeschichte?*

Auf Athos wird wenig geredet. Und schon gar nicht macht man sich Gedanken über die Ursachen von Gut und Böse oder das Schicksal. Man akzeptiert, was der Tag bringt und lebt in ihn hinein. Und so sah ich zwar den Dank über die Befreiung in den Gesichtern meiner Mönchsbrüder, aber niemand sprach darüber.

Jedes Ende ist ein neuer Anfang. Vor allem für mich.

Und auch wenn ich diesmal nicht hätte flüchten müssen, hielt ich es nicht länger bei den Ordensbrüdern aus. Ich empfand eine Welt, die ausschließlich von religiösen Männern bewohnt wurde, als sinnlose Zumutung. Ich hatte das starke Bedürfnis ausgelassen zu feiern, das Leben zu genießen und nicht schon zu Lebzeiten als bärtiger Leichnam durch die Zeitgeschichte zu trauern. Kurz darauf verließ ich den Heiligen Berg in Richtung Athen.

Aber ich hatte in meiner Zeit auf Athos auch ein paar Dinge gelernt. Sprachen natürlich. Und dass es falsch ist, Menschen mit andersartigen Vorstellungen voreilig abzuurteilen. Heute noch schmerzt mir das Herz, wenn ich an Diogenis mit all seinen Verrücktheiten von Gleichsinn und Synchronität denke. So albern es mir anfangs erschien – am Ende hatte er Recht behalten. Und nur das zählt.

Ich hörte von einem neuen Prior, der sich für den Aufbau des Klosters Zographou stark machte. Und irgendwann meinte ich, in diesem Zusammenhang den Namen Macario gehört zu haben. Nähere Informationen bekam ich nicht. Die Zeit dort steht still. Bis in unsere Tage schotten sich die Menschen auf dem Klosterberg Athos von der Außenwelt ab. Und noch immer hausen eremitische Mönche in schwer zugänglichen Hütten, die über dem Meer in die Berghänge gebaut wurden. Womöglich ist auch Diogenis' Wohnstätte wieder mit Leben erfüllt?

Ira war mir geblieben. Sie war von da an mein treuer Begleiter gewesen, viele Jahre lang. Und wenn ich mich an sie zurückerinnere, liegt mir ihr Bellen in den Ohren – gleich laut, gleich lang. Eines Nachts war sie Diogenis ins Taborlicht gefolgt. Wer einmal eine Hundeseele zum Freund hatte, der weiß, wie schlimm es ist, sie zu verlieren. Als ob dem eigenen Körper ein Stück entrissen wird. Und es schmerzt ebenso.

Eine Sache blieb mir bis heute: Muss ich Stufen überwinden, lange Strecken wandern, etwas Schweres tragen oder eine stumpfsinnige Aufgabe tausend Male wiederholen, dann erinnere ich mich an den guten alten Stinker Diogenis und achte darauf, es mit Gleichsinn und Synchronität anzupacken. Und dann denke ich an meine Zeit zurück bei den *Mönchen vom heiligen Berg*.

Mein Name ist Simon.
Ich lebe ewig.
Solange ich zurückdenken kann, bin ich auf der Erde.
Ich habe außergewöhnliche Dinge gelernt, auf der Suche nach einer
Antwort auf die Frage:
Wer bin ich?
Ich kann nicht sterben. Ich darf nicht lieben.
Ich bin Simon.

Stimmen aus der Zukunft

I

Irgendwo in Kanada im Jahr 1971

Guten Morgen, ihr Murmeltiere und Frühaufsteher. Willkommen auf 89 City-FM – wo die Hits zuhause sind. Heute ist der 18. September 1971 und es ist verdammt kühl da draußen. Aber nun heize ich euch ein. Mein Name ist George Nolan und die nächsten zwei Stunden verbringen wir gemeinsam in der Beatbox. Wie immer habe ich die neuesten Kassenschlager aus dem Plattenschrank gezogen, aber auch ein paar Klassiker zum Tanzen und zum Kuscheln.

Den Anfang machen wir mit einem brandneuen Song, einer bezaubernden Ode an die Menschheit. Niemand Geringerer als Mister John Lennon persönlich hat ihn für uns aufgenommen. Und ich prophezeie: Dieser wundervolle Ohrwurm hat das Zeug dazu, ein ganz großer Hit zu werden.

Ich legte beide Arme gemütlich auf den Lehnen meines Sessels ab und ließ den Körper nach hinten fallen. Ich spürte, wie das Leder angenehm warm wurde und schwenkte den Blick über mein weißes Bücherregal, vollgestopft mit allerlei Klassikern. Und da war noch etwas. Etwas Unheimliches. Abscheuliches. Ein hinterhältiger, dunkler Fleck im glänzenden Regal. Nur das wollte ich zu diesem Zeitpunkt noch nicht wahrhaben.

Ich schloss die Augen und lauschte den rhythmischen Klängen des Pianos. Von Anfang an mochte ich das Lied. Und als der ehemalige *Beatle* die erste Zeile sang, hatte ich mich restlos darin verloren. Auch ich hatte mir vorgestellt, die Welt könnte anders sein. Stell dir vor: keine Spielregeln, keine Zeit, kein Tod. Ein fürchterlicher Irrglaube. Eine halbe Ewigkeit war ich auf der Suche nach Menschen gewesen, die ebenso lange lebten wie ich. Ich wollte endlich einen Sinn hinter alldem entdecken. Aber das Einzige, was ich fand, waren noch mehr Mysterien, dunkle Geheimnisse, Machenschaften des Schicksals.

Nur diesmal trieb ich es auf die Spitze. Den Tod austricksen – das war mein Plan gewesen. Ein bitterböser Fehler. Ich hatte nicht wahrhaben wollen, dass ich in der Unendlichkeit gefangen war.

Der Herbstmorgen blies angenehm kühle Luft durch das gekippte Fenster in meinen Nacken. Und dennoch lief mir ein kalter Schauer über den Rücken.

Stell dir vor, es gäbe keinen Tod. Alle, die du liebst, könnten auf ewig mit dir zusammen sein. Bei dem Gedanken wurde mir schlecht. Und ich kämpfte darum, die Augenlider geschlossen zu halten.

Meine Erinnerungen kletterten hinab in eine bittere Vergangenheit. Ein paar Jahre nur. 1966. Schlimm genug. Und auch wenn mein Bewusstsein unerbittlich dagegen ankämpfte, ließ ich es geschehen. Tränen schossen in meine Augen. Ich merkte, wie sich mein Gesicht vor Schmerzen verzog. Aber ich wusste auch: Der Zeitpunkt, sich mit den Geschehnissen auseinanderzusetzen, war da. Heute. Jetzt.

Dann spielte das Radio die letzten Takte des Songs. Und ich ertappte mich dabei, froh zu sein, die Vorstellung an eine perfekte Welt nicht mehr ertragen zu müssen. Den Grund erzählt die folgende Geschichte …

II

– Das Radio spielt *California Dreamin'* von
The Mamas and the Papas. –

Dieses Lied katapultierte meine Erinnerungen direkt fünf Kalenderjahre in die Vergangenheit, an einen Sonntagnachmittag im Jahr 1966.

Wir rollten mit dem klapprigen Ford Mustang über die Landstraße von Cardston in Richtung Fort Macleod, Alberta, Kanada. *California Dreamin'* sangen die Stimmen von *The Mamas and the Papas* aus dem Autoradio. Ich hasste es, das Fahrzeug stundenlang durch die Nadelwälder zu lenken, sogar wenn sie so wunderbar dufteten. An die angenehmen Dinge im Leben gewöhnt man sich schnell. Die achtjährige Lisa packte die Langeweile, während Jeffrey, der bald sechzehn wurde, den Kopf ans Fensterglas gelehnt, den Blick nach draußen gerichtet, vor sich hindöste.

Ich spürte Lisas Füße, die mir das Sitzpolster in den Rücken traten.

»Du-hu, Woogie?«

Woogie war irgendwann Cynthias Kosename für mich gewesen. Und Lisa hatte den Namen so oft bei Mom gehört, bis sie ihn eines Tages selbst sagte. Ich mochte es gern, wenn sie mich so nannte. Nur *Daddy* gefiel mir noch besser.

»Ja, Rubberducky?«

»Warum muss Mom heute arbeiten?«

»Aber das habe ich dir doch schon hundert Mal erklärt«, sagte ich und steuerte das Fahrzeug über eine kurvige Lichtung in den nächsten Waldabschnitt hinein.

»Dann erklär's mir nochmal.«

»Mensch, Lis«, maulte Jeffrey. »Halt die Klappe.«

Sofort jammerte Lisa los: »Daddy. Er hat *Klappe* zu mir gesagt.«

Ich genoss die Anrede und ignorierte die Zankereien.

»Deine Mutter arbeitet als Pflegerin in einer Klinik. Die Patienten …«

»Spinner«, unterbrach Jeffrey herablassend.

»Jeff. Du weißt, dass du das nicht immer sagen sollst«, mahnte ich streng.

Ich hörte ihn stur schnaufen und stellte mir vor, wie er sein Gesicht genervt zum Fenster wegdrehte.

»Diese Leute sind krank. Sie müssen auch am Wochenende versorgt werden«, erklärte ich.

»Und warum muss Mami das tun?«, löcherte sie mich.

»Weißt du. Jeder, der dort arbeitet …«

»Da – Woogie!«, unterbrach sie mich mit einem Mal. »Was ist das da? Da draußen.«

Ich bremste das Auto ab. Wir rollten an einem Steinhaufen vorbei, geschmückt mit vertrockneten Pflanzen. Die Farben der Blüten ließen sich noch erahnen. Das Gebilde passte so gar nicht in die Landschaft. Für Kinderaugen musste der Anblick etwas Geheimnisvolles, Magisches gehabt haben.

»Da ist ein Unfall passiert«, sagte ich. »Das macht man so, dass man dann Blumen hinlegt.«

»Nur, wenn einer krepiert ist«, warf Jeffrey ein.

»Jeff!«, sagte ich streng. Sein Ton war furchtbar, wie ich fand.

»Ist doch wahr«, maulte er.

»Stimmt das?«, wollte Lisa wissen.

»Ja. Blumenschmuck legt man dann ab, sofern jemand bei dem Unglück ums Leben gekommen ist.«

Dann gab ich wieder Gas – nur diesmal etwas vorsichtiger.

*

Südlich des Städtchens Fort Macleod am Oldman River gab es seit ein paar Jahren eine US-Militärbasis. Jeder, der in der unmittelbaren Umgebung wohnte, wusste es. Doch niemand sprach darüber. Ich glaube, die Einwohner waren sich nicht sicher, ob die Basis ein *geheimer* Stützpunkt war. Deshalb sagte man lieber nichts.

Außerhalb des Militärgeländes betrieben die Soldaten eine kleine Kneipe. Alkohol und Mädchen. Gott weiß, was die jungen Männer in ihrer Freizeit dort trieben. Aber an den Sonntagen war das Lokal geschlossen.

Jeffrey spielte in einer Band. *The Canadian Sunsets.* Der Schlagzeuger war irgendein tätowierter Kerl, den Jeffrey von der Schule her kannte und dem ich eine Zukunft in gesiebter Luft prophezeite. Sein Vater arbeitete für das US-Militär. Er machte es möglich, dass die *Sunsets* die Bar sonntags als Übungsraum nutzen durften.

Aus diesem Grund lenkte ich die Karre jeden Sonntag viermal über den Highway. Hin und her, hin und her.

Von außen sah die Kneipe aus wie ein alter Schuppen. Und vielleicht war sie das auch mal gewesen. Der Staub wirbelte hoch, als ich das Fahrzeug auf die plattgerollte Wiese neben den zusammengenagelten Wänden zum Stehen brachte. Von drinnen vernahmen wir Stimmen und das Quietschen eines Gitarrenverstärkers. Als ich den Kofferraumdeckel aufzog, dachte ich an das kleine Vermögen, das ich für Jeffreys elektrische Gitarre ausgegeben hatte.

»Alles klar, bis später«, sagte der Junge und wollte gerade los.

»Wir gehen mit!«, behauptete Lisa. Sie hatte schon lange den Herzenswunsch, zu sehen, was ihr großer Bruder da trieb.

»Vergiss es«, entgegnete Jeffrey.

»Nur deshalb bin ich mitgefahren«, protestierte sie und schlug die Arme wütend vor der Brust zusammen. Die geflochtenen, blonden Zöpfe flogen durch die Luft und die gigantischen Blütenbilder auf dem knallroten Kleid wirkten in diesem Augenblick wie warnende Stoppschilder.

»Dein Pech«, sagte er schroff.

»Jeff«, bremste ich ihn. Im Grunde hatte ich überhaupt keine Lust, mich auch nur eine Sekunde länger in der Nähe dieser langhaarigen Hippies aufzuhalten. Andererseits war ich schon neugierig, ob sich das wöchentliche Kilometerfressen auszahlte. »Wenn ihr uns ein Stück vorspielt?«

»*Song*, Daddy. Es heißt *Song*. Und nein!«

»Aber Woogie«, jammerte Lisa. Ihre verzweifelten, großen braunen Augen funkelten mich hilfesuchend an.

Ich verzog den Mund und schnaufte resigniert durch die Nase. Die beiden wussten, was das zu bedeuten hatte.

»Aber Dad.« Jeffrey stampfte mit dem Fuß auf.

»Ihr spielt uns ein Lied … einen *Song* vor. Und dann sind wir auch schon wieder weg.«

Ich stellte mir vor, wie wir unkoordiniertes Gezupfe auf schlecht gestimmten Elektrogitarren kombiniert mit unverständlichem Geplärre und taktlosem Trommelhagel würden ertragen müssen. Und ich hasste mich selbst dafür.

Aber Lisa rief begeistert: »Danke, Daddy« und klammerte sich an meine Hüfte.

Trotz der langen Haare, die ihm respektlos über Augen und Gesicht fielen, sah ich Jeffreys bösen Blick. »Du kannst dir auch gern einen anderen Chauffeur suchen«, sagte ich zynisch.

Mein Argument überzeugte ihn, wenn auch mit Murren.

*

Wir sollten warten, bis sie so weit waren. Es überraschte mich, wie wichtig es ihm war, mit seiner Musik einen guten Eindruck zu hinterlassen. Also schlugen Lisa und ich die nächsten zwanzig Minuten mit einem Rundgang durch die herbstliche Umgebung tot.

Wie immer trug sie ihr Tagebuch unter dem Arm. Sie hatte es vor einem Jahr von ihrem Großvater – Cynthias Vater – geschenkt bekommen. Mit den fühlbaren, geschwungenen Verzierungen auf dem Ledereinband wirkte es magisch und geheimnisvoll. Und obwohl es im Grunde genommen viel zu groß war, um herumgetragen zu werden, wollte sie es *»Auf gar keinen Fall!«* im Auto lassen.

*

Endlich baten sie uns herein. Ein dickes Luftgemisch, nach Nikotin und Alkohol muffelnd, schwappte uns entgegen. Tische und Stühle hatten sie zur Seite geräumt. Alle Kabel führten zum Mischpult auf dem Tresen, vor dem normalerweise die Barhocker standen. Die Jungs waren aufgestellt, wie die *Beatles* auf ihren Konzerten: Jeffrey rechts, die Gitarre über die Schulter gehängt. Mit seinem eng anliegenden Shirt, dem sportlichen Oberkörper und seiner umgeschlagenen Rockabilly-Jeans wirkte er wie ein Halbstarker aus den Fünfzigern. Und aus seinen Gesichtszügen, weich, jugendlich und leicht pausbackig, blitzte unverhofft das Mienenspiel eines Erwachsenen. Links neben ihm zwei Kerle, die ich vom Sehen her kannte, einer unrasiert, dünn und hochgewachsen, der andere konnte mit seinem Pilzkopf als Beatlesdouble durchgehen. Ganz hinten war das Schlagzeug aufgebaut, der tätowierte Trommler nahm dahinter Platz. Die Anspannung war den Vieren ins Gesicht geschrieben.

Wir stellten uns vor ihnen auf. Der Schlagzeuger schlug dreimal die Sticks zusammen. Dann legten sie los.

Ich kannte das Gitarrenintro, konnte es aber nicht gleich zuordnen. Unzählige Male hatte ich die Melodie im Autoradio gehört. Ich war überrascht, wie gut sie der Junge in der Mitte nachspielte. Und als der mehrstimmige Gesang einsetzte, erkannte ich das Stück sofort. Sie spielten *California Dreamin'* von *The Mamas and the Papas*. Und das richtig gut.

Jeffrey zupfte an den Saiten und sang gefühlvoll ins Mikrophon. Die drei Stimmen harmonierten wundervoll miteinander. Lisas Augen strahlten. So einen innigen Glücksausdruck hatte ich bei ihr schon lange nicht mehr gesehen. Das Buch hielt sie mit beiden Armen fest umschlungen an den Körper gepresst, wie andere Kinder ein Stofftier. Da zwinkerte Jeff seiner kleinen Schwester liebevoll zu. Und Lisa hüpfte in die Luft und klatschte in die Hände, sodass ihr beinahe das Buch hinunterfiel. Ich konnte nicht anders, musste unwillkürlich lächeln vor Glück. Und selbstverständlich applaudierte ich mit.

Die *Canadian Sunsets* spielten richtig gut. Professionell, soweit ich das beurteilen konnte. Gut aufeinander abgestimmt, mit viel Herz und Gefühl. Vermutlich grinste ich die ganze Zeit über wie ein Honigkuchenpferd. Denn ich war stolz und fasziniert, was die Jungs in dieser Hütte ohne fremde Hilfe auf die Beine gestellt hatten. Und wie ich meinem Sohn so zusah, schien er in meinen Augen mit einem Mal gewachsen zu sein. Kein hilfloses Kind mehr – ein junger Mann.

Das war einer dieser besonderen Momente, in denen ich meine Familie noch mehr als das gewöhnliche *Unendlich* liebte. Ein Augenblick, der mich heute zum Weinen bringt, wenn ich daran zurückdenke …

III

Dicke goldene Ahornblätter wirbelten in die Luft, als ich den Ford Mustang vor der Veranda unseres Wohnhauses zum Stehen brachte. Ich liebte dieses Haus. Die breite Treppe mit dem schneeweißen Geländer sollte Besucher zum Hereinkommen einladen. Es war Cynthias Idee gewesen, die Wände hellgrau zu streichen, das kleine Spitzdach über der Haustür aber weiß. Die Zimmer verteilten sich im ersten Stock und bis ins Dachgeschoss hinauf, wo das Schlafzimmer lag, mit Blick auf die Sterne. Und wenn ich spätabends nach Hause kam, Licht hinter den Fenstern brannte und Buchenholzrauch aus dem Kamin quoll, dann fühlte ich mich an diesem Ort schlicht und einfach daheim.

Lisa hüpfte aus dem Auto und knallte die Fahrzeugtür übermütig zu. Jeffrey schlenderte uns nach, die Gitarre auf dem Rücken. Ich sperrte auf. Dann nahm ich noch eine genüssliche Nase voll Herbstluft, die erfrischend und eigentümlich beruhigend auf mich wirkte, und wir traten ein.

Der Junge stampfte lustlos die Treppe hoch und verschwand wie gewöhnlich in seinem Zimmer. Ich fand, dass wir zu wenig miteinander redeten. Der heutige Tag hatte mir gezeigt, dass viel mehr in ihm steckte, als mir bewusst war.

»Daddy, Woogie«, rief Lisa. Ihre Füße polterten über die Holzdielen.

»Ja, Ducky?«

»Rumfahren ist so toll!«

»Findest du?«

Ich dachte daran, dass ich heute noch Cynthia von der Arbeit holen musste und konnte ihre Begeisterung nicht teilen.

»Ich weiß, was ich mal werden will«, sagte sie.

»So?«

»Ja. Ich möchte überall hinfahren«, rief sie entschlossen.

»Aber das ist doch kein Beruf.«

»Dann mache ich einen Beruf daraus«, sagte sie mit der kindlichen Gewissheit, dass das Leben so einfach war. »Ich werde durch die Welt reisen und viel erleben, weißt du?«

»Und mich allein lassen?«, maulte ich frech.

»Für dich schreibe ich alles hier rein«, sagte sie und legte ihr Tagebuch auf den Tisch. »Dann kannst du meine Abenteuer nachlesen.«

Ich konnte mir ein Grinsen nicht verkneifen.

Sie schlug den wuchtigen Einband auf, zog einen Bleistift aus der Lasche im Buchrücken und blätterte zu einer leeren Seite. Die Buchseiten waren viel zu groß für ihre winzigen Finger. Dann fing sie an, zu schreiben. Ich fand es immer wieder aufs Neue charmant, wie ihre Nasenspitze beinahe das Papier berührte. Und ich hatte gesehen, wie klein ihre Buchstaben waren. An manchen Tagen schrieb sie nur ein paar Zeilen. »Damit es reicht«, hatte sie mir einmal erklärt, als wolle sie wahrhaftig ihr ganzes Leben in diesem Buch unterbringen.

Es war schön zuzusehen, wenn sie sich lange auf eine Sache konzentrierte. Und ich fand es toll, dass sie sich so viel Mühe gab, das Privatkonzert der *Canadian Sunsets* in ihr Buch einzutragen.

Oben drehte Jeffrey das Radio an. Es spielte *Paint It Black* von den *Rolling Stones*.

»Du-hu, Woogie?«

»Ja?«

»Wie schreibt man Blumengrab?«

Erschrocken sah ich zu ihr hin. Mein Atem stockte. Unbekümmert zappelte der Stift in ihrer Hand. Ich trat einen Schritt heran.

Sie drehte den Kopf und sah mich an. Ihr Haar fiel zur Seite und die großen braunen Augen blickten mich an, wie die eines unschuldigen Rehs.

»Sag«, forderte sie.

»Was …?«, zögerte ich, »Was schreibst du?«

»Was wir heute gemacht haben«, erklärte sie mit kindlicher Selbstverständlichkeit.

Ich warf einen Blick über ihre Schulter und erhaschte einen Satz aus dem Buch.

Wir sind an einem Hügel vorbeigefahren, wo jemand gestorben ist. An einem Blumen …

Kein Wort von ihrem Bruder und der Band. Nein.

Sie schrieb, dass wir ein Blumendenkmal am Straßenrand gesehen hatten. Jetzt erst wurde mir bewusst, wie tiefgreifend dieses für mich so unbedeutende Erlebnis für Lisa gewesen sein musste.

»Hey. Nicht gucken!«

»Mach ich nicht.«

Ich lebe ewig. Und wenn ich einmal starb, dann erholte ich mich wieder. Dafür brauchte es nur Zeit, wie ich mehrfach am eigenen Leib erfahren hatte. Als ich vor rund 5000 Jahren in Nineveh zum ersten Mal eine Ehefrau und vor allem eigene Kinder hatte, rätselte ich voller Hoffnung, ob ich meine Unsterblichkeit an meine Abkömmlinge vererbt haben könnte. Und es tat weh, zu erfahren, dass dem nicht so war. Für gewöhnliche Menschen wie Lisa, Jeffrey und Cynthia war es eine wichtige Sache, sich mit dem Tod auseinanderzusetzen. Für sie war der Tod endgültig, unumstößlich und abschließend. Ein Gedanke, den ich beinahe vergessen hatte.

Mir kam in den Sinn, wie ich Jahrtausende damit verbracht hatte, meine Unsterblichkeit zu ergründen. Ich wollte der Ursache meines außergewöhnlichen Lebens auf die Spur kommen. Dabei zog es mich wie magisch zu den Orten hin, an denen eigentümliche Dinge vorgingen, die ein normaler Mensch nicht erklären kann. Und ich war auf der Suche gewesen, nach anderen meiner Art – nach meiner Familie.

Das alles hatte ich in den letzten Jahren so gut wie vergessen. Es war toll, eine waschechte Familie zu haben. Dazuzugehören. Ich wurde gebraucht und ich hatte eine Aufgabe – ich war Familienvater. Umso stärker schmerzte der Gedanke, dass auch dieses Glück vergänglich war. Lisa, Jeff – ein Stich fuhr in mein Herz. Cynthia. Sie würden unter meinen Händen wegsterben, schneller als es mir lieb war.

Noch immer sah mich Lisa mit großen Augen an. Und für einen grausamen Augenblick gehörte ich nicht länger dazu. Dieses unschuldige Mädchen war eine Fremde, die ein Dach mit mir teilte.

Ich fand es nicht fair, dass sich so ein junges Geschöpf mit dem Tod auseinandersetzen musste. Und auf einmal überkam mich eine tiefgreifende Wut. Ich verengte die Augen, meine Stirn schlug Falten und meine Kieferknochen mahlten unruhig aufeinander. Zorn – auf die Wirklichkeit und auf die Tatsache, dass alles, was ich tat – meine Familie, meine Kinder – mit einem Mal sinnlos geworden war.

»Was ist los?« Lisas Stimme klang erschreckt und verstört zugleich. Als hätte sie jemanden in mir gesehen, der ihr fremd war und der ihr Angst machte.

»Nichts, Rubberducky«, sagte ich und schnaufte durch. Ich musste zu mir zurückfinden. Zu meinem wirklichen Ich. Dem sorgsamen Familienvater. Es fiel nicht leicht.

Da schwor ich mir: Wenn es eine Möglichkeit geben sollte, das Leben meiner Familie zu verlängern, dann würde ich sie finden.

Ein verhängnisvoller Fehler …

IV

Im Grunde machte mir das *Souris Valley Mental Health Hospital* schon immer Angst. Eigentlich bestand es nur aus mehreren quadratischen Backsteinkästen, aneinandergereiht und in der Mitte der Haupteingang mit zwei Säulen und einem Vordach versehen. Aber wenn ich auf das ausladende Ziegelgemäuer zufuhr, hatte ich das Gefühl, als glotze es mich schon von Weitem mit seinen unzähligen Fenstern gierig an. Und lief ich die Treppe zur Haupttür hinauf, dann stellte ich mir vor, wie der einzige Zugang das letzte bisschen Verstand aus den Köpfen der Patienten fraß. Ein gigantisches Maul, das geisteskranke Zeitgenossen nur in eine Richtung durchließ. Zwar handelte es sich um ein Krankenhaus – überwiegend Menschen mit Schizophrenie wurden hier behandelt – doch in Wirklichkeit war das *Souris Valley* für die meisten Bewohner der letzte Ort, den sie in ihrem Leben sehen würden. Ein Oneway-Ticket in den Wahnsinn.

Die Abendluft war kühl, weshalb ich Cynthias Jacke locker über meine Schulter geworfen hatte. Ich schubste die Tür hinter mir zu und war froh, den Benzingestank meines *Ford* aussperren zu können, der noch immer unangenehm in der Luft hing. Der Kerl an der Pforte ließ mich mit einem »Guten Abend, Herr Adams« durch.

Der Eingangsbereich wirkte seriös und aufgeräumt – gar nicht, wie man es von einer Irrenanstalt erwartete. Das lag vielleicht daran, dass das *Souris Valley* eine der ersten Kliniken dieser Art war, wo man die Spinner nicht einfach nur wegsperrte. Hier wollte man sie ernsthaft kurieren – Cynthia behauptete das.

Eine breite Holztreppe führte in die oberen Stockwerke. ZU STATION B besagte ein Schild. Und hinter zwei gewaltigen Flügeltüren in den Nebengebäuden lagen die Stationen A und C. Cynthia arbeitete auf C. In diesen Räumen behandelte man Menschen, die auf den ersten Blick völlig normal wirkten, in Wirklichkeit jedoch in ihrer eigenen Welt lebten. Und diese Traumwelt war meist ein grausamer und unnachgiebiger Nachtmahr.

*

– Das Radio spielt *Wild Thing* von *The Troggs*. –

Und dann kam Cynthia.

Sie warf die Tür auf. Und für mich war es, als hätte jemand das Licht des Vorraums abgedunkelt und den Spot eines imaginären Scheinwerfers auf ihre Gestalt gerichtet. Ihr langes, natürlich gewelltes Haar fiel lässig über ihre Augen und in ihr Gesicht. Sie trug diese kesse Jeans, oben eng und unten weit, mit den bunten Stickmustern in Blumenform auf den Oberschenkeln. Eine dicke Kordel hielt das knallig lila Hemd an der Taille zusammen.

Als sie auf mich zukam, lächelte sie mich an. Und eben dieses Lächeln erzählte mir, dass sie wirklich glücklich war, mich zu sehen. Und dass sie mir gerne in die Arme fiel.

»Hey Sweetheart«, sagte sie und drückte mir einen dicken Kuss auf.

»Hey Bunny«, erwiderte ich. Ich mochte dieses Spiel.

Sie legte mir den Arm um und schmiegte ihren warmen Körper an meine Seite.

»Alles klar zuhause?«

»Nein. Was Schlimmes ist passiert.«

Cynthia hielt inne und sah mich mit großen Augen an. Für einen Moment fiel ihr Lächeln zusammen.

»Lisa«, sagte ich und machte eine bedeutungsschwangere Pause, um es spannender zu machen. »Stell dir vor: Jetzt findet sie Jeffs Musik *gut*.«

Und ich lachte los.

»Du Blödmann!«, rief sie. Sie stieß mich weg, zog mir die Jacke von der Schulter und hängte sie sich um. Dann jammerte sie: »Was hab ich mich erschreckt« und machte eine dicke Unterlippe.

Als wir nach draußen gingen, kicherte ich noch immer. Der Pförtner schüttelte verständnislos den Kopf. Und Cynthia zwickte mir in die Seite.

*

Die Luft war kühl. Sie stopfte die Hände in die Hosentaschen, ich legte meinen Arm um ihren Körper und wir schlenderten zum Auto.

»Ihr wart wieder beim Übungsraum«, sagte sie.

»So gut wie jeden Sonntag.«

Sie schnaubte verächtlich. Ich wusste, was jetzt kam, konnte ihr beinahe den nächsten Satz Wort für Wort auf die Zunge legen.

»Ich mag es nicht, wenn er sich da rumtreibt.«

»Wie jeden Sonntag«, wiederholte ich und kicherte.

Sie stieß mich mit der aufregenden Rundung ihrer Hüfte weg. Dann zog sie eine Hand aus der Hosentasche und legte sie mir an die Brust. Dabei fiel etwas auf den Boden. Sie hauchte mir einen Kuss auf, weil auch sie schon vorher gewusst hatte, dass ich so reagieren würde. Dafür liebte ich sie. Selten war ich mit einer Frau so zu einer geistigen Einheit verschmolzen, wie es bei Cynthia der Fall war.

Sie ging in die Knie und langte nach einem silbernen Päckchen.

Ich runzelte die Stirn, hatte einen Verdacht.

»Was ist das?«, wollte ich wissen.

Ich sah zusammengeknülltes Aluminiumpapier.

»Ach nichts«, sagte sie und steckte es weg.

Da wusste ich, dass ich auf der richtigen Spur war.

»Nein, oder?« Das sollte bewusst vorwurfsvoll klingen.

»Ach, komm schon«, maulte sie beschwichtigend.

Jetzt war ich mir vollkommen sicher.

Es war vielleicht eine Woche her, oder ein paar Tage länger, da erzählte sie mir von ihrem neuen Boss, Andrew Coleman hieß er. Und dieser Doktor Coleman hatte einen Stoff herbeigeschafft, der es den Pflegern ermöglichen sollte, sich in die Lage der Patienten zu versetzen. *Lysergsäurediethylamid* nannte sich das Zeug – kurz: LSD. Der Arzt war wild entschlossen, dass jeder Angestellte des *Souris Valley* mindestens einmal diese Chemikalie einzunehmen hatte. Ziel war es, die Probleme der Patienten besser verstehen zu können. Frei nach dem Motto

»Kenne deinen Feind« oder »Wer nie im Krieg war, sollte auch nicht über den Krieg urteilen«.

Ich hatte ihr meine Meinung zu dem Zeug gesagt und die Unterhaltung über das Thema komplett abgewürgt. Vielleicht hätte ich auch etwas verständnisvoller mit ihren Argumenten umgehen sollen. Aber ich hatte einfach das Gefühl, da redete nicht Cynthia, sondern Herr Doktor Andrew Coleman zu mir.

Und hier war es nun, das Teufelszeug.

Sie ging in die Offensive. »Rockstars nehmen es.«

»Idioten nehmen es«, entgegnete ich.

»Doktor Coleman ist ein intelligenter Mann.«

»Wenn er das nimmt, ist er ein Idiot.«

Ich konnte nicht einmal begründen, warum ich es als schlecht empfand, wenn man mit Chemikalien versuchte, sein Bewusstsein zu erweitern. Es kam mir schlicht und ergreifend falsch vor. Eine moderne Abart der Hexerei. Und ich war mir sicher: Das Einzige, was passierte, wenn man sich einen Trip einschob, war, dass man sich sinnlos den Verstand wegpustete.

»Ich nehme es einfach mal mit. Mehr nicht«, meinte sie beschwichtigend.

»Aber …«

Sie rempelte mir gegen die Brust.

»Hey«, rief ich.

»Mehr nicht!«, wiederholte sie streng.

Ich sah sie mit großen Augen an.

»Und jetzt halt die Klappe«, befahl sie frech. »Sonst trete ich dir woanders hin.«

Ich antwortete mit einem gespielten »Aua.«

Und dann lachten wir beide.

Dennoch blieb das schale Gefühl zurück, dieses Zeug könne größeres Unheil anrichten, als es auf den ersten Blick aussah …

V

Ein gewöhnlicher Montagmorgen. Obwohl Cynthia gestern spätabends nach Hause gekommen war, musste sie schon wieder los zur Arbeit. Ich hörte Brodies Wagen scheppern, lange bevor er wie jeden Tag zweimal auf die Hupe drückte. Ein Geräusch, das mich an eine erkältete Ente erinnerte. Cynthia hüpfte vom Stuhl hoch und stopfte sich noch hastig eine Brotscheibe in den Mund.

»Bye Mom«, rief Lisa.

Cynthia sagte etwas, das sich nach »*Schönen Tag euch allen*« anhörte. Das Brot bremste die Silben.

»Bye«, stammelte Jeffrey wenig begeistert und schob einen Löffel Cornflakes nach. Auch er musste bald los. Unvorstellbar, dass er nur noch ein Jahr bis zum Abschluss hatte.

Wir hatten Glück. Ich konnte die Schreibarbeiten für das örtliche Gemeindeblatt großteils zuhause erledigen. So bestand die Möglichkeit, dass ich Lisa zur Schule brachte, was ich sehr gerne tat. Und ich kümmerte mich um den Haushalt. Ich war ein waschechter Familienmensch. Und ich denke, nur weil jeder wusste, dass ich Kleinanzeigen erstellte und hin und wieder einen langweiligen Artikel schrieb, akzeptierte man unseren Rollentausch.

*

Als endlich Ruhe einkehrte, schaltete ich das Radio ein. Ich erinnere mich, es lief gerade *Monday Monday* von *The Mamas and the Papas*. Ich räumte das schmutzige Geschirr in die Spüle, wischte mit einem feuchten Lappen über die Tischplatte und summte die Melodie nach.

Und ich fragte mich, weshalb nicht alles für immer so bleiben konnte, wie es war. Ich hatte es satt, mir Gedanken machen zu müssen, warum ich anders war. Ich war's leid, ständig durch die Welt zu flüchten, ohne je auf eine Antwort zu stoßen. Unerklärliche Phänomene zogen mich magisch an. Ich hatte mich mit dunklen Mächten angelegt – oder sie sich mit mir? Aber weder war ich mit Wesen meiner Art zusammengekommen, noch mit Thyri, von der ich wusste, dass auch sie unsterblich war.

Alles umsonst, dachte ich, *Windhauch und Luftgespinst.* Doch mein Leben, meine Familie, war mein Zufluchtsort. Mein Exil. Und es gefiel mir.

1945 war ich aus dem unbequemen Nachkriegsdeutschland nach Österreich übergesiedelt. Zu dieser Zeit schossen in ganz Europa Flüchtlingslager in alten Konzentrationslagern und verlassenen Wehrmachtsanlagen aus dem Boden. Allein in der Alpenrepublik fanden sich eine halbe Million alliierte Soldaten und dreimal so viele Männer der ehemaligen Wehrmacht samt deren Verbündeten in diesen Lagern ein. Rumänen, Ungarn, Kroaten und Kosaken suchten nach einer neuen Heimat. Die Flüchtlingsströme flossen wie die Beine einer überdimensionalen Spinne aus Mitteleuropa in alle Richtungen der Welt. Ihnen schloss ich mich an. Denn ich konnte den alten Kontinent nicht mehr ausstehen.

Kanadas Einwanderungspolitik war damals stark pro-britisch. Ich hatte zwar keinen britischen Pass, aber auch keinen anderen. Und ich sprach hervorragendes Oxford Englisch. Darum war es für mich kein Problem, in ein Land überzusiedeln, das nicht von kulturellen Strömungen überrannt wurde.

Und das Leben zog an mir.

1947, zwei Jahre nach meiner Einreise, lernte ich Cynthia auf einem Jahrmarkt kennen. Für mich zu einer Zeit, als ich versuchte, vom unendlichen Leben mit all seinen mystischen Verwindungen Abstand zu gewinnen. Ich hatte gerade meine zweite Arbeitswoche beim Gemeindeblatt von Weyburn hinter mir. Cynthia warf mit Bällen nach Dosen. Sie traf keine Einzige, verzog traurig die Unterlippe und ließ die Schultern hängen. Ich kaufte dem Schausteller eine überteuerte Rose ab und bat ihn, sie der niedergeschlagenen Lady mit dem Strohhut so groß wie ein Wagenrad zu überbringen.

Und ich spürte, wie mich das Leben in die Arme nahm.

Drei Jahre später heirateten wir. 1951 kam Jeffrey zur Welt. Wir leisteten uns ein Häuslein am Stadtrand von Weyburn und ich tapezierte, malerte und hämmerte, als hätte ich noch nie etwas anderes getan. Und ich vergaß, wer ich bis dahin gewesen war. Eine wundervolle Zeit.

Die Kalenderjahre verflogen in einem Augenschlag und 1958 musste ein zweites Kinderzimmer her. Lisas Geburt war eine Misere. Sie kam etliche Wochen zu früh und wollte erst einmal nicht atmen. Der Arzt drosch auf das winzige Bündel ein und Cynthia kreischte und heulte. Und ich stand reglos daneben, wie in Eisen gegossen und war überwältigt von der Wucht des Daseins.

Und schließlich nahm mich das Leben in sich auf.

Endlich brüllte Lisa los. Ihr Herz pochte kräftig. Und der Mediziner prophezeite, sie würde 100 Jahre alt werden. Eine Weissagung mit Folgen …

*

Der Todesbote war haarscharf an uns vorbeigeschrammt. Das Erlebte schweißte uns noch fester zusammen. *FAMILIE SIMON ADAMS* stand auf unserem Postkasten. Und wenn ich ihn zu jener Zeit öffnete, dann mit Glückstränen in den Augen.

Jetzt schloss ich den silbernen Kasten, klappte die rote Fahne runter und lief zurück ins Haus.

Cynthia weiß es nicht, dachte ich mir und kam mir dabei schäbig vor. Mit einem Mal haftete der Gedanke an mein wahres Ich wie ein dunkler, ekelerregender Fleck an meiner Seele. Ich kann nicht erklären, was der Auslöser war. Vielleicht mein gestriges Gedankenspiel.

Urplötzlich floss die Wahrheit über alles, was ich war, wie eine stinkende Eiterlache unter meinem perfekten Leben hervor. Und sie zischte mir zu: *Was wirst du tun, wenn Cynthia die ersten Fragen stellt? Wenn sie wissen will, weshalb du niemals ernsthaft krank bist? Warum du nicht alterst? Und ob dir nicht langsam ihr schrumpeliger Hintern zuwider ist?*

Sie wird es nicht verstehen.

Mir blieb die Luft weg.

Ich wollte die schreckliche Eingebung wegschieben, so tun, als hätte ich den Gedanken nie gedacht. Da bemerkte ich, wie Tränen über meine Wangen rannen.

Wieder im Haus knallte ich wütend die Post auf den Tisch und ließ mich in den Stuhl fallen.

So wie die Welt nicht bereit für Unsterblichkeit war, so war ich nicht bereit meine Lieben sterben zu sehen. Ich hatte es schon erlebt und konnte es nicht aushalten. *Irgendwann*, dachte ich und fürchtete mich vor meinen eigenen Gedanken, *werde ich meine Familie verlassen müssen. Auf meine Art ist es für alle am erträglichsten.* Ich schluckte einen Kloß im Hals hinunter. *Mir bleibt keine andere Wahl. So tun, als funktioniere die Beziehung nicht mehr. Meiner Frau falsche Vorwürfe machen. Bis sie selbst darauf kommt, dass es keinen Sinn mehr hat. Und dann muss ich mich von ihnen trennen – von Cynthia, Jeffrey und meiner Rubberducky.*

ICH DARF NICHT LIEBEN.

Ich schlug die Hände vors Gesicht und weinte.

VI

Ich war zerrissen. Da war mein kleines Mädchen, das sich mehr mit dem anonymen Tod am Straßenrand beschäftigte, als mit dem überragenden Privatkonzert der Band des eigenen Bruders. Sie war erst acht. Trotzdem fürchtete sie sich schon vor dem Sterben.

Und da war die Aussicht auf eine endlose, einsame Lebensreise ohne meine Familie. Jeden Abend zergingen die Schatten des Tages. Sinnlose Tode. Meine Kalendertage würden weiterziehen, als wären Lisa, Jeffrey und Cynthia nichts weiter gewesen als unbedeutende Silhouetten, die der Dämmerung zum Opfer fielen.

Es war meine Ewigkeit – der Wunschtraum jedes Sterblichen –, die sich über mich lustig machte. Ich konnte nur hilflos zusehen. Ich wünschte mir ein anderes Leben in einer anderen Welt. Aus der Realität auszubrechen. Weit weg. Irgendwo hin, wo eine Lebensgeschichte nur ein winziger, lichtloser Fleck war. Und wo es *keine* Zeit, *keinen* Tod und vor allem *keine* Sorgen gab.

Vielleicht öffnete ich aus diesem Grund die oberste Schublade von Cynthias Nachtkästchen. Weil ich wusste, da stopfte sie all das hinein, was sie aus den Augen haben wollte. Und hier fand ich wie erwartet das Silberpäckchen.

Ich zögerte. Wenn ich es wegnahm, würde das der erste Eingriff in ihr Leben sein. Der Anfang vom Ende. Noch konnte ich das Schubfach zudrücken und so tun, als hätte ich den Gedanken nie gedacht.

Wenig später saß ich auf dem Sofa. Überrascht stellte ich fest, dass ich im Inneren des Aluminiumpäckchens nur drei fingernagelgroße, quadratische, geruchslose Fetzen Löschpapier fand.

Mit einem schönen Gruß von Magnus und seiner stinkenden Hyäne,
dachte ich mir, als ich die Farben sah: rot, grün und blau.

Ich legte mir das blaue Papier auf die Zunge. Es schmeckte sonderbar metallisch. Doch dieser Geschmack verflog schnell. Dann fragte ich mich, ob solche Substanzen bei mir überhaupt eine Wirkung haben würden? Möglicherweise heilte mein Körper die Folgen der Droge, noch bevor die Chemikalie in der Lage war, die Psyche durcheinanderzubringen. Ich lehnte mich in den Sessel und wartete ab. Tatsächlich tat sich rein gar nichts.

Enttäuscht sann ich darüber nach, ob ich die Fenster schließen solle, weil ich ein kleinwenig fror. Ich drehte den Kopf. Die Glasfenster waren zu. Und ich fand, dass die große Scheibe mit den zwei Flügeln sogar besonders zu war, dachte mir aber nichts dabei.

Dann fragte ich mich, ob ich dieses eine Fenster, das mehr zu war, als die anderen, vielleicht ein Stückchen öffnen sollte. Nur so weit, dass alle letztendlich gleich stark geschlossen waren. Und ich empfand den Gedanken sehr aufregend. Mein Puls hämmerte von da an kräftiger und schneller als zuvor.

Beinahe übergangslos begannen sämtliche Gegenstände in diesem Raum, einschließlich des Sofas, im Gleichtakt mit meinem Herzschlag zu pulsieren. Sie vermischten ihre Formen wie lebendige Wesen und pulsierten durch mein Wohnzimmer. Und dann, als wäre ein Dämon in die Aluminiumfolie gefahren, bauschte sie sich zu einem grinsenden Antlitz auf. Nichtsdestotrotz wusste ich, dass es nur die Folie war. Das Fenster flatterte über meinem Kopf. Und der Wind fuhr in mein Gesicht, sodass sich meine Lippen wie tausend Buchseiten umschlugen.

Ich rutschte vom Sofa und knallte auf den Boden. Oder war es die Zimmerdecke? Ich konnte es nicht erkennen, weil das Gebilde wie die Oberfläche eines Sumpfgebietes waberte. Unwirkliche Bilder flatterten an mir vorbei. Ich ließ sie auf mich wirken, hatte aber nicht den Mumm und die Kraft, dagegen anzugehen. Die chemische Substanz hatte mich niedergerungen und besiegt. Die Welt zerfiel in ihre Bestandteile. Kunterbunte Farben flossen in die Zeit und das Wimmern meiner Stimmbänder hüllte sich, wie eine wohltuende Wolldecke, um die zusammengeknotete Farbenpracht. Ich konnte das Universum zauberhaft in mir fühlen. Doch spürte ich auch, wie sich mein Selbstgefühl auf eine beängstigende Art auflöste.

*

Eine ganze Weile muss ich nur so dagelegen haben, bis die erste, überschäumende Wirkung in Nuancen nachließ. Von nun an war der Rausch angenehm. Ich fühlte mich aufgehoben. Ich rang mich auf die Beine und sah mich um. Das Fenster war wieder dort, wo es hingehörte. Farben huschten durch die Glasscheibe und spielten mit den Formen. Ich hörte meine Schuhe über den Boden schleifen und konnte das Geräusch zugleich sehen, wie es sich in der Scheibe spiegelte. Und urplötzlich wurden die Zusammenhänge zwischen allen Dingen offensichtlich. Ereignisfäden verbanden sich zu einem gigantischen Spinnennetz aus Tönen, Farben, Gerüchen und Gefühlen.

Und da war noch etwas.

Ein körperloses Wesen wanderte durch mich und die Fensterscheibe hindurch. Es betrachtete mich und ich hörte und fühlte zugleich, wie es lächelte. Ich erwiderte das Lächeln, weil ich fest davon überzeugt war, dass es nur eine Halluzination war. Es winkte und sprach direkt in meinen Verstand hinein.

»Ich kenne dich.«

Ich zuckte zusammen.

Vom ersten Ton an erinnerte mich die Stimme an einen alten Bekannten. Eine Klangfarbe, die ich seit über 5000 Jahren nicht gehört hatte.

»Bist du die Schlange?« Ich konnte jedes meiner Worte deutlich vor mir sehen. Ein schwarzbraunes Klangtongebilde, das mich verunsicherte.

»Nein«, sagte das Wesen und flutete den Raum mit nachhallendem Sonnenschein.

Und als ich mich umsah, erkannte ich, dass mehrere Wesenheiten geisterhaft um mich herumschlichen.

»Aber was bist du dann?«

Offensichtlich war es von der Frage so überrascht, dass es in einem giftgrünen Schein aufflammte und entsetzt erwiderte: »Wir sind immer da.«

»Ich habe euch noch nie gesehen.«

Eine zauberhafte Melodie sagte mir, dass es nachdachte. Es dauerte eine ganze Weile, bis es zu einer Antwort kam.

»Du lebst in der Welt deiner Sinne. Wir sind immer da. Aber deine Sinnesorgane können uns nicht aufnehmen.«

Ich dachte über die Erklärung nach. Dann fragte ich: »Nur um mich herum?«

»Nein«, antwortete es und legte wieder eine kurze Sprechpause ein. »Wir sind überall. Beobachten euch bei allem, was ihr tut. Nur euer Bewusstsein bemerkt uns nicht, weil wir weder beschaut, noch gehört, noch gerochen, noch gefühlt werden können. Wir sind immer da.«

»Und warum sehe ich euch jetzt?«

»Weil du riechst, was du schmeckst, weil du Gesehenes fühlen und Musik beäugen kannst. Wir sprechen jederzeit. Aber nur die wenigsten vermögen es, uns zu begreifen.«

Eines war klar: Der Trip brachte mich dazu, diese Wesen zu sehen. Demnach war es sinnlos, weiter mit ihnen zu kommunizieren. Die Geistwesen waren die Ausgeburt meiner Fantasie. Mehr nicht.

»Ich kenne deine Wünsche und Sorgen«, behauptete es.

Ich reagierte nicht. Mit einer Halluzination sprechen? Unsinn.

Dann sagte es: »Ich habe dich weinen gesehen.«

»Lass mich in Ruhe!«, fuhr ich es an. Wie vier schwarze Raben umkreisten meine Worte die körperlose Gestalt der Wesenheit.

»Wir kennen keine Zeitformen«, flüsterte es. »Aber Orte, da vergeht die Zeit auf eine andere Art. Wir können dir helfen, dass auch deine Familie diese Räume kennenlernt.«

Da traf es mich bei meinem wunden Punkt. *Zeit* war die Ursache für die Vergänglichkeit des Lebens. Eine Lebensreise in einer anderen Zeit, langsamer, schneller, oder mit einem unendlichen Vorrat an Sekunden, konnte die Lösung meiner Probleme darstellen. Nur, warum sollten ausgerechnet Geschöpfe aus einem Höllentrip die Antworten kennen? Andererseits: Was hatte ich zu verlieren?

»Raus damit«, sagte ich.

»Folge mir«, sang das Wesen.

Die Worte flogen als Zitronen vor mir her, tanzten ein Tänzchen, machten sich dünn und schlüpften durch das Schlüsselloch hindurch in den Vorgarten.

»Komm schon. Los, los!«

Ich zuckte mit den Schultern und folgte den Zitrusfrüchten. Sie führten mich die Straße entlang und aus der Stadt hinaus. Nach und nach bemerkte ich, wie kräftezerrend die Sache für mich war. Meine Füße taten weh und die Atemluft blieb mir aus.

Es fiel mir schwer, mich zu konzentrieren. Und es schien, als könne ich das Wesen und die Zitronen nur noch verschwommen hören und sehen.

Irgendwann war ich schlichtweg nicht mehr in der Lage weiterzugehen. Um mich herum sah ich Getreide und ich fragte mich, ob es echt war, oder nicht. Ich fand eine Lichtung und legte mich hin. Meine Augen wurden schwer. Dann verlor ich das Bewusstsein.

VII

— Das Radio spielt *Hey Joe* von *Jimi Hendrix*. —

Mein Schädel dröhnte. Dann Schmerz. Ohne es zu wollen, zog ich meine Arme vors Gesicht. Herrgott tat das weh.

Keine Orientierung.

Und mit einem Mal ein dumpfer Schlag in die Magengegend. Scheiße. Mir blieb die Luft weg. Ich fragte mich, ob ich in die Hose gepisst hatte oder weshalb alles so nass war. Nur weil ich nachsehen wollte, öffnete ich die Augen. Gerade noch rechtzeitig, um die Umrisse der Hand zu erkennen, die gegen meine regennasse Wange klatschte. Wieder Schmerz.

Und ich fror.

Scheiße, Scheiße, Scheiße!, brüllte ich mich innerlich an. *Was ist hier los?*

Ich sah nur verschwommen, weil irgendein Zeug meine Augenlider verklebt hatte. Und ich konnte nichts riechen, meine Nase war zu.

Hilflosigkeit.

Da war nur Kälte. Und diese verfluchte Hand, die gegen meine Backe schlug.

Und Cynthias Stimme. Wie eine Silhouette im Nebel, drang sie zu mir hindurch.

»… und bewegst deinen Hintern nach Hause. Sofort!«

Mit dem feuchten Unterarm wischte ich mir Erde aus den Augen.

Ich lag seitlich im Dreck. Meine Frau blickte auf mich hinab, das Gesicht feuerrot, verheult, einen Regenschirm in der Faust.

»Weißt du, was alles hätte passieren können?«, kreischte sie.

Und mein erster Gedanke war: *Ich hatte sie noch nie so wütend gesehen.*

»Babe«, wollte ich sagen, doch meine Stimmbänder kratzten nur ziellos in meinem Hals herum. Ich keuchte.

Sie beuge sich zu mir und knallte mir die Hand ins Gesicht.

»Du Scheißkerl!«

»Hör auf«, versuchte ich zu rufen. Vergeblich.

Ich setzte mich hin. Mein Schädel dröhnte bei jeder Bewegung. Regen prasselte auf meinen Kopf.

»Was ist los?«, stammelte ich. Froh, endlich drei Worte hervorgebracht zu haben.

»Steh auf«, heulte sie. »Das ist los.«

Meine Kleidung war vollkommen durchnässt. Dreckig. Ich stand inmitten eines Kornfelds. Und das Getreide um mich herum war feinsäuberlich zu Boden gedrückt worden.

»Lisa hat sich vollgekotzt«, rief sie vorwurfsvoll. »Und Jeff hat Lisa gewaschen. Und wo warst DU?!«

Die Frage machte mir zu schaffen. Wo ich gewesen war? Herrgott, ich wusste ja nicht einmal, wo ich *jetzt* war. Ich sah sie einfach nur dumm an.

Sie warf verständnislos die Arme in die Luft.

»Du liegst auf einem beschissenen Acker und schläfst. Wie ein beschissener Penner. Das bist du, Simon. Ein verantwortungsloser Pennbruder. Hast du getrunken?«

Noch eine Frage, an der ich zu knabbern hatte. Aber diese half mir, der verschwommenen Spur näher zu kommen.

Ich war an ihren Sachen gewesen. Ja.

An ihrer Kommode.

Und da war das silberne Päckchen.

Und ich habe …

»Ich habe dein LSD genommen.«

Ich konnte den Satz noch nicht einmal zu Ende sprechen, da scheuerte sie mir erneut die flache Hand an die Wange. Dann machte sie kehrt, rief »Arschloch!« und stampfte von mir weg.

*

Ich wollte ihr nachlaufen. Aber ich war unfähig, meine Augen von meiner Umgebung abzuwenden. Die vertrockneten Getreidepflanzen lagen wie zu einer Matte auf den Boden gepresst. Es schien, als befände ich mich auf einem Teppich aus Strohhalmen. Die Fläche hatte einen Durchmesser von vielleicht zehn Metern. Und sie war kreisrund.

War ich das?, fragte ich mich.

»Komm!«, keifte Cynthia.

Sie wartete am Rand des Kornkreises auf mich, den Schirm wie eine Waffe auf die Schulter gelegt.

Ich setzte mich in Bewegung.

Die ganze Zeit über sprachen wir kein Wort. Ich lief ihr nach, durch den Regen, und starrte auf ihren Rücken.

Ich fühlte mich, als wäre ich ein kleiner Junge, der mit dem Feuer gespielt und das Haus angezündet hatte.

*

Später berichtete sie mir, wie zuhause ohne mich alles den Bach runtergegangen war. Lisa hatte zwei Schulstunden früher ausgehabt. Sie war heimgetrottet und hatte sich gewundert, wo Woogie steckt. Es kam schon mal vor, dass ich noch schnell irgendetwas erledigte. Darum beschloss sie, sich selbst Mittagessen zu machen. Sie mischte Popcorn, Chips und Schokomüsli in einer Pfanne, kippte Zucker und Essig darüber und drehte das Gas an.

»Verfluchter Mistkerl«, sagte Cynthia wütend. »Das Haus hätte hochgehen können!«

Ich ging nicht darauf ein. Schuldgefühle hatte ich genug.

Nachdem Lisa ihren Mix verspeist hatte und Jeffrey nachhause gekommen war, fand er sie käseweiß auf dem Küchenboden.

»Er dachte, sie stirbt!«, sagte sie. »Stell dir das mal vor. Der arme Junge.«

Nur deinetwegen!, reimte ich mir dazu.

Dann, erzählte Cynthia aufgebracht, kam alles wieder hoch und Lisa erbrach die Masse über ihr Kleid. Sie heulte und jammerte. Sogar Jeffrey muss geweint haben. Vermutlich hatte er gespürt, dass es in diesem beschissenen Moment nur ihn alleine gab. Ohne ihren Bruder war Lisa hilflos. Er gab sich einen Ruck, schüttelte die Jugend ab und übernahm Verantwortung. Er sagte seiner Schwester, sie solle sich keine Sorgen machen. Sie werden das schon richten. Und er ließ das Badewasser ein.

»Das war toll von ihm«, schwärmte Cynthia. Auch ich war stolz auf den Jungen. Trotz alledem konnte ich den Beiklang in ihrer Stimme nicht überhören, der besagte: *Das wäre deine Aufgabe gewesen.*

»Als ich nach Hause kam, hockte Lisa in der Wanne. Und Jeff trocknete die Pfanne ab.«

Ich schämte mich in Grund und Boden.

»Und wie ...«, stammelte ich, »... hast du mich gefunden?«

»Ha!«, platze es aus ihr heraus. Nur ein Wort, das bedeutete: *Wie kannst du Idiot nur eine so saublöde Frage stellen?*

Sie kehrte mir den Rücken zu. Ich ließ den Kopf hängen.

Dann hörte ich sie sagen: »War ja nicht schwer gewesen, deiner Spur zu folgen. Abgebrochener Scheinwerfer, eingetretene Werbetafel, niedergetrampelte Rosen. Die Kassiererin vom Supermarkt hat dich brüllen gehört. Mensch Simon! Du hast die Dachrinne hinter Margos Haus hochgebogen. Und das Feld verwüstet.«

Ich schluckte. Sagen traute ich mich nichts.

»Und wieso zur Hölle«, wollte sie wissen, »hast du diesen scheiß Kreis in das Kornfeld gestampft?«

VIII

Ich duschte noch einmal. Nicht, weil ich beim ersten Mal nicht sauber geworden wäre, nein. Schon nach kurzer Zeit hatte ich das Gefühl, als prickelte und pikste meine Haut überall. Das kalte Wasser tat gut, schaffte Linderung. Und Kaltwasser über den Kopf beruhigte mich und ordnete meine Gedanken.

*

Es war spätabends. Endlich war Ruhe eingekehrt. Der Regen hatte nachgelassen. Cynthia lag im Bett, mit dem Rücken zu mir. Ich genoss das kühle Bettzeug auf der Haut.

Noch immer plagte mich ein furchtbar schlechtes Gewissen. Die vorwurfsvollen Gesichter von Lisa und Jeffrey standen mir vor Augen. Und wie Jeff herablassend die Augen verdrehte. Dafür schämte ich mich.

»Cynthia.«

Sie reagierte nicht.

Ihr Atem ging unregelmäßig. Sie war noch wach.

»Hör mal …«, flüsterte ich.

»Halt die Klappe.«

»Was geschehen ist …«

»Es interessiert mich nicht.«

Sie klang enttäuscht. Und verletzt.

»Lass mich bitte reden, Cynthia.«

Ich gab ihr einen Augenblick, etwas dagegenzusetzen. Aber es kam nichts. Ich fühlte einen Funken Erleichterung in mir aufflammen.

Dann sprach ich weiter.

»Ich habe mir viele Gedanken gemacht. Und ich glaube, ich weiß, was heute passiert ist.«

»Du warst an meinen Sachen«, hörte ich ihre Stimme sagen.

»Ja. Und ich habe deine Drogen genommen. Und es tut mir leid.«

Eine Pause. Ihre Chance, zu bestätigen, dass es in Ordnung war. Nichts.

Trotzdem sprach ich weiter.

»Ich denke ich weiß, was danach passiert ist.« Ich musste es einfach loswerden. Darum gab ich ihr keine Möglichkeit mehr, mir ins Wort zu fallen. »Ich hab' das Zeug weggenommen und ich war auf einem Trip, ja. Und Scheiße ja, es war total verrückt. Aber … wie soll ich's sagen? Da war noch etwas anderes. Den ganzen Tag habe ich mir den Kopf darüber zerbrochen. Ich denke nicht, dass es von der Droge kam. Da waren Wesen, Stimmen.«

Cynthia setzte sich hoch und sah mich an.

Endlich, dachte ich und tief in mir drin lächelte ich sogar ein wenig.

Ich sah ihr in die Augen. »Hör mal«, flüsterte ich mit bedeutungsschwangerer Stimme. »Diese Geschöpfe … was auch immer sie sind – Geister vielleicht? Nennen wir sie Geister. Sie existieren wirklich! Man kann sie nicht sehen, weil man dafür …« Ich suchte nach den richtigen Worten. »Die Sinne reichen nicht aus. Dennoch sind sie da.«

Sie machte große Augen.

»Und sie haben zu mir gesprochen«, schloss ich ab. Ich wollte meine Hand auf ihre legen. Sie zog sie weg.

Endlich sagte sie etwas. Doch ihre Stimme klang hart und abweisend.

»Hörst du dir eigentlich selbst zu?«

Ich war überrumpelt, wusste nicht, was sie von mir wollte.

»Glaubst du das, was du da von dir gibst?«

Ich fand keine Antwort.

»Offenbar hat dir die Droge das Gehirn weggeblasen. Du redest Blödsinn! Es gibt keine Geister. Und auch keine Stimmen, die zu dir sprechen. Herrgott, Simon. Du hörst dich ja an wie meine Patienten.«

»Aber Cynthia«, entgegnete ich, »sie waren da!«

»Blödsinn. Gespenster. Pah! Ich hab es so satt. Ich hör mir diesen Scheiß tagtäglich in der Klinik an. Geister, Stimmen – Nancy Malone spricht von nichts anderem. Und sie ist verrückt, hörst du! Verrückt! Und jetzt erzähl *du* mir nicht, nachdem du *Acid* geschluckt hast, weißt *du*, was richtig und was falsch ist!«

Sie warf sich wieder in die Decke, drehte sich weg und schnaufte wütend aus.

Mich ließ sie wortlos zurück.

*

Ich war hin und her gerissen. Wusste nicht, was ich noch denken sollte. *Es war so echt*, sagte ich mir. *Das kann nicht alles nur Einbildung gewesen sein.*

Ich drückte den Hinterkopf ins Kissen und starrte an die Zimmerdecke. Schon bald hörte ich Cynthia kräftig und regelmäßig atmen.

Nancy Malone – der Name wollte mir nicht aus dem Kopf gehen. *Die Patientin sieht Geister und hört Stimmen*, hatte Cynthia gesagt. Mir ging es ebenso. Und ich fragte mich, ob ich durch die Droge *ihre* Krankheit *bei mir* hervorgerufen hatte? Schizophrenie auf Abruf. Aus diesem Grund hatte Cynthia das LSD bekommen.

Andererseits erinnerte ich mich an das, was das Wesen gesagt hatte: »Wir sind überall. Beobachten euch bei allem, was ihr tut. Nur euer Bewusstsein bemerkt uns nicht, weil wir weder beschaut, noch gehört, noch gerochen, noch gefühlt werden können. Wir sind immer da.«

»Immer da«, flüsterte ich.

War es möglich, dass die menschlichen Sinne nicht ausreichten, um Geister wahrzunehmen? Konnte es sein, dass zwischen meinen Augen und den Dingen, die ich betrachtete, in diesem Augenblick Geister umherirrten, die ich schlichtweg nicht sah?

Immer da, dachte ich und ich ließ den Blick durchs Zimmer gleiten. Ein unheimlicher Gedanke, wie ich fand. War ich nicht allein im Raum? Die Vorstellung machte mir Angst.

Das Wesen hatte gesagt, ich würde es sehen, »Weil du riechst, was du schmeckst, weil du Gesehenes fühlen und Musik beäugen kannst.«

Die Droge hatte meine Sinne durcheinandergebracht. Ich fand den Gedanken nicht unvorstellbar. Warum nicht mit Hilfe der Substanz etwas wahrnehmen können, das mir sonst verschlossen blieb? Zu viele sonderbare Dinge hatte ich erlebt. Da konnte ich dieses Phänomen nicht einfach so abstreifen.

Nancy Malone.

Ich fragte mich: *Vielleicht ist sie ja gar nicht krank? Möglicherweise begreift ihr Bewusstsein mehr, als es bei gewöhnlichen Menschen der Fall ist. Eine psychische Abnormität.*

Missgeburt.

Nein. Eine geistig höhere Entwicklungsstufe, redete ich mir ein. Ich konnte nicht anders, als den Gedanken zu Ende zu bringen. Denn nur dann, wenn Nancy Malone nicht verrückt war; wenn das, was ich gesehen hatte, keine Sinnestäuschung war; nur in diesem Fall durfte ich wahrhaben, was die Stimme prophezeit hatte: »Es gibt Orte, da vergeht die Zeit auf eine andere Art.«

Noch eine Abnormität.

Und diese Orte konnten, wenn man dem Geistwesen Glauben schenkte, meine Sorgen vertreiben.

Und was war mit dem Kornkreis? Hatte der Geist mich hierher geführt, weil der Kreis durch ein Phänomen hervorgerufen wurde, das die Zeit verändert hatte? Ich *wollte* es glauben. Denn nur dann hatte ich die Chance, meine Familie nicht in der Zeit zu verlieren.

Möglicherweise entstand dort, wo das Getreide zu Boden gedrückt worden war, eine Art Blase in der Zeit. Ein Dimensionsübergang vielleicht? Und wenn man sich darin aufhielt, meinten die Geister, konnte man … ja, was konnte man dann? Das Leben verlängern?

Wie eine Seifenblase stellte ich es mir vor. Sie hatte das Getreide zu Boden gedrückt. Möglich war's.

»Eine Zeitblase«, flüsterte ich.

Cynthia brummelte etwas im Schlaf.

Und ich gab mich dem wundervollen Gedanken hin, dass es doch noch eine Chance gab, meine Familie nicht zu verlieren …

IX

– Das Radio spielt Good Vibrations von den Beach Boys. –

Ich trat ins Gaspedal und trieb den Ford Mustang mit viel zu hoher Geschwindigkeit durch die Baumreihen. Das Fahrzeug schepperte und klapperte im Takt zu den Straßenschäden, als wolle es mich auf die Gefahren meiner Raserei aufmerksam machen. Mir war's egal. Ich hatte es eilig. Ich schaltete das Radio an und drehte die Lautstärke hoch. Es spielte *Good Vibrations* von den *Beach Boys*.

Warum rast du so?, fragte mich mein Verstand. *Du hast doch genügend Zeit.*

In der nächsten Kurve rollte der Rosenstrauß auf dem Beifahrersitz hin und her. Mit der Hand hielt ich ihn davon ab, in den Fußraum zu fallen. Keine Ahnung, weshalb ich es so eilig hatte. Oder wollte ich's mir nicht eingestehen?

Als wir noch kinderlos waren, hatten Cynthia und ich oft Burger mit Pommes im *Mamas Star* gegessen. Dort schmeckten die frittierten Kartoffeln so, wie sie es am liebsten mochte – dick wie mein Daumen und trotzdem schön kross. Die gefüllten Brötchen nannte sie immer *Monsterburger*, weil sie so groß waren, dass man sie kaum mit zwei Händen greifen konnte. Eine gefühlte Ewigkeit waren wir nicht mehr da gewesen. Also hatte ich für diesen Abend einen Tisch reserviert.

Ich lag gut in der Zeit. Nur noch ein paar Kurven, dann würde ich das *Souris Valley Mental Health Hospital* schon sehen können. Dennoch drückte ich ins Pedal.

Und mein Verstand sagte: *Wenn du weiter so rast, wirst du die Kiste in den Graben setzen.*

Ich stellte mir vor, wie ich mein *Wild Thing* an der Tür abfing und ihr den Strauß überreichte. Vielleicht würde sie ein wenig zögern. Das war normal, wenn man verletzt wurde. Aber wenn ich die Blumen vor mein Gesicht hielt, sodass sie darum herumschauen musste und eine traurige Schnute zog, dann, hoffte ich, würde sie nicht ernst bleiben können. Und mit der Karte vom *Mamas Star* in der Jackentasche wäre der Bann gebrochen.

Hoffentlich.

Als das Backsteingebäude vor mir auftauchte, hatte ich ausreichend Zeit herausgefahren. Genug, um zuvor noch eine Kleinigkeit zu erledigen.

Und mein Verstand schimpfte: *Du bist eine falsche Schlange!*

Bin ich nicht!, protestierte ich und dachte an einen Namen, der mir seit gestern Abend nicht aus dem Kopf gehen wollte: *Nancy Malone.*

Er klammerte sich wie die Erinnerung an ein Spukschloss in meinem Geist fest und ließ mich nicht mehr los.

Ich hatte vor – nur kurz und rein zufällig – bei ihr vorbeizuschauen. Kann ja mal passieren, oder? Und vielleicht konnte ich die eine oder andere Antwort von ihr bekommen, bevor ich Cynthia den Blumenstrauß brachte?

Das war die ganze Zeit über dein Plan gewesen!, schimpfte mein Gewissen.

Aber ich wollte es mir nicht eingestehen. Ich war hier um Cynthia abzuholen und zu überraschen. Mehr nicht. Basta.

Ich warf die Fahrzeugtür zu und ging zum Hospital.

*

»Guten Abend, Herr Adams«, sagte der Pförtner routiniert. Und das, obwohl es heute einige Dinge gab, die anders waren. Dass ich früh dran war, fiel ihm nicht auf. Ich hatte Blumen dabei – nichts Ungewöhnliches, aber anders. Und ich blieb nicht wie sonst in der Eingangshalle stehen. *Das* war besonders.

Ich sah seinen skeptischen Blick, als ich unsicher nach dem Knauf der Flügeltür langte. Verflixt. Das gefiel ihm ganz und gar nicht. Sollte mein kleiner Abstecher bereits an der Pforte scheitern?

Ich hob die Rosen hoch und zeigte sie ihm, als wäre das irgendeine Art der Rechtfertigung. Und er machte ein Gesicht der Erleuchtung und winkte mich weiter. Erleichtert, aber mit gemischten Gefühlen betrat ich Station C.

*

Nancy Malone.

Dieser Name schwirrte unentwegt durch meinen Kopf. Wie war sie wohl, diese Nancy Malone?

Zuerst gelangte ich in ein Treppenhaus. Nicht gut. Station C verteilte sich demnach über mehrere Stockwerke. Wo sollte ich hin? Ich wollte Cynthia nicht begegnen. Nicht bevor ich mit Nancy Malone gesprochen hatte. Möglichst wenig umherirren, war mein Plan. Darum blieb ich im Erdgeschoss.

Mich begrüßte ein steriler Flur mit hellrosa Anstrich und weißem Fußboden. Es roch nach Linoleum. Keine Menschenseele war zu sehen. Nur Türen, die nach rechts und links führten. Aber ich hörte Stimmen – murmeln, sprechen, schluchzen.

Kleine Schildchen schmückten die Wände. Auf dem Ersten las ich *Trump 16*. Name und Raumnummer, vermutete ich. Und die Wandfarbe brachte mich zur Erkenntnis, dass es sich um Frau Trump handeln musste. Ein paar Schritte weiter stöhnte Misses Lexton hinter der Tür mit der Nummer 18 – System verstanden.

Angespannt hastete ich den Gang entlang, vorbei an Zimmer 20 und 22. Gegenüber lagen 19 und 21. Aber kein Schild mit dem Familiennamen *Malone*.

Es folgte eine Glasscheibe mit Blick auf den Flur. Dahinter vermutete ich das Schwesternzimmer.

Vorsichtig beugte ich mich nach vorne. Da saß Cynthia und schrieb etwas in ein dickes Buch. Verflixt. Ich zog den Kopf zurück und presste mich flach ans Mauerwerk. Unschlüssig sah ich zum Treppenhaus. Da war noch der Weg zur oberen Etage. Nur wenn meine Vermutung korrekt war – und das darüberliegende Stockwerk *hellblaue* Wände hatte –, dann würde Nancy Malones Krankenzimmer *hier* zu finden sein.

Auf allen vieren kroch ich unter dem Fenster hindurch und an der Tür zum Schwesternzimmer vorbei. Der Blumenstrauß verkomplizierte die Sache ungemein. Mein Herz pochte. Dann sprang ich auf die Beine und lief weiter.

Donnerhan 26.

Mathews 27.

Smith 28.

Nirgends *Malone*. Es war zum Verrücktwerden.

Hinter mir klapperte ein Türgriff. Das Schwesternzimmer. Das konnte nicht wahr sein. Und überhaupt: *Wer sagte denn, dass die Wände im ersten Stock nicht ebenso hellrot sind?* Ich hastete weiter.

Erneut tat sich etwas hinter mir. Ich musste den nächsten Raum betreten, egal welcher Name da stand.

Malone 29.

»Endlich«, sagte ich zu mir selbst.

Ich wollte schon die Klinke drücken, da malte ich mir die Reaktion aus, wenn ein fremder Mann ohne Vorwarnung ins

Patientenzimmer platzte, und hielt inne. Panisch sah ich mich um. Die Tür zum Schwesternzimmer war zu – noch.

»Ist da jemand?«, hörte ich eine Stimme sagen. Eine Frau.

Hastig klopfte ich an und flüsterte: »Misses Malone? Nancy Malone?«

»Was wollen Sie?«, rief die Frauenstimme.

»Ich muss mit Ihnen reden.«

Ich drehte den Kopf hin und her. Bislang war die Luft rein.

Da öffnete sich die Tür, aber nur eine Hand breit. Ich sah ein Augenpaar. Und Haare.

Ich lächelte wortlos und winkte mit dem Blumenstrauß.

»Oh, ja – natürlich«, sagte sie und ließ mich hinein.

Für gewöhnlich öffnen Blumen Herzen. Nur hin und wieder auch Türen. Zumindest an diesem Tag …

*

Nancy Malone sah überhaupt nicht so aus, wie ich sie mir vorgestellt hatte. Zunächst einmal war sie weit über 50 Jahre alt, und damit deutlich älter, als ich vermutet hatte. Sie trug eine viel zu große braune Cordhose und einen beigefarbenen Pullover darüber – Männerkleidung. Ihr mittellanges, strähniges Haar war grau. Und dann war da das gütige Gesicht. Sie sah nicht aus, wie eine geisteskranke Frau. Nein. Ihre Augen versprühten einen freundlichen Glanz. Und ihre Mundwinkel luden mit einem liebevollen Lächeln zum Plaudern ein.

»Das sind aber wundervolle Blumen«, meinte sie erwartungsvoll.

Ich sah sie an und sagte mir: *Das ist also Nancy Malone. War wohl doch ein Fehler herzukommen.*

»Darf ich mal riechen?«

»Klar«, sagte ich und hielt ihr den Strauß vor die Nase.

Sie sog den Duft ein, schloss die Augenlider und genoss friedlich lächelnd den Geruch. Und ich hatte das Gefühl, einer liebevollen Großmutter gegenüberzustehen. *Diese Frau ist nie und nimmer wahnsinnig*, dachte ich mir.

Das Zimmer wirkte noch freudloser als der Flur. Geschätzte sieben Schritte lang, und drei oder vier breit. Die Wände hatte man weiß gestrichen. Es gab ein Bett, das aus einer abgewetzten Matratze auf einem Eisengestell bestand. Und dann waren da zwei graue Blechschränke – ein großer und eine winzige Ausführung mit Schubladen neben dem Schlafplatz. Das Fenster war vergittert, wie bei einem Gefängnis. Und ich fragte mich, wieso ich in diesem Raum keinerlei persönliche Sachen sah. Süßigkeiten, Bücher, vielleicht Bilder auf dem Fensterbrett – da war nichts. Hier gab es keine Antworten für mich – so viel war klar.

»Seht ihr«, sagte sie schließlich. »Er ist doch ganz nett.«

Leicht verwirrt zog ich die Blumen wieder näher zu mir.

»Misses Malone. Ich hätte da ein paar Fragen. Wenn Sie Zeit haben?«

»Gerne«, antwortete sie und machte eine einladende Geste in Richtung ihrer Bettkante. »Setzen Sie sich.«

Da fiel mein Blick auf eine schwarze Verkrustung an ihrem Handgelenk, die wie ein dunkles Geheimnis unter ihrem Ärmel hervorspähte.

»Das ist sehr freundlich«, meinte ich, fühlte mich jedoch unbehaglich, als ich Platz nahm. Sie setzte sich neben mich.

»Was kann ich für Sie tun?«

Ich tat mich schwer, die passenden Worte zu finden.

»Ähm … weshalb … sind Sie hier?«

»Aber das wissen Sie doch längst, Mister … wie war gleich nochmal Ihr Name?«

»Ich … ich heiße … Smith.« Ich fand es besser, meinen echten Namen für mich zu behalten.

»*Was* weiß ich schon lange?«

»Jeder ist im Bilde, warum wir in dieser Einrichtung wohnen. Tun Sie nicht so, Mister Smith. Sagen *Sie* es mir. Aus welchem Grund sperrt man Leute wie mich weg?«

»Weil Sie ... krank sind?«

»Milde gesagt, ja. Wissen Sie – sie erklären es uns Tag für Tag: *Sie sind krank, Nancy. Sie bilden sich das alles nur ein.*«

»Was bilden Sie sich ein?«, wollte ich wissen. Sie ging nicht darauf ein.

Leidenschaftlich und ein wenig traurig sagte sie: »Aber es ist so unfassbar echt. Ich kann es einfach nicht glauben ...«

Ein paar Sekunden saßen wir wortlos da.

Schließlich fragte sie voller Sehnsucht: »Schenken Sie mir diese Blumen?«

Und mir fiel auf, dass sie ihren Blick die ganze Zeit über nicht von Cynthias Rosenstrauß gelassen hatte.

Ich ging bewusst nicht auf ihre Frage ein. Aber ich dachte, nun einen Ansatzpunkt gefunden zu haben. Ein Druckmittel.

»Erzählen Sie mir mehr«, sagte ich.

Sie zögerte. »Was ... wollen Sie denn ...?«

»Ich wüsste gern, was für Dinge Sie sich einbilden.«

»Ich bilde mir gar nichts ein«, verteidigte sie sich. »Ich kann sie hören. Und manchmal sehe ich sie sogar.«

»Wer ist SIE?«

»Stimmen.«

»Ach ...« Ich gab mir große Mühe, glaubwürdig zu wirken. Ich hatte Angst, ein falsches Wort könnte alles zunichtemachen.

Ich schwenkte mit dem Strauß hin und her.

Dann fragte ich: »Und was sind das für Stimmen? Ich meine, wem gehören sie?«

Sie sah mich kurz an. Wirkte überrascht, dass jemand ernsthaft mit ihr über die Sache plaudern wollte. »Das weiß ich nicht. Sie sind um mich herum.« Sofort suchte ihr Blick wieder die Rosen.

»Und was sagen sie?«

»Wissen Sie, Mister Smith. Ich passe da nicht auf. Sie reden ununterbrochen. Tag und Nacht. Mal raten sie mir, was ich unbedingt unternehmen soll. Und mal, wovon ich mich fernzuhalten habe ... solche Dinge eben.«

»Auch jetzt?«

»Ich sagte doch: Sie sind *immer da.*«

Immer da.

Da war es wieder, dieses eigenartige Gefühl, das mich bereits gestern Abend im Bett überfallen hatte. *Wir sind nicht allein,* sagte ich mir. *Nie.* Misstrauisch blickte ich im Raum hin und her.

»Sie glauben mir doch, oder?« Ihre Stimme klang voller Hoffnung.

»Und was sagen sie jetzt?«

Sie wechselte das Thema. »Diese Rosen sind prächtig. Wenn Sie mir eine schenken könnten – das wäre wunderbar.«

Ich betrachtete die alte Frau. Sie hatte die Augen weit aufgerissen. Mit dem Zeigefinger strich sie zunächst über einen Rosenkopf, dann am Stängel entlang, bis ihre Fingerkuppe an einem Dorn hängen blieb.

»So entzückend«, flüsterte sie und stach sich den Rosendorn in die Fingerkuppe. Ein Bluttropfen quoll aus der Wunde.

Jetzt erst wurde mir bewusst, dass sie die ganze Zeit über die Stacheln im Blick gehabt hatte – nicht etwa die Blüten. Ihr Interesse galt der Möglichkeit, sich zu verletzen.

»Was sagen die Stimmen in diesem Augenblick?«, meinte ich mit Nachdruck. »Hören Sie bitte genau hin.«

»Sie sagen …« Sie sah mich an, als hätte sie eine Botschaft, die nur ich begreifen konnte. »'Weil du riechst, was du schmeckst, weil du Gesehenes fühlen und Musik beäugen kannst.' Das verstehe ich jetzt aber nicht.« Sie schüttelte verständnislos den Kopf.

Ich kannte die Worte. Zur Hölle, ja! Dasselbe hatte das Wesen auf meine Frage geantwortet, als ich auf dem Höllentrip war.

Ich war völlig aus dem Häuschen. Mein Puls sprang auf Höchstniveau. »Weiter, Nancy. Sagen Sie mir: was noch?«

»Sie sagen«, sprach sie verunsichert nach. »'Es wird wieder passieren. Der Hügel im Sauerkraut-Feld, High Noon, eine Woche nachdem die letzten Arbeiter f…'«

*

Im selben Augenblick schnappte das Schloss und die Tür öffnete sich. »Was sind das hier für ... Simon?!«

Cynthia stand in der Tür. Sie starrte uns fassungslos an, wie wir gemeinsam auf der Bettkante saßen, ich die Rosen in der Hand, Nancy eine blutende Wunde am Finger.

»Cynthia, hallo«, sagte ich und erhob mich. Nur meine Stimme klang alles andere als überzeugend. Eher zögerlich, schuldbewusst. »Ich habe einen Tisch für uns ... im *Mamas Star*.«

Da las ich in ihren Augen, dass sie sehr wohl erkannt hatte, weshalb ich hier war. Sie hatte mich durchschaut. Ihr Blick verfinsterte sich. Und ihre Lippen pressten sich zu einer wütenden Linie zusammen.

Ich kam mir ziemlich dumm vor. Trotzdem hielt ich ihr den Rosenstrauß hin und quetschte ein mühsames Lächeln hervor.

Und tatsächlich nahm sie ihn. Ein sinnloser Hoffnungsfunke durchfloss meinen Verstand. Schon im nächsten Augenblick brüllte sie »Du ... du ... Arschloch!« und knallte die Rosen auf den Boden. Der Strauß fiel auseinander und die Blumen rollten einzeln übers Linoleum. Dann stampfte sie hinaus, trampelte zwei Blüten nieder. Die Tür krachte zu.

Und zurück blieben Nancy Malone und ich.

Mein Herz raste wie wild – und verzweifelt.

Vorsichtig ergriff Nancy das Wort.

»Darf ich bitte eine haben?«, sagte sie verlangend. »Nur eine Einzige.« Sie verzehrte sich danach. Aber nicht, wie jemand, der etwas gerne haben möchte. Es war tiefer, intensiver. Heute denke ich, es war Sehnsucht – Todessehnsucht ...

X

Die ersten Sonnenstrahlen schlüpften hinter den Baumwipfeln hervor. Zu dritt stapften wir durch feuchtes Gras. Wie immer trug Lisa das Tagebuch unterm Arm.

Jeffrey stellte sich mir in den Weg.

»Aber Dad«, maulte er. »Wir sollten längst in der Penne sein!«

»Ich habe alles geregelt. Heute ist keine Schule – wenigstens für euch nicht.«

»Schulfrei?«, riefen die beiden im Chor und sahen mich verwirrt und mit weit aufgerissenen Augen an.

»Es geht in Ordnung. Wir machen uns einen blauen Tag.« Ich grinste frech. Dann sang ich vorsichtig: »Überraschung.«

»Aber wieso?«, wollte Jeff wissen.

»Das werdet ihr schon sehen. Ausflugstag.« Ich wollte Begeisterung versprühen – erfolglos. Jeffrey fand das ganz und gar nicht toll.

»Ausflug?«

Aber Lisa rief: »Hurra! Ein Ausflug!« und sprang in die Luft.

Klar. Jeff wäre lieber zu seinen Kumpels in die Schule gegangen, als mit Dad und Schwester abzuhängen. Das konnte ich nachvollziehen.

»Komm, Jeff«, versuchte ich ihn zu ermuntern. »Sei kein Frosch. Es ist wichtig, dass ein Vater mit seinen Kindern was unternimmt. Außerdem hab' ich kalten Braten dabei.« Ich klopfte zweimal mit der flachen Hand nach hinten gegen den Rucksack.

Zwar sagte er nichts dazu. Aber er folgte mir. Das war schon mal ein Anfang.

Lisa grinste wie eine Schneeprinzessin im Winter.

Der Hügel im Sauerkraut-Feld, High Noon, eine Woche nachdem die letzten Arbeiter f...

Ich wusste genau, wo ich hinwollte. Ich hatte das Rätsel gelöst. Es war ordentlich weit. Jetzt war Wandern angesagt. Und die Natur genießen.

Unser Weg führte uns über weitläufige Wiesen, deren Gräser mir bis zur Hüfte reichten. Es sah ulkig aus, wie bei Lisa nur noch der Kopf herausschaute.

Sie stellte sich stramm und legte die Arme an. Dann rief sie: »Guck mal. Ich bin ein Grashalm.« Da entwischte sogar Jeffrey ein Grinsen.

Wir sahen eine gigantische Hirschkuh in den Sträuchern liegen. Sie hob den bulligen Kopf stolz in die Sonne. Ein falsches Geräusch und sie würde mit einem Satz davonsprinten. *Elk* sagte man zu diesen Tieren. Und Jeffrey wusste, dass die Engländer diesen Namen auch gebrauchten, nur im Zusammenhang mit dem noch größeren Hirsch, der von uns wiederum *Moose* genannt wurde. Und dann erklärte er: »Und die Indianer sagen zum *Elk Wapiti*, was so viel heißt wie *weißer Po*.«

»Weißer Popo?« Lisa kicherte. »Das ist ja lustig.«

Ich fand es toll, wenn der Junge bei solchen Dingen Bescheid wusste. Für gewöhnlich behielt er seine Gedanken für sich und verkroch sich in seinem Zimmer. Alles in allem hatte ich in den letzten Tagen den Eindruck gewonnen, dass Jeff zu einem stattlichen, außergewöhnlichen, jungen Mann herangereift war.

Kurz vor einem Wäldchen lief ein verunsichertes Wiesel vor uns her. Es trappelte abwechselnd ein paar Schrittchen und sah sich nach uns um. Mit dem dünnen Körper und den kurzen Beinen wirkte es wie eine wendige Wurst. Lisa kickte einen Stein. Da verschwand es wie der Wind im Unterholz.

Der Hügel im Sauerkraut-Feld, High Noon, eine Woche nachdem die letzten Arbeiter f...

So kompliziert sich das Denkspiel im ersten Augenblick angehört hatte, so schnell war ich auf die Lösung gekommen. Und ich hatte mich gefragt, ob das Geistwesen, oder was auch immer es war, das Rätsel absichtlich mit meinem Gedankengut aufbereitet hatte. »*Der Hügel im Sauerkraut-Feld*«, war selbstverständlich der überdimensionale Fels auf dem Kornfeld der Wagners. Jeder nannte sie die *Krauts*, weil sie aus Deutschland zugereist waren und man dort das saure Kraut aß. Und seit seinem ersten Tag in Weyburn schimpfte Alfred Wagner beim allwöchentlichen Einkauf am Markt über diesen Stein. Wie ein unliebsamer Nierenstein ruhte er im Acker und musste stets mit dem Fuhrwerk umfahren werden.

»Eine Woche nachdem die letzten Arbeiter f...« ergänzte ich mit »feiern«. In den Vereinigten Staaten und auch in Kanada gab es einen besonderen Herbsttag, der an ein gigantisches Picknick im *New Yorker Elm Park* erinnern sollte. 50000 Menschen feierten damals ein riesiges Volksfest, mit politischen Reden und Demonstrationen. Ein Feiertag für Arbeiter. Der *Labour Day*.

Gefeiert wurde am ersten Montag im September. Heute vor einer Woche.

Und »*High Noon*« bedeutete mittags. Deshalb waren wir so früh schon auf den Beinen. Ich wollte rechtzeitig da sein – das freudige Ereignis nicht verpassen.

Der Hügel im Sauerkraut-Feld, High Noon, eine Woche nachdem die letzten Arbeiter f...

Wenn man den Geistwesen Glauben schenkte, sollte zur Mittagsstunde in Wagners Kornfeld, direkt um den großen Felsen herum, etwas in der Art einer Zeitblase einen Kreis ins Getreide drücken. Ich war überzeugt davon. Ich wollte es sein. Und wir würden dort sein.

*

Der Weg führte durch ein Wäldchen und an einem Bach vorbei.

»Wisst ihr was? Ich kenne ein Lied, das man beim Wandern singt.«

»Nein, Dad. Tu's nicht«, flehte Jeffrey.

»Ein Mann muss tun, was ein Mann tun muss«, meinte ich. Ich räusperte mich, lockerte meine Hände, als würde imaginäre Musik meinen Gesang einstimmen und dröhnte los.

»Das Waaandern ist des Müüüllers Lust ...«

Nach zwei Strophen stoppte mich Jeffreys Gegröle.

»Dad. DAAAAD! Zur Hölle, was tust du da?«

»Das nennt man Singen, mein Sohn«, sagte ich übertrieben schnippisch.

»Und was ist das für eine Sprache?« Und dann sahen mich beide an, als hätten sie einen Geist gesehen.

Verflucht. Da hatte mich meine Vergangenheit eingeholt. Das alte Volkslied hatte einen deutschen Text, den meine Kinder natürlich nicht verstehen konnten. Genauso gut hätte ich lauthals einen chinesischen Weihegesang von mir geben können.

Das Problem war: Meinen ungewöhnlichen Lebensweg hatte ich meiner Familie selbstverständlich komplett verschwiegen. Und da meine Sprachkenntnisse an diesem Flecken der Erde vollkommen unnötig waren, hatte ich auch lange nicht daran gedacht.

»Ach. Das war nur unsinniges Zeug. Keine Ahnung, was es zu bedeuten hat«, log ich, was mir schwerfiel. Und ich war mir sicher: Zumindest Jeff hatte durchschaut, dass die echte Erklärung mehr Tragweite besaß, als ich zugeben wollte.

Ich lenkte ab, mit einer Gegenfrage: »Wisst *ihr* ein schönes Wanderlied?«

»Ich werde nicht singen«, maulte Jeffrey.

»Weiß irgendwer ein nettes Lied?«

»Ich, Daddy, ich!«, rief Lisa aufgeregt.

Ich ignorierte sie absichtlich.

»Ist denn niemand hier, der ein passendes Wanderlied kennt?«

»Woogie, hier, ich weiß eins!«

Wieder übersah ich sie.

»Dad!«, forderte Jeffrey und gab mir einen Stoß.

Ich tat überrascht. »Huch, was war das denn? Ja, Jeff?«

»Sie kennt ein Lied.« Er deutete mit dem Daumen auf Lisa. »Lass sie singen.«

Ich beugte mich zu ihr hinunter. »Oh. Ja, hübsche kleine Lady. Sie kennen ein Wanderlied? Dann legen Sie mal los.« Lisa strahlte über beide Ohren.

Und dann sang sie mit ihrer süßen Mickey-Mouse-Stimme einen Song, den wir alle vom Radio her kannten: *These Boots Are Made for Walkin'* von *Nancy Sinatra*. Sehr passend, wie ich fand. Deshalb stimmte ich ab der zweiten Strophe mit ein.

Jeffrey war das Ganze sichtlich peinlich. Er sah sich mehrfach um. Freilich waren wir drei unter uns. Wer würde schon hierher kommen? Und so kam es, dass ab dem Chorus der Junge mit der flachen Hand zum Takt auf die Oberschenkel klatschte.

Nach kürzester Zeit sangen wir das Lied aus vollem Halse. Jeffrey mimte den Drummer und begleitete uns im Rhythmus.

Doch dann sah Lisa die Frau mit dem Korb. Vielleicht sammelte sie Pilze, oder Ähnliches. Lisa hörte auf zu singen und deutete in den Wald. Die Alte trug ein Kopftuch und eine Schürze. Jetzt sah sie zu uns herüber und schüttelte verständnislos den Kopf.

Und wir sprinteten los, wie eine Kinderbande auf der Flucht. Wir sprangen über Wurzeln und Äste. Und wir lachten lauthals, Jeff am lautesten.

Ich wusste, wofür ich das alles tat. Diese Kinder waren es wert, ein Risiko für sie einzugehen. Nie mehr wollte ich sie verlieren. Diese Stunden, mit meinen Kindern in den Wäldern Kanadas, zählten zu den schönsten Momenten in meinem unendlich langen Leben. Nur leider nahmen sie ein jähes Ende …

XI

Da überfällt mich das Grauen. Mein Leben, der ewige Tod.

Die Mittagssonne knallte auf unsere Köpfe. Wir saßen auf der Picknickdecke direkt am unliebsamen Gesteinsbrocken zwischen Korngräsern und Fels. Hier blieb ein schmaler Streifen unbebaut, weil der alte Wagner darum herumfahren musste.

Ein großartiges Picknick lag hinter uns. Der kalte Braten war wunderbar saftig gewesen. Und der Duft des Gewürzbrots, das Lisa so gerne mochte, roch noch eine ganze Weile nach. Ich hatte Wasser gegen den Durst und eine Flasche Cola dabei. Beim Öffnen schäumte sie über und färbte mein Hosenbein braun. Wir lachten los und hielten uns die vollgefressenen Bäuche. Ein stiller Beobachter hätte uns vermutlich ins *Souris Valley* eingewiesen.

Ich komme nicht damit klar. Jeder Gedanke an meine Kinder lastet wie ein tonnenschwerer Stahlträger auf meinen Schultern.
Und das Grauen macht mein Leben zum ewigen Tod.

Ich würde gleich wieder zurück sein, hatte ich meinen beiden gesagt. Und dass sie sich keine Sorgen machen mussten. Sie lächelten mich an, kicherten, lachten hinter meinem Rücken. Und ich verschwand aus dem Wirkungskreis der Zeitblase.

So tief sitzt die Trauer. So viele Tränen sind vergossen, dass der spröde Fels in meinem Herzen nur noch drückt und sticht, das Weinen aber unmöglich macht.
Denn das Grauen macht mein Leben zum ewigen Tod.

Als ich mich ein letztes Mal umdrehte, lächelte ich stolz. Zufrieden. Lisa umarmte ihr Buch und dachte womöglich darüber nach, wie sie unser geheimes, kleines Abenteuer darin niederschreiben würde. Und Jeffrey, mein junger Mann, ging möglicherweise in Gedanken einen neuen Song der *Canadian Sunsets* durch.

»Hab dich lieb, Woogie.«

Heute stelle ich mir vor, wie sie diesen Satz zu mir sagt. Nur ein einziges Mal noch. »Ich dich auch, Rubberducky«, antworte ich dann. Und schäme mich für den letzten Blick zurück.

Ich gebe nicht dem Geistwesen die Schuld. Ich gebe niemandem die Schuld. Ich nehme sie auf mich und schleppe sie seit jeher mit mir herum.

Und das Grauen macht mein *Leben zum ewigen Tod.*

*

Ich sah die Zeitblase.

Es folgte ein dumpfes Geräusch. Dann ein Dröhnen mit einem metallenen Unterton, wie das Kreischen von Stahl auf Stahl. Zugleich offenbarte sich mir eine Krümmung in der Realität, unbegreiflich für die menschlichen Sehorgane. Wie eine gigantische Seifenblase stülpte sie sich über den unliebsamen Fels – und über meine Kinder.

Mein Verstand ergab sich, überwältigt von der Unvorstellbarkeit des Anblicks, sodass ich auf der Stelle die Kontrolle über meine Gefühle verlor und zu weinen begann. Es dauerte keine zwei Sekunden. Und doch kam es mir wie eine Ewigkeit vor. Der Ton verstärkte sich, bis er in meinem Kopf zu explodieren schien. Ich presste beide Hände gegen die Ohren. Wollte kreischen. Aber meine Stimme war gelähmt.

Und dann, ebenso plötzlich, wie es erschienen war, war das Phänomen verschwunden.

*

Ich wusste sofort, dass ich einen großen Fehler begangen hatte. Ich spürte es.

Es war still. Totenstill. Und wie eine tonnenschwere Last kam ein grauenvolles Gefühl über mich, das mich bis heute nicht mehr loslassen sollte. Es drückte mir den Atem ab. Schnürte meine Kehle zu. Kein Lachen drang mehr zu mir herüber. Überhaupt kein Geräusch. Nur diese erdrückende Stille.

Etwas war geschehen. Und was auch immer es war, jetzt war es unumkehrbar.

Ich schluckte.

Dann überkamen mich Angst und Panik.

Und ich fragte mich, ob ich es wagen sollte, nach meinen Kindern zu sehen? War es überhaupt eine gute Idee gewesen, sie hierher zu führen? Einer unbekannten Macht auszusetzen? Wie hatte ich nur so dumm sein können, auf das Geistwesen zu hören?

Anfangs fühlte sich alles so einfach an – so richtig. Aber jetzt spürte ich nur noch unheilvolle Erwartung.

Etwas Abscheuliches war geschehen. Ich wusste es von dem Augenblick an, als ich auf dem Weg zurück die niedergedrückten Halme sah.

Und das Grauen machte mein Leben zum ewigen Tod.

Ein Kornkreis zeichnete sich im Getreidefeld ab. Es sah genau so aus, wie ich es schon einmal gesehen hatte. Eine Strohmatte auf dem Erdboden.

Im Zentrum des perfekt runden Kreises ruhte der Fels. Und daneben erkannte ich zwei Gestalten.

Hastig lief ich zu ihnen hin. Ich kannte die beiden nicht. Und die Picknickdecke sowie mein Rucksack waren fort.

Der Mann lag auf dem Rücken, das Gesicht nach oben. Er trug Sandalen, eine braune ausgewaschene Cordhose und Hosenträger über dem beigefarbenen Hemd. Und er war steinalt. Sein Erscheinungsbild war bestimmt von einem grauen, zerzausten Vollbart, runzliger Haut und tiefen Furchen an Wangen und Stirn. Neben dem Kopf lag ein Schlapphut.

124

Ich zuckte zusammen. Die Augen standen weit offen. Er bewegte sich nicht. Seine Lippen waren blau. Die Zunge beinahe schwarz. Sie hing aus dem leicht geöffneten Mund. Und die Augäpfel hatten sich zu schrumpeligen, braunen Zwiebeln verfärbt.

Er war tot.

Ängstlich betrachtete ich den zweiten Körper. Mein Herz pochte. Ich erkannte nicht viel. Dieser Mensch war in einen dicken Mantel gehüllt. Ein Frauenmantel, mit filigranen Knöpfen und Fell am Kragen. Eine Frau also. Ich musste näher ran.

Ich sah schneeweißes, dünnes Haar, das sich um den Schädel legte. Vorsichtig nahm ich den Kopf zwischen die Hände. Weich und kalt. Ich drehte ihn.

Da glotzte mich ein starres, trübes Augenpaar an. Ihre Zunge ragte weit aus dem Mund. Erbrochenes klebte daran. Und sie war tot.

Ich tat einen hastigen Schritt rückwärts und schnappte nach Luft. Was war mit meinen Kindern? Mein Blick sprang hin und her, nicht ohne die Leichen aus den Augen zu verlieren.

Die Geistwesen kamen mir in den Sinn.

Wir sind überall. Beobachten euch bei allem, was ihr tut.

»Was habt ihr getan?«, rief ich.

Keine Antwort. Aber ich spürte – und ich wusste –, dass ich nicht allein war. *Sie wandeln in dem Raum zwischen meinen Pupillen und den Dingen, die ich betrachte,* dachte ich. *Sie sind da.*

»Lisa, Jeff! Wo sind sie?«, kreischte ich.

Doch die Stimmen blieben stumm.

Verzweifelt lief ich um den gigantischen, toten Felsen herum, rief die Namen meiner Kinder und suchte. Ich hoffte auf irgendeinen Hinweis darauf, was mit ihnen geschehen war. Aber nichts.

Mir war übel, heiß und kalt zugleich.

Dann kam ich auf die Idee, einen weiteren unangenehmen Blick auf die Leichname zu werfen.

Und das Grauen machte mein *Leben zum ewigen Tod.*

Das war der Augenblick, in dem meine wundervolle Welt in einem Armageddon der Gefühle zusammenbrach.

»Lass diesen beschissenen Kelch an mir vorübergehen«, jammerte ich. Denn aus der Manteltasche der toten Frau spitzte Lisas Tagebuch …

XII

Mein Leben entglitt …

Anfangs herrschte großes Durcheinander. Niemand wollte mir glauben, dass es sich bei den Körpern um unsere Kinder handelte. Man ermittelte in alle Richtungen: eine Entführung, ein Unfall oder vielleicht sogar ein Mord. Ich wurde festgehalten, beschimpft und angeschrien. Nach 36 Stunden ließen sie mich gehen. Blutgruppe und Fingerabdrücke passten.

Cynthia und ich überstanden die Tage, bis zur Beerdigung der befremdlichen Leichname mit großer Trauer und vielen Tränen. Wir hielten uns in den Armen, wie es von einem Elternpaar erwartet wurde, dessen Kinder einer unerklärlichen Krankheit zum Opfer gefallen waren.

Zu diesem Zeitpunkt spürte ich aber schon, dass meine Frau mich seit unserem Schicksalsschlag in Wahrheit abgrundtief hasste.

Ich fürchtete, sie könnte die falschen Fragen stellen. Aber sie fragte nicht. Sie wollte *nicht* wissen, weshalb Lisa und Jeffrey *nicht* in der Schule gewesen waren, *wer* sie aufs Feld geführt hatte, *wer* nicht aufgepasst hatte. *Wo ich war, als es passierte.* Einmal war ich kurz davor, ihr die Wahrheit zu sagen. Aber meine

Schuld erstickte meine eigenen Worte schon im Ansatz. Ich brachte es nicht übers Herz und ihre Teilnahmslosigkeit machte mich ängstlich und nachdenklich.

Als die Trauerfeierlichkeiten vorbei waren, bekam ich die Antwort. Vor meinen Augen und ohne Worte packte sie ihre Sachen in einen Koffer und verließ das Haus. Sie hatte *mir* die Schuld gegeben. Und ich konnte es ihr nicht einmal verübeln. Ich gab sie mir ja selbst.

Cynthia zog zu einer Freundin, die sie von der Arbeit her kannte. Das hatte ich beiläufig im Supermarkt erfahren. Das war alles, was von einer wundervollen Ehe übrig war. Ein loser Fetzen Informationen zwischen dem Kühlregal und den Nudeln.

Mein Leben brach auseinander …

Alle weiteren polizeilichen Ermittlungen konnten mir keine Mittschuld an der Tragödie nachweisen. Aber ich denke, die Beamten lasen es in meinen Augen. Ich gab mir keine große Mühe, mich unschuldig zu verhalten. Doch so waren die Spielregeln nun mal: keine Beweise, keine Verurteilung.

Zuletzt hatte ich das genaue Gegenteil von dem erreicht, was mein ursprüngliches Ziel gewesen war. Ich verlor meine Familie. Und ich saß allein in dem Anwesen fest und fragte mich, ob ich das Haus aufgeben und zurück nach Europa gehen sollte.

Die erste Etage betrat ich nicht mehr. Und immer, wenn ich für mich war, versuchte ich zu verstehen, wie das alles geschehen konnte. Ich weinte viel.

Das Jahr 1967 verging wie im Flug. Anfangs ertränkte ich meine Gefühle in Alkohol. Ich konnte alles Schöne nicht ertragen. Ich hatte Tage, da erinnerte ich mich nicht einmal daran, am Leben gewesen zu sein. Und während die *Beatles* mit dem Album *Sgt. Pepper* einen Meilenstein in der Musikgeschichte legten und der *Summer of Love* die Stadt *San Francisco* ereilte, vegetierte ich in meiner kleinen traurigen Welt im Erdgeschoss meines extravaganten Mausoleums dahin.

Als die letzten Sommertage vergangen waren, begann für mich eine neue Zeit. Ich fing an, mich intensiv mit den Hintergründen der Vorkommnisse auseinanderzusetzen. Und ich fragte mich, weshalb das alles passiert war. Hatten mir die Geistwesen schaden wollen? Was hätten sie damit bezweckt? Oder wer trieb sie an? Ich konnte mir einfach keinen Reim daraus machen.

Schließlich kam ich zu dem Entschluss, dass es nur *eine* Antwort auf meine Fragen gab: Diese Geister gab es nicht – es hatte sie nie gegeben. Womöglich hatte Nancy Malone mehr Fähigkeiten, als ich ihr zugestand. Einen Grund brauchte sie nicht. Sie war verrückt. Wahnsinnig. Und irgendwie hatte sie mich dazu gebracht, ihr zu vertrauen. Und anschließend schickte mich diese geisteskranke Person mit meinen Kindern in die Todesfalle. Ja. So musste es gewesen sein. Ich beschloss, sie mir beizeiten nochmal vorzunehmen. Und wenn ich Recht hatte, dann Gnade ihr Gott.

Ich beschloss, das Haus aufzugeben. Zu viele unerträgliche Erinnerungen hafteten daran. Und überhaupt zwang es mich weg von diesem Ort. Raus aus dem Land. Ich wollte auf andere Gedanken kommen. Hier konnte ich das nicht. Und dieser Beschluss war der Anbruch meiner letzten Tage in Kanada …

XIII

— Das Radio spielt *God Only Knows* von den *Beach Boys*. —

Im Herbst 1967, ziemlich genau ein Jahr nach dem mysteriösen Tod meiner geliebten Kinder, nahm ich zum letzten Mal Kontakt mit Cynthia auf. An eine zweite Chance unserer Beziehung glaubte ich nicht. Nicht nach dem, was passiert war. Ich wollte mich verabschieden und den gemeinsamen Lebensabschnitt zu einem gütlichen Ende bringen.

An der Pforte des *Souris Valley Mental Health Hospital* saß ein Neuer.

»Mein Name ist Simon Adams und ich möchte zu meiner Frau.«

Obwohl er mich nicht kannte, ließ er mich durch.

»Selbstverständlich, Mister Adams«, sagte er nervös. »Bitteschön.«

Er hatte wohl mehr Angst, die falsche Person auszusperren als jemanden hineinzulassen, der hier nichts zu suchen hatte.

Ich betrat Station C und lief geradewegs zum Schwesternzimmer. Ein Schatten bewegte sich hinter der riesigen Scheibe hin und her. *Das muss Cynthia sein*, vermutete ich und ergriff die Chance, sie zur Rede zu stellen. Schnell huschte ich an der Glasscheibe vorbei und zur Tür. Ich drehte den Knauf und öffnete.

»Ja? Was kann ich für Sie tun?«

Das war nicht meine Frau. Eine junge Kollegin im weißen Gewand sah mich mit großen Augen an. Offenbar hatte ich sie durch mein plötzliches Eindringen erschreckt.

»Ich möchte bitte zu Cynthia Adams. Ist sie hier irgendwo?«

Schon hatte ich das Gefühl, das Falsche gesagt zu haben. Ihre Augen wuchsen zu immenser Größe an. Mit einem Mal wirkte sie angespannt und auf der Hut zugleich. Ihr Blick sprang mehrfach zur Tür, die in den Nebenraum führte und die leicht offen stand.

»Nein«, sagte sie unsicher, zögernd. »Cynthia … ist heute nicht da.«

»Oh, entschuldigen Sie, dass ich so reingeplatzt bin«, meinte ich beschwichtigend. »Ich wollte Sie nicht in Verlegenheit bringen. Dann gehe ich wohl besser wieder.«

Ich machte schon kehrt, da hörte ich sie noch etwas verkünden.

»Und sie sagt, Sie … sollen sie in Ruhe lassen!«

»Bitte?«

Ich drehte mich um. Ich hatte das Gefühl, sie nicht verstanden zu haben. Unterdessen fasste das Mädchen all seinen Mut zusammen.

»›Verschwinden Sie!‹, sagt Cynthia. Das soll ich Ihnen ausrichten.«

»Sie hat also über mich geredet?«

Ihr Kopf lief rot an. Sie wirkte wütend. Aber auch peinlich berührt. Hinter der Tür zum Nebenraum regte sich etwas.

Ihre Stimme wurde lauter. »Sie wissen wohl gar nicht, was Sie ihr angetan haben?!«

»Ich …«

In dieser Sekunde sah ich Cynthias Haar. Mein *Wild Thing* lauschte hinter der Tür. Und ich meinte, sie schluchzen gehört zu haben. Mein Herz brannte.

Nun kam das Mädchen richtig in Fahrt. »Und sie sagt«, rief sie, »scheren Sie sich zum Teufel! Ja, das sagt sie!«

Die mir entgegengeschleuderte Wut schockte mich. Und auch der Gedanke, dass sich Cynthia vor mir versteckte und weinte. Es verschlug mir den Atem. Darum lief ich ohne weitere Erklärungsversuche aus dem Schwesternzimmer. Einfach so.

»Verpiss dich!«, rief sie mir hinterher.

Und ich fühlte mich schäbig. Aber das Schlimmste war: Ich hatte diese Behandlung verdient.

*

Jetzt war die Zeit der Abrechnung. Ich riss die Tür zu Nancy Malones Patientenzimmer auf und stieß beinahe mit der dünnen, grauhaarigen Frau zusammen.

»Mister Adams«, sagte sie und tat überrascht.

Lass das Schauspiel, dachte ich mir. *Ich hab' dich längst durchschaut.*

Ihr bloßer Anblick ließ die Wut der vergangenen Monate in mir hochkochen. Diese Frau war schuld an allem, was passiert war. *Sie* hatte meine Kinder ermordet und meine Familie zerstört. Und jetzt besaß sie die Frechheit, mich hier scheinheilig anzusprechen?

Meine Hände schossen vor und packten ihren Hals.

»Wenn du nicht auf der Stelle gestehst«, fauchte ich mit zusammengebissenen Zähnen, »dann bring' ich dich um.«

Sie zuckte mit keiner Wimper. Stattdessen hauchte sie, mit belegter Stimme: »Tun Sie es, Mister Adams.« Und sie blickte mir tief in die Augen.

Ich fühlte ihren Hals in meinen Händen, die warme Haut, das weiche, mit Sehnen durchsetzte Gewebe. Ihr Puls pochte kräftig und schnell. Die Atemluft suchte sich den Weg zwischen meinen Fingern hindurch. Ich musste nur zudrücken, ganz fest, dann würde ihr Kehlkopf knacken, brechen, wenn sie sich nicht vorher schon zu Tode röchelte.

Boshaft zischte ich: »Sie sind tot« und genoss den Gedanken, diese Frau auf der Stelle in die Hölle zu befördern.

»Das Tagebuch«, sagte sie. »Die Stimmen wissen, Sie haben es sich nicht angesehen. Aber das müssen Sie!«

Ich schäumte fast über vor Wut. Mein Herz hämmerte rasend schnell. Und in meiner Brust loderte ein Teufelsfeuer. »Hör mal. Ich weiß ja nicht, was du hier abziehst. Oder in wessen Auftrag du das tust. Nur wenn du nicht sofort das Maul hältst, dann stopf' ich's dir für immer!«

Doch dann sagte sie einen Satz, von dem sie nichts wissen konnte. Worte, die ich gesagt hatte, als ich mit den toten Körpern allein war.

»Lass diesen beschissenen Kelch an mir vorübergehen.«

Es verschlug mir den Atem. »Was zur Hölle …?«

Aber Nancy Malone sah mich nur weiter mit starrem Blick an, angstlos und wissentlich, dass sie die Zauberworte ausgesprochen hatte.

Meine Gedanken schossen hin und her. Die Droge, der Höllentrip und die Geistwesen. Gedankensprünge zu dem ungeliebten Felsen im Feld und zur Zeitblase, die wie eine übergroße Seifenblase ein Leck in diese Welt gerissen hatte.

Ein Übergang vielleicht? Ich wagte nicht, den Gedanken weiterzuspinnen.

Stattdessen nahm ich meine Hände von ihrer Kehle. Rote Druckstellen, wo meine Finger gewesen waren. Sie japste nach Luft. Aber sie lächelte zufrieden.

Tränen schossen in meine Augen. Und ich lief davon …

XIV

Hallo an den Lautsprechern. Sperrt eure Lauscher auf. Denn ihr hört Beatbox *auf 89 City-FM – wo die Hits zuhause sind. Ich bin euer Gastgeber, George Nolan. Wir nähern uns dem Ende der heutigen Ausgabe an diesem wundervollen Septembermorgen 1971. Aber zuvor habe ich noch ein paar Schätze für euch vorbereitet.*

Wir gehen's an mit einem brandneuen Hit von niemand Geringerem als Mister George Harrison. Und ich sage euch: Diese außergewöhnliche Nummer wird euch tagelang in den Ohren liegen.

Aber nun spanne ich euch nicht länger auf die Folter. Brandheiß und direkt aus dem Aufnahmestudio in euer Ohr mit 89 City-FM: George Harrison mit My Sweet Lord.

– Und das Radio spielt *My Sweet Lord* von *George Harrison*. –

Und während das Plektrum rhythmisch in die Stahlseiten der Gitarre schlug, stockte mein Atem.

»Lass diesen beschissenen Kelch an mir vorübergehen.«

Bis heute hatte ich nicht gewagt, intensiver darüber nachzudenken. Vielleicht, weil die Antworten auf meine Fragen neue Ungewissheiten mit sich brächten. Die Kinder waren tot. Meine ganze Familie war es. Und mit diesem Gedanken konnte ich bis dato Tag für Tag gut hinter mich bringen.

Kurz nach meinem Umzug entdeckte ich in der Zeitung die Schlagzeile: *Flammen in Weyburn.* Und als ich Seite 9 aufschlug, wurde mir heiß und kalt zugleich. Ein Foto zeigte unser Haus, bis auf die Grundpfeiler ausgebrannt. Der gemauerte Kamin ragte wie ein spindeldürrer, verrußter, warnender Zeigefinger in die Höhe. Darum herum nur Opfer der Flammenwut, Trümmer und Feuerwehrleute. Laut Aussage der Fachleute setzte ein Blitz den Dachstuhl in Brand. *Bei einem apokalyptischen Unwetter,* stand da geschrieben. Und ich dachte mir, *Jawohl! Jetzt ist das scheiß Haus auch noch dahin.* Und ich war wütend.

Doch an jenem Septembermorgen, als ich in dem ledernen Sessel saß und die Musik auf mich herniederfiel, war ich außerstande, es zu ertragen. Ich hatte das Gefühl, innerlich zu zerplatzen. Wie ein prall gefüllter Ballon. Minute um Minute hatte ich ihn immer fester aufgeblasen. Und die quälende Frage war die Nadel, die über seine straff gespannte Oberfläche kratzte.

Wie zur Hölle konnte Nancy Malone wissen, was ich gesagt hatte?

Entweder es war ein Beobachter bei diesem unsäglichen Felsen gewesen, gut versteckt. Jemand, der hinterher die Klinik besucht und Nancy Malone Bericht erstattet hatte. Unsinn!

Oder ihre Geschichte war nicht gelogen.

Ein grauenvolles Angstgefühl – Panik – durchfuhr meinen Körper.

Das Tagebuch.

Es war Nancy unglaublich wichtig gewesen, dass ich Lisas Buch las. Die Stimmen hatten es ihr zugeflüstert, hatte sie behauptet. Die absonderlichen Wesen waren immer da. In diesem Augenblick, in diesem Raum. Und ich war unfähig, sie zu sehen, weil meine Sinne dafür nicht ausreichten.

Ich war nicht allein.

Wenn sie wahrhaftig existierten, dann konnten sie auch dabei gewesen sein, als ich zu mir sprach. Vielleicht standen sie zwischen mir und der Zeitblase? Beobachteten, was passierte? Sahen zu, wie meine Kinder … wie Jeffrey und Lisa …

Jetzt erst bemerkte ich, dass ich weinte.

In der untersten Reihe meines Bücherregals ruhte ihr Tagebuch. Als ich Weyburn verließ, das Haus leerräumte, weil ich das Leben dort nicht mehr ertragen konnte, hatte ich so getan, als sei es ein gewöhnliches Buch. Ich hatte es einfach zu den anderen gestellt. Ich konnte und wollte nicht dran denken, dass Lisas Erinnerungen und Gedanken darin steckten. Und auf gar keinen Fall hätte ich mich getraut, die Seiten aufzuschlagen.

Bis heute.

Vielleicht war diese Radiosendung daran schuld gewesen? Womöglich kochten die alten Lieder alles wieder hoch?

Ich ging in die Knie. Und mit zittrigen Händen langte ich nach dem Buchrücken, der aussah, als wäre er hundert Jahre alt oder älter. Das Leder fühlte sich speckig und abgegriffen an. An mehreren Stellen war der Einband aufgerissen. Vergilbte Seiten quollen zwischen den Buchdeckeln hervor.

Aber es handelte sich um Lisas Tagebuch, das mir einmal ebenso vertraut gewesen war, wie meine Tochter selbst.

Als ich die kindlichen Schriftzeichen beäugte, verschwamm das Bild vor meinen Augen. In meiner Erinnerung sah ich, wie ihre winzigen Finger den Bleistift über die Seiten führten. Ihre Nase berührte beinahe das Papier und die Füße baumelten in der Luft. Ich wandte mich ab, schlug die Hände vors Gesicht und weinte.

Doch ich hatte es zu ertragen. Die letzte Chance, mit den Ereignissen fertigzuwerden. Abzuschließen.

»Lass den beschissenen Kelch an mir vorübergehen«, jammerte ich, fasste meinen ganzen Mut zusammen und las.

XV

Ich blätterte durch die Seiten des Tagebuchs. Dabei entdeckte ich viele Bilder und Texte, die ich schon kannte, weil ich meinem Mädchen am Tisch dann und wann über die Schulter gesehen hatte. Nur, dass die Schrift jetzt verwaschen und die Zeichnungen ausgebleicht, farblos und matt aussahen, als wäre seit dem Entstehen viel Zeit vergangen. *Die Zeitblase muss diese Wirkung auf das Papier gehabt haben,* wunderte ich mich.

Ich fand Lisas Eintrag, den sie geschrieben hatte, nach der Fahrt zum Übungsraum der *Canadian Sunsets.* Die Erinnerung daran war noch warm und lebendig. Mit dem Ärmel wischte ich mir die Tränen aus den Augen. Trotzdem war ich nicht in der Lage, die Zeilen zu lesen. Ich vermochte es einfach nicht. Mein Körper bebte. Und ich zuckte und weinte. Ich blätterte den Text weg.

Zu meinem Erstaunen sah ich, dass diese Eintragung nicht die Letzte gewesen war. Mein Atem stockte. Unmöglich. Lisa hatte nicht die Zeit gehabt, an ihrem Buch weiterzuschreiben. Und doch konnte ich noch viele Seiten handbeschriebenen Papiers vorblättern. Erstaunt suchte ich den ersten Eintrag, den ich nicht kannte, und begann zu lesen.

– Und das Radio spielt *Out of Time* von den *Rolling Stones.* –

*

14. November 1966

Liebes Tagebuch,

Jeff sagt, ich soll das nicht in mein Buch schreiben. Was uns heute passiert ist, ist ein Albtraum. Und das Schreiben macht den Traum vielleicht fest, meint er. Ich glaube das nicht. Aber ich weiß auch nicht, was ich sonst glauben soll.

Heute waren wir mit Woogie wandern. Wir mussten nicht zur Schule und wir liefen durch die Wälder hinter dem Haus. Es war echt lustig. Auf einem Feld mit einem großen Felsen in der Mitte machten wir Pause. Woogie wollte was holen. Und dann war da auf einmal diese riesige Seifenblase über unseren Köpfen. Eigent-

lich war es so, als wären wir mittendrin. In einer Seifenblase. Ich hatte große Angst. Jeff auch. Wir hielten uns an den Händen.

Auf einmal war die Blase wieder weg. Alles war wie vorher. Nur dass Woogie nicht mehr zurückkam. Und ich dachte, vielleicht hatte er sich so vor der Blase erschreckt, dass er weggelaufen ist. Aber Jeff meint, das würde Dad niemals tun. Dann liefen wir nach Hause.

Zumindest wollten wir das. Aber unser Haus war weg. Es gab die Straße und es gab Bäume, auf die ich schon geklettert war. Aber kein Haus. Das klingt verrückt, oder?

Jeff hatte die Idee, wir sollten mit dem Bus zu Mom in die Arbeit fahren. Als wir ankamen, war's schon dunkel. Aber sie wollten uns nicht reinlassen. Sie sagten, dass es unsere Mom da nicht gibt. Keine Cynthia Adams. Aber als wir ihnen erklärten, dass wir nicht nur Mom, sondern auch Dad und unser Haus verloren hatten, ließen sie uns rein.

Da war ein netter Arzt, der wissen wollte, ob alles in Ordnung war. Wir erzählten ihm alles, von Dad und der Seifenblase und dem Haus und Mom. Aber irgendwie war er dann doch unheimlich. Jeff sagt das auch.

Dann kamen zwei Männer von der Polizei. Und sie wollten, dass wir alles noch einmal erzählten. Aber ich mochte ihre Fragen nicht mehr beantworten. Ich war schrecklich müde. Und Jeff weinte auf einmal.

Jetzt dürfen wir für eine Nacht hierbleiben. Wir haben ein Zimmer für uns allein. Aber ohne Mom und Dad macht das keinen Spaß.

Warum kennt niemand unsere Mom? Und wo ist Woogie?

Ich will wieder heim. Aber das Haus ist weg. Kann man ein Haus verlieren? Und wieder finden?

Sie glauben uns nicht. Kein Wort. Aber wir schwindeln nicht. Und wir sind auch nicht verrückt. Jeff und ich wissen, dass wir nicht dumm sind.

Ich bin müde und kuschel mich ins Bett.

Jeff weint.

Deine Lisa

XVI

Ich blätterte vor. Jede Seite war beschrieben. Es war unfassbar. Es schien, als wäre die Zeit um meine Kinder herum durchaus nicht stillgestanden. Wenn das stimmte, was ich da las, dann hatte Lisa diesen Eintrag zu einem Zeitpunkt geschrieben, an dem wir sie längst unter die Erde gebracht hatten. Und trotzdem war sie auf eine geheimnisvolle Art und Weise noch am Leben. Wie war das möglich? Ich nahm mir die nächstbeste Eintragung vor, die mir unterkam.

*

15.August 1967

Liebes Tagebuch,

heute ist mein letzter Tag bei den Forgotten Angels. Morgen werde ich hinausgeworfen. So nennt man das, wenn man aus einem Kinderheim auszieht. Bei Jeff war das ein lustiger Tag. Wir hatten viel gelacht und gefeiert, obwohl ich insgeheim sehr traurig war. Seitdem habe ich nichts mehr von ihm gehört. Ich hoffe, seine neue Familie ist gut zu ihm.

Eigentlich sollte ich schon lange schlafen. Aber ich bin viel zu aufgeregt.

Manchmal holen sich die Leute ihre Kinder nur zum Arbeiten. Aber die Horns sind nett. Meine Freundin sagt, sie glaubt, die können selbst keinen Nachwuchs bekommen. Das sind oft die besten Pflegeeltern. Misses Horn hat gesagt, ich soll Mom zu ihr sagen. Aber das fällt mir schwer. Mom ist meine Mom! Nicht Misses Horn. Trotzdem gab sie mir einen Kuss auf die Wange. Ich glaube, dass sie mich wirklich gern hat.

Jetzt versuche ich doch, noch etwas zu schlafen.

Deine Lisa

XVII

Aufgeregt schlug ich das Buch ein paar Seiten weiter hinten auf und sah mir den Text an.

Gebannt starrte ich auf das Datum. Das konnte nicht wahr sein. Heute war das Kalenderjahr 1971. Dieser Tagebucheintrag trug die Jahreszahl 1979. Er lag demnach 8 Jahre in der Zukunft.

Briefe aus einer anderen Zeit – Stimmen aus der Zukunft. Ich musste einfach weiterlesen.

*

12. Juli 1979

Liebes Tagebuch,

heute war ich bei Jeff eingeladen. Ja, richtig – ich bei Jeff!

Diese Molly tut ihm richtig gut. Sie ist freundlich und nett und sie backt monstermäßig guten Kuchen. Ich hoffe, mein Bruder vermasselt die Sache nicht wieder.

Diesmal scheint es wirklich anders. Ich habe ihn heute lachen gesehen. Das hatte ich vermisst. Er hat lange nicht gelächelt. Wenn ich darüber nachdenke, nicht seitdem unsere Eltern …

Molly und er haben jetzt auch einen Hund. Deshalb haben wir einen langen Waldspaziergang gemacht. Iwo hüpfte in einen Bach und Molly jagte hinterher. Es war zum Schreien. Aber als wir an einem Kornfeld vorbeikamen, überkam mich eine alte Angst. Nein, Panik. Ich kann es nicht ertragen, wenn Jeff und ich zu nahe an ein Feld geraten. Es ist wie ein Zeitsprung. Als wäre das alles gerade mal ein Jahr her.

Und dann fragte ich Jeffrey, ob er auch noch hin und wieder daran denkt.

»Wir sind nicht verrückt, verstehst du, Lisa. Aber wir sagen es niemandem!« Mehr sagte er dazu nicht.

Insgesamt war es ein wundervoller Tag.

*Als wir wieder beim Haus waren, gab es Brot und eine riesige Wurst-
platte. Unglaublich. Ich denke, da hat sich Jeff wahrlich die Richtige
an Land gezogen.*

Deine Lisa

XVIII

Wie wild blätterte ich noch viel weiter in die Zukunft. Es folgten
ein paar Jahre ohne Tagebucheintrag. Und ich dachte mir, vielleicht hatte Lisa schlicht und ergreifend keine Zeit gehabt, etwas
zu schreiben. Musste sie viel arbeiten? Oder sich um Kinder und
Haushalt kümmern?

Oder WIRD sie keine Zeit dazu HABEN?

Der Gedanke, dass alles, was ich las, wirklich geschehen
war – nein, geschehen wird – machte mich wahnsinnig. Womit
hatte ich es zu tun gehabt? Meine Kinder waren nicht gestorben. Und es war auch keine Blase in der Zeit gewesen, wie ich
zunächst vermutete. Nein. Sie wechselten die Realität. Und sie
fanden sich in einer veränderten Welt wieder, wo es keine Mom
und keinen Dad gab, wenn es stimmte, was ich las.

Wie auch immer. Als ich die Jahreszahl 2000 las, wurde mir
schwindelig. Erster Januar des neuen Jahrtausends. Diesen Eintrag musste ich einfach lesen.

*

01.01.2000

Liebes Tagebuch,

*gestern haben wir das neue Jahr gefeiert. HAPPY NEW YEAR
2000 – wow. Ich fühle mich wie gerädert. Mein Kopf tut weh. Zu
viel Alkohol.*

Betty und Skip kamen zu Besuch. Mein Töchterchen ist und bleibt dasselbe verrückte Huhn, das sie schon immer war. Sie trägt jetzt neongrünes Haar. Auf der Party hat sie zu dem Song 1999 von Prince auf dem Tisch getanzt. Das wollte sie tun, seitdem sie mit acht die Schallplatte im Schrank gefunden hatte. Betty ist irre schlagfertig. Und sie ist ein kleiner Diamant.

Skip ist in Ordnung. Er arbeitet in der Tankstelle neben dem Gemeindehaus. Wer weiß, wozu das noch gut sein kann?

Um Mitternacht überkamen mich wieder einmal meine Emotionen. Alte Geister. Obwohl es jetzt schon so lange her ist – herrje, Betty ist schon gleich 20! Zum Jahreswechsel muss ich immer daran denken. Und dann betrachte ich Simon, wie er zu einem jungen Mann heranwächst, und frage mich, wie Dad ihn finden würde. Er wird jetzt 11 und möchte Schriftsteller werden, so wie sein Grandpa. Wie Woogie.

Manchmal stellen sie Fragen. Dann erzähle ich, dass meine Eltern ertrunken sind. Was Besseres fällt mir dazu nicht ein. Und ein bisschen kommt es mir wirklich so vor, als wären sie in den Fluten der Unendlichkeit umgekommen.

Ach ja … und noch ein paar wichtige Kleinigkeiten: Die Welt ging nicht unter, der Strom fiel nicht aus und das Wasser sprudelt aus der Leitung wie eh und je. Dafür haben wir jetzt 200 Liter in der Badewanne, womit wir noch tagelang die Blumenkästen an der Veranda gießen können.

Es ist ruhig, seitdem Betty außer Haus ist. Zu ruhig. Mir fehlen vor allem die Streitereien und hitzigen Diskussionen, die mir zuvor so gewaltig auf die Nerven gegangen sind.

Tom ist da auch keine große Hilfe. Ich liebe ihn sehr. Bloß langsam verkommt er zu einem langweiligen Knacker.

Aber ich habe Gegenpläne geschmiedet. Wir werden verreisen. Viel reisen. Ob es Tom passt, oder nicht. Das war schon immer mein Traum. Ägypten, Südamerika, Afrika. Ich will etwas von der Welt sehen. Und ich denke, jetzt kommt die Zeit dafür. Das war mein Vorsatz für Silvester 2000.

*So. Ich kann meine Augen schon nicht mehr richtig offen halten.
Vielleicht gehe ich nochmal ins Bett.*

Deine Lisa

XIX

25.12.2034

Liebes Tagebuch,

manchmal frage ich mich, zu welchem Zweck ich das alles aufschreibe? Ich spitze den Stift, wähle die Worte und überlege mir: Wozu? Liest doch eh keiner!

Aber dann überkommt mich die tiefe Gewissheit, dass es meine Aufgabe ist, meine Verpflichtung, diese Einträge zu schreiben. Woogie gegenüber. Hört sich verrückt an, ich weiß.

Wäre Dad heute am Leben, wäre er weit über hundert Jahre alt. Unwahrscheinlich.

Und trotzdem muss ich weiterschreiben. Ich kann nicht anders.

Ich denke, es hat etwas mit diesem eigenartigen Gefühl zu tun, das sich in mir ausbreitet und das von Jahr zu Jahr wächst. Wie eine Ahnung, in dieser Welt fehl am Platz zu sein. Als ob ich unter Andersartigen zu Hause bin. Mein lieber Tom sagt, es hat etwas mit dem Altwerden zutun und es sei völlig normal. Aber ich glaube, alt zu werden fühlt sich anders an. Mein Gefühl ist mehr wie eine ungute Vorahnung, wie wenn man sich vor dem Ausbruch eines Unwetters unter freiem Himmel befindet. Und es wird mit jedem Tag schlimmer.

Heute war ein wundervoller Tag. Wir waren bei Andrea zu Besuch – herrje, sie ist mein Urenkel! Jeffrey war auch da. Und Betty und Simon. Ich liebe diesen Tag. Trotz all der befremdlichen Technik, von der ich nichts verstehe, besinnt man sich auf die althergebrachten Werte. Sie haben einen zauberhaften Weihnachtsbaum – kitschig, aber schön. Und der Truthahn war innen herrlich zart und außen knusprig.

Jeff hatte wieder die Musikdisc dabei. Er liebt das Teil. Seit Jahren schon. Er spielt sie ständig rauf und runter. Und so hatten wir das unfreiwillige Vergnügen, seine Lieblingslieder auch einmal wieder hören zu können. Die Disk heißt Beatbox und die meisten Hits sind von 1966 – dem Jahr, als wir unserer Welt entrissen wurden. Sobald die Musik anläuft, ist Jeffrey wie in Trance. Als wäre sein Geist zuhause bei Mom und Dad. Manchmal weint er sogar. Vor allem bei California Dreamin' von The Mamas and the Papas und bei Wild Horses von The Rolling Stones. Und manchmal, wenn ich die Songs höre, drehe ich mich beiseite und wische meine eigenen Tränen weg.

Seit dem Treppensturz wird für meinen Bruder jeder Schritt zur Tortur. Die Ärzte sagen, es braucht Zeit. Nur ich frage mich, wie viel er davon überhaupt noch hat?

Wie viel Zeit UNS noch bleibt?

Deine Lisa

*

Erschrocken blickte ich zu meinem Transistorradio. *Beatbox* – so hieß die Sendung, die ich seit gut 45 Minuten im Radio hörte. Ein Zufall? Unmöglich! Und diese Songs hatte ich heute auch schon alle gehört. Meine Gedanken überschlugen sich. Gab es einen Zusammenhang zwischen Jeffreys sogenannter Musikdisc und meinem Radioprogramm? Eine Annäherung der Dimensionen?

Weil du riechst, was du schmeckst, weil du Gesehenes fühlen und Musik beäugen kannst.

Ist es möglich, dass ich höre, was Lisa schrieb? Ich verstand nichts von Physik. Aber undenkbar war es nicht. Auf sonderbare Art und Weise fügten sich Puzzleteile aneinander. Und ich war gespannt, wohin mich die Stimmen aus der Zukunft noch führen würden …

XX

Wie wild blätterte ich vor. Ich wollte mehr wissen. Wie weit in die Zukunft reichte das Tagebuch? Und wie würde die Geschichte enden?

Doch als ich den letzten Eintrag fand, hatte ich mit einem Mal Angst, ihn zu lesen. Ich starrte auf die zittrige Handschrift und entzifferte das Datum.

19. Oktober 2058

Ich zuckte zusammen. 2058 lag aus meiner Sicht 87 Jahre in der Zukunft. So weit voraus würde mein Blick also reichen. Was wird mit der Welt bis dahin geschehen? Wird es Kriege geben? Und würden die von Lisa geschilderten Ereignisse auch in meiner Dimension ihre Gültigkeit haben?

Ich wusste nicht, ob ich die Antworten auf meine Fragen wissen wollte. Ist es gefährlich, wenn man zu viel über die Zukunft weiß? Über eine mögliche Zukunft?

Aber Lisas Handschrift lockte mich. Sie gierte nach meinen Augen. Es war ein Zwang, dem ich unmöglich widerstehen konnte.

Und eine Sache gab mir den Anstoß, es doch zu versuchen: 2058. In diesem Jahr wurde Lisa 100.

Ich fasste all meinen Mut zusammen und las.

*

Liebes Tagebuch,

Jeffrey hat es sich in den Kopf gesetzt. Er lässt mich damit nicht mehr in Ruhe. Er will heute auf jeden Fall auf die Lichtung.

Das Seltsame ist, dass mein Verstand sich zwar dagegen auflehnt. Ich meine: Schau, wie alt wir sind. Sollen wir zwei alte Deppen wirklich allein durch die Wälder fahren? Doch mein Gefühl drängt mich seit Jahren, das zu tun. Von daher kann ich meinen Bruder verstehen.

Es fühlt sich an wie der inständige Zwang nach einem tiefgreifenden Bedürfnis. Und ich weiß selbst nicht, wie lange ich mich noch dagegen wehren kann. Deshalb habe ich Ja gesagt.

Ich frage mich, ob es das Feld überhaupt noch gibt. Und den Felsen? Ja. So ein gigantischer Steinbrocken verschwindet nicht einfach so.

Jeffrey und ich haben oft und viel gerätselt. Was war uns eigentlich zugestoßen? Diese Blase, der Lärm. Und wir sind zu dem Schluss gekommen, dass wir irgendwie die Realität gewechselt haben müssen. Wie ein Dimensionssprung, oder so etwas. Ein anderer Strahl der Wirklichkeit, in dem es Mom und Dad nicht gab. Und auch sonst niemanden, den wir kannten. Dieselbe Welt, nur mit unterschiedlichen Menschen. Womöglich hat ein Ereignis in der Vergangenheit dazu geführt, dass alle uns bekannten Zeitgenossen in unserer neuen Realitätendimension nie existierten?

Eins ist sicher: Verrückt sind wir nicht. Nein!

Wir haben oft darüber gesprochen, wie sich Mom und Dad gefühlt haben müssen, als wir plötzlich nicht mehr da gewesen waren. In ihrer Welt, spurlos verschwunden. Mit Sicherheit haben sie sich unendlich Sorgen gemacht. Vielleicht haben sie Suchtrupps in die Wälder geschickt. Und bestimmt haben sie viel geweint.

Das ist traurig. Zu gerne hätte ich ihnen zugerufen: Es geht uns gut! Wir leben ein erfülltes Leben, sind von herrlichen Menschen umgeben und erleben großartige Dinge. Ich habe die halbe Welt bereist, wie ich es mir immer erträumt hatte. All meine Wünsche sind in Erfüllung gegangen. Bis auf einen, denke ich mir dann schwermütig: dass Woogie einmal in meinem Buch nachlesen kann, was ich bereist und erlebt habe.

Mein Leben war eine große Reise. Und ein faszinierendes Abenteuer.

Und dieses Verlangen, das mich und Jeff am heutigen Tag zu dem Ort hinzieht, an dem alles begann, gibt mir das Gefühl, dass es durch diesen Ausflug einen runden Abschluss nimmt. Das Tagebuch nehme ich mit. Früher hatte ich es immer und überall dabei. Auch damals. Ich stecke es in die Manteltasche. Das sollte gehen.

Na, nun mach's gut mein liebes Tagebuch. Und bis morgen ...
Vielleicht.

Deine Lisa

– Und das Radio spielt die letzten Takte von Out of Time
von den Rolling Stones. –

XXI

Ich klappte das Buch zu. Und ich wischte mir die Tränen aus den Augen.

Ich hatte nur noch einen Gedanken:

Sie sind nicht tot, sie sind nicht tot, nicht tot.

In diesem Moment konnte ich platzen vor Freude und zugleich schreien vor Wut. Das Schicksal gestattete mir einen Blick in die Zukunft. Lisa und Jeffrey hatten ein glückliches Leben vor sich. Und doch waren sie längst unter der Erde.

Sie sind nicht tot.

Wie war das möglich?

Ich erinnerte mich an die Worte des Arztes bei Lisas Geburt. *Sie würde hundert Jahre alt werden,* hatte er gesagt. Die Prophezeiung hatte sich erfüllt. Jeffrey wurde sogar 115. Ich schlug die Hände vors Gesicht und weinte aus tiefster Seele.

Von nun an wusste ich, dass Lisa und Jeff alt und grau werden würden. Das hatten mir die Stimmen aus der Zukunft gesagt. Stimmen, die zu mir und auf mich abgestimmt sprachen. In Form von Geistern, in der Gestalt von Tagebucheinträgen und als Musik. Die Lieder brachten mich dazu, meine Vergangenheit nicht weiter zu verleugnen und nach dem Tagebuch zu greifen. Songs, die Jeffrey tagtäglich hörte. Vielleicht, weil er spürte, dass sie eine Verbindung zu meiner Dimension, zu mir darstellten.

Um die Zukunft meiner Kinder musste ich mir keine Sorgen mehr machen. Hatte ich mir das nicht insgeheim und aus tiefstem Herzen inständig gewünscht? Bis heute vermag ich nicht zu sagen, aus welchem Grund die Geistwesen Lisa und Jeffrey mit meiner Hilfe in eine andere Dimension befördert hatten. Nur so viel war klar: Hätten sie mich nicht bei meinem wunden Punkt gepackt, dann wären meine Kinder womöglich dem Feuer zum Opfer gefallen, das unser Haus niederbrannte. Ich führte sie ins Dimensionstor und brachte sie damit aus der Schusslinie. Kann es sein, dass zu dem Zeitpunkt ihre Zeit in dieser Welt bereits abgelaufen war?

Die Geistwesen waren und sind allgegenwärtig und dimensionslos. Sogar jetzt war ich nicht allein.

Gelernt hatte ich, dass es Zeitblasen gab. Dimensionstore, die Kornkreise bildeten. Die Zeit innerhalb dieser Seifenblase vergeht aus unserer Sicht rasend schnell und sie findet in einer anderen Dimension statt. Doch wo auch immer sie erschienen – wenn ich wüsste wo, würde ich mich fernhalten, soviel war klar.

Ich vermisste Cynthia. Und ich vermisste das gewöhnliche Familienleben. Aber ich konnte es nun mal nicht verleugnen. Ich war unsterblich. Darum wurde ich wie ein Fisch zurückgeworfen, in den Strudel der Weltgeschichte.

Ich steckte das Tagebuch zurück ins Regal. Dieser Moment hatte etwas Feierliches. Dann setzte ich mich in den Sessel, drückte meinen Rücken ins kühle Leder und legte meine Arme entspannt auf den Lehnen ab. Ich atmete tief durch, schloss die Augen und lauschte den *Stimmen aus der Zukunft*.

– Und das Radio spielt *Nowhere Man* von den *Beatles*. –

*

Das war's für heute, meine lieben Hörerinnen und Hörer. Mit den letzten Takten dieses Songs schließe ich die Beatbox. *Ich hoffe, es hat euch gefallen und ihr schaltet nächste Woche wieder ein, hier bei mir auf* 89 City-FM. *Mein Name ist George Nolan und ich wünsche euch alles Gute und eine schöne Zeit.*

Mein Name ist Simon.
Ich lebe ewig.
Solange ich zurückdenken kann, bin ich auf der Erde.
Ich habe außergewöhnliche Dinge gelernt, auf der Suche nach einer
Antwort auf die Frage:
Wer bin ich?
Ich kann nicht sterben. Ich darf nicht lieben.
Ich bin Simon.

Vom Schicksal der Zeit

I

Augsburg, Deutsches Kaiserreich im Jahr 1753

Tick, tack, tick, tack.

Die Eiseskälte saß mir in den Knochen. Ich vergrub meinen Nacken im Kragen der dicken Lammfelljacke. Und der Duft von verbranntem Buchenholz stieg in meine Nase. Solange das Feuer noch nicht vollständig brannte, roch es herrlich nach Rauchwurst. Das Uhrwerk mit seinen Rädchen, Schräubchen und Federn lag vor mir und wartete darauf, von mir zusammengesetzt zu werden. An einem Tag wie diesem, wenn sich der Schnee kniehoch an den Werkstattwänden türmte, schaffte ich oft nur wenige Teile. Da konnte es schon mal Wochen – Monate – dauern, bis jedes Bauteil an seinem angestammten Platz saß.

Tick, tack, tick, tack.

Ich startete einen neuen Versuch. Ich hielt die Luft an und konzentrierte mich auf das messingfarbene Wunderwerk. Die kleine Maschine versetzte mich in ein Hochgefühl. Ich wusste, es würde ein Gefühl vollendeter Befriedigung durch meinen Körper ziehen, sowie sie zum ersten Mal tickte. Wenn die Unruh zappelte, das Zeigerwerk arbeitete, die Zahnräder ineinandergriffen, die Achsen sich drehten und der Zeiger über das Ziffernblatt fuhr, dann würde das mechanische Herz dieser Uhr im stetigen Rhythmus des Federantriebs schlagen – wie ein neues Leben.

Meine Augen leisteten hervorragende Arbeit. Sie verliehen mir die Fähigkeit jede Kerbe, jede Anspitzung und jede Ungenauigkeit gestochen scharf zu sehen. Aber meine Finger waren zu kalt, zu unbeweglich, um das winzige Rädchen mit der Pinzette passgenau auf die Achse zu heben. Heute würde das nichts werden, soviel war klar. Frustriert legte ich alles beiseite und seufzte.

»Lass dich nicht unterkriegen«, brummte Konrad, der mit dem Rücken zu mir saß. Auch seine Werkbank war so hoch, dass das Werkstück nur wenige Finger breit vor seiner Nase lag. An der Wand zu seiner Linken hingen Sägen, Hämmer, mickrige Schraubwerkzeuge und Feilen an ins Holz geschlagenen Nägeln. Blechscheiben, Zahnräder, Federn und Schrauben türmten sich auf dem Regal neben dem Christuskreuz.

Tick, tack, tick, tack.

Die große Pendeluhr über seinem Kopf wies mir stets mit erhobenem Zeigefinger die Richtung. So hatte jedes Uhrwerk früher oder später zu arbeiten – *tick, tack, tick, tack.*

Konrad Meisner war der Inhaber des Ladens. Es war nun schon ein paar Jahre her, dass er mich angestellt hatte. »Weil deine Finger so geschickt sind«, hatte er gesagt, nachdem ich aus einem Häufchen mit Messingteilen in Windeseile eine passende Feder hervorgekramt hatte.

Damals reparierten wir Holzräderuhren, setzten Pendeluhren instand und kümmerten uns um klassische Dosenuhren, wenn sie nicht mehr ordnungsgemäß liefen. Aber was die Uhrmacherei Meisner ausmachte, waren Konrads bezaubernde Entwürfe liebevoll ausgearbeiteter Taschenuhren. Sie brachten viele Kunden in den Laden. Und mit ihnen kam das Geld. Konrad hatte bereits vor Jahren das Potential der Meisterstücke mit Sprungdeckel und seitlicher Aufzugskrone erkannt, da schraubten die meisten Augsburger Uhrmacher noch immer Dosenuhren zusammen. Und während er jedes Einzelstück kunstvoll ausarbeitete, mit einer Gravur auf der Kehrseite und handbemaltem Ziffernblatt versah, entstanden massenhaft tickende Dosen, die nicht mehr an den Mann gebracht werden konnten.

Ja. Lass dich nicht unterkriegen, sagte ich mir, dachte dabei aber an Konrad. Er arbeitete emsig wie eh und je, obwohl die Auftragslage seit einer Weile miserabel geworden war.

Die Zeiten hatten sich geändert. Heute war unser Werkzeug rostig und kaputt. Die Konkurrenz hatte den neuen Trend erfasst und war aufgesprungen. Taschenuhren gab es jetzt überall. Und die Lage der Uhrmacherei Meisner, auf dem namenlosen Weg hinter der Rückseite der Becken-Gasse mit Augsburgs Stadtmauer im Nacken, war schlecht. Konrad war kein guter Geschäftsmann. Er war durch und durch Kunsthandwerker, verliebt in seine tickenden Schmuckstücke. Seine Entwürfe waren grandios. Hätte er auf sämtlichen Uhren seinen Namen in geschwungenen Lettern eingraviert, dann hätte man uns den Laden eingerannt. Aber solche Kennzeichnungen waren zur Mitte des 18. Jahrhunderts nicht üblich. Jede Uhr war ein individuelles Kunstwerk, im besten Fall beschriftet mit dem Familiennamen des Besitzers.

Ich schob den Hocker zurück und legte einen Scheit Brennholz nach. Anschließend betrachtete ich Konrad, der konzentriert an einem Gehäuse schraubte. Und wie er so da saß, die grauen Locken über die Wangen baumelnd, den Rücken gekrümmt mit dem Ansatz eines Buckels, tat er mir leid. Aus diesem Grund fragte ich ihn etwas, das ein Meister von seinem Gesellen eigentlich niemals hören sollte. Doch Konrad war mit den Jahren zu einem Freund geworden. Und Freunde sprechen aus, was ihnen auf dem Herzen liegt. Darum sagte ich es geradeheraus: »Wie lange willst du das noch machen?«

»Was meinst du?« Mit zusammengekniffenen Augen blickte er mich an. Seine Wangen waren rosig. Die Lippen schmal. So kannte ich ihn. Konrads Gesicht, wenn er in die Arbeit vertieft war.

»Der Laden bringt nichts mehr ein.« Ich schluckte einen Kloß hinunter. Wusste nicht, wie ich weitersprechen sollte. »Du … du …« Desinteressiert winkte er ab und wandte sich seinem Werkstück zu.

Nach einer Weile sagte er: »Weißt du, Simon, unsere Zeit wird kommen. Davon bin ich fest überzeugt. Und bis dahin tun wir das, was wir am besten können.« Er sah mich an und lächelte. Und ich fand, dass er aussah wie einer, der aufgegeben hatte. Wie jemand, der sich hinter seiner Arbeit versteckte, weil er die Wirklichkeit nicht wahrhaben wollte. »Und deshalb, Simon, mache ich jetzt diese Uhr fertig«, erklärte er. Und ohne weitere Worte vergrub er sich wieder in sein Handwerk.

Und ich fragte mich, wie lange es die Uhrmacherei Meisner noch geben würde.

II

Ich war auf dem Weg zu meiner Schlafstätte, einer Einzimmerwohnung im Dachgeschoss einer Schlosserei. Konrad wohnte in den hinteren Räumen seiner Werkstatt. Zur Abendstunde schloss er die Tür und war in den eigenen vier Wänden. Im Gegensatz dazu musste ich abends nach Hause laufen. Oftmals drehten sich meine Gedanken dabei um Uhren. Ein bisschen war das Leben selbst wie ein gigantisches Uhrwerk. Wie übergroße Zahnräder griffen die Ereignisse ineinander, eines beeinflusste das nächste, und sie trieben sich gegenseitig an. Die Guten wie auch die Bösen. *Tick, tack. Tick, tack.*

Meine Stiefel drückten knirschend Spuren in den Schnee. Ich hatte mein Zimmer im Süden von Augsburg nahe dem Barfüßertor. Obwohl es ein Umweg war, nahm ich meistens den Weg über den Predigerberg. Konrad meinte, ich mache das schon richtig, weil auf der breiten Straße etwas mehr Licht war und die Stadtwache hier vorbeikam. Aber das war nicht der wahre Grund.

Dieser Weg führte mich unweigerlich am SCHWABEN-TANZ vorbei, einem Wirtshaus, das wir immer besucht hatten, wenn Konrad einen großen Auftrag an Land gezogen hatte. Es gab eine Zeit, da waren wir wöchentlich im SCHWABEN-TANZ gewesen. Das ist lange her. Nun ging ich nur noch dort hin, um nach Feierabend etwas zu trinken. Am liebsten wochentags, kurz bevor die Gastwirtschaft schloss. Dann waren wenige Gäste dort, und Francisca hatte Zeit für einen Plausch.

Jetzt lief ich an den beleuchteten Fenstern vorbei. Ich hielt an, zog den Kragen hoch und stopfte die Hände fest in die Manteltaschen. Der Wind pfiff übers Kopfsteinpflaster und fegte eisigen Schnee um meine Ohren. Drinnen sah es warm und gemütlich aus. Am Fenster saß ein schlecht rasierter Kerl und schob sich dicke Suppe aus einem Holzteller in den Mund. Er beachtete mich nicht.

Dann sah ich Francisca. Sie trug leere Gläser und Teller und lächelte gezwungen über das Gerede eines Mannes mit Hut. Ihre Augen sagten mir, dass sie in Gedanken ganz woanders war. Und ich fragte mich, ob sie vielleicht an mich dachte? Die Vorstellung wärmte mich.

III

Und dann griffen die Zahnräder der Lebensuhr ineinander und rückten den Zeiger der Ereignisse ein Stückchen vor.

Tick, tack.

Der Tag, an dem sich alles ändern sollte, zeigte sich nicht mehr ganz so eisig. Der Schnee taute, und ein niemals endender Wasserlauf gluckste und blubberte am Werkstattfenster hinab. Ich erinnere mich genau, wie Johanna aufgeregt hereinplatzte und behauptete, wieder einmal ein Antlitz im Spiegel gesehen zu haben. Sobald das junge Ding durch die Tür kam, roch es nach Sommerblüten. Johanna war hübsch, aber eigensinnig. Einen Ehemann hatte sie noch nicht.

Immer, wenn es mit ihren Eltern zum Streit kam, stattete sie ihrem Onkel Konrad einen Besuch ab. Und er hörte sich ihre Sorgen an und sprach beruhigende Worte.

Es war nun schon das zweite Mal, dass sie vorbeikam und von diesen geisterhaften Gesichtern erzählte. Sie sagte, es wäre gewesen, als blicke jemand wie durch ein Fenster aus dem Spiegel heraus. Eine unglaubliche Geschichte. Konrad bot ihr eine Erklärung, die von Lichtspiegelungen und Schattenspielen handelte. Aber damit gab sie sich nicht zufrieden.

Ich fand das Thema interessant. Es war möglich, dass mehr an der Sache dran war, als ich vermutete. Dennoch beschloss ich, mich aus Konrads Familienangelegenheiten herauszuhalten. Ich polierte derweil das Gehäuse einer verwitterten Holzräderuhr mit Weckerscheibe.

»… und hin und wieder meint man Dinge im Augenwinkel gesehen zu haben«, erklärte Konrad und gab sich große Mühe, jedes seiner Worte mit Bedacht zu wählen.

»Sie hat mir geradewegs in die Augen gestarrt«, entgegnete Johanna aufgeregt.

Konrad versuchte sich mit einer weiteren Erklärung: »Wenn man morgens in Gedanken versunken ist, kann einem das eigene Gesicht durchaus fremd erscheinen.«

Johanna platzte der Kragen. »Du denkst, ich … ich bin verrückt? Möchtest du *das* sagen? Dass ich hier oben Probleme habe?« Sie klopfte mit dem Zeigefinger gegen ihren Kopf. »Im

Spiegel war das Gesicht einer grauhaarigen Frau! Und sie hat sich ebenso erschreckt, wie ich mich.« Sie stampfte zur Tür. Dann rief sie vorwurfsvoll: »Wenn mir nur einmal jemand etwas glauben würde!«, und riss wütend die Tür auf.

Ein kalter Windstoß fegte durch die Werkstatt. Ich erschrak. Vor der geöffneten Tür stand eine Dame mittleren Alters. Sie war aufwendiger gekleidet, als man es für gewöhnlich zu sehen bekam, mit einem roten Mantel und glänzenden, schwarzen Lederstiefeln. Der buschige Fellkragen umrahmte ihr aufwendig geschminktes Gesicht, Lippen und Wangen rot, die Lider blau. Obwohl ihr Haar graue Ansätze aufwies, wirkte es ungewöhnlich edel und gepflegt. Wenn man so lange wie ich mit Menschen zu tun hat, bekommt man ein Gespür dafür, wie sie ticken. Diese Frau hatte Vermögen, das sah ich gleich. Und ihrem entschlossenen Mienenspiel nach war sie gewillt, einen Teil davon hierzulassen – in der Uhrmacherei Meisner.

»Niemand versteht mich!«, kreischte Johanna hysterisch und schob sich hastig an der vermeintlichen Kundin vorbei nach draußen.

Die unerwartete Besucherin ignorierte die Familienszene. Es war ihr lästig, las ich in ihrem Ausdruck. Und, dass es ihren außergewöhnlichen Auftritt zunichtegemacht hatte – ihr die Show stahl. Sie schlug die Augen auf, zog ein Tuch aus der Tasche und tupfte sich die Stirn, als wäre sie noch gar nicht da.

Ein paar unendlich lange Sekunden vergingen.

Konrad war derjenige, der die peinliche Stille unterbrach: »Kann ich Ihnen weiterhelfen?«

»Oh«, sagte sie und sah uns überrumpelt an, als wäre die Tür eben erst aufgegangen. »Selbstverständlich.« Jetzt trat sie ein.

Ich konnte ihren vernichtenden Blick förmlich spüren, wie er durch die Werkstatt glitt, prüfend, herablassend, und auch vor Konrad und mir keinen Halt machte. Sie verzog den Mund, als hätte sie einen Schweinestall betreten müssen.

Gerade wollte sich die peinliche Stille wieder ausbreiten, da meinte sie: »Ich bin auf der Suche nach einem ausgezeichneten Kunsthandwerker.«

Konrad war sichtlich überrumpelt. Und er schien aus der Starre nicht so bald zu erwachen. Darum riss ich die Situation an mich.

»Da sind Sie hier genau richtig«, sagte ich, sprang auf und hielt ihr die Hand hin. »Frau …?«

Sie kehrte mir den Rücken zu, betrachtete die Wanduhr und meinte: »Und wie mir scheint, habe ich gefunden, wonach ich suche. Ich möchte Uhren kaufen. Kleine Uhren. Taschenuhren. Eine ganze Menge.« Ihre Art war mir unangenehm. Sie ignorierte mich. Und ihre Worte klangen von oben herab. »Und man sagt, Sie hätten ausreichend Zeit.«

Jetzt packte mich die Wut.

Zum Glück kam Konrad in Bewegung. »Hören Sie mal, Frau …«

»Heckel«, verkündete sie stolz. »Walburga Heckel.«

Er machte große Augen. Er kannte den Namen. »… Frau Heckel. Erzählen Sie mir bitte, worum es geht. Dann sage ich Ihnen, ob es in unsere Auftragslage passt.«

»Ich sagte es bereits. Ich brauche viele Taschenuhren. Sehr viele.«

»Sie wissen, dass so eine Arbeit Geld …«

»Geld spielt keine Rolle«, fiel sie ihm ins Wort.

Konrad sah mich verdutzt an. Ich zuckte mit den Schultern. Schließlich fragte er: »Und wie haben Sie sich diese Stücke vorgestellt?«

»Hübsch müssen sie sein. Unwiderstehlich. Den Rest überlasse ich ganz allein Ihrem Gespür.«

Das hörte sich gut an. Zu gut.

»Und wo ist der Haken?«, platzte es aus mir heraus. Ich wusste, ich hatte mich im Ton vergriffen. Aber das war mir egal.

Konrad warf mir einen finsteren Blick zu.

Frau Heckel überging mich. Schon wieder. Stattdessen baute sie sich vor Konrad auf und fauchte: »Wollen Sie für mich arbeiten, oder nicht?« Sie wusste genau, wie verlockend ihr Angebot Konrads fehlenden Geschäftssinn umspülte. »Wissen Sie, ich kann auch ...«, blaffte sie.

Es war Konrad, der ihr sanft ins Wort fiel. »Ja.«

»Was sagen Sie? Ich habe Sie nicht verstanden.«

»Ja. Wir nehmen den Auftrag an. Sehr gern«, sagte er. Dann streckte er ihr die Hand entgegen. »Abgemacht.«

Diesmal kehrte sie *ihm* den Rücken zu.

»Sie können sofort mit der Arbeit beginnen. Einen ersten Vorschuss erhalten Sie, wenn Sie ein Musterstück abgeliefert haben. Ich will sehen, ob es funktioniert.«

Wieder versuchte ich, mich einzubringen. »Frau Heckel. Wir haben unzählige Taschenuhren hergestellt. Sie laufen äußerst zuverlässig.«

Sie trat an mich heran. Nah – zu nah – sodass ich ihre Körperwärme fühlen konnte. Und sie starrte mir entschlossen in die Augen.

Dann knurrte sie streng: »Sie liefern das Muster, ich den Vorschuss.«

»Einverstanden«, hörte ich Konrad sagen. Frau Heckel lächelte mich süffisant an.

»Also hätten wir das geklärt«, sagte sie und marschierte auf die Tür zu.

Plötzlich hielt sie inne.

»Ach ... eine Sache noch ...« Sie machte ein letztes Mal kehrt. »An Stelle dieser kleinen Schwungfedern ... ähm, dieses Zappelteils ...«

»Unruh?«, fragte ich.

»Ja«, bestätigte sie. Es war das einzige Mal, dass sie an diesem Tag auf eines meiner Worte reagierte. Dann erklärte sie: »Lassen Sie das weg. Dieses Bauteil ist unnötig.«

»Aber, ohne die Unruh ...?«

»Ich liefere ihnen etwas …« Sie runzelte die Stirn. »Fleisch. Sie bekommen von mir ein winziges Stück Fleisch. Und das bauen Sie anstelle der Unruh ein.«

»Aber …?«

»Machen Sie es!«, befahl sie schroff. »Das ist Teil der Abmachung. Noch Fragen?«

Uns fehlten die Worte.

»Na, dann ist ja alles geklärt. Ich schicke jemanden vorbei, der nach Ihnen sieht.«

Schwungvoll drehte sie sich um und trällerte beinahe bühnenreif: »Auf Wiedersehen.«

Und ich fragte mich, ob es richtig gewesen war, diesen sonderbaren Auftrag anzunehmen.

IV

Und dann wurde groß gefeiert – endlich einmal wieder. Selbstverständlich trafen wir uns abends im SCHWABENTANZ. Die Wirtsstube war voll wie ein Rattennest. Es roch nach süffigem Wein, erfrischendem Bier, würzigem Gemüseeintopf und krossem Braten. Die beiden Musiker brachten ordentlich Stimmung in den Laden. Sie sangen, pochten auf die Tischplatte und fiedelten mit einer Bratsche dazu. Und, als hätten die alten Zeiten niemals geendet, besetzte Konrad den größten Tisch und lud das halbe Wirtshaus ein, mitzufeiern. Die meisten Tischgenossen wussten nicht einmal, was es zu feiern gab. Aber das war allen egal.

Johanna saß neben mir. Und ich hatte das Gefühl, dass sie mich als Schutzwall gegen Konrad missbrauchte, der seinen Platz zu meiner Rechten hatte. Der salzige Braten trieb mir das Wasser im Mund zusammen, und die im Feuer gebratenen Kartoffeln türmten sich auf meinem Teller.

»Warum ifft du nifft?«, schmatzte mir Konrad unverständlich ins Ohr. In einer Hand hielt er ein Stück knusprige Schweineschwarte.

Ich hatte gehofft, Francisca an diesem Abend wiederzusehen. Schäkern wollte ich mit ihr, wie ich es immer getan hatte.
Und zum Ende hin etwas plaudern und lachen. Aber ich konnte
sie nirgends entdecken. Anfangs schob ich es auf das überfüllte
Wirtshaus. Doch je länger wir hier waren, umso größer wurden
meine Bedenken. Eine überladene Bedienung eilte an mir vorbei.

»Entschuldigen Sie!«

»Ja, komme gleich«, meinte sie genervt und ohne mich eines
Blickes zu würdigen.

Ich machte einen langen Hals und drehte mich in alle Richtungen. Nichts. Enttäuscht nahm ich einen Schluck Bier und
suchte nach der Kellnerin.

*Wenn die Zahnräder des Schicksals ineinandergreifen und dir der
Schicksalsspiegel eine Lektion erteilt …*

Im selben Augenblick sah ich zwischen Köpfen und einem
Hut hinter einem braunen Ledermantel ein Frauengesicht hin-
durchschauen. Kerzenlicht floss über ihr Gesicht. Es war nur
der Bruchteil einer Sekunde und ich kann heute nicht sagen,
ob ich sie wirklich gesehen habe oder ob ich's mir einbildete.
Eine Wunschvorstellung? Meine Brust packte nach dem Gefühl,
eine vergessene Liebe wiedererkannt zu haben, und ließ meine
Gesichtszüge entgleiten.

Thyri?

Das bierbesudelte Kleid der Bedienung nahm mir die Sicht.
»So. Jetzt«, blaffte sie. »Was?«

*Wenn die Zahnräder des Schicksals ineinandergreifen und dir der
Schicksalsspiegel eine Lektion erteilt …*

Ich sprang hoch und drehte den Kopf. Hin und her. Stellte mich
auf Zehenspitzen. Riss die Augen auf. Nichts.

»Ich hab nicht ewig Zeit!«

»Ja … ich«, stammelte ich. Ich brauchte eine Sekunde, zu mir
zu finden. »Was ist mit … Francisca?«

»Francisca? Unsere Francisca?«

»Ja. Wo ist sie?«, wollte ich wissen.

»Arbeitet nicht mehr hier.«

»Aber warum …?«

»Hör mal. Ich bin nicht hier, um mit dir zu plaudern. Entweder du bestellst was oder du lässt mich in Ruhe.«

»Ja, o.k.«, sagte ich kleinlaut. Sie warf mir einen finsteren Blick zu und verschwand.

Ich war frustriert und enttäuscht. Beinahe täglich war ich abends am SCHWABENTANZ vorbeigelaufen, nur um sie zu sehen und ihr stille Beachtung zu schenken. Wie oft hätte ich reingehen und sie ansprechen können? Ihr zeigen können, dass es mich noch gab.

Unzählige Chancen – vertan.

Ich ließ den Kopf hängen.

»Nicht einatmen – essen!«, hörte ich Konrad sagen.

»Was?«

»Das da.« Er deutete auf den Teller direkt unter meinem Gesicht. »Du musst es futtern. Nicht den Nischel darüber halten und warten, bis es dir in die Nase verdunstet.«

»Ach so … ja.« Ich quälte ein Lächeln hervor und stach das Messer demonstrativ in eine Kartoffel.

»Was ist nur los mit dir? Du siehst aus, als wäre dein Hund gestorben.«

»Ich habe gar keinen …«

Er lehnte sich zu mir und legte mir seinen Arm auf die Schultern. »Ich weiß, Simon. Ich weiß«, lachte er. »Hör mal: Heute wird gefeiert. Als dein Boss befehle ich dir, auf der Stelle Spaß zu haben! Verstanden?«

»Du hast ja recht«, seufzte ich. »Nur, was, wenn hinter diesem Großauftrag eine Betrügerei steckt?«

»Simon. Mein Freund. Was soll das? Traust du uns keine guten Zeiten mehr zu? Walburga Heckel ist zwar keine ehrbare Frau, aber sie hat Geld, viel Geld.«

160

Ich hob das Messer und biss von dem Erdapfel ab. Er schmeckte wunderbar weich, süß und sämig.

»Und woher hat sie das Vermögen?«

»Mach keine Witze«, lachte er erstaunt. Dann überrascht: »Nein, das ist kein Scherz, was? Du weißt es wirklich nicht, oder?«

Ich sah ihn ausdruckslos an.

»Okay. Du hast keine Ahnung«, meinte er. »Alsdann will ich's dir sagen. Die Heckel, Walburga Heckel, ist die Inhaberin eines Dirnenhauses. Ich denke, es ist der einzige Betrieb dieser Art in Augsburg überhaupt. Und dann noch unter dem Regiment einer Frau …«

»Ach«, sagte ich. »Dirnenhaus.«

»Du warst doch schon einmal in so einem Haus?« Er grinste breit.

»Ich …«

»Warst du nicht?«, unterbrach er mich. Er riss die Augen auf. Ich spürte, wie die Röte in meine Wangen schoss. Und Konrad lachte laut los: »Ha! War er noch nicht!« Er schlug mir auf den Rücken. »Mensch Simon. Und ich dachte, ich kenne dich …«

Ich steckte den Rest der Kartoffel ganz in den Mund und war froh, einen Grund zum Schweigen zu haben.

»Weißt du. Walburga hat das Anwesen von ihrem Großvater übernommen, dem alten Wendelin Heckel, einem ehemals angesehenen Kaufmann, das erzählt man sich. Und auch, dass Wendelin seit gut 20 Jahren sterbenskrank in einer Kammer liegt, und Walburga ihn kein einziges Mal besucht hat, das undankbare Stück. Damals war das Haus eine gewöhnliche Herberge. Und heute? Man sagt, Walburga führt ein strenges Regiment. Sie holt sich verschuldete Mädchen, übernimmt ihre Rechnungen und lässt die armen Dinger die Verbindlichkeiten bei ihr abarbeiten.«

Er nahm einen großen Schluck aus seinem Bierkrug.

Schließlich redete er weiter: »Das Gebäude steht gleich am Friedhof neben der Kirche. Niemand hätte jemals die Genehmigung zum Betrieb so eines Etablissements an diesem Ort erhalten. Niemand! Wie sie das eingefädelt hat? Keine Ahnung. Der alte Wendelin weiß vermutlich gar nicht, was in seinem Haus vor sich geht.« Er lachte. »Herrgott, er liegt bereits so lange in der Kammer – sie würde ihn wahrscheinlich nicht einmal mehr erkennen, wenn er durch die Tür käme. Das Gesicht würde ich gern sehen.«

Mit ausgestreckter Hand bremste er die Kellnerin, die mit einem Wust aus schmutzigen Tellern und Bierkrügen in Richtung Küche unterwegs war.

»Noch eins, bitte«, rief er und hob den leeren Krug.

»Sofort«, sagte sie im Vorbeigehen und war schon wieder weg.

*

Es war herrlich mit anzusehen, wie sich Konrad durch diesen Auftrag vom Trübsal blasenden Kerl zum feiernden Geschäftsmann mauserte. Ich war skeptisch. Und die Vorgabe, Fleischklumpen verarbeiten zu müssen, machte es nicht gerade besser. Weshalb wollte diese Geschäftsfrau so viele Taschenuhren kaufen, die nicht einmal funktionierten?

Das Fleisch zerging, ohne zu kauen, auf der Zunge. Die Musiker tanzten singend durch die Menge. Auch an unserem Tisch wurde gesungen und geklatscht. Und sogar Johanna feierte und lachte ausgelassen, obwohl sie dafür bekannt war, zum falschen Zeitpunkt die Stimmung zu kippen. Es brauchte ein Weilchen, aber dann bestätigten sich meine Befürchtungen. Ich war nur einen kurzen Augenblick nicht aufmerksam und als ich meinen Fehler bemerkte, führten die beiden bereits eine hitzige Diskussion.

»Fängst du wieder damit an«, fuhr Konrad sie an, ohne auf seinen Ton zu achten. Vielleicht hatte er sich auch schon einen zu viel genehmigt?

»Aber ich habe sie gesehen!«, brüllte sie.

»Hör mal, Mädel. Niemand schaut aus einem Spiegel heraus. So was gibt es nicht.«

»Aber …«

»Aber … aber«, unterbrach er sie unwirsch. Ich denke, das Bier hatte seine Zunge gelockert und seinen Verstand benebelt. Denn er beugte sich über die Tafel und rief: »Hört mal Leute. Hat euch schon einmal ein fremdes Gesicht aus einem Wandspiegel angesehen?«

Der ganze Tisch johlte laut los. Irgendwer grölte: »Spieglein, Spieglein an der Wand.« Und sie stießen die Krüge zusammen.

Tränen standen in Johannas Augen. Ihre Halsmuskulatur schien die Wut wegpumpen zu wollen. Ich legte ihr meine Hand auf die Schulter, wollte sie beruhigen. Aber es nützte nichts. Sie explodierte, wie ein alter Dampfkessel. Wutentbrannt sprang sie auf und kreischte hysterisch: »Ich habe jemanden im Spiegel gesehen. Punkt. Du bist ein riesengroßer, widerlicher HUNDSFOTT!«

Sofort wurde es still am Tisch. Sogar die Musiker hörten auf zu spielen. Die ganze Gaststube schien für einen Augenblick die Luft anhalten zu wollen. Johanna schlug die Hände vors Gesicht und presste sich durch die Menschen auf den Ausgang zu. Konrad sagte nichts. Und Johanna stürmte heulend davon.

So entschlossen hatte ich sie noch nie erlebt. Ich konnte mir nicht verkneifen, Konrads Verhalten mit einem vorwurfsvollen Blick zu kommentieren. Und ich fragte mich, ob an Johannas Geschichte vielleicht doch etwas dran war?

V

Zeit.

Was ist Zeit?

Ich hatte seit jeher mehr als genug davon. Und es fiel mir leicht, verschwenderisch damit umzugehen. Während ich zusah, wie die Zeit der Menschen um mich herum knapp wurde, schien mein persönlicher Vorrat unerschöpflich zu sein.

Für mich war Zeit die Ewigkeit. Und je mehr sich in meiner Vergangenheit davon sammelte, umso gigantischer aber auch erschreckend erschien mir der Blick in eine niemals endende Zukunft.

Niemals endende Zeit. Beängstigend. Was ist Zeit?

Oftmals scheint sie sich zu dehnen, zu strecken und zu ziehen, wie ungebackener Sauerteig. Jeder Augenblick wird zur unerträglichen Qual, Stunden zur Hölle.

Ein anderes Mal wiederum schießen Jahre wie Pistolenkugeln vorbei. Und manch einer fragt sich, ob die Zeit vergessen hat, ihn mitzunehmen?

Für mich war Zeit lange ebenso ungreifbar wie Atemluft. Man benötigte sie zum Leben und sie war einfach da. Aber auf die Idee, dass man sie wissenschaftlich beschreiben oder gar messen könnte, kam ich nicht.

Heute weiß ich, dass sogar die alten Ägypter 3.000 Jahre vor Christus die Zeit schon für sich sichtbar gemacht haben. Sie verwendeten Schattenstäbe als Sonnenuhren. Das war das Erste, was Konrad mir erklärte, nachdem er entschieden hatte, mich anzustellen. Und, dass ich meine Finger um Gottes Willen von den Uhrwerken lassen sollte – zumindest, bis ich wusste, was ich tat.

Die erste Uhr, die ich in der Uhrmacherei Meisner mit meinen eigenen Händen anfertigte, besaß weder Zeiger noch Zahnräder. Dennoch zeigte sie die verstrichenen Minuten bereits recht genau an. Aus einem alten Zinnbecher ließ Konrad mich eine Wasseruhr basteln, mit einem winzigen Loch gleich über dem Boden und einer Skala im Inneren. Ich denke, er wollte mir ein Gespür dafür vermitteln, wie kontinuierlich die Zeit verläuft, selbst wenn es oftmals nicht so scheint.

Meine Kerzenuhr war ein Glanzstück und ein Reinfall zugleich. Ich hatte mich dazu entschieden, die Maßeinteilung mit Tusche direkt auf dem Kerzenwachs anzubringen, und nicht auf einer Metallplatte neben der Kerze, wie Konrad es vorgeschlagen hatte. Ich gab mir viel Mühe, die Minutenskala kunstvoll aufzumalen, mit Schnörkeln und schwungvollen Lettern. Heute wusste ich, was Konrads Schmunzeln zu bedeuten hatte. Damals war es mir noch fremd. Er hatte es kommen sehen und mich in die Falle tappen lassen. Denn als der Docht brannte, lief das Wachs an der Kerzenwand hinunter und verwischte mein Tuschebild.

Die Sanduhr erklärte er mir anhand eines Modells. Das war einfach. Im Grunde funktionierte sie wie meine Wasseruhr. Nur, dass man mit ihrer Hilfe aufgrund der Körnung des Sandes die Minuten etwas genauer messen konnte.

Bis dahin hatte er mir gezeigt, wie mühelos man Apparaturen herstellen konnte, die vorbeiziehende Zeitspannen mitschrieben. Beeindruckend. Lebenszeit, die von uns weg in die Vergangenheit fließt. Aber keines der Geräte war in der Lage vorauszusagen, wohin uns die Zeit bringen wird.

Von nun an ging es darum, zukünftige Zeitziele zu berücksichtigen. Dafür brauchte es eine Maschine, die der Zeit entgegenlief und zu diesem Zweck gespeicherte Energie entlud. Wir waren angekommen bei der ersten richtigen Uhr.

Der neue Apparat wurde zu meinem Gesellenstück: eine Holzräderuhr. Mehrere Monate bastelte ich an dem Uhrwerk. Mal hakte es hier, dann passte es dort nicht. Konrad erklärte die Prinzipien der Zeitmessung mittels Pendel, und dass dieselben Vorgänge in Taschenuhren vonstattengingen – nur eben alles viel kleiner. Ich war mächtig stolz, als sich der Stundenzeiger meiner selbstgebauten Uhr wie von Zauberhand bewegte.

Von da an durfte ich im Tagesgeschäft mitarbeiten. Konrad ließ mich riesige Pendeluhren instand setzen. Und eine Zeitlang ging jede Dosenuhr, die hereinkam, ungefragt an mich. So konnte der Meister und Kunsthandwerker sich mit dem beschäftigen, was seine Leidenschaft und Spezialität zugleich war: Taschenuhren mit Sprungdeckel und seitlicher Aufzugskrone. Auf der Rückseite des Gehäuses brachte er wundervolle Gravuren an, oftmals Heiligenbildchen, Wappen oder Siegel. Das Zeigerwerk verbarg er hinter einem kunstvoll mit Tusche bemalten Ziffernblatt. Und wenn er fertig war, ließ er mich mit strahlenden Augen an dem Wunderwerk lauschen, wie der Federantrieb mit Unruh gleichmäßig surrte und tickte.

*

Irgendwann teilten wir uns die Arbeit. Wobei ich niemals versuchte, Gravuren und Zeichnungen anzufertigen. Das überließ ich Konrad. Aber die Abläufe in einem Uhrwerk durchschaute ich doch recht gut, sodass ich hin und wieder ein filigranes Zeigerwerk zerlegen, reparieren und zusammensetzen durfte. Da es nunmehr darum ging, große Stückzahlen herzustellen, arbeiteten wir an mehreren Taschenuhren Hand in Hand. Walburga Heckel schickte einen Laufburschen vorbei, der das besagte Fleisch für die Zeitmesser lieferte. Wir sparten uns die Unruhspirale und setzten anstelle ihrer ein stecknadelkopfgroßes Fleischstück ein. Wichtig war, sagte der Bote, dass wir nichts durcheinanderbrachten. Die Fleischklumpen waren nummeriert. Die Nummern übertrugen wir mit Kreide auf die Uhren.

Konrad meinte, woher das Fleisch käme, sollte uns egal sein. Und dass es allein auf das Geld ankomme. Aber so war es nicht. Ich hatte ein grausiges Gefühl bei jedem Gerät, das ich bestückte und verschloss. Einmal drehte ich heimlich an der Krone. Ich hatte die eigenartige Erwartung, die Uhr könnte loslaufen, trotz ihrer bizarren Konstruktion. Selbstverständlich tat sie das nicht. Das Gerät war nicht mehr als ein totes Stück Metall. Nur, wenn sie nicht tickten, wozu waren dann diese Fleischuhren gut?

VI

Mit einem Mal hatte sich unser Leben komplett umgekrempelt. Konrad war in Hochstimmung, wie in den Anfängen, als wir uns kennenlernten. Und es kam so viel Geld herein, dass es sogar für neues Werkzeug reichte. Und was das Wichtigste war:

166

Endlich machte es wieder Spaß, an den kleinen Wunderwerken zu schrauben.

Nur einen unguten Beigeschmack hatte die Sache:

Die Uhren tickten nicht.

Aber darüber sahen wir hinweg. Wir schwiegen die Tatsache tot. Verdrängten sie. Das war leicht, solange die Auftragslage passte.

An jenem sonderbaren Tag, als sich die Zweifel aus den Tiefen meines Unterbewusstseins losrissen und hervorsprudelten, sprachen wir über ein neues Schild oberhalb der Werkstatttür. KUNSTHANDWERK MEISNER würde darauf geschrieben stehen und Konrad meinte, ob es so groß sein sollte, dass man es von der Straße aus sehen könnte. Ich fand das übertrieben.

»Die Aufträge sind auch ohne das Hinweisschild gut«, sagte ich und knipste mit einer Pinzette den Bolzen in den Verschluss eines Klappdeckels.

»Aber wenn es einmal nicht mehr so gut läuft, dann …«

»… dann werden sie einen Laden meiden, der mit seiner Großartigkeit prahlt«, führte ich seinen Satz zu Ende.

»Meinst du?« Konrad legte das Schraubwerkzeug beiseite, drehte sich auf dem Hocker und sah mich an.

»Ich würde es.«

Er grübelte darüber nach. Und ich prüfte mit der Lupe das Schmuckstück und bewegte den Deckel auf und zu.

Da bemerkte ich einen Mann, der geradewegs auf die Werkstatt zulief. Der Wind wirbelte das schulterlange, weiße Haar durcheinander. Er war schick gekleidet, mit blitzsauberer, schneeweißer Kniehose und weinrotem, mit filigranen Mustern besticktem Rock. Seine Dreispitzhaube trug er in der Hand.

Ein Adeliger des zweiten Standes, dachte ich mir.

Die Tür sprang auf, und ein Luftzug fegte durch die Stube.

»Guten Tag, der Herr«, grüßte Konrad höflich, »was kann ich für Sie tun?«

»Und schließen Sie bitte die Tür«, fügte ich an.

»Ach ja, selbstverständlich«, sagte der Neuankömmling freundlich und sperrte den Wind aus.

Bei genauerem Hinsehen fielen mir die dunklen Augenringe und seine bleiche Gesichtsfarbe auf. Trotz des ungesunden Aussehens lächelte er unentwegt und zog stolz eine Uhr aus der Seitentasche seines Rocks. Sofort erkannte ich eine der Uhren, die wir für Walburga Heckel hergestellt hatten.

Eine, die nicht tickt, dachte ich.

»Oh, ich hatte ganz vergessen«, stammelte er, »Franz Neuhofer ist mein Name. Und Sie sind der Künstler, der dieses hinreißende Stück gezaubert hat?« Er streckte Konrad die Hand hin.

Der schlug ein. »Konrad Meisner. Sehr wohl.«

»Und eben wegen dieser Uhr bin ich da.«

Weil sie nicht tickt?, fragte ich mich stumm.

»Ja bitte.«

»Es hakt gelegentlich – dieses Rädchen hier. Und dann mache ich mir Sorgen, dass ich etwas kaputtmache, wenn ich es zu grob anfasse. Aber sehen Sie selbst.«

Ich war verwundert, wie der Mann von einer Taschenuhr sprach, die nicht die Zeit anzeigte. Sie war unfähig zu ticken. Es fehlte die Unruh. Also konnten sich die Zahnrädchen niemals drehen und deshalb auch die Zeiger zu keiner Sekunde über das Ziffernblatt huschen.

Er gab Konrad die Uhr. Und ich sah, wie dessen Augen anschwollen und gierig den Anblick der Fleischuhr verschlangen. Was war los? Dann hielt er sie ans Ohr. »Sie tickt nicht«, flüsterte er und ich war beinahe froh darüber. Fast wäre ich schon der Annahme verfallen, dass die Uhr mit dem unfertigen Uhrwerk die Zeit anzeigte.

Jetzt schüttelte er das Ding, hob es nochmal ans Ohr und starrte ungläubig auf das runde Glas. »Aber ...« Er zögerte »Aber ... sie läuft.«

Ich verstand nicht, was er da sagte. Womöglich, weil es sinnlose Worte waren. Weil die Uhr keine Feder besaß.

Weil sie nicht ticken konnte!

»Was?«, wollte ich wissen.

Da hielt er mir die geöffnete Taschenuhr vors Gesicht. Und ja: Sie lief! Die Zeit stimmte. Ich war entsetzt. Und verzückt zugleich.

»Aber sie tickt nicht.«

Sag ich doch, dass sie nicht tickt, war mein erster Gedanke. Schon kam mir in den Sinn, wie unsinnig das war. Er legte mir das kleine Gerät ans Ohr. Nichts. Nicht das winzigste Geräusch. Ich konnte es nicht fassen. Der Zeiger schob sich sorgsam über das mit Tusche bemalte Papier. Die Uhrzeit passte.

»Sie müssen sie aufziehen«, erklärte Neuhofer. »Dann sehen Sie, wo das Problem liegt.«

»Ach …«, sagte ich. Und ich musste zugeben, schon ganz vergessen zu haben, aus welchem Grund der Kunde die Uhr zu uns gebracht hatte.

»Gib mal«, meinte Konrad und nahm das mysteriöse Prachtstück an sich. »Ich denke, das haben wir gleich.« Ich war baff. Dabei tat er nur seinen Job. Er bewegte die Krone. »Da fehlt ein Tröpfchen Öl.«

Und ich dachte mir: *Da könnte er durchaus recht haben.* Wir waren nie davon ausgegangen, dass die Fleischuhren wirklich einmal aufgezogen werden mussten. Darum hatten wir die Geschmeidigkeit der Aufzugswelle völlig außer Acht gelassen. Wozu auch? Sie würde niemals ticken.

Aber nun war es anders. Das Zeigerwerk arbeitete. Und ein wenig Öl konnte den Mechanismus gängig machen.

Erneut drehte Konrad an der Krone. »Besser«, meinte er. Schließlich zog er die Uhr kräftig auf. Dabei surrte sie, wie jede gewöhnliche Taschenuhr. Und fast hätte man meinen können, jemand hätte nachträglich eine Unruh eingebaut. Doch als wir sie nacheinander ans Ohr hielten, blieb sie stumm. Kein Brummen, kein Schnurren.

Kein Ticken.

»Herzlichen Dank«, sagte Herr Neuhofer. »Was bin ich Ihnen schuldig?« Ich beobachtete ihn, wie er die Uhr zufrieden wegsteckte. Er lächelte. Und mir fiel auf, dass irgendetwas anders war. Nur konnte ich nicht sagen, was es war.

»Gar nichts«, entgegnete Konrad. »Service des Hauses.«

»Oh. Das ist nett.«

»Sagen Sie mir, wie Sie zu dieser Uhr gekommen sind?«, meinte ich neugierig, obwohl ich wusste, dass man dem Adel keine unnötigen Fragen stellte. Konrad warf mir einen finsteren Blick zu.

»Ein Geschenk«, erklärte Neuhofer und lief zur Tür. »Ich werde Sie weiterempfehlen.« Er öffnete die Tür. Ein Windstoß fuhr in sein Haar. »Meine Herren.«

»Auf Wiedersehen, Herr Neuhofer«, sagte Konrad.

Die Tür fiel zu.

Und noch während ich Franz Neuhofer davonspazieren sah, schoss mir in den Sinn, was an ihm nicht stimmte. Im selben Moment, als Konrad die Uhr wieder in Schwung gebracht hatte, wirkte Neuhofer deutlich gesünder. Er war nicht mehr so bleich im Gesicht. Und die Augenringe waren verschwunden. Zufall? In den unzähligen Jahren auf Erden hatte ich gelernt: Zufälle gab es nur selten. Beinahe alles hatte etwas zu bedeuten, auch wenn man die Zusammenhänge oft nicht gleich sah.

Die Uhr zeigte die Zeit an, die Zeiger bewegten sich, obwohl ein unnötiger Fleischbrocken den Platz einnahm, der für den Antrieb – die Unruh – vorgesehen war. Dieser Umstand erschreckte mich. Und er machte mich neugierig zugleich. Ich musste hinter das Geheimnis dieser Uhr kommen. Was ich nicht wusste, war: Die Gelegenheit dazu würde sich schon bald ergeben …

VII

Ein paar Tage später war ich frühmorgens allein in der Werkstatt und polierte das Glas einer Fleischuhr, die wir gestern fertiggestellt hatten. Die Sache wollte mir keine Ruhe lassen. Hier hatte ich nun so ein gutes Stück. Es sah genauso aus, wie die Uhr, die dieser eigenartige Kunde mitgebracht hatte. Und mit Sicherheit waren sie innen absolut identisch. Und trotzdem hatte irgendetwas Neuhofers Taschenuhr Leben eingehaucht. Während die Uhr vor mir trotz mehrmaligem Aufziehen und Dagegenklopfen nicht den geringsten Ticklaut von sich gab. Warum sollte sie auch? Und ich fragte mich, ob jemand nachträglich, mit unkonventionellen Mitteln, Neuhofers Uhrwerk aktiviert hatte? Zauberei? Waren dunkle Mächte im Spiel? Mein ewiges Dasein hatte mich gelehrt, dass es auf dieser Welt Dinge gab, die jenseits aller Vorstellungskraft lagen. Und ich war gewillt, zu glauben, okkulte Kräfte könnten Taschenuhren zum Laufen bringen. Nur wozu? Welchen Zweck hatte es, defekte Zeitmesser herzustellen und diese mit mysteriösen Werkzeugen zu beleben?

Ihnen Zeit einzuhauchen. Leben.

Warum erwarb man nicht Uhren, die funktionierten? Diese Frage führte mich geradewegs zu Walburga Heckel. *Sie* musste etwas mit der Sache zu tun haben. Auf alle Fälle steckte sie tief mit drin. Schließlich hatte sie Fleischuhren bestellt. Und sie bezahlte sie.

Das Fleisch. Ja. Hier lag mein zweiter Ansatzpunkt. Hinter den Stücken, die aussahen, wie winzige Gulaschbröckchen, musste mehr stecken, als mit bloßem Auge zu sehen war. Woher kam das Gewebe? Was war das Besondere daran?

Ich fasste einen Plan. Ich würde mich an Frau Heckels Spur heften, sobald sich die Gelegenheit ergab. Ich musste herausfinden, was mit den Uhren geschah, nachdem sie die Werkstatt verließen. Und vielleicht würde ich so Hinweise finden, um das Rätsel der Fleischuhren zu lösen.

Als die Werkstatttür unverhofft aufsprang, riss es mich aus meinen Gedanken. Ich schreckte hoch und starrte mit großen Augen auf die Eingangstür.

Leonhad Hufschmied stand in der Tür. Dieser sonderbare Kerl war neuerdings zum wiederkehrenden Gast geworden. Er war eine Art Bote, brachte Nachschub – Fleisch – und holte fertige Taschenuhren ab. Dennoch hatte ich noch kein Wort mit ihm gewechselt. Er war ein verschlossener, mürrischer Kerl. Sprach nicht viel. Zudem überging er mich, wenn Meister Konrad anwesend war.

Jetzt glotzte er mich herausfordernd an. Der Wind ließ seinen Mantel flattern. Gleichwohl klebte sein glänzendes Haar fest am Kopf.

»Gib mir die Uhr«, seine Stimme schien irgendwo aus dem Bart zu kommen. Und das locker an der Hüfte baumelnde Messer verlieh seinem Befehl Nachdruck.

»Es tut mir leid, dass …«

»Was?«, keifte er und streckte die Hand vor. »Gib – mir – die – Uhr!« Dann knallte er die Tür hinter sich zu.

Dieser Kerl war mir unheimlich. Seine Kieferknochen arbeiteten unruhig, und seine Unterlippe zuckte nervös.

»Sie ist nicht fertig«, log ich.

»WAS?«, brüllte er. Er trat unangenehm nah an mich heran. Und ich hatte das ungute Gefühl, noch ein Satz und Hufschmied würde mir sein Messer in den Magen rammen. »Es war abgemacht, dass sie JETZT abgeholt werden kann.«

»Ja, ich …«

»Weiß Meisner, dass du seine Abmachungen brichst?«

»Hören Sie. Die Uhr ist fertig«, ruderte ich zurück. »Es ist nur ein letzter Feinschliff. Hier polieren, da ein Tröpfchen ….«

»Wie lange?«, knurrte er.

»Ein paar Stunden vielleicht.«

»STUNDEN?!?«, platzte es aus ihm heraus. Blitzschnell zog er das Messer aus dem Gürtel und hielt es mir vors Gesicht. »Ich brauche sie jetzt. Sofort!« Seine Augen blitzten gefährlich. Und da war noch etwas anderes …

»Ganz ruhig, Herr Hufschmied«, sagte ich, wollte ihn einbremsen. Stattdessen trat er knurrend wie ein Wolf noch näher an mich heran und drückte mir die Klinge an den Hals.

Und dann erkannte ich es: Furcht. Leonhad Hufschmied war getrieben von Angst. Darum ging er panisch auf mich los. Weil er sich fürchtete.

Ich hätte ihm sagen können, dass ich mich geirrt hatte. Dass alles nur ein Missverständnis war. Die Uhr lag fertig vor mir. Aber ich wollte diese Gelegenheit nicht verspielen. Nun hatte ich die Chance, mehr zu erfahren. »Wir finden eine Lösung«, versprach ich. »Wann brauchen Sie die Uhr?«

»Jetzt!«

»Ich frage anders: *WANN* müssen Sie *WAS* mit der Uhr machen?«

»Heute Abend. Sie muss bei der Haushälterin abgegeben werden. Pünktlich.«

»Aber das könnte ich doch übernehmen. Und wo?«

»Das Bordell. An der Hintertür. Das Dienstmädchen nimmt die Uhr entgegen.«

»Hören Sie, Herr Hufschmied. Ich erledige das für Sie. Und Sie nehmen jetzt bitte das Messer weg.« Ich schaute ihm tief in die Augen. »Bitte.«

Er steckte die Waffe zurück in den Gürtel. »Aber du musst pünktlich sein.« Seine Worte klangen beinahe nach einem Flehen. Dann schob er eine Drohung nach: »Sonst bist du tot! Verstanden?«

»Ja … ja. Ich mache das. Gleich, wenn das gute Stück fertig ist. Ich bringe es rüber und gebe es der Haushälterin.«

»Geh zur Hintertür. Nicht vorne. Du darfst mit niemandem sprechen. Und sofort wieder verschwinden!«, befahl er.

Das hatte ich nicht vor. Trotzdem nickte ich zufrieden …

VIII

So unglaublich es klingt, ich war bis dato noch nie in einem Freudenhaus gewesen. Eigenartigerweise verband ich ein Haus der Sünde und Wollust mit dem antiken Rom. Ich sah schwungvolle Marmorsäulen, Statuen nackter Frauen und farbenprächtige Gemälde mit unzüchtigen Motiven auf Marmortafeln.

Als ich in der Abenddämmerung auf das Gebäude zulief, war ich enttäuscht. Für mich sah das Bordell wie ein gewöhnliches Gasthaus aus. Fehlte nur ein treffendes Namensschild an der Hauswand. Eisiger Wind blies um meinen Kopf. Die Fassade, aus grauen Mauersteinen gesetzt, mit uriger Holzvertäfelung unter dem Giebel, wirkte bürgerlich und versprühte ein Gefühl von heimeliger Gemütlichkeit. Durch die Fenster schien warmes Licht, und die zweiflügelige Eichenholztür sowie der Duft von heißem, würzigem Fett lockten zum Eintreten.

Hufschmied hatte von einer Hintertür gesprochen. Ich musste um das Bauwerk herumlaufen. Hier sah ich, dass es seine besten Jahre längst hinter sich gebracht hatte. Der Hinterhof machte einen schäbigen Eindruck, die Bausubstanz war marode und verfallen. Müll, Essensreste und Fäkalien lagen überall verstreut. Und ich dachte mir: *Dies wäre der ideale Ort, um unbemerkt erstochen zu werden.*

Verheirateten Männern war das Betreten des Freudenhauses verboten. Ob sie sich heimlich durch die Hintertür ins Haus schlichen? Oder hier unsanft hinausgeworfen wurden? Entsorgt und verprügelt? So oder so – die rückseitige Tür gefiel mir gar nicht. Ich wollte mehr über den Verbleib der Fleischuhren erfahren. Aus diesem Grund hatte ich die Übergabe eingefädelt. Außerdem packte mich die Neugierde. Wie sah dieses Amüsement von innen aus? Ich beschloss, Hufschmieds Befehl zu missachten und lief zurück zur Vordertür. Die Uhr würde ich selbstverständlich abgeben. Doch erst, nachdem ich mich ein bisschen umgesehen hatte.

*

Im Inneren erwartete mich ein gewöhnliches Gasthaus – zumindest auf den ersten Blick. Auffallend war, dass die Stube überwiegend mit Tischen für zwei bestückt war. Dazu waren da eine Handvoll Vierertische und zentral eine lange Tafel. Offensichtlich saß man im Dirnenhaus ungern beieinander. Die Gäste verteilten sich im Raum. Beim zweiten Hinsehen erkannte ich, dass es sich bei den überfreundlichen Kellnerinnen um Dirnen handelte, die die Männer mit gespieltem Charme umwarben. Ich entdeckte Adalbert, einen Handwerker, der unser Dach geflickt hatte, Studenten, die ich aus dem SCHWABENTANZ kannte und den Priester der katholischen Gemeinde Augsburgs.

»Ein neues Gesicht«, sang eine Frauenstimme und eine Dame im blauen, tief ausgeschnittenen Kleid kam mit offenen Armen auf mich zu. »Einen Tisch?«

Das Personal bestand ausschließlich aus jungen und besonders hübschen Frauen. Da wunderte es mich nicht, dass Dirnen auf Festen und Umzügen so gerne gesehen waren. Auf Hochzeitsfeiern galten sie sogar als Glücksbringer, was ihnen Geschenke, kostenloses Essen und neue Kunden einbrachte.

»An die Bar«, bat ich, ein wenig verlegen.

»Selbstverständlich, mein Süßer«, sagte sie, legte ihre warme Hand sanft an meinen Rücken und geleitete mich zu einem Barhocker. Sie bot mir Wein an und servierte das Glas mit einem Lächeln, das Sehnsüchte weckte.

Immer wieder verschwanden Männer mit den Dirnen in einem Nebenraum, der direkt an die Bar angrenzte. Ich beobachtete das Geschehen und ließ meine Gedanken treiben. Sie trugen mich mehrere tausend Jahre in die Vergangenheit, in mein eigenes Séparée, einen Hohlraum in einem Felsen. Verborgen in einem Hügel und auf der Hut vor den Verfolgern schenkte ich einem Mädchen mein Herz – Thyri. Seitdem hatte ich viele Frauen kennengelernt. Ich hatte sie geliebt, mit ihnen

Kinder großgezogen, sie umsorgt, oftmals bis in den Tod. Stets suchte ich nach dem Sinn für mein grenzenloses Leben. Doch insgeheim war ich immer auf der Suche nach meiner wahren Familie – nach Thyri. Ich wusste, sie war wie ich, sie lebte ewig. Ich hatte sie gesehen, in Mesopotamien, als sie längst hätte tot sein müssen. Sie war mein Strohhalm, durch den ich die Hoffnung bezog, dass ich trotz jedweder Unvergänglichkeit früher oder später den Grund für alles erfahren würde.

Eine junge Frau trat aus einem Hinterzimmer. Sie rückte sich das Kleid zurecht. Ein Bursche, gekleidet in der Tracht eines Zimmermannsgesellen, taumelte ihr angetrunken nach. Das Mädchen sah auf und blickte mir direkt in die Augen. Ich erschrak. Und in diesem Augenblick wechselte meine Meinung des Hauses der geheimnisvollen Lüste zu einem Reich der Laster und Teufeleien. Das Mädchen war Francisca, die Kellnerin aus dem SCHWABENTANZ. Sie erkannte mich und ihr Ausdruck verriet mir, dass es ihr auf der Stelle unangenehm war. Und dann war da noch der Funke von etwas anderem: Angst, Entsetzen.

So fassungslos, wie ich war, Francisca an diesem Ort wiederzusehen, so froh war ich, sie überhaupt wieder zu treffen. Mein Herz ging auf. Die Umstände waren mir gleich. Ich lächelte ihr zu, winkte und rief überrascht ihren Namen: »Francisca!«

»Wer ist der Kerl?«, maulte eine Dirne irgendwo. »Hab ihn hier noch nie gesehen.«

Erwartungsvoll richtete ich meinen Blick auf Francisca. Sie würde sagen, dass sie mich aus dem SCHWABENTANZ kannte. Und dass man ihrem alten Bekannten – Freund – ein Bier aufs Haus kommen lassen solle.

Doch es kam anders. »Keine Ahnung«, sagte Francisca, und ihr Mienenspiel wechselte von Überraschung zu Verachtung.

Für einen Augenblick war ich sprachlos. Sie nutzte ihn, mir den Rücken zuzukehren.

»Aber Francisca. Wir beide waren …«

Sie schoss herum und fauchte mich scharf an: »Lassen Sie mich!«

»Brauchst du Hilfe?«, meinte eine Frauenstimme. »Belästigt er dich?«

»Schon gut«, sagte Francisca und drehte sich weg.

»Was ist nur los?«, rief ich ungläubig und legte meine Hand auf ihre Schulter.

Doch sie schüttelte sie ab, ohne mich noch einmal anzusehen, lief zu einer Tür und verschwand.

*

Francisca ist eine Dirne, sagte ich mir entsetzt. Der Gedanke widerte mich an. Da kam mir in den Sinn, was Konrad über das Dirnenhaus gesagt hatte. Ehe Walburga Heckel das Etablissement eröffnen durfte, hatte sie einen Eid schwören müssen. Es war ihr nur gestattet, Frauen in ihr Haus aufzunehmen, die diesen Beruf freiwillig ausübten, die schon anderswo als Prostituierte gearbeitet hatten und die nicht aus Augsburg stammten. Francisca war gebürtige Augsburgerin. Demnach war das, was hier passierte, illegal.

»Ganz ruhig Bürschchen«, warnte die Stimme hinter mir.

Ich fluchte innerlich. Da kam mir die Fleischuhr in den Sinn. Wie ein tonnenschwerer Bleiklumpen steckte sie in meiner Westentasche. Sie sollte abgeliefert werden. Deshalb war ich an diesem abscheulichen Ort. Ich setzte mich zurück auf den Barhocker und nippte von meinem Wein.

Einerseits machte mich das alles wütend. Ich fühlte mich verraten. Und trotzdem hatte ich den Funken Hoffnung, dass es einen plausiblen Grund für Franciscas Verhalten gab. Ich musste nur dahinterkommen …

*

Die Uhr.

Wie ein unliebsamer und unbequemer Fels zog sie das Futter meiner Jackentasche nach unten. Ich musste sie so schnell wie möglich loswerden. Hinterher würde ich mich auf die Suche nach Francisca begeben können.

»Hallo«, sprach ich zögerlich die Bardame an.

»Ja?«

»Können Sie mir sagen, wo ich die Haushälterin finde?«

Sie sah mich fragend an. Ich zog die Uhr aus der Tasche und hielt sie ihr hin. »Ich möchte das abgeben.«

Sie riss die Augen weit auf.

»Ist das eine …?«

»Sie kennen diese Uhr, richtig?«

Sie zögerte.

»Was? Nein. Ich meine … läuft sie?«

Eine Spur, sagte ich mir. Ich kannte die Menschen. Das Wichtigste kam immer zuerst, direkt aus dem Unterbewusstsein.

»Warum fragen Sie das?«, wollte ich wissen. »Es ist eine *gewöhnliche* Taschenuhr. Wenn sie nicht kaputt ist, dann funktioniert sie.«

Und tickt, dachte ich. *Tickt, wie die Sekunden, die in diesem Moment wortlos durch deinen Kopf ziehen.*

Die Uhr.

Ich klappte den Deckel auf und hielt sie ihr hin.

Sie zuckte zurück. *Angst?*

»Amelie?« Das Wort riss sie aus der Erstarrung. Ich kannte die Stimme.

»Ja, Frau Heckel?«, rief sie und wandte sich ab.

»Gleich kommt Herr Brecht«, sagte Walburga Heckel und lief direkt auf uns zu. »Ich möchte, dass Sie sich besonders um ihn kümmern und …« Jetzt hatte sie mich gesehen. »Oh. Der junge Uhrmacher. Gönnen Sie sich ein kleines Abenteuer? Jetzt, wo Sie es sich leisten können.«

»Er hat eine Uhr …«, sagte Amelie.

Die Leiterin runzelte die Stirn.

»Ich darf sie abgeben«, erklärte ich. »Es gab … Probleme.«

»So? Probleme sagen Sie.« Ihre Worte klangen schnippisch. »Ich hoffe nicht, dass es öfter Probleme gibt. Ich mag es nicht, wenn es zu Verzögerungen kommt. Verstanden?«

»Ja.«

»Sagen Sie das auch Herrn Meisner.«

»Ja«, wiederholte ich kleinlaut. Ich erkannte, dass ich Konrad mit meinem Alleingang in den Rücken gefallen war.

»Nun geben Sie her«, befahl sie. Aber als ich ihr das gute Stück hinhielt, zögerte sie, als hätte sie Angst zuzugreifen. Sah ich da ein Funken Ehrfurcht in ihren Augen?

Schließlich griff sie dann doch zu. »Endlich«, sagte sie. Und es klang, als hätte sie sehnsüchtig darauf gewartet.

Die Uhr.

Endlich, war auch das, was ich mir dachte. Und: *Francisca*. Ich musste ihr hinterherlaufen, sobald ich die Heckel losgeworden war.

»Vergnügen Sie sich. Machen Sie sich einen schönen Abend«, sagte sie und steckte die Uhr weg. »Und grüßen Sie Herrn Meisner von mir.«

Ja, ja, ja, maulte ich ungeduldig zu mir selbst. *Und jetzt verschwinde.*

Die Eingangstür öffnete sich. Ein Mann trat herein.

»Oh«, tat die Heckel überrascht. »Mein lieber Herr Brecht. Welch Überraschung …«

»Frau Heckel«, grüßte er und neigte den Kopf. Er trug eine graue Perücke und einen weinroten Rock mit goldenen Knöpfen und weißen Rüschen an den Handgelenken.

»Das ist ja ein Zufall. Gerade haben wir von Ihnen gesprochen.«

Er lächelte. Offenbar freute er sich über diese Extraportion Aufmerksamkeit.

»Ich bedauere zutiefst, mein lieber Herr Brecht, dass dieser unsägliche Unfall in meinem Haus passiert ist. Ich hatte schon befürchtet, dass …«

»Dass ich nicht wiederkomme?«, fiel er ihr ins Wort. »Aber Frau Heckel. Da kennen Sie mich schlecht.«

Sie hielt ihm die Hand hin.

»Dann freue ich mich, Sie schlecht zu kennen«, schmierte sie ihm Honig ums Maul. »Meine Stammgäste liegen mir besonders am Herzen.«

Er nahm ihre Finger mit beiden Händen, hob sie leicht an und küsste den Handrücken.

»Ich habe eine kleine Aufmerksamkeit für Sie. Als Entschädigung sozusagen …«

»Aber Frau Heckel. Sie können doch nichts dafür …«

»Herr Brecht, lassen Sie mir die Freude. Es ist nur eine Kleinigkeit. Ein Stück zum Verlieben. Und dass Sie mein Haus auch weiterhin zu schätzen wissen.«

Die Uhr, dachte ich.

»Oh. Na dann …« Seine Wangen erröteten, und er sah sich nach den Mädchen um.

»Bitteschön«, sagte sie und präsentierte die Taschenuhr.

Ich war gespannt. Und das, obwohl ich eigentlich Francisca im Kopf hatte. Trotzdem: *Die Uhr. Sie läuft nicht. Wie wird er reagieren? Und was wird Frau Heckel dazu sagen?*

Urplötzlich machte ich mir Sorgen, dass sein Frust über eine wunderhübsche Uhr, die nicht funktionierte, auf mich zurückfallen könnte. Ich fixierte das nicht tickende Ding.

Die Uhr.

Und ich sah die Zeiger, unbeweglich verharrend, so wie ich sie übergeben hatte.

Erfreut langte Brecht zu.

Er nahm das Geschenk an.

Und wie soll ich es beschreiben? Im selben Augenblick, als Brechts Finger das Stück berührte, passierte etwas Eigenartiges.

Auf einmal hatte ich das Gefühl, in eine ungleichartige Zeit zu blicken. Als wäre ich eingesperrt in einem Klotz aus Eis und beobachte die Welt da draußen. Es war nur eine Emotion, und niemand sonst schien es wahrzunehmen. Und als Brecht die Uhr entgegennahm und die Hand zurückzog, zersprang das imaginäre Eis. Urplötzlich befand ich mich wie zuvor in der Gaststube des Freudenhauses mit allen anderen: Walburga Heckel, Herrn Brecht, mehreren Mädchen und einer Taschenuhr …

… deren Zeiger sich bewegten.

Die Uhr.

Von nun an konnte ich meine Augen nicht mehr von ihr lassen. Am liebsten hätte ich sie gepackt und sie unaufhörlich angesehen – wie sich die Zeiger bewegten, wie sie lebte.

»Danke schön«, sagte Brecht. Er war restlos begeistert. »Ein göttliches Stück.«

»Wie wahr«, bestätigte die Heckel. Und ich fragte mich, ob nur ich den diabolischen Unterton ausmachte.

Ich war wie vor den Kopf geschlagen. Niemand hatte die Uhr geöffnet. Keine Unruh war nachträglich eingebaut worden. Und trotzdem funktionierte sie. Wie war das möglich? Von nun an war mir klar, hinter dieser Sache musste eine Teufelei stecken. Deshalb war ich also jetzt und hier in Augsburg. Ich hatte die Verpflichtung, das Rätsel zu lösen.

Doch die Zahnräder des Schicksals drehten sich fester ineinander und bestimmten meine Zeit …

IX

Ich hatte genug gesehen. Jetzt wollte ich nur noch eins: Francisca. Sie war zur Seitentür hinausgelaufen. Hier vermutete ich die Kammern der Bediensteten. Vielleicht weitere Séparées? »Halt«, rief jemand, als ich die Tür aufzog. Egal! Ich schob sie hinter mir zu, und der Flur vor mir verdunkelte sich.

Auf der Stelle war es still. Und finster. Die Luft schmeckte unangenehm muffig. Eine einsame Kerze verrußte die Decke. In ihrem schummrigen Licht wirkten der Teppich und die Wandvertäfelung ausgelaugt, schäbig. Ich hatte hier nichts verloren, soviel war klar. Es gab drei Türen. Und am Ende des Ganges führte eine Treppe nach oben.

Hastig zog ich am nächstbesten Knauf und glotzte in den Raum. Eine Abstellkammer. Außer einem Wäscheberg, einem Besen und einem Schmutzeimer voller Glasscherben gab es hier nichts. Aber es hätte mich nicht gewundert, wenn mich eine Ratte aus dem Wäschehaufen verschlafen angesehen hätte. *Das war der Blick hinter die Kulissen?*, dachte ich. *Erbärmlich.* Ich schloss die Tür.

Im nächsten Zimmer hatte jemand eine Sitzecke aufgebaut, aus durchgesessenen Stühlen, einem windschiefen Tisch und einem schweren Messingleuchter. Hier roch es nach kaltem Tabakrauch. Ich zuckte zusammen. Aus der Dunkelheit glotzte mich das Gesicht einer Geisterfrau an. Ich brauchte einen Augenblick, eine Schrecksekunde, bis ich das Wandgemälde erkannte. Eine schlechte Abbildung der alten Heckel.

Die dritte Tür war verschlossen.

Ich trampelte die Stufen hinauf und stieß auf halber Höhe beinahe eine Vase um, gefüllt mit getrockneten Blättern und schwarzbraunen Blüten.

Oben gab es drei weitere Räume. Endlich hörte ich Stimmen. Ich legte mein Ohr an die Tür. Ein Mann stöhnte. Zwei Frauen unterhielten sich. Francisca? Ich hoffte es. Nur wollte ich nicht einfach die Tür aufreißen. Ich befürchtete, ich könne sie in eine peinliche Situation bringen. Ich beschloss, einen heimlichen Blick durchs Schlüsselloch zu wagen. Ich beugte mich hinunter und lugte durch das Loch.

Da war Licht. Ich erkannte Rosenblüten – ein bemalter Wandteppich. Und den Rücken einer Person. Langes, pechschwarzes, gelocktes Haar fiel über ein weißes, geknüpftes

Mieder. Ich kniete mich auf den Boden und legte die Hände rechts und links ans Schloss. So sah ich mehr.

Die Schwarzhaarige hockte auf dem Bett. Neben ihr eine Blondine. Francisca war nicht dabei. Und zwischen den Frauen lag ein nackter Kerl.

Und im selben Augenblick, als ich peinlich berührt wegsehen wollte, hielt ich erschrocken inne. Die Dunkelhaarige hatte Blut an ihren Fingern. Mit einem Messer hantierte sie am Oberschenkel des Mannsbildes herum. Die Szene wirkte wie eine bizarre Art von Operation. Der Mann stöhnte und hob den Kopf.

»Gib ihm noch etwas«, sagte die Schwarzhaarige.

Sein Gesicht sah aus, als schwebe er in einem Zustand zwischen Traum und Realität. Augen unterlaufen, Nase verrotzt. Tränen rollten über bleiche Wangen.

»Bald wacht er gar nicht mehr auf«, wiedersprach die Blonde.

»Mach schon. Das tut sonst höllisch weh.«

Sie presste ihm eine Flasche an die Lippen und flößte ihm die klare Flüssigkeit ein. Der Mann schluckte, hustete und spuckte einen Mundvoll auf seine Brust.

»Hör auf!«, meinte die Blondhaarige. »Es genügt.«

Er legte den Kopf zurück und stöhnte wieder.

Und dann konnte ich durch das Schlüsselloch einen freien Blick erhaschen. Die Blonde hielt sein Bein fest zwischen beiden Händen. Und während sie angewidert den Mund verzog, schnitt die andere mit der Messerspitze in einer runden Bewegung ein Stück aus dem Muskelfleisch heraus. Er jammerte und heulte, nur halb bei Besinnung.

Ich rieb meine Augen. Wollte nicht glauben, was ich sah. Da schnappte hinter mir eine Tür auf.

Hastig sprang ich auf und fuhr herum. Ich musste weg. Sofort. Die Treppe war zu weit weg. Es gab keinen Ausweg.

Eine Frau trat aus dem Raum. Francisca.

»Simon?«

Ich lächelte verlegen.

»Was machst du hier?«, meinte sie wütend.

»Ich … äh …« Ich blickte zu der Tür, zögerte. Dann sagte ich entschieden: »… habe dich gesucht.«

»Was willst du von mir? Lass mich in Ruhe!«

»Aber Francisca. Ich bin da auf was Große gestoßen. Was Unfassbares.« Sie sah mich verstört an. »Und ich glaube, du steckst mittendrin. Auch wenn du es nicht weißt.«

Sie verschränkte die Arme vor der Brust – eine Abwehrhaltung, aber zumindest lief sie nicht wieder davon.

»Ich habe den Sinn der Teufelei noch nicht verstanden. Es hat etwas mit den Uhren zu tun, die Konrad und ich herstellen.«

Sie presste streng die Lippen aufeinander.

»Und ich habe gesehen, wie sie einem Mann …« Ich sah mich um, dann flüsterte ich. »Sie schnitten ihm Fleisch aus seinem Bein.«

Tränen füllten ihre Augenwinkel.

»Hör mal, Francisca. Du dürftest nicht hier sein. Du hast mir einmal erzählt, dass du in Augsburg geboren bist. Und es ist so: An diesem Ort dürfen nur Mädchen arbeiten, die …«

Sie unterbrach mein Gerede, wutentbrannt, aber auch verzweifelt. »Du bist so ein Arschloch, Simon. Kapier's doch endlich! Ich will mit dir nichts mehr zu tun haben. Ist das so schwer zu verstehen?«

»Aber …?«

»Hau ab!«, kreischte sie hysterisch. »Und misch dich nicht in meine Angelegenheiten ein.«

»Wir …«

Jetzt überschlug sich ihre Stimme. »Es gibt kein verdammtes Wir! Francisca aus Augsburg gibt es nicht mehr. Verpiss dich!«

Ich starrte sie mit großen Augen an. Dann holte ich tief Luft. Seufzte.

Sie deutete mit dem Finger auf die Treppe und sah mir entschlossen in die Augen.

»Hau ab!«

Sie meinte es ernst, das erkannte ich. Unnötig weiterzureden. Ich ließ die Schultern hängen und lief traurig die Stufen hinunter. Ich sah nicht zurück. Obwohl ich hörte, wie sie weinte.

Francisca aus Augsburg gab es nicht mehr. Die Hoffnungen waren dahin. Und wieder einmal war ich allein ...

X

Das Schicksal führte mich 1734 nach Augsburg.

Heute frage ich mich, ob die Vorsehung, ein Wesen gleich einem Marionettenspieler, an den Fäden zog. Und ob sie den Lauf meines Lebens zur richtigen Zeit an den passenden Ort brachte. Auf alle Fälle waren es die Zahnräder im Uhrwerk der Zeitgeschichte, die ineinandergriffen und mich in die Stadt an der Lech lenkten, als ich dort am stärksten gebraucht wurde.

Am liebsten hätte ich das 18. Jahrhundert in der sogenannten *Fächerstadt* Karlsruhe verbracht. Karl Wilhelm, Graf von Baden-Durlach, sagt man, träumte eines Nachts von einem prachtvollen Schloss. Und alle Straßen, die zu seiner Schlossanlage hinführten, verliefen sternförmig, wie die Strahlen der Sonne. Daraufhin ließ er die Siedlung seiner Träume auf dem Reißbrett entwerfen. Der Grundriss erinnert heute noch an einen Fächer – oder an ein Zahnrad? Und mit seinem Privilegienbrief legte Graf Wilhelm Grundwerte fest, die in der *Fächerstadt* gelten sollten. Bis in die heutige Zeit haben sie ihre Gültigkeit nicht verloren: persönliche und wirtschaftliche Freiheit, Gleichheit vor dem Recht und politische Mitsprache.

Ich habe damals in einer namenlosen Spelunke nahe Durlach gearbeitet. Ein Mann aus Polen, er war auf der Durchreise, schwärmte im Suff von dieser wundersamen Residenz namens *Carols Ruhe*. Er wollte beim Aufbau helfen, so wie viele Menschen aus Frankreich, der Schweiz und Italien auch. Sein Ziel war, sich dadurch den Traum eines Lebens in Würde zu erfüllen. Und ich muss sagen: Das klang wirklich toll.

Warum also Augsburg?

Weil die Zahnräder des Schicksals ineinander griffen. Sie hatten einen anderen Weg für mich bestimmt …

Jeden Abend kam Anne, eine Durlacher Magdfrau, in die Schenke und kochte ein Gericht, eine Suppe oder auch einmal einen Fleischtopf. Ihr Essen war für zahlende Gäste und für den Inhaber, für Anne selbst und für mich vorgesehen. Zum Abschluss des Tages saßen wir beisammen und verwöhnten unsere Gaumen.

An einem kalten Winterabend erzählte Anne, vor etlichen Jahren hätte sie ihre Kinder beim Ausbruch der Erbfolgekriege bei ihrer Schwester in München zurücklassen müssen. Und ihr größter Wunsch wäre es, ihre Tochter und ihren Sohn einmal wiederzusehen. Sie wären längst erwachsen. Und niemand wisse, ob die beiden überhaupt noch in der Stadt an der Isar lebten. Ich fand die Geschichte ergreifend. Zumal ich selbst auf der Suche nach meiner Familie war und mich deshalb in ihre Situation hineinversetzen konnte.

Eines Abends, es war Sommer 1734, gerade hatte ich den Entschluss gefällt, beim Aufbau von *Carols Ruhe* mitzuhelfen, da erschien Anne nicht in der Schenke. Ich machte mir Sorgen, weil sie am Vorabend über Schüttelfrost und Körperhitze geklagt hatte. »Nur eine Unterkühlung«, hatte sie gesagt. Mit hungrigem Magen lief ich zu ihr nach Hause. Ich fand sie auf ihrem Schlafplatz. Sie redete wirres Zeug. Und auf ihrer Haut sprossen Eiterbläschen und kleine Flecken – Pocken.

Ich wusste, jetzt war's an der Zeit, Annes großen und vielleicht letzten Wunsch anzupacken. Ich hob sie auf meinen Handwagen, schweißnass, eingehüllt in eine Decke, und machte mich auf den Weg nach München.

Vier Tage später, wir umrundeten gerade die Stadtmauer von Augsburg, da verstarb sie.

Ich fragte mich, weshalb so kurz vor dem Ziel? Was wollte diese herzlose Stadt von mir? Und ich hatte das starke Gefühl, eine Aufgabe wartete auf mich. Aus diesem Grund blieb ich und suchte mir eine Arbeit. Es dauerte nicht lange, da hatte ich meine Anstellung bei Konrad Meisner. Und die wiederum führte mich zum Herzen des Schicksals, zur Unruh des allesbestimmenden Zeitwerks, zum Rätsel um die Magie der Fleischuhren.

*

»Du erinnerst dich an die Kellnerin vom SCHWABENTANZ?« Ich setzte das Rädchen vorsichtig auf eine Spindel außerhalb des Uhrwerks.

»Klar«, sagte Konrad. »Sie gefällt dir, was?« Sein Bauch lehnte an meiner Werkbank. Er sah mir zu, wie ich die winzigen Zähne prüfte. »War nicht zu übersehen.«

»Sie arbeitet nicht mehr dort.«

»Das ist schade.«

»Ja. Stattdessen hat sie eine Beschäftigung im Dirnenhaus.«

»Aber das ist illegal!«, meinte er empört.

»Das habe ich ihr gesagt. Aber es ist ihr gleich.«

»Ihr habt euch getroffen?«

»Ja. Gestern. Ich war dort und …«

»DU warst im Bordell?« Er lachte. Dann grinste er frech. »Du Draufgänger.« Er stieß gegen meine Schulter.

Das Zahnrad fiel von der Spindel. »Nicht so wie du denkst«, sagte ich verlegen. Mit einer Pinzette hob ich das Metallrad zurück auf den Stift. »Stell dir vor: Sie hat so getan, als ob sie mich nicht kennt.«

»Das ist eigenartig.«

»Ich bin ihr nachgelaufen. Hab sie zur Rede gestellt. Und da hat sie mich beschimpft und weggescheucht.«

Konrad kratzte sich am Kopf. Dann meinte er: »Hast du mal daran gedacht, dass man sie möglicherweise unter Druck setzt?«

»Wie meinst du das?«

»Sie ist womöglich gar nicht freiwillig dort. Und es könnte doch sein, dass sie dich nur schützen möchte.« Seine Worte hatten etwas Beruhigendes.

»Aber ich verstehe nicht ...«

Er unterbrach mich: »Weißt du noch: Bernadette, die Tochter vom Metzger?«

»Nein. Keine Ahnung. Was war mit ihr?«

»Als ihr Vater starb, war sie mittellos und völlig überschuldet. Walburga Heckel löste sie aus, übernahm ihre Schulden und Bernadette durfte ... sie musste fortan für sie arbeiten. Fürs Erste klingt das nicht schlecht, oder?«

Ich nickte.

»Aber pass auf. Bernadette erzählte den Männern, dass sie alle Besitztümer hatte abgeben müssen. Nicht einmal die Kleider, die sie am Leibe trug, konnte sie behalten.«

»Naja, verständlich. War schließlich 'ne Menge Geld, das die Heckel hatte berappen müssen.«

»Genau. Nur Bernadette brauchte neue Sachen zum Anziehen. Die durfte sie jedoch ausschließlich im Bordell kaufen. Noch bevor sie einen Freier zu sich nahm, hatte sie ihr erstes Jahresgehalt schon ausgegeben.«

Ich machte große Augen – und dachte an Francisca.

»Selbstverständlich waren auch Kost und Logis nicht frei. Alles, was die junge Frau zum Leben brauchte, schlug zu Buche. Sie hatte unterzeichnet, dass sie nichts von außerhalb des Etablissements beziehen durfte. Und die Heckel verkaufte an ihre Mädchen zu überhöhten Preisen.«

»Das ist ja Sklaverei!«

»Die Schuldscheine, erzählte Bernadette, hielten ihr vor Augen, dass sie das Bordell niemals mehr würde freiwillig verlassen können. Und als sie zu guter Letzt mit ihren Sorgen zur Heckel ging, setzte es was mit dem Ochsenziemer.«

Ich schluckte, war sprachlos. Sah Francisca in die Falle getappt. Sie hatte verstört gewirkt. Verängstigt. Und ich fragte mich, ob auch sie schon den Ziemer zu spüren bekommen hatte …

*

Konrad hatte bemerkt, dass ich mir die Sache schwer zu Herzen nahm. Darum stocherte er nicht weiter in dem Thema herum. Stattdessen überließ er mich meinen Gedanken.

Und während ich die Zähne des Rades auf der Spindel überprüfte, dachte ich darüber nach, dass auch dieses Zahnrad in einem Uhrwerk ohne Unruh verbaut wurde. Den Platz nahm stattdessen ein winziger Fleischbrocken ein.

Da kam mir dieser arme Kerl in den Sinn, den ich durchs Schlüsselloch beobachtet hatte. Die Mädchen hatten ihn mit Alkohol betäubt und ihm etwas aus der Wade geschnitten. *Ein Stück Fleisch?*

Mein Herz machte einen verstörten Satz.

Auch Herrn Brecht war im Freudenhaus etwas zugestoßen – das hatte Frau Heckel bedauert. *Mit einem Messer vielleicht?*, fragte ich mich. *An der Wade?* Als Wiedergutmachung bekam er eine Fleischuhr geschenkt. Und im selben Augenblick, als er das Geschenk annahm, surrte die Uhr munter drauflos.

Ist es sein Fleisch, das diese Uhr antreibt?

Schon kam mir Herr Franz Neuhofer in den Sinn, der sich mit einem Mal besser gefühlt hatte, nachdem seine Uhr mit Fleischunruh wieder richtig lief.

Ist sein Leben an das Uhrwerk gekoppelt?

Und als ich mir die Antworten zusammenreimte, wurde alles klar:

Auf den Uhren lag ein böser Zauber. Walburga Heckel verschenkte sie und band so das Dasein der Menschen an das Uhrwerk. Auf diese Art hatte sie wichtige Persönlichkeiten in der Hand.

Die Sache hatte nur einen Haken. Heckel konnte nur dann die Kontrolle über die Menschen haben, wenn sie im Besitz der Fleischuhren war. Demnach musste sie sich der Uhren wieder bemächtigen. Möglicherweise befahl sie ihren Mädchen, die Uhren zu einem geeigneten Zeitpunkt zu stehlen. Und ein Ort musste existieren, wo sämtliche Zeitmesser aufbewahrt wurden. Eine Uhrensammlung. Würde ich die Sammlung finden, dann hätte ich die Chance, die Menschen zu befreien.

Und mit ihnen Francisca …

XI

Letzte Nacht hatte ich mehr mit Nachdenken als mit Schlafen verbracht. Und ich war überzeugt, das Rätsel beinahe vollständig gelöst zu haben. Es passte einfach alles zusammen.

Morgendliche Sonnenstrahlen hoben meine Laune, und der Duft frischen Brotes brachte meine Magensäfte zum Brodeln. Jetzt war ich auf dem Weg zu meiner geliebten Uhrmacherei, zu meinem Freund Konrad. Ich hatte vor, ihn darüber zu unterrichten, welche Ungeheuerlichkeiten vor sich gingen. Sicherlich würde er mich unterstützen. Gemeinsam würden wir einen Plan aushecken, wie wir Francisca aus der Zwickmühle befreien konnten.

Als ich die Tür aufschwang, saß Konrad an seiner Werkbank, die Hände vors Gesicht geschlagen.

»Morgen«, sang ich überschwänglich. Er regte sich nicht. Es schien, als prallte meine gute Laune an ihm ab. Stattdessen war da eine unsichtbare Barriere zwischen ihm und meiner Stimmung.

Ich sah ihn skeptisch an, schloss die Tür und dachte, er wäre mit dem falschen Fuß zuerst aufgestanden. Manchmal schlief er nicht gut. Dann war er zu nichts zu gebrauchen. Schon gar nicht für einen Plausch. Ich lief zu meiner Werkbank. Da hörte ich ihn schluchzen.

»Alles in Ordnung?«, fragte ich unsicher.

Da sagte er einen Satz, den ich niemals vergessen werde. Er spuckte die Worte aus, vorwurfsvoll, abfällig, mit tiefster Verachtung, sodass mir jede Silbe noch heute im Herzen wehtut, wenn ich daran zurückdenke.

»Du hast alles kaputtgemacht.«

Ich erstarrte. Und ein Schauder lief über meinen Rücken. Ich fragte mich, ob er überhaupt *mit mir* sprach. Denn es klang so, als käme sein Satz aus einer anderen Welt. Meine bestand aus Glückseligkeit und Erfolgen. Und ich war mir keiner Schuld bewusst.

»Was …?«

Zu mehr war ich nicht imstande.

Er hob den Kopf und sah mich an. Und in diesem Augenblick – diesem alles verändernden Schicksalsmoment – wusste ich, dass er mich hasste. Seine rot unterlaufenen Augen blickten mich leblos an. Und doch war da so viel ungezähmte Wut, dass mir angst und bange wurde.

»Wir schließen«, knurrte er. Und er sagte es, als müsste ich wissen, wovon er sprach. Als hätte ich die gottverdammte Pflicht, mich schuldig zu fühlen. Und das Sonderbare war: Ich tat es. Darum blieb ich stumm.

Auf einmal brüllte er los, so laut, dass ich erschrocken zusammenzuckte: »DU bist schuld, Simon! Das verdanke ich ganz allein DIR!«

Ich wollte etwas sagen, doch mir stockte der Atem. *So* hatte ich Konrad noch nie erlebt. Seine Wangen färbten sich rot. Und er riss die Augen auf, wie ein toter Fisch.

Dann zuckten seine Schultern, sein Kopf fiel herab, er schlug die Hände vors Gesicht und weinte. »Es ist alles … alles nur deine Schuld.«

»Warum?«

Er sah mich aufgelöst an und rief vorwurfsvoll: »Du musstest dich ja in Dinge einmischen, die dich nichts angehen. War es nötig, dass du das Freudenhaus besuchst? War's das wert?«

Ich stammelte zusammenhanglose Silben.

»Nein!«, gab er sich selbst die Antwort. »Das war es nicht. Und was ist das Ergebnis, Simon? Weisung aus dem Rathaus. Die Uhrmacherei Meisner hat sofort zu schließen.« Wieder schluchzte er.

Ein dicker Knoten hatte sich in meinem Magen eingenistet. Schuld, Wut, Mitleid.

»Ich hab' nichts getan«, flüsterte ich und bemerkte gar nicht, dass auch meine Augen in Tränen standen.

»Hast du ihr gesagt, dass ihr Arbeitsverhältnis illegal ist? Oder hast du ihr etwas von den Uhren erzählt? Oder beides? Ach egal … verflucht! Jetzt ist es sowieso zu spät.«

»Aber wir könnten …«

»Halt die Klappe, Simon! Ich hätte dich niemals einstellen sollen …«

Ich riss den Mund auf. Tonlos.

»Geh mir aus den Augen!«

Ich zögerte.

Wütend spuckte er vor meine Füße.

»Hau ab!«, befahl er.

Ich ging zur Tür. Sprachlos. Zitternd. Weinend.

Konrad zog die Tür auf und stieß mich hinaus. Und noch bevor ich wusste, wie mir geschah, trat er mich mit dem Fuß weg und schlug die Tür hinter mir zu. Da stand ich, geschockt, abgeurteilt, auf mich allein gestellt, ohne zu wissen, wie es weitergehen sollte …

XII

Die Sekunden rannten. *Tick, tick, tick.*

Mein Herz klopfte wie wild. Nachts, wenn nur noch der Mond die Gassen erhellte und kühle Luft das Kopfsteinpflaster befeuchtete, wirkte das Bordell gar nicht mehr so einladend. Ich lief um das Gebäude herum zur Hintertür. Hier stank es nach einer Mischung aus Abfällen und totem Hund.

Frühmorgens war die beste Zeit. Ich warf einen Blick auf meine Taschenuhr. Nach dem letzten Glockenschlag um 22 Uhr war das Ausschenken von Alkohol untersagt. Allerspätestens um zwölf machte sich der letzte Gast auf den Nachhauseweg, vermutete ich. Das hieße, so gegen eins war es auf alle Fälle ruhig in der Gegend. Und um zwei – so spät war es jetzt – lagen die Männer schnarchend in ihren Betten, auch die Dirnen schliefen bereits.

Tick, tick, tick.

Es war ein Wettlauf gegen die Zeit. Ich musste mich beeilen. Schon bald würde das morgendliche Treiben in Augsburg seinen Anfang nehmen. Auch im Bordell. Hier musste geputzt, angeliefert und vorgekocht werden. Aber vor allem um das Etablissement herum begann der Tag. Kirche, Friedhof – Anlaufstellen, wo frühmorgens die Witwen nach ihren Männern sahen und um ihre Seelen beteten.

Mir blieb nicht viel Zeit. Ich steckte meine Uhr zurück in die Hosentasche.

Tick, tick, tick.

Jetzt musste ich schnell hinein, die Uhren finden. War ich erst einmal im Besitz der Fleischuhren, würde mir schon etwas einfallen, wie ich die Sache geradebog.

Ich drückte gegen die Tür. Verschlossen. *Verflixt.* Das wäre zu einfach gewesen. Ich prüfte die Konstruktion. Nicht sehr stabil, wie ich fand. Die Scharniere wirkten dünn und brüchig. Mit einem gezielten Tritt an die richtige Stelle würde die Tür aus den Angeln fliegen. *Zu laut,* befand ich.

Da fiel mir auf, dass das Schließblech verformt war. Ich war wohl nicht der Erste, der in das Freudenhaus einbrach. Das gab mir einen enormen Vorteil. Die provisorische Reparatur, das Hin- und Herbiegen, hatten das Blech weichgemacht. Kräftiges Drücken würde ausreichen, um die versperrte Tür aufzuschieben. Danach war zwar der Verschluss hinüber, aber so käme ich leise und unbemerkt hinein.

Ich drehte mich um und lehnte mich mit dem Rücken an die Tür. Dann holte ich tief Luft und presste meinen Körper mit voller Kraft an das Türblatt. Gleichzeitig trat ich mit den Fersen an die Tür, um auch unten die Spannung zu erhöhen. Zu guter Letzt wuchtete ich die Faust gegen das Schloss.

Nichts.

Beinahe konnte ich die Zeit flüchten hören: *Tick, tick, tick.*

Diese Tür wird mich nicht aufhalten, beschloss ich und versuchte mein Glück ein weiteres Mal. Nur dass ich diesmal den Faustschlag deutlich fester ausführte. Ich erschrak selbst bei dem Lärm. Aber diesmal sprang die Tür auf. Hastig schob ich sie hinter mir zu. Dann lauschte ich. Es blieb ruhig. Scheinbar hatte niemand meinen Einbruch bemerkt.

Tick, tick, tick.

Nun machte ich mich auf die Suche.

Die Räume im Erdgeschoss kannte ich schon. Ich war sie durchgegangen, als ich nach Francisca suchte. Die Wirtsstube sowie die Séparées schloss ich als Versteck der Uhren aus. Also waren da noch die Küche hinter der Bar und ein paar Türen im ersten Stock.

Ja. Im Obergeschoss musste es sein. Dort lagen Walburga Heckels Wohnräume, mutmaßte ich, und vielleicht auch das geheimnisvolle Lager.

Ich schlich die Treppe hinauf. Ich achtete darauf, keinen Laut von mir zu geben. Ich trat ganz außen auf die Stiegen, weil Holztreppen hier für gewöhnlich am wenigsten knarrten. Und ich atmete ruhig. Ich hörte nur meinen Herzschlag und das Rascheln meiner Kleidung.

Tick, tick, tick.

Oben angekommen, überfiel mich ein mulmiges Gefühl. Es war totenstill. Zu still. Ich spürte, dass hier etwas nicht stimmte.

Vorsichtig setzte ich ein Bein vor das …

»Hab ich dich!«, rief eine Stimme und nach einem schmerzhaften Schlag auf den Kopf wurde mir schwarz vor Augen.

XIII

Ich hatte einen Albtraum:

Ich komme zur Besinnung. Liege auf einer weichen Matratze. Flüssigkeit. Keine Atmung. Panik.

Ich möchte um mich schlagen. Mein Herz rast. Etwas hält mich fest. Fixiert mich. Will husten. *Muss* husten. Der Reiz ist unerträglich. Anstelle des erlösenden Sauerstoffs frisst sich Flüssigkeit wie Feuer in meine Lungenflügel.

Feuer!

Ich schlucke. Reiße panisch die Augen auf.

Lachende Frauen. Ich kann sie sehen, aber nicht hören, weil grenzenlose Erstickungsangst meine Ohren wie einen Sturzbach zum Rauschen bringt.

Ich bin vertraut mit der Macht des Todes, wenn sie unnachgiebig nach meinem Dasein greift. Trotzdem bleibt es unerträglich. Weil es jedes Mal wieder ein Kampf bleibt. Weil mein Körper am Leben bleiben will.

Warum lachen sie?

Noch einmal schlucke ich. Und schlucke …

Schließlich lassen sie von mir ab. Ich huste das Zeug aus mir heraus. Keuche um mein Leben. Schlucke brennendes Zeug. Und breche den Rest aus meinem Brustkorb.

Wie ein Kind bei der Geburt.

Endlich kann ich wohltuenden Sauerstoff erbeuten, einsaugen, genießen.

Und während ich um Besinnung kämpfe, lachen sie.

Wie können sie nur lachen?

Ich spüre, wie der Alkohol wirkt. Er betäubt nicht nur das Bewusstsein, nein, er tötet auch Schmerz und Hustenreiz. Meine Gedankenwelt verflüssigt sich, taucht ein in trübe Suppe und verschwimmt in einem seligen Brei aus der Ungewissheit und dem bezaubernden Gelächter der Schönheiten.

Am liebsten möchte ich mit ihnen lachen.

So wundervoll setzen sich die beiden zu mir, als wollen sie mir Gutes tun. So wunderbar zeigt die eine ihr Messer, während die andere mein Bein auf traumhafte Art und Weise festhält. Ich lächle selig benommen, als die eine mein Bein bearbeitet. Es schmerzt, aber auf eine überschwängliche Art. Würde jetzt jemand durchs Schlüsselloch schauen, könnte er sehen, dass ich meinen Kopf hebe und eigenartig vergnügt zusehe, wie sie in mein Fleisch schneidet. Und weil es nur ein Hirngespinst ist, nehme ich es hin und wundere mich über die glückselige Schmerzhaftigkeit, mit der die blutige Stelle rebelliert.

Zuletzt genieße ich, wie ein Stück Gewebe, so groß wie eine Fingerkuppe, aus meinem Muskel getrennt und von den lachenden Schönheiten weggepackt wird.

Dann verliere ich die Besinnung und flüchte mich in meinen Traum.

XIV

Als ich zu mir kam, lag ich mit gefesselten Händen und Beinen auf einer Pritsche. Mein Schädel tat höllisch weh, und ich brauchte ein paar Sekunden, bevor ich in der Lage war, mich zu orientieren. Wie aus einem Schleier tauchte die Welt um mich herum in meine verworrene Realität ein. Und ich vernahm Stimmen, das schmerzhaft unförmige Holz, auf dem mein Rücken lag, und meinen Kopf, diesen furchtbar pochenden Kopf.

»Er wacht auf«, sagte ein Mann in tiefem Tonfall. Und als er sich über mich beugte und mich ansprach, kam er mir außerordentlich groß vor. »Na?«, brüllte er. Zumindest kam es mir wie ein Brüllen vor. »Simon!« Er band meinen rechten Arm los.

Ich war zu benommen, um eine Antwort geben zu können. Der Geruch seines schwitzigen Körpers biss in meiner Nase. Und ich war froh, als er sich von mir abwendete.

Mein Bein schmerzte. Stimmen. Ich sah mich um. Da war Walburga Heckel, die hämisch lächelte, als wollte sie mir sagen, sie hätte mich ja gewarnt. Neben ihr stand ein zweiter, ungepflegter Mann, der für ihre Sicherheit zuständig zu sein schien. Militärisch hielt er an ihrer Seite Wache. Und ganz in der anderen Ecke des Raumes sah ich das bekannte Gesicht einer jungen Frau, unendlich traurig, verweint und fleckig.

»Francisca«, presste ich ihren Namen aus meiner Kehle, aber meine Stimme krächzte nur unverständliches Zeug.

Sie hielt den Blick auf den Boden gerichtet.

Walburga Heckel stolzierte auf mich zu, in der Hand eine Fleischuhr. Der Deckel schnappte auf und zu.

Klick, klack.

Und wie auf Kommando erinnerte mich der Schmerz in meiner Wade, dass sie das Fleisch längst hatten. Sofort war mir klar, sie würde jemanden brauchen, einen Handlanger, der das Fleisch in die Uhr einsetzte.

Mein Fleisch.

»Niemals«, sagte ich.

Sie lächelte überlegen.

Klick, klack.

Ich wusste, es gab nur zwei Menschen, die jedes noch so kleine Zahnrad in diesem Uhrwerk so gut kannten, wie den Inhalt ihrer Westentasche. Nur diese beiden waren in der Lage, das Zeigerwerk ohne wochenlange Arbeit zu zerlegen und wieder zusammenzusetzen.

Mein Fleisch einzusetzen.

Konrad und ich. Wenn wir nicht mitspielten, waren sie machtlos, soviel war klar. Also brauchte ich mich nur zu weigern.

Der Deckel schnappte auf und zu.

Klick, klack.

»Niemals! «, wiederholte ich mit Nachdruck. »Das mache ich nicht.«

Ich hustete. Sie grinste stolz. Ich war verwirrt. Dann hielt sie mir die Uhr hin und fragte zuckersüß: »Möchtest du sie haben?«

Verwundert betrachtete ich das Ding. Warum bot sie mir die Fleischuhr an? Nach allem, was ich in Erfahrung gebracht hatte, musste *zuerst* das Fleisch eingesetzt werden. Sonst wäre es sinnlos.

Sie hielt inne und schnappte mit dem Deckel vor meiner Nase herum – *klick, klack.*

Nimm sie. Denn es ist so weit. Alles ist vorbereitet. Du musst nur noch zugreifen. Jetzt.

Die Zweifel waren mir wohl deutlich ins Gesicht geschrieben. Und wie bei unserer ersten Begegnung, als sie in der Tür stehen blieb, weil der Zeitpunkt für die Darbietung noch ungünstig war, war auch diesmal alles inszeniert. Sie machte eine dramaturgisch wertvolle Handbewegung, eine Theatereinlage. Und als sie die Augen aufschlug, wusste ich, sie hatte meine Gedanken nicht nur gelesen, nein, sie hatte sie vorbereitet. Diese Situation war bis aufs kleinste Detail einstudiert – gestellt.

Ihr Auftritt, Frau Heckel. Bitteschön.

Auf ihr Zeichen hin stieß jemand Konrad durch die Tür. Er weinte und starrte schuldig auf den Fußboden. Mein Herz machte einen Satz.

Gut gemacht, Frau Heckel. Darbietung gelungen. Publikum überrascht.

Damit war klar: Das Fleisch aus meiner schmerzenden Wade befand sich schon in der Uhr. Und zwar genau an der Stelle, wo eigentlich die Unruh ihre Arbeit zu verrichten hatte.

Sie wiederholte ihre Frage »Möchtest du sie haben?« und lächelte verzückt.

Ich schluckte. Mein Mund stand offen. Und in meinen Augen war mit großer Wahrscheinlichkeit zu lesen: *Ich weiß, was hier vor sich geht.*

Selbstverständlich wusste ich es. Alles. Ich wusste, was sie vorhatte. Aber ich wusste auch, was mir blühte, wenn ich kooperierte – das Geschenk annahm. Und darum fragte ich mich, wie sie auf die Idee kommen konnte, dass ich die für mich bestimmte Fleischuhr annehmen würde.

Niemals!, dachte ich, runzelte entschlossen die Stirn und biss die Zähne zusammen.

Walburga Heckel las mich wie ein offenes Buch. Und im ersten Moment war ich darüber sogar froh. Sollte sie nur sehen, dass ich ihre Spielchen nicht mitspielte.

Aber dann erkannte ich in ihrem Ausdruck eine sonderbare Veränderung. Ihre Mundwinkel zuckten hoch. Und ihre Pupillen glitzerten. Was ich da sah, war Vergnügen. Unfassbar. Schon wieder hatte sie gepunktet. Ich wusste nur noch nicht warum.

Zufrieden machte sie ein Zeichen. Da zog der Riese eine Uhr aus der Tasche und zeigte sie mir mit einem verzückten Grinsen. Francisca riss die verweinten Augen auf. Entsetzt und gebannt starrte sie auf die Uhr. Ich sah Angst – rohe, unverkleidete Lebensangst. Es war ihre Fleischuhr.

Walburga Heckel grinste jetzt noch breiter. Wieder hatte sie direkt ins Schwarze getroffen. Wenn diese Uhr an Franciscas Dasein gebunden war, mit ihrem Herz im Gleichklang schlug, dann konnte ich mir ausmalen, was passierte, wenn sie die Uhr anhielt. Walburga hatte Franciscas Leben in der Hand. Und damit auch mich.

Gratulation, Frau Heckel. Erfolg auf der ganzen Linie. Das Publikum applaudiert.

Klick, klack schnappte der Deckel der Fleischuhr vor meinem Gesicht, wie die Falle, in die sie mich gelockt hatte. Francisca, Konrad, der Ungepflegte, der Riese und Walburga Heckel – sämtliche Augen waren auf mich gerichtet.

»Ich schenke sie dir. Bitteschön. Möchtest du sie haben?«, fragte sie und ich sah, dass sie aufgeregt war vor Glück.

Meine Handlungen waren vorbestimmt. Entscheidungen gab es zu diesem Zeitpunkt keine mehr. Ich konnte nur noch eines tun, um Francisca nicht in Gefahr zu bringen:

Ich streckte meine Hand aus und nahm das Geschenk an.

In diesem Augenblick spürte ich, wie ich die Kontrolle über mein Leben verlor. Obwohl ich gefesselt auf der Pritsche lag, hatte ich ein Gefühl, als würde mir der Boden unter den Füßen weggerissen werden. Ich fiel in ein tiefes Loch, Schwindel, Nebel, Unwirklichkeit und mir war, als spränge ich zwischen mehreren Realitäten hin und her.

Ich schloss die Augen und schüttelte den Kopf. Nun hörte ich jemanden lachen. Niemand achtete auf meine Hand.

Auf einmal fühlte sich das Metallgehäuse in meiner Faust außergewöhnlich lebendig an. Und mir war, als pulsierte es sogar ein wenig – als schlug es wie mein Herz. Für mein Herz? Es war vollbracht.

Tick, tack, tick, tack.

Mein Herz war nur noch Teil eines Uhrwerks. Die Zahnräder griffen ins Gefüge des Schicksals. Ich hatte die Kontrolle verloren. Weitergereicht an einen Zauber, den ich nicht verstand.

Triumphierend riss mir die Heckel die Uhr aus der Faust. Ihre Augen strahlten. Sie hatte ihre Darbietung erfolgreich aufgeführt. Und sie hatte ein Opfer mehr in der Tasche.

*

Von nun an war ich unwichtig. Sie ließen mich links liegen. Niemand achtete auf mich.

»Bring sie zu ihm«, sagte die Heckel und gab dem Riesen meine Schicksalsuhr. Er nahm sie an sich und ging.

Bis dahin hatte ich vermutet, dass alle Fäden bei Walburga Heckel zusammenliefen. Mit einem Mal kam ein weiterer Mann ins Spiel. Jemand, dem die Heckel Bericht zu erstatten hatte, der die Uhren verwahrte, der auch meine Fleischuhr haben wollte. Und ich fragte mich, von wem die Rede war.

Mit dem Kommando »Mitkommen!« verschwand auch Walburga. Konrad folgte ihr ohne Widerrede, mit gesenktem Kopf.

Zurück blieben Francisca und ich.

Sie schluchzte.

»Mach mich los.«

Sie hielt den Blick wie erstarrt auf den Boden gerichtet.

»Hey«, meinte ich leise, liebevoll. »Alles wird gut.«

Sie reagierte nicht. Wieder redete ich auf sie ein: »Francisca. Hey. Es ist ok. Dich trifft keine Schuld.«

Das letzte Wort rüttelte sie wach.

»Ich wollte doch nur …«, jammerte sie mit zittriger Stimme, sah mich kurz an, Tränen in den Augen. Dann schlug sie die Hände vors Gesicht.

»Komm, mach mich los. Bitte. Ich will hier raus. Und du vermutlich auch. Habe ich recht?«

Sie nickte. Dann stand sie auf, kam zu mir herüber und beschäftigte sich mit den Seilen.

»Weißt du, Simon. Dieser Mann … der Hüter …«

»Hüter?«

»Ja. So nennt er sich. Hüter der Zeit. Er macht mir Angst. Er ist wahnsinnig.«

Die Fesseln lockerten sich.

»Was ist das für ein Kerl? Was will er?«

»Ich habe ihn nur einmal gesehen. Er hat alle Uhren. Auch die von der Heckel.«

Ich war überrascht. »Sie auch?«

»Ja«, sagte sie und löste den letzten Knoten.

Der Hüter der Zeit. Eine eigenartige Bezeichnung. Aber jetzt war nicht der richtige Zeitpunkt, darüber nachzudenken.

Sie hatten uns hier in dem Wissen zurückgelassen, dass wir jederzeit weglaufen konnten. Und doch hatten sie uns an der langen Leine. Davon waren sie überzeugt. Denn sie besaßen die Fleischuhren.

Sie dachten, sie hätten mein Herz in der Hand. Wenn sie wollten, könnten sie es zerquetschen, bis es platzte und das Blut spritzte. Im selben Augenblick würde ich leblos zusammenbrechen. Mein Leben – an die Uhr gebunden. Wenn sie sich da mal nicht täuschten …

XV

Als ich mich an diesem Abend mit Francisca im SCHWABEN-TANZ traf, war nur wenig los. Wir suchten uns einen abgelegenen Seitentisch, wir mussten in Ruhe reden. Es roch nach Braten, Rauchwurst und Einbrenne.

Ich bestellte einen Pflaumendatschi und Francisca nahm den Strudel. Mir fiel sofort die eigenartige Spannung auf, die zwischen ihr und der Kellnerin in der Luft lag. Kein Hauch von Freundlichkeit. Eher, als ob wir unter Beobachtung standen. Umso mehr achtete ich darauf, dass man uns nicht belauschte.

Tick, tack, tick, tack.

Die Zeit lief ab.

Franciscas Zeit, weil sie sich längst in den Fängen des mysteriösen Hüters befand. Und meine, weil dieser geheimnisvolle Mann jederzeit jede Uhr anhalten konnte, wie es ihm beliebte.

Was würde passieren, wenn er meine ganz persönliche Fleischuhr anhielt? In Wahrheit machte ich mir darüber keine Sorgen. Ich hatte einen Trumpf im Ärmel. Und ich ging davon aus, dass bis zu diesem Zeitpunkt niemand die gezinkte Karte erkannt hatte.

»Wie kannst du in dieser Situation lächeln?« Empörung lag in ihrer Stimme. Aber auch Verzweiflung. In ihren Augen las ich Angst.

»Hör mal«, sagte ich. »Wir müssen zusammenhalten.«

»Ich weiß nicht, was wir hier überhaupt wollen. Es ist ausweglos«, zischte sie.

»Es gibt immer einen Ausweg.«

Ich wollte sie beruhigen. Auf den Boden zurückholen. Was ich nicht bedachte: *Ich* konnte mein Vertrauen aus einem Jahrtausende währenden Erfahrungsschatz schöpfen. Verglichen damit war ihr Leben das einer Eintagsfliege – jung, überschaubar, zerbrechlich.

Ihre Unterlippe bebte. »Was willst du machen? Da reinspazieren und dem Hüter eins auf die Nase geben? Glaub mir. Er kontrolliert alles. Und wenn er es möchte, knipst er jeden Einzelnen von uns mit einer simplen Handbewegung aus. Ganz wie es ihm beliebt. Und wir können nichts dagegen tun!« Sie schlug die Hände vor die Augen.

»Bitte Francisca. Lass uns in Ruhe darüber nachdenken.«

Sie hatte längst aufgegeben, hatte das Schicksal ihres Lebens in diese Uhr gelegt. Und wenn der Hüter der Zeit beschloss, sie einmal nicht mehr aufzuziehen? Was soll's. Dann gab es ein wertloses Uhrwerk weniger.

Tick, tack, tick, tack.

Ich legte meine Hand auf ihre Schulter.

Sie zuckte zusammen.

»Hör mal. Ich habe eine Idee«, sagte ich.

Sie sah mich mit großen, ungläubigen Augen an. Und ich zog meinen Trumpf aus dem Ärmel – in Form einer Taschenuhr. Francisca erstarrte.

»Was willst du damit?«

»Die Frage ist, was der Hüter damit will.« Einen Augenblick lächelte ich geheimnisvoll. Bis mir klar wurde, dass es in dieser Situation unangebracht war. Dann lieferte ich eine Erklärung. »Das ist *meine* Uhr.«

Sie runzelte die Stirn.

Die Bedienung brachte das Essen, stellte jeweils ein Glas Wein dazu und beschoss uns mit neugierigen Blicken. Als sie weg war, fuhr ich fort, flüsternd: »Ich habe diesem Kerl eine andere Uhr gegeben. Meine Uhr hat er nicht. *Diese* Uhr ist an mein Schicksal gebunden. Und ich habe sie in der Hand.«

Sie starrte ehrfürchtig auf das verhexte Gerät.

»*Ich*«, sagte ich stolz, »habe mein Schicksal in der Hand.«

Es dauerte eine Weile, bis sie verstand, wovon ich sprach. Schließlich bildeten sich wieder skeptische Furchen auf ihrer Stirn und sie wollte wissen: »Und was soll das nützen?«

Ich saugte an der Unterlippe und zog unruhig die Mundwinkel herab. Dann brummte ich: »Ich weiß es noch nicht.«

»Na toll«, sagte sie und ließ die Schultern hängen. Dann aß sie lustlos von ihrem Strudel.

»Das ist der einzige Vorteil, den wir haben«, meinte ich. »Und aus *dem* sollten wir jetzt etwas machen!«

Wieder sah ich Tränen der Verzweiflung in ihren Augen. Ich wollte ihr nicht noch mehr Zeit zum Nachdenken und Resignieren geben. Darum sprach ich meine Gedankengänge laut aus.

»Dieser kleine Apparat ist an mein Leben gebunden. Ich weiß zwar nicht, wie er das gemacht hat. Aber bleibt die Uhr stehen, schlägt auch mein Herz nicht mehr.«

Sie nickte.

Jetzt fragte ich: »Was passiert wohl, wenn man den Zeiger der Uhr an der Krone zurückdreht?«

Und noch während sich mein Finger auf das winzige Rädchen zubewegte, schrie sie: »Nein!«

Verdutzt sah ich sie an. Sie schien etwas zu wissen. Und vielleicht konnte dieses Wissen wertvoll für uns sein.

»Wenn der Hüter jemanden töten will, dann …« Ihre Stimme zitterte aufgeregt. Tränen liefern über ihre Wangen. »… dann dreht er die Uhr zurück.«

Skeptisch betrachtete ich sie.

»Ich war bei ihm, als er ein Leben ausknipste.« Sie weinte laut los.

»Du warst bei ihm?«

»Ich schäme mich dafür. Er ist ein Mann und … und …«

»Es ist o.k.«, sagte ich. »Niemand macht dich für irgendetwas verantwortlich. Aber Francisca, wenn du bei ihm warst … Wo?«

Jetzt erst bemerkte sie, dass meine Frage auf etwas völlig anderes abzielte. Sie beruhigte sich ein wenig.

»Da ist ein Kellerraum. Unter dem Haus. Mit Uhren. Sehr vielen Uhren.«

»Das ist unsere Chance. Weißt du, wie man da hinkommt?«

»Klar.«

»Erzähl.« Ich sah ihr an, wie froh sie war, etwas beitragen zu können, das uns womöglich weiterbrachte.

»Die Tür befindet sich in Walburga Heckels Privaträumen. Dort lebt er. Tisch, Stühle, Bett … und überall surren Uhrwerke. Es ist unheimlich.«

Ich kratze mich am Kinn.

»Wir müssen da irgendwie hineinkommen.«

»Unmöglich«, sagte sie.

»Nichts ist unmöglich.«

»Der Zugang liegt hinter Walburgas Privaträumen. Keine Chance also.«

»Es muss einfach«, schnauzte ich, war mir aber nicht sicher, ob das der richtige Weg war. »Ich hab noch eine andere Idee.« Ich nahm einen Schluck Wein und genoss die Flüssigkeit in meiner Kehle. »Du hast gesehen, wie er eine Uhr zurückgedreht hat?«

»Ja. Es war einer seiner Männer. Er hatte eine Uhr nicht abgeholt, wie ihm befohlen war. Er fiel auf der Stelle tot um.«

Leonhad Hufschmied, dachte ich, erschrak und gleichzeitig tat mir der befremdliche Bote leid.

»Na dann«, sagte ich, »ist zurückstellen wohl keine Lösung.« Ich lächelte verlegen.

Francisca zucke unentschlossen mit den Schultern und nippte an ihrem Weinglas.

Ich dachte nach. Die Frage war: Aus welchem Grund war das Zurückdrehen der Uhr tödlich? Ich rief mir das Zeigerwerk in Erinnerung. Andersherum drehen bedeutete zunächst einmal, die Laufrichtung vieler Rädchen umzukehren. *Die kleine Maschine ist an den Herzschlag gebunden,* dachte ich. *Kann ein Herz rückwärts schlagen?* Hier lag wohl der Hund begraben. Das

Umkehren der Laufrichtung führte scheinbar unweigerlich zum Tod.

Da kam mir die Idee. »Und wenn wir die Uhr nach vorne drehen?«

Francisca sah mich skeptisch an. Sie konnte mir keine Antwort liefern.

Ein gut gespanntes Uhrwerk brachte Euphorie, wie man an dem Adeligen Franz Neuhofer gesehen hatte. Ein schlecht aufgezogenes dagegen trübte die Stimmung. Man wurde unmutig, fühlte sich krank.

»Ich denke«, sagte ich, »wenn das Anhalten so einer Uhr die Lebenszeit stoppt, dann vergeht die Zeit rasend schnell, wenn man das Rad vordreht. Ja, so muss es sein. Dann altert man in Windeseile.«

»Hört sich furchtbar an«, meinte Francisca.

Das war es vermutlich auch. Für mich war das Leben zu einer unendlich langen Zeitstrecke geworden. Was ich plante, tat und wollte, ich brauchte mir keine Gedanken zu machen, ob ich es bald tat oder erst in hundert Jahren. Darum konnte ich mir nur schwer vorstellen, wie es für einen gewöhnlichen Menschen war, wenn die Lebenszeit wie in einem Sturzbach davonfloss. Umso grausamer erschien es mir, mitzuerleben, wie die Lebensjahre in kürzester Zeit aus dem Körper gesogen wurden. Diesen Schock würde niemand überleben.

Niemand außer mir.

Ganz im Gegensatz zu meinen Gedanken sagte ich: »Ach. So schlimm wird es schon nicht werden.«

Sie sah mich ausdruckslos an.

Ich fuhr fort: »Und es könnte uns helfen, aus der Sache rauszukommen.«

Ich sah an ihrem Blick, dass sie nicht wusste, worauf ich hinauswollte. Wir mussten an diesen Hüter herankommen, wenn wir den Bann ein für alle Mal brechen wollten. In meinem Kopf wuchs eine verrückte Idee zu einem Plan heran.

Da riss mich Francisca aus dem Gedanken mit einem entschiedenen »Nein!«

»Wir müssen es versuchen«, sagte ich. »Es …«

»Wir werden an deiner Uhr nicht herumspielen!«, befahl sie. »Nicht zurück und nicht nach vorne … überhaupt nicht.«

»Aber …?«

»Nein!«

Ich sah sie mit großen Augen an.

Nachdem ein paar Sekunden verstrichen waren, neigte ich mich über den restlichen Pflaumendatschi und flüsterte: »Warum?«

Da nahm sie zärtlich meine Wangen in ihre Hände, hauchte mir ihren warmen Atem entgegen und schloss meinen Mund mit einem liebevollen Kuss.

XVI

9:38 Uhr

Als ich die ehemalige Uhrmacherei Meisner betrat, wurde ich von einem Wust aus Gefühlen erfasst. Im ersten Augenblick war es wie nach Hause kommen. Es tat gut, wohlbekannte Luft zu atmen, das Licht zu spüren, wie es nur hier in den Raum fiel und der altbekannten Stille zu lauschen.

Dann war da ein schlechtes Gewissen: *Meine Aura hatte ihm die Hexerei mit dem Fleischuhren eingebracht*, dachte ich. Ich brachte ihm den Fluch. Wegen mir hatte er sein Geschäft aufgeben müssen.

Und dann war da noch die Angst vor dem, was jetzt kommen würde. Ich setzte mich auf meinen alten Uhrmacherstuhl. Meine Schicksalsuhr legte ich vor mir ab.

9:44 Uhr

Ich schloss die Augen. Und für einen kurzen Moment war ich in der Lage, in alte Gefühle einzutauchen: ich, hier, ein Zahnrad in ein Zeigerwerk einsetzend; Konrad, mir den Rücken zugewandt, in seine Arbeit vertieft; Johanna, verrückte Geschichten erzählend, von Menschen in Spiegeln. Francisca – wie ich sie nach Feierabend im SCHWABENTANZ besuchte, mit ihr herzlich plauderte, mit ihr lachte.

Dann der gestrige Abend. Ich hatte eindringlich auf sie eingeredet: Für den Rest des Lebens müssen wir Gefangene dieses Hüters bleiben, hatte ich prophezeit, und ob sie das so wolle? Ein Himmelfahrtskommando, nannte sie meinem Plan. Doch je intensiver ich darüber nachdachte, umso mehr stimmte ich ihr zu. Es war purer Wahnsinn.

Aber hatte mir nicht schon öfters totaler Irrsinn die Haut gerettet?

Ich betrachtete den Zeiger, der sich Minute für Minute über das Ziffernblatt schob. Und ich legte den Zeigefinger an das Gehäuse. Ich konnte fühlen, wie sich die Uhr Schlag um Schlag in die Zukunft bewegte. Und ich vernahm meinen Herzschlag, wie das Ticken eines Uhrwerks.

9:49 Uhr

Tick, tick, tick.

Ich malte mir aus, wie es sein würde, zu altern. Würde ich mich dadurch menschlicher fühlen? Lebendiger? Oder war es grausam, wie mein guter Bekannter und ewiger Begleiter – der Tod.

Das winzige Rädchen fühlte sich nur im ersten Moment zwischen den Fingerspitzen kalt an. Danach wirkte es griffig und hochwertig – Qualität aus dem Hause Meisner.

9:51 Uhr

Jetzt war der Zeitpunkt gekommen. Ich zog das kleine Rad heraus. Das Klicken fuhr wie eine Schockwelle durch meinen Körper, ließ mich zusammenfahren. Ich schrie auf und stieß die Taschenuhr zur Seite, sodass sie gefährlich nah an die Tischkante schlitterte. Erschrocken starrte ich das Ding an. Ich schnappte nach Luft.

Was war das gewesen?

Behutsam und auch ein wenig ängstlich schob ich das gute Stück wieder vor mich. Noch einmal berührte ich das winzige Stellrad. Es war herausgezogen. Wenn ich jetzt daran drehte, konnte ich direkten Einfluss auf den Minutenzeiger nehmen. Die Zeit vorstellen.

Aber Vorsicht, jammerte eine innere Stimme. *Auf gar keinen Fall zurück.*

Jetzt erst fiel mir die ungewöhnliche Stille auf. Kein Klicken, kein Hämmern, kein Feilen. Und keine Geräusche von draußen. Da war nur das Surren dieser Taschenuhr, das ich erlebte, als wäre es Teil meines Herzschlags.

9:53 Uhr

Noch einmal atmete ich tief ein, um mir Mut zu machen – oder um Zeit zu schinden. Aber dann hielt ich die Luft an und drehte vor.

Im selben Augenblick zog mich das Universum schmerzhaft aus der Realität und warf mich in ein neues Zuhause. Ich fiel, schlug auf und Schwindel und Ohnmacht fochten Kämpfe aus über die Obhut meines Daseins.

Plötzlich war mir, als ob ich schwebte. Dem Jetzt entrissen. Ich hatte das Gefühl, die Jahre rasten davon. Und mit jedem Sekundenschlag tat es mehr weh. Wie der Tod, der versuchte, das Leben aus dem Körper zu reißen. Für einen Moment wurde mir schwarz vor Augen. Aber dann erkämpfte ich mir die Kontrolle über mein Bewusstsein zurück.

Ich sah mich um. Ich lag auf dem Fußboden. Warme Flüssigkeit rann über meine Stirn. Mit dem Handrücken wischte ich es weg. Blut. Ich zog mich hoch, kämpfte mich auf meinen Hocker, putzte mir mit dem Ärmel den roten Saft aus dem Gesicht. Und ich fragte mich, wie unfassbar weit ich die Uhr verdreht hatte?

9:57 Uhr

Nein!

Seitdem ich das letzte Mal auf die Uhr gesehen hatte, waren nur vier Minuten vergangen. Ich war entsetzt. Wenn man bedenkt, dass ich allein gut zwei Mal sechzig Sekunden gebraucht hatte, um wieder auf die Beine zu kommen. Demnach konnte ich die Uhr maximal um zwei Minuten vorgestellt haben.

Es war ausweglos. Zwar war mein Körper jetzt um wenige Minuten gealtert, aber was waren schon zwei Minuten?

Ich starrte das nicht tickende Ding an.

Was half's. Ich musste es erneut versuchen. Andernfalls wäre mein Plan gescheitert.

Wieder fasste ich an das Stellrad. Ängstlich.

Ich las: *9:59 Uhr*

Dann drehte ich mit viel Schwung den Zeiger vor.

Diesmal war die Wucht, mit der mein Körper in die Zukunft geschleudert wurde, deutlich kräftiger. Ich weiß nur noch, wie mir endgültig das Bewusstsein aus dem Sinn gehämmert wurde. Ich war unfähig zu entscheiden, was real und was Fiktion war. Und ich sah nebulöse Bilder.

Wie ich zu mir kam, auf dem Boden liegend und unverhofft ein Licht in den Augen brennend durch die Tür fiel. Und ich dachte mir EIN ENGEL, als die Gestalt einer Frau das Tageslicht verdunkelte.

Ich sah, wie ihre Beine hin und her liefen. Nervöse Schritte. Verzweifelte Füße, unruhig trampelnd. Und wie dieser zuckersüße Todesengel meine Schicksalsuhr an sich nahm, schluchzend auf mich herabsah und das Rädchen in den Fingerspitzen hielt.

Im nächsten Augenblick durchfuhr meinen Körper ein unerträglicher Schmerz. Altern ist eine bedrückende Sache. Für gewöhnlich findet sich der Geist damit ab. Weil es normal ist. Und die Verzweiflung über das stetige Älterwerden wird verdrängt.

Aber jetzt war's anders. Aus jeder Körperzelle wurde Lebenszeit entrissen. Das tat unsagbar weh. Meine Muskeln zuckten, mein Rumpf warf sich hin und her, und ich hörte mich schreien. Und dann war da noch diese unbeschreibliche Traurigkeit. Fünfzig Jahre, vielleicht sechzig, wurden aus meinem Leben herausgedreht. Wie aus einer umgekehrten Flasche schwappten die Lebensjahre davon und hinterließen eine gigantische Leere, die mit Verzweiflung gefüllt werden wollte.

Nur ein paar Minuten mochte es gedauert haben. Der Engel drehte das Stellrad und mein Körper ergraute, verwelkte, wurde trocken und fleckig. Und als ich endlich aus der Folter befreit wurde, kraftlos, halbtot, wusste ich längst nicht mehr, aus welchem Grund ich das alles überhaupt ertrug.

*

Francisca tupfte mir die Stirn, mit einem angenehm kühlen, feuchten Tuch. Und ich fragte mich, wo ich war und weshalb ich mich an die vergangene Zeit nicht erinnern konnte.

Sie lächelte. »Simon.«

Ich sah mich um. Erstaunt erkannte ich, dass ich auf dem Fußboden lag, in der ehemaligen Werkstatt von Konrad Meisner.

Verflucht. Ich war eine halbe Ewigkeit nicht mehr hier gewesen, dachte ich und flüsterte: »Ich habe einen Engel gesehen.« Mein Hals krazte. Und ich rätselte, was ich nach all den Jahren hier zu suchen hatte.

»Geht's dir besser?«

»Was?«, sagte ich verwirrt, mit krächzender Stimme.

Sie kicherte. »Du siehst furchtbar aus.«

»Was mache ich hier?«

Und sie erklärte mir, wie sie sich nach reichlichem Nachdenken dazu überredet hatte, mir bei meinem Himmelfahrtskommando zur Seite zu stehen. Und als sie ankam, fand sie mich bewusstlos auf dem Boden liegend. Zuckend. Halb tot. Sie brach in Panik aus und dachte nur noch eins: Sie musste es zu Ende bringen – andernfalls wäre alles umsonst gewesen. Also drehte sie das Stellrad vor und sah zu, wie mein Körper alterte. Und alterte. Und alterte.

Sie hielt mir eine wunderschöne Taschenuhr vor die Nase. *Meine Fleischuhr!*

Da fiel es mir wieder ein. Ängstlich fasste ich in mein Gesicht und erschrak. Es fühlte sich fremd an, und kalt. Und rau, wie brüchiges Pergament. Ich betastete meine Wangen, mein Kinn. Kein Bart. Nicht mehr, als von einem Tag zum anderen gewachsen wäre. Und obwohl ich meine Berührungen spürte, hatte ich das Gefühl, meine Finger befühlten die Konturen eines Fremdlings.

Als ich zum ersten Mal meine Hände sah, wurde mir übel. Altersfleckig, dünnknochig. Und als ich mich mit Franciscas Unterstützung aufrappelte, erkannte ich, was es hieß, ein alter Mann zu sein.

Endlich?

Die zittrigen Beine taten weh. Und sie weigerten sich vehement, mich hochzustemmen. Schmerzen schossen in meinen Rücken, als ich ihn geradestrecken wollte. Der Kopf pochte. Vom Sturz, wie ich vermutete. Und sämtliche Muskeln, Sehnen und Knochen an Rumpf und Gliedmaßen schmerzten. Letztendlich schluckte ich ein Brennen im Rachen weg.

Ich grinste.

»Was ist?«, fragte Francisca verdutzt. Nach all den Strapazen beim Aufstehen hatte sie nicht erwartet, mich lächeln zu sehen.

Und ich sagte, mit dünner, krächzender, zittriger Stimme: »Ich bin alt.«

Ich kann nicht erklären, weshalb mich diese Tatsache damals so glücklich machte. Vielleicht sehnte ich das Ende schon viel zu lange herbei. Oder ich war einfach froh, endlich menschlicher zu sein, dazuzugehören, anderen Menschen beizuwohnen. Für jeden anderen war das Altwerden eine Bürde. Für mich war es eine Gnade …

XVII

Bis hierhin war alles gutgegangen. Francisca hatte mich zum Freudenhaus geführt und mich mit ihrem Arm gestützt. Nur nach einer Weile hatte ich ihre Hilfe nicht mehr nötig. Trotzdem genoss ich die Nähe und tat so, als müsse sie den alten Mann auch bis zur Eingangstür begleiten.

Diesmal sah ich die bürgerliche Fassade mit anderen Augen. Denn an diesem Tag war ich nicht der verstohlene Besucher, der nachts einbrach, nein. Ich war Wendelin Heckel, der Besitzer dieses Gebäudes. Ich war der Greis, den Walburga Heckel seit Jahren nicht gesehen hatte. Der Knacker, von dem sie tagtäglich hoffte, dass sein Herz endlich zum Stillstand kam. In diesem Fall würde sie zur rechtmäßigen Besitzerin dieses Hauses werden, von dem der echte Wendelin bis heute nicht wusste, dass es ein Dirnenhaus war.

Ich hustete. Francisca klopfte mir sanft auf den Rücken. Dann schob sie mich in Richtung Tür.

»Schaffst du das?«

Ich nickte, lächelte zustimmend und hatte das Gefühl, mich Minute um Minute wohler in der verwelkten Haut zu fühlen.

»Viel Glück!«, sagte sie und drücke mir einen warmen Kuss auf die Wange.

Am liebsten hätte ich sie richtig geküsst: für alles, was sie für mich getan hatte und für das, was sie mir bedeutete. Aber als ich mich nach ihr umdrehte, war sie schon verschwunden.

*

Der Abend war noch nicht angebrochen, die Sonne ging gerade unter. »Herrgott Sakra«, fluchte ich, während ich die Tür aufschob und auf wackeligen Beinen die Gaststube betrat. Es war nicht viel los. Drei Kerle hockten an der Bar. Zwei junge Dinger in aufreizenden Kleidern leisteten ihnen Gesellschaft.

»Was willst du hier, Opa?«, rief einer der Männer. »Ich glaube nicht, dass dein Herz diese Prachtweiber übersteht.« Die Gruppe lachte.

»Lass ihn doch, Franzl«, sagte die größere der beiden Frauen. Sie drehte sich gekonnt zu mir hin, sodass ihr der Träger von der Schulter rutsche. »Der Alte möchte bestimmt nur seine Augen verwöhnen. Stimmt's?«

»Wo ist Walburga?«, maulte ich. »Dass ich ihr die Ohren langziehen kann.«

»Bitte?«

»Walburga, wo ist sie? Heckel.« Ich verschärfte meinen Ton. »Ich will, dass sie mir auf der Stelle gegenübertritt.«

Mit einem Mal verstummte das Gelächter, und ich blickte in verwunderte Gesichter.

»Jetzt!«, befahl ich.

»Frau Heckel ist in ihrer Wohnung, denke ich. Wer …? Was darf ich ihr ausrichten, wer mit ihr sprechen möchte?«, fragte sie verunsichert.

»Sagen Sie: Der Hausherr wartet auf sie.«

Sie verschwand in einer Seitentür, von der ich bei meinem ersten Besuch vermutet hatte, dass sich dahinter ein Séparée verbarg. Zurück blieben verwirrte Mienen und ich als unliebsamer Stimmungstöter. Ich wollte mich eben auf einen freien Stuhl setzen, als Walburga Heckel durch die Tür kam.

Nun wird sich zeigen, dachte ich, *was mein Plan taugt. Ob die Heckel ihren eigenen Großvater nicht erkennt. Und ob sie mein echtes Gesicht nicht doch noch zuordnen kann, selbst wenn es jetzt viel älter aussieht. Und zuletzt, ob sie tatsächlich so dumm ist, den Worten eines dahergelaufenen Opas Glauben zu schenken, den sie nie zuvor gesehen hat.* Ich verbarg meine Unsicherheit. Stattdessen ging ich zum Angriff über.

Dein Auftritt, Simon, bitte schön.

»Da ist sie ja, meine Walli. Ach, was bist du groß geworden«, rief ich mit borstiger Stimme und prüfte ihre Reaktion.

Sie sah mich misstrauisch an. Für sie stand einiges auf dem Spiel – das war mein Trumpf. Würde sie ihren alten Herrn nicht erkennen, könnte das schwere Folgen für sie, ihren Betrieb, ja, für ihre Zukunft haben.

»Großvater?«

Sie hatte angebissen.

Gut gemacht, Simon. Darbietung gelungen. Publikum überrascht.

»Komm her und lass dich anschauen«, rief ich und war gespannt, ob meine Tarnung einer näheren Prüfung standhalten würde.

Es schien, als hätte ich die Heckel komplett aus dem Konzept gebracht. Obwohl es ihre Bühne war, kam von ihrer Seite kein Auftritt, keine publikumswirksamen Einlagen, nichts. Stattdessen lief sie unsicher auf mich zu.

Ich wollte ihr keine Zeit zum Nachdenken geben. Ich hatte vor, Walburga auf dem schnellsten Weg mit dem Rücken an die Wand zu nageln. *Dein Text, Simon, bitte.*

Also schoss ich los: »Sag mal, Kind. Was treibst du hier eigentlich? Ist das eine Gaststätte?«

»Weißt du, Großvater ...«

»Ich kann das nicht glauben ... als ich das letzte Mal hier war, da ... wie lange ist's jetzt her?«

»Och ... das war damals, als du ...«

»Und all die hübschen Mädchen. Ist das heute so üblich? Früher, Walli, da standen *Männer* hinter dem Tresen. So alt bin ich nicht, dass ich das nicht mehr wüsste.«

»Vielleicht solltest du ...?«

»Vielleicht sollte ich ... was?«

Jetzt hatte ich sie da, wo ich sie haben wollte: mit den Tatsachen konfrontiert und in die Ecke gedrängt. Nun musste sie schleunigst einen Ausweg suchen. Und ich war gespannt, ob *ihr* Notanker *meinem* Plan folgte.

Die Situation war ihr furchtbar peinlich. Sie starrte mich an und wusste nicht, was sie mit mir anfangen sollte, das sah ich ihr deutlich an. Ich presste entschlossen die Lippen zusammen, hielt ihrem Blick stand.

Schließlich fand sie einen Weg, die Verwirrung zu umschiffen.

»Komm doch erst einmal mit in meine Wohnung, Großvater. Setz dich hin, trink ein Gläschen Wein und dann reden wir in Ruhe über alles.«

Jawohl! Gratulation, Simon. Erfolg auf der ganzen Linie. Das Publikum applaudiert.

*

Walburga zeigte mir ihre Wohnräume. Wir setzten uns an eine Eckbank. Und ich erzählte ihr, dass ich sie schon kannte, als sie noch in den Windeln lag. So etwas hört man gerne. Und es schafft Vertrauen. Die Heckel kaufte mir meine Geschichte voll und ganz ab.

Nur eine Sache beunruhigte mich. Je länger ich als Greis unterwegs war, umso kräftiger war ich auf den Beinen. Es dauerte eine Weile, bis ich hinter das Geheimnis kam: Ich heilte.

Für meinen Körper war mein Alter nichts weiter als eine Krankheit, eine Wunde. Und es schien, als arbeitete er mit aller Kraft daran, den Fehler auszumerzen. Darum fühlte ich mich so gut. Die Energien kamen zurück. Ich verjüngte.

Mir blieb nicht viel Zeit. Ich musste zusehen, dass ich so schnell wie möglich die Kellerräume fand. Und den vermeintlichen Hüter der Zeit.

»Erzähl, Großvater. Was führt dich hierher?«

Die Heckel sah mich besorgt an. Da bekam es wohl jemand mit der Angst zu tun. Dass sie sich rechtfertigen musste. Oder gar, dass sie ihr Etablissement verlieren könnte.

Obwohl mir die Zeit knapp wurde, setzte ich meinen vorwurfsvollsten Blick auf. Den Spaß musste ich mir machen.

»Ich komme in die Jahre, mein Kind. Da überlegt man schon, was man geleistet hat und was davon geblieben ist.«

»Ja?«

»Und ich bin mir nicht so sicher, ob hier alles zu meiner Zufriedenheit abläuft.«

»Ach …« Sie wurde ungewöhnlich blass um die Nase.

Ich legte die Faust an den Mund und runzelte die Stirn. Ich fixierte ihren Blick und brummte: »Tut es das?«

»Ähm … ja, das Freu … Gasthaus … es wird gut besucht. Die Zahlen sind gut.« Sie nickte kräftig, als wolle sie es sich selbst bestätigen. »Ja, überaus gut.«

»Und die Mädchen?«

»Mädchen?«

»Ja, überall. Wo ich auch hinsehe. Mädchen, Mädchen, Mädchen. Was ist da los?«

»Be… Bedienungen«, stammelte sie. »Männer, die von jungen Frauen bedient werden, fühlen sich wohler, bleiben länger und trinken mehr. Das ist heute so üblich.«

Ich grinste in mich hinein.

»Die neue Zeit macht mich verrückt, mein Kind«, sagte ich.

Zu gern hätte ich den Spaß in die Länge gezogen. Aber dann lief ich Gefahr, aufzufliegen. Meine Tarnung heilte sich weg.

»Na dann, findest du, wäre es ein guter Gedanke, wenn du das Haus auch weiterhin betreust?«, fragte ich mit kritischem Unterton.

»Ich kann dir versichern, Großvater Wendelin: Dein Gasthof ist in besten Händen.«

Ich verbarg mein Lächeln hinter einem künstlichen Husten. Außerdem war es an der Zeit, meinen Plan weiterzutreiben.

»Gib mir etwas Zeit, mich zu fangen«, hüstelte ich. »In meinem Alter ist jede Anstrengung zu viel.«

Walburga Heckel lächelte. Und ich las in ihrem Blick, dass ihr nichts lieber wäre, als dass mein Husten mich endlich unter die Erde brachte.

»Gerne«, sagte sie und ließ mich endlich allein. Und ich machte mich neugierig, aber auch ängstlich auf den Weg in den Keller.

XVIII

Und ein letztes Mal griffen die Zahnräder der Lebensuhr ineinander und rückten den Zeiger der Ereignisse weiter – auf die Zwölf.
... tack.

Ich stieg die Kellertreppe hinunter und hatte den Eindruck, als bringe mich der Weg in eine andere Welt. Über mir das Bordell. Unter mir nur Ungewissheit. Feuchte Luft, muffig. Mit flachen Händen hielt ich mich an rohen Wänden fest. Und das einzige Geräusch war das Reiben meiner Schuhsolen auf dem Steinboden.

Und mein Herzschlag.

Am Ende der Treppe zeichnete ein Licht die Umrisse einer Tür. *Was wird mich dahinter erwarten?* Ich hatte keine Vorstellung. Aber eines wusste ich: Ich war so weit gekommen, nun blieb mir keine andere Wahl. Ich drehte am Knauf und drückte gegen die Tür.

»Herzlich willkommen im Herzen der Welt.«

Die Stimme war mir fremd. Männlich, jung und überraschend nett hörte sie sich an. Offensichtlich hatte er mich kommen gehört, dachte aber, ich sei Walburga Heckel.

Ich schob die Tür ganz auf. Und tatsächlich: Dies war die Pforte in eine andere Welt. Übermäßig viele Kerzenflammen leuchteten den Raum hell aus, sodass ich die Augen zusammenkneifen musste. Und mich begrüßte das unruhige, ungeduldige, beständige Surren tausender Uhren. Sie hingen an allen Wänden. Taschenuhren, wunderhübsche, winzige und größere, goldene und silberne, mit und ohne Deckel und mit herrlichen Verzierungen, wie ich sie bis dato noch nicht gesehen hatte. Keine Stelle war nicht mit einer surrenden Zeigeruhr bedeckt. Es war, als ob die Mauern aus unzähligen bezahnten Rädern bestünden, die ineinandergriffen und sich bewegten. Und wenn man an all die Einzelschicksale dachte, die an die Uhren gebunden waren, an all die Ereignisse, die Menschen passierten, an Ursachen und deren Wirkung, dann waren auch die Fleischuhren zu einem gigantischen Uhrwerk vereint – über die Zahnräder des Schicksals.

Dieser Raum war ein riesenhaftes Zeigerwerk. Und ich trat mitten hinein.

Und da war er.

Ein Mann saß in einem gepolsterten Hocker. Er beugte sich über einen Tisch, an der Wand darüber hing ein großer Spiegel.

»Das ist also der Hüter des Schicksals«, sagte ich.

Erschrocken fuhr er herum und sprang auf die Beine, sodass der Stuhl nach hinten wegkippte und umfiel.

»Wer bist du?«, raunte er.

»Ich bin der, der dich zu Fall bringt.«

Vielleicht waren meiner Worte überzogen? Unüberlegt? Er brach in schallendes Lachen aus.

»Ein alter Mann macht mich zunichte?« Er schlug sich auf die Schenkel. »Weißt du, was das hier ist?« Er deutete auf die Wände. »Das alles? Nein?« Er grinste breit und stolz. »Was du siehst ist jeder Herzschlag, jede Lebenssekunde von hunderten Menschen in Augsburg. Ach, was sage ich: tausenden!« Er warf die Arme nach oben. »Das ist die Zeit. Das Schicksal. Und sämtliche Herzen bleiben stehen, wenn ich mich nicht darum kümmere.«

Jetzt deutete er mit dem erhobenen Zeigefinger auf mich. »Weshalb also sollte mich – Barnabas – jemand zu Fall bringen wollen?«

Daran hatte ich nicht gedacht. Vielleicht war dieser Mann tatsächlich so etwas wie ein Bewahrer der Bestimmung. Die Fleischuhren mussten aufgezogen werden. Wurden sie nicht gespannt, blieben sie stehen – und Leben endeten.

Ich blickte mich mit großen Augen um.

»Wer mich vernichtet, tötet so viele Menschen, wie hier Uhren hängen. Na?«, lachte er. »Habe ich recht?«

Aber nein. So konnte es nicht weitergehen. Diese ganze Sache war schlicht und ergreifend falsch. Es musste einen Weg geben, die Verbindung der Existenzen mit ihren Schicksalsuhren aufzuheben.

Barnabas nahm eine beliebige Uhr von der Wand. Ein kleines Meisterwerk. Zierlich, dünnhäutig.

Und mit einem Mal klang seine Stimme düster und beängstigend. »Ich beweise es dir«, sagte er. Er legte das Schmuckstück auf den Tisch. »Ist es dein Dasein, das an dieser Uhr hängt? Na? Was denkst du?«

Zahnräder, Uhrwerke, Fleischuhren – das waren seine Waffen …

Er wollte mir Angst machen. Angst um mein Leben. Was er nicht wusste, war, dass ich im Besitz meiner Schicksalsuhr war. Selbstsicher und unüberlegt schüttelte ich den Kopf.

Zu spät kam mir der Gedanke, Barnabas könnte dieser Uhr trotzdem etwas antun – und damit dem Herzen, das an der Uhr hing.

Er holte aus.

»Nein!«, brüllte ich.

Wenn die Zahnräder des Schicksals ineinandergreifen und dir der Schicksalsspiegel eine Lektion erteilt …

Barnabas schlug, so fest er konnte, mit der Faust auf die winzige Taschenuhr. Ihr Gehäuse sprang auseinander. Zahnräder wirbelten durch die Luft. Und ich hörte Messingbauteile, Rädchen, Schräubchen und klitzekleine Achsen auf den Boden fallen.

In derselben Sekunde starb irgendwo ein Mensch. Einfach so. Aus und vorbei.

»Nein …«, jammerte ich.

Wenn die Zahnräder des Schicksals ineinandergreifen und dir der Schicksalsspiegel eine Lektion erteilt …

Ich fühlte mich hilflos. Ausgeliefert. Was hatte ich mir nur dabei gedacht, hierherzukommen? Hatte ich überhaupt einen Plan? Oder war das alles doch nur ein sinnloses Himmelfahrtskommando?

*

»Hörst du das?«, rief Barnabas aufgeregt. »Hörst du, wie ihre Herzen schlagen?«

Dieser Kerl war absolut wahnsinnig, soviel war klar. Und er verfügte über die dunklen Mächte, die nötig waren, um Fleischuhren herzustellen.

»Lass die Menschen frei«, bat ich. Was Besseres fiel mir nicht ein.

»Sie *sind* frei. Es ist *meine* Freiheit. Die Zähne haken sich bei mir ein. Ein wundervolles Gefühl. *Ich* bin das Schicksal. Das Herz der Welt liegt zu meinen Füßen. Jeder Herzschlag ist mit mir vereint. Tick, tack. Tick, tack.«

Und ich dachte mir: *Wenn dieser Mann die Quelle der Teufelei ist, muss es eine Uhr geben, die mit seinem Herzen verbunden ist. Nur so kann sein Leben der Mittelpunkt aller Zeigerwerke sein.*

Und im selben Augenblick, als ich darüber nachdachte, welche Uhr die richtige sein könnte, passierte etwas Außergewöhnliches ...

Wenn die Zahnräder des Schicksals ineinandergreifen und dir der Schicksalsspiegel eine Lektion erteilt ...

Ein Gesicht blickte aus dem Spiegel heraus. Und ich war mir sicher, ich sah nicht nur in ein geisterhaftes Antlitz, nein. Ich schaute in die Vergangenheit, fünftausend Jahre und mehr, als ich mit Lendenschurz im Urwald lebte und mich mit einem Mädchen in einer Höhle versteckte. Zum zweiten Mal in wenigen Tagen sah ich ihre Gesichtszüge. Es kann kein Zufall gewesen sein. Hier griffen tatsächlich außerweltliche Zahnräder ineinander.

»Thyri«, sagte ich leise zu mir selbst.

Barnabas riss erschrocken die Augen auf. Er verlor mich aus dem Blick und stampfte auf den Wandspiegel zu.

Wenn die Zahnräder des Schicksals ineinandergreifen und dir der Schicksalsspiegel eine Lektion erteilt …

Und schon war das Gesicht verschwunden.

Das gab mir die Gelegenheit, die Chance, mir eine Uhr zu schnappen und sie zu zertrümmern.

Ich hatte kaum Zeit darüber nachzudenken. Trotzdem war ich mir sicher, die richtige Wahl getroffen zu haben. Ohne auf Barnabas zu achten, riss ich das Gerät von der Wand und schleuderte es auf den Boden.

Es war die größte, hässlichste, älteste Taschenuhr, die ich finden konnte. Eine messingfarbene Dosenuhr, ohne Verzierungen, kein Glas über den Zeigern, kein verschließbarer Deckel. Und das Aufziehrad ragte so weit aus der Umhüllung, dass es sich in jeder Manteltasche verhakt hätte. Ein ganz und gar widerwärtiges Teil.

Als der Zeitmesser aufschlug, sprang der Ring ab, der das Gehäuse zusammenhielt. Die Außenhaut bog sich auf, und der Zeiger hüpfte in die Luft.

»Was tust du da?«, keifte Barnabas und warf sich auf mich.

Mein altersschwacher Rücken schlug schmerzhaft auf den Boden. Barnabas packte zu, erwischte meinen Hals und presste seine Hände zusammen. Ich fühlte, wie mein Kreislauf binnen Sekunden zusammenbrach. Ich riss Mund und Augen auf. Japste. Trommelte mit den Fäusten gegen seine Rückseite. Aber meine hundertjährigen Muskeln waren zu schwach. Wie ein Fels hing er an mir fest.

Meine letzte Chance. Knochen – aus mehr bestand ich nicht. Meine einzige Waffe. Ich zog das spitze Knie hoch und traf ihn in den Bauch. Für einen Augenblick ließ er von mir ab. Gerade lang genug, um einen stärkenden Atemzug zu tun. Dann umklammerte er meinen runzligen Hals noch kräftiger und presste beide Daumen gegen meinen Kehlkopf. Er würde ihn brechen, soviel war klar. Auf der Stelle musste ich diesen ungleichen Kampf beenden.

Neben mir lag die offene Dose. Das Herzstück seines Schicksalsuhrwerks. Der Auslöser und Antrieb aller Fleischuhren. So fest ich konnte, wuchtete ich meine Ferse auf das offenliegende Uhrwerk. Zahnräder und Achsen wölbten sich. Das Zeigerwerk hielt an.

Und Barnabas kam ins Stocken.

»Was hast du getan?«, kreischte er verzweifelt und schnappte nach Luft.

An seinem Tonfall erkannte ich, dass ich die richtige Uhr erwischt hatte. Die erste Taschenuhr in einer langen Kette von verhexten Geräten. Die Mutteruhr. Seine Uhr.

»Nein!«, brüllte er. Und seine Stimme überschlug sich. »Das kannst du nicht machen!«

Und auf einmal rissen mich die Räder des Schicksals mit. Als wollten sie nicht aufgeben. Als hätte sich das gigantische Uhrwerk, das Geflecht aus Fleisch, Zahnrädern und Ereignissen, zum Ziel gesetzt, den letzten verbliebenen Schwung mitzunehmen, sich damit weiterzudrehen, komme, was wolle. Und in meiner Vorstellung sah ich einen monumentalen Zeiger, der auf einem Zeigerwerk aus tausenden Zahnrädern steckte, winzige und riesige, grobgezackte und feingliedrige, die alle ineinandergriffen und die den Zeigerkoloss für den ultimativen Schlag vorantrieben. Er wollte noch einmal überspringen. Drückte sich mit aller Kraft gegen den Widerstand. Stockte, blieb hängen und bewegte sich nicht mehr.

Und Barnabas brach zusammen, auf mir, und starb.

*

Dann kamen sämtliche Uhren zum Stehen. Kein Zeiger bewegte sich mehr. Kein Surren. Als ob ein Bienenschwarm weggesperrt wurde. Ich bekam es mit der Angst zu tun, ob mein Herz anhalten würde. Wuchtete den Leichnam weg. Presste die Hand auf meine Brust und lauschte in mich hinein.

Und fühlte, wie es schlug.

Batum. Batum.

Der Fluch war gebrochen.

XIX

19 Jahre war es her, dass ich nach Augsburg kam. Die ganze Zeit über hatte ich das Gefühl, etwas Wichtiges erledigen zu müssen. Aber an diesem Tag, nachdem sämtliche Schicksalsuhren stehengeblieben waren, spürte ich, meine Aufgabe war getan.

Es gab keine Zahnräder mehr, die mich vorantrieben. Ich war frei – mein eigener Herr. Von da an gab es für mich nur noch eins: Ich wollte zurück Richtung Durlach, meinen Teil dazu beitragen, dass es mit dem Aufbau der Fächerstadt *Carols Ruhe* voranging. Die Denkweise der Privilegien *Freiheit, Gleichheit* und *Mitsprache* war mir stets durch den Kopf gespukt. Eine fixe Idee. Ich wusste, dranbleiben würde sich lohnen.

Francisca hatte ich sehr lieb gewonnen. Und glücklicherweise konnte ich sie zum Mitgehen überreden. Es gab nicht viel, das sie in Augsburg hielt. Sie hatte miterlebt, wie ich gealtert war. Aber auch, wie ein geheimnisvoller ewiger Jungbrunnen meinen Körper wieder ins Hier und Jetzt zurückgeholt hatte. Trotzdem stellte sie keine Fragen. Niemals.

Als wir zur Werkstatt liefen, Hand in Hand, musste ich unweigerlich lachen. Es kam mir vor, als spazierte ich geradewegs in ein altes Gemälde hinein. Bei jedem Schritt versank ich kniehoch im Schnee. Der Zugang zur Uhrmacherei war freigeräumt. Und über der Tür hing ein brandneues, gigantisches Schild, das bis zur Straße hin lesbar war:

KUNSTHANDWERK MEISNER

Da hatte sich der Halunke nun doch noch seinen Traum erfüllt, dachte ich mir und stieß die Tür auf.

Konrad saß an seinem Platz, als wäre es nie anders gewesen. Und zu meiner Überraschung hockte seine Nichte Johanna an meiner Werkbank und bastelte an einer Wasseruhr. An der Wand neben ihr war jetzt ein Spiegel befestigt. Ein Friedensangebot? Möglicherweise. Jemand hatte mit dem Finger unleserlich Buchstaben aufs Glas geschmiert.

»Wir machen uns noch heute auf den Weg, alter Freund«, sagte ich, einen Kloß im Hals.

Konrad schnaufte durch, musterte uns und presste die Lippen aufeinander. Dann sagte er: »Passt gut auf euch auf.«

Ich wusste, wie er's meinte. Nicht nur, dass der Weg weit und gefährlich war. Nein. Das Andere war, dass man Barnabas Leiche nicht gefunden hatte. Ein Mädchen, das sich in der Gaststube aufhielt, als ich das gigantische Uhrwerk zu Fall brachte, behauptete steif und fest, ihn gesehen zu haben. Er hätte seinen Mantel angezogen, hätte sich den Hut auf den Kopf gesetzt und wäre einfach gegangen.

Nun fragte ich mich, wie das möglich war. Ich hatte seinen Herzschlag geprüft, das versteht sich von selbst. Und seine Atmung. Er war tot gewesen. Mausetot.

»Klar passen wir auf uns auf. Und ihr zwei: keine Streitereien mehr. Verstanden!«

»Zu Befehl!«, sagte Konrad und beide lachten herzlich. Eigenartigerweise hatte ich das wage Gefühl, Johanna hätte etwas zu verbergen.

Ich hatte viel darüber gebrütet, wie es sein konnte, dass ich Thyris Erscheinung gleich zweimal gesehen hatte; einmal im SCHWABENTANZ und ein weiteres Mal im Wandspiegel. Und ich fragte mich, ob mich der jahrelange Wunsch nach ihr in den Wahnsinn getrieben hatte. Barnabas hatte sie jedoch ebenso erblickt. Ihr Antlitz brachte den Hüter aus der Fassung, sodass ich den Augenblick nutzen und seine Schicksalsuhr schnappen konnte.

Konrad erzählte ich nur so viel: Auch ich hatte jemanden im Spiegel erspäht. Johanna hatte recht. Es gab Gesichter im Spiegel.

Immer wieder frage ich mich: Was wurde aus dem armen Menschen, dessen Fleischuhr von Barnabas zerstört wurde? Mir nichts dir nichts muss er leblos zusammengebrochen sein. Hatte er den Tod verdient? Hatte sein Dahinscheiden möglicherweise sogar vorteilhafte Auswirkungen? Bei diesem Gedanken rebellierte mein Gewissen.

Augsburg lehrte mich, dass Zeitabschnitte nicht exakt messbar sind. Uhren sind in der Lage, ihrem Besitzer zu zeigen, wohin die Reise offenkundig gehen *könnte*. Aber auf die endgültige, faktische Zukunft haben sie ebenso wenig Einfluss, wie ein Hersteller von Spiegeln auf die Reflexion. Zeit ist ein Fluss, dessen Wasser hinter dem Rücken davonfließt. Woher er kommt und was die Strömung mit sich bringt, steht in den Sternen. Und das ist gut so.

An dem Tag, als ich Konrad Meisner zum letzten Mal sah, sprachen wir nicht mehr viel. Der Abschied lag wie ein Fels zwischen uns. Und fraß sich in mein Herz.

Hätte ich mir Zeit genommen, dann wäre mir aufgefallen, dass das Geschmiere auf dem Wandspiegel in der Werkstatt ein Name war. In Spiegelschrift stand dort geschrieben:

irɣdT

Weil die Zahnräder des Schicksals ineinandergriffen und mir der Schicksalsspiegel eine Lektion erteilte …

Hin und wieder führt die Bestimmung die Zahnräder spezieller Ereignisse aneinander, sodass sie ineinandergreifen und sich auf diese Weise gegenseitig beeinflussen können. Auch, wenn die Akteure von diesem Umstand keine Ahnung haben.

Damals bemerkte ich nichts davon. Und so begaben Francisca und ich uns auf eine neue Reise, ohne zu wissen, was die Zukunft bringen würde. Gemeinsam machten wir uns auf den Weg, begleitet vom *Schicksal der Zeit*.

THYRI

Mein Name ist Thyri.
Ich lebe ewig.
Solange ich zurückdenken kann, bin ich auf der Erde.
Ich suche nach meiner Liebe. Und ich suche nach dem Tod.
Gemeinsam werden wir eine Antwort finden auf die Frage:
Wer bin ich?
Ich kann nicht sterben. Ich darf nicht lieben.
Ich bin Thyri.

Spiegelwelten

I

Reichsfreie Stadt Augsburg, 1730 n. Chr.

Was ich zu erzählen habe, ist die ungeheuerliche Geschichte von einer außergewöhnlichen Welt. Die Erzählung von einem Spiegel – zukunftsweisend, unsagbar rein, zauberhaft perfekt und unglaublich schön. Ich muss dazusagen, dass brauchbare Spiegel im Jahr 1730 eher unüblich waren. Wenn Frauen zu jener Zeit ihre Schönheit betrachten wollten, setzten sie sich an einen Bach oder an einen Fluss und sahen hinein. Das reichte für ein verwaschenes Selbstbildnis, vor einem Hintergrund aus Flusskies, Wasserpflanzen, Algen und hin und wieder einmal einer Forelle, die sich zu nah ans Ufer wagte. Den Meisten genügte das. Mir nicht.

Dies ist eine Geschichte der Eitelkeiten – weil Spiegel und die übertriebene Liebe zum eigenen Bild so eng miteinander verwoben sind, wie Blutegel mit der Forellenhaut. Letztlich hat meine Selbstverliebtheit zu dem geführt, was ich zu berichten habe. Und oft frage ich mich, ob es meine Selbstgefälligkeit war, die mich in die reichsfreie Stadt Augsburg gebracht hatte.

Sieben Patrizierfamilien beherrschten zu jener Zeit die Großstadt. Sie machten es durch ihre moderne Weltaufgeschlossenheit möglich, dass die Kunst des Instrumentenbaus sowie die Weberei aufblühten, wie sonst nirgendwo. Auch meine Geschichte nimmt ihren Anfang vor einem Augsburger Webstuhl. Aber der spielt nur eine unbedeutende Nebenrolle.

Alles begann an einem warmen Sommermorgen am Flussufer des Lech nahe den Stadtmauern. Das Ufer fiel steil ab, und ich saß im Gras und ließ die nackten Füße vom angenehm kühlen Flusswasser umspülen. Ohne darüber nachzudenken, betrachtete ich mein ewig jugendliches Gesicht, die langen, blonden Haare und wie das Nass mit jeder Bewegung meine Umrisse verformte. Und meine Gedanken trieben ziellos durch die Jahrtausende. Wie oft war ich schon am Wasser gesessen? In einer anderen Zeit. An einem anderen Ort. Und egal, was die Menschheit auch anrichtete, die Magie dieses Augenblicks war für mich immer dieselbe.

Augsburg war ein schöner Flecken Erde. Das Stadtleben nahm mich in sich auf. Und niemand kam auf die Idee, dass hinter Thyri Glaser, der Ehefrau von Valentin Glaser, frisch vermählt, mehr stecken könnte, als eine genügsame Weberin. Nicht einmal Valentin.

Selbstverständlich machte ich mir so meine Gedanken: Wo würde das alles hinführen? Was wird mein Aufenthalt in dieser Stadt letzten Endes anrichten? Schließlich war ich nicht ohne Grund hier. Mich hatte das starke Gefühl nach Augsburg geführt, dass an diesem Ort zu dieser Zeit entscheidende Fäden zusammenliefen, die mein Schicksal bestimmten. Als wäre die Zeitgeschichte ein gigantisches Uhrwerk und Augsburg der Zahn eines Zahnrades, das mit anderen Rädern ineinandergreifen wollte.

Acht Jahre war ich jetzt an diesem Ort. Den Webstuhl beherrschte ich perfekt. Und seit drei Sommern kannte ich Valentin: den Charmeur, den ewig lächelnden Glückspilz, den lebenslustigen und überaus erfolgreichen Spiegelmacher – meinen Mann. Ich liebte diesen Kerl. Und ich genoss jeden gemeinsamen Tag.

Unaufhörlich konnte ich fühlen, dass dieser Ort sehr wichtig war, auf eine für mich besondere Weise. Ein intensives, aber unangenehmes Gefühl. Erwartung, die wie ein dunkler Fleck auf mir lastete. Und doch blieb ein Tag wie der andere. Und nichts geschah. Nichts, was ein gewöhnliches Menschenleben übertroffen hätte.

Bis zu jenem Tag am Fluss, als ich mit den Zehen im Wasser spielte und mein Bildnis verwischte. Und als ich so naiv war, zu glauben, mein Leben könnte einfach nur simpel und schön sein. Da war das Unheil längst mit großen Schritten auf dem Weg zu mir.

*

Von einer Sekunde zur nächsten war sie da. Ich sah ihr verkrampftes Gesicht, die weit aufgerissenen Augen. Entsetzte Hilflosigkeit unter der Wasseroberfläche. Die Frau strampelte mit den Gliedmaßen. Ihr Kleid wogte geistgleich mit der Bewegung des Wassers. Luftblasen quollen aus Mund und Nase. Sie war am Ertrinken und schien es aus eigener Kraft nicht an die Oberfläche zu schaffen. Und sie sah mich an. Blickte in mein Herz. *Hilf mir. Oh mein Gott. Mein letztes Stündlein hat geschlagen. Ich ersticke. Bitte. Ich flehe dich an. Du, da draußen. Rette mich aus den Fluten, solange es noch nicht zu spät ist.*

Auf der Stelle sprang ich in den Fluss. Eisiges Nass umspülte meine Hüften. Die Strömung zog an meinem Kleid. Ich suchte einen sicheren Stand und fasste sofort nach der Ertrinkenden. Bis zur Schulter steckte mein Arm im Wasser. Ziellos bewegte er sich hin und her. Doch ich bekam sie nicht zu fassen. Meine Hände griffen ins Leere.

Mit einem Mal fragte ich mich, ob mir mein Verstand einen Streich gespielt hatte. Oder hatte die Wasserbewegung das arme Ding längst mit sich gerissen, flussabwärts?

Ich stellte mich aufrecht hin. Das Eiswasser floss über Brust und Bauch. Aber das war mir egal. Ich brauchte nicht lange zu suchen. Mit weit aufgerissenem Mund, als würde sie vergeblich nach Luft schnappen, und mit gigantischen Augäpfeln, die aus dem Kopf zu platzen schienen, gierte ihr Antlitz aus dem Fluss. Und doch war sie außerstande, das kühle Nass zu verlassen. Die letzte Sekunde ihres Lebens. Der Hauch einer Chance, sie noch in meine Welt zurückzuholen. Eine Welt der Atmung und des Herzschlags.

Ich musste sie zu fassen kriegen. Auf der Stelle.

Wieder stach ich ins Wasser. Ich sah sie. Wusste genau, wo sie war. Verfehlen unmöglich. Und dennoch konnte ich nicht nach ihr greifen. Es schien, als fuhr meine Hand durch ihren Körper hindurch. Als sähe ich ihr Spiegelbild auf der Wasseroberfläche, obwohl sie gar nicht da war. Wie ein körperloser Geist.

Ihr sterbender Blick versetzte mich in Panik. Mit meiner ganzen Willenskraft und der festen Überzeugung, dass die Frau wahrhaftig unter mir im Wasser treibt, packte ich zu.

Endlich bekam ich ihre Haut zu spüren. Ihr Haar wischte über meine Finger. Meine Hand umfasste ihren Hals, als wolle ich sie erwürgen.

Im selben Augenblick durchfuhr mich ein ungutes Gefühl, wie ein Schlag. Ich spürte ihre Anwesenheit und doch war es, als fasste ich in eine andere Welt. Mein Arm schien mit einem Mal nicht mehr Teil meines Körpers zu sein. Sämtliche Emotionen, gute wie schlechte, waren plötzlich abgestellt. Nicht nur gefühlstaub, nein. Nie da gewesen. Und mit einem Mal überkam mich die Angst, mein Arm könnte schmerzlos abgetrennt worden sein.

Erschrocken zog ich ihn zurück, betrachtete meine Hand. Das Flusswasser plätscherte um meine Taille. Und ich spürte die Kälte an den Fingern und die Nässe auf der Haut.

Ich richtete meinen Blick auf das Bildnis der Frau im Wasser. Sie schien bewusstlos. Und ihr Körper schwebte unheimlich von mir weg. Ihre Hand schleifte über den Kies am Grund des Flusses. Ich war wild entschlossen, sie endlich aus ihrer hilflosen Lage zu retten.

Erneut stieß ich den Arm ins Flusswasser. Doch ich bekam sie nicht zu fassen. Ihre Gestalt drehte sich um die eigene Achse, der Arm löste sich vom Bodengrund und die Strömung nahm sie mit.

Verzweifelt streckte ich beide Arme nach ihr aus. Ich bin mir sicher, auf diese Weise hätte ich sie zu fassen bekommen müssen. Aber wieder langte ich durch sie hindurch, als wäre da nur die Spiegelung eines leblosen Frauenkörpers. Und wenn meine Unterarme ins Wasser eintauchten, verschwamm ihr Bildnis mit der Unruhe der Wasseroberfläche.

Hilflos blickte ich hinterher, wie ihr Körper, ihr Kleid, ihr Haar mit der Strömung verschwand. Ich hatte ihr beim Sterben zugesehen. Und jetzt war da nur noch ihre Leiche, die sich von mir wegbewegte.

Und als nichts mehr von ihr zu sehen war, stand ich atemlos und tropfnass mit beiden Beinen im Fluss und fragte mich, was da gerade eben geschehen war …

II

1753

Wundervolle Jahre lagen hinter uns. Viel zu schnell waren sie vorbeigezogen. Kinder hatte uns das Schicksal vorenthalten. Valentin war stets ein tüchtiger Geschäftsmann gewesen. Und überaus erfolgreich im Verkauf von Spiegeln aus eigener Herstellung.

Wir zogen in eines der elegantesten Häuser in den Heilig Creutz Gassen, wo außer uns nur Händler und der Klerus wohnten. Und weil es uns so gut ging, hatten wir sogar Dienstmädchen und Küchenhilfen angestellt.

Schon früh begriff Valentin, dass mit mir etwas nicht stimmte. Während seine Lebenszeit wie eine Tomate in der Mittagshitze dahinsiechte, blieb ich immerfort jung und gesund. Trotzdem stellte er keine Fragen. Er liebte mich, so wie ich war und nannte mich sein ruheloses Äpfelchen. Und als erster Klatsch und Tratsch über meinen ewigen Jungbrunnen aufkam, entließ er sämtliches Personal, um mich zu schützen.

»Die brauchen wir nicht, Äpfelchen«, hatte er zu meinem überraschten Gesichtsausdruck gesagt. »Das schaffen wir auch allein.«

Valentin erreichte sein 64. Lebensjahr, was zu jener Zeit beinahe an Hexerei grenzte. Er war überzeugt, seine auf wundersame Art jugendliche Ehefrau hielt ihn fit.

Ich erinnere mich noch, dass an diesem Tag die Alte zum ersten Mal ins Haus kam. Schon damals hatte ich ein ungutes Gefühl. Ich hätte verflucht noch mal auf meine Ahnung hören sollen. Und auf die Worte meines Mannes. »Ich will das Weib hier nicht sehen«, schimpfte er.

»Aber *du* wolltest doch, dass dir Frau Bärlind Brexel zur Hand geht.«

»Wollte ich das?« Seine Stimme klang eher zynisch als einsichtig.

Immer öfter kam es mir so vor, als ob sein Verstand mit jedem Lebensjahr schrumpfen würde, während seine Sturheit munter wuchs. In Wahrheit war es *seine* Idee gewesen, die Brexel einzustellen, weil er sich den Hintern nicht mehr allein waschen konnte, ohne dass sein Rücken schmerzte. Nur das wollte er jetzt nicht zugeben.

»Was soll das, Valentin? Du hast sie längst unter Vertrag genommen. Gib ihr eine Chance.«

»Ich hätte es wissen sollen«, maulte er mit sich selbst. »Die Weiberwelt hat sich wieder einmal gegen mich verschworen.«

Eigentlich hätte mich sein Verhalten ärgern müssen. Aber irgendwo in seinen Worten, mit Gram erfüllt und mit schlechter Laune überzogen, hörte ich die Stimme des Mannes, in den ich mich einst verliebt hatte. Darum lächelte ich und strich liebevoll über seinen Rücken.

*

Schon bald, nachdem ich Valentin vor 26 Jahren kennengelernt hatte, ließ ich die Arbeit am Webstuhl sein und beschäftigte mich mit der Herstellung von reflektierenden Glasflächen. Warum?

Weil mir der Schicksalsspiegel eine Lektion erteilen wollte.

Die Vorstellung, die Welt in den Spiegelungen ein zweites Mal sehen zu können, faszinierte mich. Und als das eigenartige Geistermädchen in der Spiegelung des Wassers ertrank, war ich dem Thema vollends verfallen.

Der älteste Spiegel der Menschheit dürfte eine mit Wasser gefüllte Schale gewesen sein. Sie zeigte das eigene Bild, wie die Reflexion auf der Wasseroberfläche eines Wasserlaufs. Mit einem breiten, dunklen Gefäß ließen sich auch damals durchaus recht gute Resultate erzielen.

Doch schon bald ging man dazu über, metallene Oberflächen zu polieren, bis darauf ein Selbstbild zu erkennen war. Nicht selten hatte ich mich früher in sogenannten Bronzespiegeln betrachtet.

Valentin hatte mir einmal erklärt, dass man früher Spiegel aus Obsidian geschaffen hatte. Stundenlang wurde der Stein mit Sand, Lehm und Wasser poliert, bis man sich auf der glatten Fläche betrachten konnte.

Die alten Griechen versahen ihre Gläser der Eitelkeiten oftmals mit einem Handgriff oder einem Standbein und machten sie dadurch zu alltäglichen Gebrauchsgegenständen. In Rom gab es hübsch verzierte Klappspiegel, so klein und handlich, dass sie in eine Tasche passten.

Die ersten Spiegel, deren reflektierende Oberflächen den heutigen ebenbürtig waren, entstanden im 14. Jahrhundert. Man blies eine Kugel aus Glas und brachte Metalllegierungen ins Innere der Glaskugel ein, noch während das Material glühte. Durch das Zerteilen erhielt man wundervolle, konvexe Spiegelflächen, die man weiterverarbeiten konnte.

Heute war Valentin schlichtweg zu alt, um selbst Spiegelgläser herzustellen. Ich ging ihm zur Hand. Oder besser: er mir. Aber davon wollte er nichts hören.

Ein fertiger Spiegel bestand aus einer Glasscheibe, auf der mit einem langwierigen und empfindlichen Verfahren fließfähiges Quecksilber aufgebracht wurde. Mein Mann baute aus Holzlatten und einem Zinnblatt einen Rahmen, der auf einem speziell dafür vorbereiteten Werkstatttisch lagerte. Das flüssige Metall verstrich er mit einer Hasenpfote. Überflüssiges Material lief in eine Rinne ab. Zuletzt musste das frische Spiegelglas zwanzig Tage unangetastet lagern.

Spannend wurde das Abnehmen der Glasplatte vom Tisch. Ein Donnerschlag genügte und vier Wochen Arbeit waren dahin.

Auch im Jahr 1753 gab es noch Menschen, die Spiegel für Hexerei hielten. Und wenn ich über die Zeit von damals nachdenke, wie ich stundenlang mein Spiegelbild betrachtete, die Zeit vergaß und mich in meinem Ebenbild verlor, muss ich sagen: Spiegel sind magisch. Und gefährlich. Aber Hexenwerk wurde daraus erst, als Bärlind Brexel in unser Haus kam …

III

Da war die Sache mit den Spiegeln.

Wir gewöhnten uns schnell an die neue Haushaltshilfe. Sie war fleißiger, als wir erwartet hatten: Wäsche, Küche, sie reinigte den Kamin und ich musste mich nicht mehr um Valentins Hintern kümmern. Es war, als hätte man sie für uns geschaffen. Zu gut.

Denn da war die Sache mit den Spiegeln.

Anfangs redete Frau Brexel davon, sie habe noch nie so wundervolle Spiegel gesehen. Sobald sie eine reflektierende Oberfläche sah, fuhr sie mit der Handfläche sorgsam übers Glas. Ihre Augen glänzten, sie atmete ein wenig zu schnell und ich hatte das Gefühl, als ob sie in Gedanken in einer anderen Welt verschwand. Ihre Sätze kamen ins Stocken, und sie verschluckte gedankenlos ganze Worte.

Sie hatte Ehrfurcht vor den Spiegeln.

Und ich fand, sie stellte zu viele Fragen: Sie wollte alles wissen über Reflexionen, wie sie geschaffen werden und wie sie funktionierten. Sie horchte Valentin regelrecht aus und nickte zustimmend. Aber irgendwie hatte ich stets das Gefühl, dass sie an seinen Ausführungen zweifelte.

Heute weiß ich, Bärlind Brexel kannte die Wahrheit. Und ihr ehrfurchtsvoller Blick in eine andere Welt war ein Blick durch den Spiegel ...

*

Und dann, Schritt für Schritt, führte mich der Spiegel des Schicksals näher und immer näher heran an mein wahres Spiegelbild ...

Heute wollten wir ins Wirtshaus. Ich liebte Winterabende im SCHWABENTANZ. Wenn die Stube voll war wie ein Rattennest, es nach süffigem Wein, erfrischendem Bier, würzigem Gemüseeintopf und krossem Braten roch, dann konnte man dort ausgelassen tanzen und feiern. Valentin hatte mich auf den Geschmack gebracht. Heute war er nicht mehr in der Lage, das Tanzbein zu schwingen. Darum gingen wir nur noch selten in dieses Gasthaus.

Zuvor machte ich mich hübsch. Ich kramte ein schneeweißes Kleid aus dem Schrank, dessen Stoffe wie ein Bachlauf den Körper umschlossen. Es roch herrlich nach Rosenblättern. Ich bedeckte die Schultern mit einem kirschroten, wärmenden Tuch und setzte einen ausladenden Hut auf, um den echten Schnee fernzuhalten. Dann betrachtete ich mich im Standspiegel in der Stube, der so groß war, dass er einen Menschen ganz zeigen konnte. Ich schob kess die Hüfte zur Seite, machte einen Ausfallschritt, zwinkerte mir zu und fühlte mich hübsch.

Ich bemerkte nicht, wie die Brexel den Raum betrat. Und auch nicht, wie sie unangenehm nah an mich herantrat. Darum erschrak ich umso mehr, als sie mir unverhofft einen Satz ins Ohr flüsterte, der sich anhörte wie eine verwunschene Zauberformel:

»Tausend Jahre für eine Schönheit wie dich.«

Ich riss den Kopf herum und sah ihr in die Augen. Und für den Bruchteil einer Sekunde entdeckte ich Hass und Hinterlist.

Aber schon im nächsten Augenblick lächelte sie wieder; ihre Augenfältchen, ihre Mundwinkel, ihr ganzes Gesicht. Und ich war mir sicher, mich zuvor verguckt zu haben.

Tausend Jahre, dachte ich. *Wer außer mir kannte solche Dimensionen?*

»Was meinen Sie damit?«, wollte ich wissen.

Mit beiden Händen drehte sie meinen Kopf herum, sodass ich in den Spiegel schauen musste. Dann strich sie über das Kleid.

»Nur so eine Redensart«, tat sie ihr Gesagtes ab. »Sie sind wunderschön, Frau Thyri.«

»Dankeschön.« Ich fühlte mich geschmeichelt. »Ich trage es normalerweise nur zu besonderen Anlässen.«

»Es ist nicht nur das Gewand«, sagte sie und legte ihre Finger von hinten an meine Wangen. Sie richtete meinen Kopf gerade und streifte mit den Fingerkuppen zärtlich über meine Wangenknochen. »Sehen Sie genau hin.« Ihr Atem roch übel. Und die ungewohnte Nähe fühlte sich unangenehm an.

Trotzdem konzentrierte ich mich auf das Gesagte. Ja. Ganz passabel, was ich da sah. Meine Haut war jugendlich glatt. Mir war klar, dass dies auf meine besondere Gabe zurückzuführen war. Meine Wunden heilten schnell. Und das vor allem, wenn ich starb. Aber nichtsdestotrotz war ich hübsch anzusehen, wie ich fand. Die Rundungen passten. Mein langes, hellblondes Haar fiel natürlich schick über meine Augen. Und wenn ich es hochsteckte, dann kamen die Wellen ausgezeichnet zur Geltung. *Vielleicht kann man sogar sagen*, dachte ich mir, *ich bin schön.*

Tausend Jahre gewachsene Schönheit.

»Tausend Jahre für eine Schönheit wie dich«, wiederholte sie. Und ich erschrak, weil ich den Eindruck hatte, als hätte sie den Satz direkt aus meinen Gedanken gestohlen.

Die Worte machten mir Angst. Aber sie trieben auch ein Gefühl von Stolz und Ehrfurcht durch mich hindurch. Es war ein angenehmes Gefühl. Ich blickte in den Spiegel. Ich war schön. Und dieses Kleid betonte meine Eleganz auf geheimnisvolle Weise.

»Ja«, stimmte ich ihr zu, obwohl ich es eigentlich nicht wollte. Und doch fühlte es sich richtig an – wahr.

Zufrieden sah ich an meinem Ebenbild hinunter. Da riss mich ihr schlechter Atem aus meinen Gedanken.

»Bleiben Sie hier, Frau Thyri. Und genießen Sie es«, sagte sie.

»Was?«

»Sie müssen heute nicht ausgehen. Herrn Glaser geht es nicht so gut. Bleiben Sie zuhause und betrachten Sie sich einfach noch eine Weile im Spiegel. Probieren Sie ein paar Kleider an und stellen Sie sich vor, wie Sie von den Männern angehimmelt werden.«

Was sie da von sich gab, kam mir unsinnig vor. Abnorm. Weshalb sollte ich den Abend vor dem Spiegel verbringen? Blödsinn. Der Gestank ihres Atems nahm mir die Luft zum Atmen. Ich fühlte mich eingeengt – in die Enge getrieben.

»Nein!«, meinte ich entschieden. Ich hatte Hunger und ich wollte ausgehen.

Entsetzt wich sie zurück. Sie machte große Augen, traute sich aber nicht zu widersprechen.

Heute Abend werde ich in den SCHWABENTANZ gehen, sagte ich mir. *Und ich werde mich amüsieren.*

Wenn ich mich da mal nicht getäuscht hatte ...

IV

Der Weg zum SCHWABENTANZ dauerte ewig. Zumindest kam es mir so vor. Ich rieb die eisigen Hände aneinander und musterte Valentin, der beinahe ständig müde zu sein schien. Immer wieder hielt er sich mit schmerzverzerrtem Gesicht den Kopf. Und sein Husten war noch nie so schlimm gewesen. Wenn ihm die Luft nicht mehr reichte, mussten wir ihm unter die Arme greifen und ihn stützen.

Aber sobald er zu Atem gekommen war, schimpfte er: »Nehmt eure verflixten Hände von mir. Noch brauche ich keine Weiber zum Gehen.« Dann schubste er uns beiseite und wankte voraus. Und ich dachte mir: *Wie unglaublich alt er doch schon geworden ist.*

In so einem Augenblick nahm mich die Brexel zur Seite und meinte, dass es nicht gut stehe um meinen Mann. Der Husten – sie kenne das. Außerdem fielen ihm die Zähne aus, und er hatte fortwährend Durchfall. Ich müsse mich damit abfinden, dass ich demnächst allein sein würde.

Ich sagte dazu nichts. Aber ich blickte meinem geliebten Ehemann nach und erinnerte mich an längst vergangene Zeiten, als wir noch laut lachend das Tanzbein geschwungen hatten. Und ich schluckte einen überwältigenden Moment der Traurigkeit weg.

Ja, sagte ich mir. *Vermutlich hat sie recht. Dieser Lebensabschnitt ist bald zu Ende.*

Und ich fragte mich, ob das Schicksal wusste, was es tat, als es mich nach Augsburg führte. War ich einer falschen Spur gefolgt? So oder so – meine Zeit mit Valentin war wundervoll gewesen, und ich mochte keinen Augenblick davon missen. Selbst wenn es damit endete, dass ich ihn zu Grabe trug.

*

Als ich die Wirtsstube betrat, krossen Braten roch und Wein; als ich die Musiker auf dem Tisch tanzen sah und die Bratsche hörte, die mich schon etliche Abende in Stimmung gebracht hatte, hob sich meine Laune. Ich stand in der Tür und fragte mich, wie wir es trotz massiver Überfüllung jedes Mal wieder geschafft hatten, einen Platz zu bekommen.

Anna, eine stämmige Bedienung mit dicken Oberarmen und bierbesudelter Schürze, empfing uns mit einem freundlichen Lächeln und den Worten: »Thyri, Valentin! Lange nicht geseh'n.« Ihre strahlenden Augen weckten Erinnerungen an vergangene Zeiten, als mein Mann etliche Jahre jünger und Anna in Augsburg noch neu war. »Wie machst du das nur, Herrgott, Thyri? Keinen Tag älter siehst du aus. Unfassbar.«

»Ganz schön was los hier«, wechselte ich schnell das Thema. »Hast du einen Tisch für uns?«

»Und wenn ich euch einen schnitzen muss!«, sagte sie entschlossen und sah sich um.

Keine fünf Minuten später quetschten wir uns durch die Menge zu einem gemütlichen Tischlein abseits des Trubels. Anna voran, ich mit Valentin an der Hand hinten nach, Bärlind Brexel bildete das Schlusslicht.

Am anderen Ende der Wirtsstube breitete sich eine lange Tafel aus. Stadtbekannte Gesichter reihten sich dort um allerlei Köstlichkeiten. »Ist heute etwas Besonderes los?«, fragte ich neugierig.

»Da feiert der Uhrmacher«, erklärte sie.

»Ach …«, meinte ich und versuchte einen Blick zu erhaschen.

»Setzt euch«, sagte Anna. »Ich bin gleich da.«

Gedankenverloren folgte ihr mein Augenpaar durch die Menge. Die Sache mit dem Uhrmacher kam mir auf eine unergründliche Art und Weise wichtig vor. Als hätte jemand stumm um Hilfe gerufen. Und nun suchte ich den Grund für die Unruhe, die in meiner Brust anschwoll.

Wenn die Zahnräder des Schicksals ineinandergreifen und dir der Schicksalsspiegel eine Lektion erteilt …

Im selben Augenblick sah ich zwischen Köpfen hindurch, hinter einem braunen Ledermantel, das Gesicht eines Mannes im Kerzenschein aufblitzen. Es war nur für den Bruchteil einer Sekunde. Und ich kann heute nicht mal mehr sagen, ob ich ihn wirklich gesehen habe. Meine Brust packte ein unbestimmtes Gefühl, eine vergessene Liebe wiedererkannt zu haben und ließ mein Herz liebevoll poltern. Simon?

Da schob sich Anna direkt zwischen mich und meine Halluzination. Ihr Kleid nahm mir die Sicht, und ihr Rücken holte mich in die Realität zurück.

Wenn die Zahnräder des Schicksals ineinandergreifen und dir der Schicksalsspiegel eine Lektion erteilt …

Ich drehte den Kopf hin und her, stellte mich auf Zehenspitzen und versuchte, um Anna herumzusehen. Aber da war nichts.

»Setz dich«, befahl Valentin. »Es ist Zeit.«

Entgeistert sah ich ihn an.

»Was ist los?«

»Haben Sie einen Geist gesehen?«, fragte Bärlind Brexel.

Ja, sagte ich mir. *Ich habe wahrhaftig einen Geist gesehen. Einen uralten.*

244

Ich sah mich um. Schloss die Augenlider. Öffnete sie wieder. Mein Verstand hatte mir einen Streich gespielt. Da war ich mir sicher.

*

»Jetzt geht es mir schon besser«, behauptete Valentin nach einem kräftigen Schluck Bier und einem noch kräftigeren Hustenanfall, der in jedem Wort nachröchelte.

Mich hatte die ungewöhnliche Sichtung in eine andere Zeit zurückgeworfen. Und in eine längst vergangene Welt. Darum antwortete ich nur gedankenlos mit einem: »Schön.«

»Schön?«, platzte es aus der Alten heraus, »SCHÖN? Das ist doch nicht schön?!«

Ich achtete nicht auf sie. Stattdessen dachte ich darüber nach, ob es einen besonderen Grund für meine Reise nach Augsburg gegeben hatte. Hatte das Schicksal seine Finger im Spiel gehabt, oder bildete ich mir das alles nur ein? Womöglich wartete ich seit Jahrzehnten auf einen Wink, der niemals kommen würde?

Ich erinnerte mich zurück an das Jahr 1710. Bis zu Helenas Tod hatte ich in Wien gelebt und arbeitete dort als Schneiderin. Die ausgefallenen Stoffe bezogen wir aus Augsburg, deren Webkünste anno dazumal legendär waren. Nachdem meine langjährige, liebe Freundin von uns gegangen war, empfand ich es als eine Pflicht, der Fährte des Schicksals, dem Ruf der Weberstadt zu folgen.

Doch bis zu meiner Ankunft in der reichsfreien Stadt sollten noch zwanzig Jahre vergehen. Ich musste die offenen Aufträge abschließen, Kontakte über Lieferanten nach Augsburg herstellen, Helenas Schneiderei verkaufen und meine sieben Sachen packen, wie man so schön sagt.

»Wie wäre es, wenn Sie sich um Ihre Angelegenheiten kümmern würden?«, polterte Valentin.

»Sie sind meine Angelegenheit«, schimpfte die Alte. »Frau Thyri. Sagen Sie doch auch was dazu!«

Dezent überhörte ich das Gestreite. Anna war mittlerweile aus dem Blickfeld verschwunden. Ich machte einen langen Hals und versuchte zu erspähen, wen ich an der Tafel des Uhrmachers sitzen sah.

»Was?«, fragte ich in Gedanken.

Abgesehen von dem Vorfall am Fluss, vor 23 Jahren, waren keine ungewöhnlichen Dinge mehr geschehen. Möglicherweise war es ein Irrglaube gewesen, das Schicksal hätte mich hierhergeführt.

Aber Simons Antlitz hatte so echt ausgesehen …

Am anderen Ende der Stube wurde laut gelacht. Endlich war die Sicht frei, da lief schon wieder jemand vor meine Augen. Die fixe Idee, Simon könne wahrhaftig dort sitzen und mitfeiern, war bizarr. Und dennoch ließ sie mir keine Ruhe. Ich konnte nicht widerstehen. Ich musste aufstehen und nachsehen.

Im selben Augenblick explodierte am Tisch des Uhrmachers ein heranwachsendes Fräulein wie ein ausrangierter Dampfkessel. Wutentbrannt sprang sie auf und kreischte hysterisch: »Ich habe jemanden im Spiegel gesehen. Punkt. Du bist ein riesengroßer, widerlicher HUNDSFOTT!«

Sofort wurde es still. Die Musiker hörten auf zu spielen. Das ganze Wirtshaus schien für einen Wimpernschlag die Luft anzuhalten. Und die junge Frau rannte weinend zum Ausgang. Sie rieb sich die Augen, stieß an die alte Brexel, dann rempelte sie gegen Anna, die mit unserem Essen beladen war. Knusprige Schwarte, duftende Rosmarinkartoffeln und heiße Biersoße gingen auf Valentin hernieder und verteilten sich auf seiner Brust und über seinem Schoß.

Der Abend war gelaufen.

Das Mädchen flüchtete geradewegs aus dem Wirtshaus. Und wir beendeten den Besuch, indem wir Valentin reinigten, soweit es möglich war, und uns ohne etwas im Magen auf den Nachhauseweg machten.

Ich fragte mich, wieso die Brexel nicht auf ihrem Hintern saß, als die junge Frau durch die Stube lief. Heute weiß ich, dass nichts an diesem Abend dem Zufall überlassen war – nichts …

V

Ich kann nicht genau sagen, wie viele Tage vergangen waren, seit unserem missglückten Abend im SCHWABENTANZ. Es passierte alles sehr schnell. Einmal ging es Valentin schlechter, dann wieder besser. Urplötzlich fiel ihm die Tasse aus der Hand, und aus heiterem Himmel fürchtete er sich vor dem Zubettgehen. Doch am befremdlichsten für mich war, als er unverhofft aus einem Wutanfall heraus bitterlich zu weinen begann.

Und schließlich, völlig unerwartet, fand ich mich in seinem Totenzimmer wieder.

Ich halte nichts von menschlichen Traditionen und Ritualen. Brauchtümer kommen und gehen mit den Völkern und ihren Religionen. Und doch habe ich erlebt, dass in manchen Situationen stark verwurzelte Riten eine enorme Hilfestellung darstellen können.

Krankheit und Tod lauerten zu jener Zeit an jeder Ecke. Trotzdem waren die Menschen hilflos und überfordert, wenn sie sich mit dem Tod auseinandersetzen mussten. Insbesondere für den Fall, dass es sich um einen geliebten Mitmenschen handelte. Es war ein Leben mit der ständigen Angst, nicht in den Himmel zu kommen. Hier lieferten Rituale Fäden, an die man sich halten konnte. Auf diese Weise brachten sie Sicherheit und Stabilität in unsicheren Tagen. Das galt auch für mich.

Valentin hatte vergangene Nacht seinen letzten Atemzug getan. Und als die Brexel heute Morgen seinen Leichnam friedlich im Bett liegend fand, öffnete sie das Fenster – denn die Seele musste ungehindert entweichen können. Dann kam sie zu mir in die Stube, zerstreut, aufgeregt, heulend.

Nun war es meine traditionelle Pflicht als Ehefrau, Augen und Mund des Verstorbenen zu schließen, um der Seele den Weg zurück in den Körper zu versperren. Es könne sonst ein Wiedergänger aus ihm werden, dachte man. Interessanterweise war niemand in der Lage mir zu sagen, was ein Wiederbeseelter war. Aber jeder fürchtete sich davor.

Gedankenlos nahm ich etwas Stroh von meinem Schlafplatz und legte es neben seinem Bett auf den Boden, weil es Tradition war. Damit verschaffte ich mir Zeit zum Nachdenken und zum Sammeln meiner Gedanken. Mein gewohntes Leben war vorbei. Alles würde sich von heute an ändern. Und ich konnte nur noch für einen würdigen Abschluss sorgen.

Valentins Leichnam fand ich unheimlich. Ich mochte nicht hinsehen. Aber sein Mund wollte einfach nicht geschlossen bleiben. Immer wieder drückten Gase aus dem Körper die blauen Lippen auseinander. Er hauchte es aus, als wollte er jeden Moment nach Luft schnappen. Dann wartete ich einen Augenblick und drückte das Kinn kräftig nach oben. Das Fleisch fühlte sich kalt an.

Ich stellte fest, dass eines der Leintücher außergewöhnlich gut erhalten war. Ich hatte es stets in der Truhe belassen, nach unten geordnet, für einen besonderen Anlass. Und nun war er da. Ich hatte das eigenartige Gefühl, als hätte ich auf diesen Tag gewartet. Ich schüttelte das Laken über das Stroh, weil man es so tat. Dann verteilte ich darauf ein wenig Kaminasche. Das Tuch wurde zum Büßertuch. Der Strohteppich zu Valentins Totenbett.

Wieder blieb mir der Blick auf den Leichnam nicht erspart. Der Mund stand abermals weit offen. Als wollte die sterbliche Hülle ihre Seele zurück. Ich ignorierte es einfach.

Nun, besagte das Ritual, musste der tote Körper gewaschen und in ein Leintuch gehüllt werden – das Leichentuch. Und ich fragte mich, ob ich auch dafür schon unbewusst eines in der Truhe reserviert hatte?

Die Zeit war gekommen, sich der eigenen Vergänglichkeit bewusst zu werden. Erst wenn die Leiche in das Tuch gewickelt auf dem Boden lag, durfte ich zur Ruhe kommen.

Morgen würde der Leichnam im Beisein des Pfarrers unter dem Klang der Totenglocke zur Kirche getragen. Ganz Augsburg kannte die Stimme dieser Glocke. Von überall her würden sie der Prozession folgen. Und zuletzt würden Valentins sterbliche Überreste zur letzten Beschau im Gotteshaus aufgebahrt werden.

Ich schob das Kinn hoch und lauschte einem Luftzug, der durch den Po entwich. Ich roch Urin und Kot, die aus dem Körper flossen. Er musste entkleidet werden. Allein würde ich das nicht schaffen. Ich rief nach Frau Brexel. Auf diese Art gab ich ihr die Gelegenheit, meinem Mann einen allerletzten Dienst zu erweisen.

Ich klappte die Decke weg.

Da sah ich den Fleck.

So groß wie ein Arm und silbern.

Ich erinnerte mich an einen Tag in einer weit zurückliegenden Vergangenheit. Valentin erklärte mir, wie das Quecksilber mit der Hasenpfote vorsichtig auf die Glasscheibe aufgetragen werden musste. *Vorsichtig* war das wichtigste Wort dabei. Es durfte, um Gottes Willen, bloß kein Tropfen daneben gehen. Das Zeug sei nicht nur teuer, sagte er, sondern giftig noch dazu. Sämtliche Spiegelmacher, die sorglos damit umgegangen waren, seien bereits tot.

Und nun war da diese Stelle unter der Decke, die aussah wie ein gigantischer Quecksilberunfall.

Der Fleck.

Und ich wunderte mich, ob Valentin im Alter seine eigenen Regeln außer Acht gelassen hatte. Im selben Augenblick platzte die Brexel herein und riss mich aus meinen Gedanken.

»Dann packen wir's an, Frau Thyri. Drehen wir ihn um …«

Und ich sah, dass sein Mund längst wieder offen stand …

VI

Was zu tun war, war zu tun. Zu viele tote Menschen hatte ich schon gesehen. Für mich war ein Leichnam nur ein Objekt – Fleisch, ohne Bezug, ohne Emotionen. Ein Verbund von Körperzellen, die weiterleben wollten. Bald würde ihnen die Energie ausgehen. Dann würden sie sterben, den Zellverbund auflösen, sich zersetzen.

Trotzdem verabschiedete ich mich in Gedanken von Valentin, meinem geliebten Ehemann, während wir den Körper wuschen. Der gütige Mann. Der lachende Kerl. Der, für den mein Herz ein Menschenleben lang brannte.

Als wir die grausige Arbeit hinter uns hatten, war ich erleichtert. Valentins sterbliche Hülle lag ins Leichentuch gewickelt auf dem Büßertuch. Zeit durchzuatmen. Zeit zu weinen.

*

Ich zog mich in die Stube zurück. Wollte für mich sein. Meinen Gedanken nachhängen. Ich stellte mich vor den großen Standspiegel. Und ich fragte mich, wer ich eigentlich war.

Wer bist du, Thyri, dass du dachtest, es könnte ewig so weitergehen?

Mein Gesicht sah ausgezehrt aus. Müde. Und der Tod meines Mannes hatte mir meine Identität genommen.

Menschen sterben. Es ist töricht, etwas anderes zu denken. Das war immer so, und es wird auch immer so sein. Also tu nicht so erstaunt!

Ich wollte es nicht wahrhaben, sagte ich mir. *Weil es schön war, eine Ehefrau zu sein. Ein Mensch zu sein.*

Ich sah meinem Spiegelbild tief in die Augen.

Aber du bist kein Mensch!

Eine Träne lief über meine Wange.

Was bin ich dann?

Meine Gedanken drehten sich ziellos im Kreis. Und die Erinnerungen an Freunde, Familie, Kinder, in allen Zeitaltern, Gräueltaten, Magie, Mysterien und an unzählige Tode schossen mir durch den Kopf.

Du bist ein Monster!

Ich erschauderte vor der Gewalt meiner eigenen Ansichten.

Da flüsterte mir eine Stimme ins Ohr: »Tausend Jahre für eine Schönheit wie dich.«

Ich erschrak.

»Was?«

Bärlind Brexel stand hinter mir, den Blick auf mein Spiegelbild gerichtet.

»Sie sind eine wunderschöne Frau, Thyri. Und Sie sind noch jung.«

Ich konnte mit ihrem Gerede nichts anfangen.

»Frau Brexel. Mein Mann ist heute gestorben.«

»Das weiß ich doch«, tröstete sie mich und legte ihre Hände auf meine Schultern, wie eine Freundin es tun würde. Ich zuckte zusammen. Ich empfand ihre Berührung einfach nur als abstoßend.

»Ich möchte bitte für mich sein«, entgegnete ich und wand meinen Körper unter ihren Händen.

»Aber Frau Thyri. Sie werden allein sein, mehr als Ihnen lieb ist.« Sie hielt mich fest, sodass ich in den Spiegel sehen musste. Ihr Gerede fand ich beleidigend.

»Und eben deshalb«, meinte sie, »möchte ich, dass Sie sich einmal selbst betrachten. Sehen Sie sich Ihr Bild in diesem Standspiegel an, als wäre es eine andere Person.«

Ich verdrehte die Augen.

»Bitte«, sagte sie mit Nachdruck.

Ich ließ die Arme hängen. Resignierte. Die Spannung entwich aus meinem Körper. Dann richtete ich den Blick auf mein Spiegelbild.

Und sie fragte: »Was erkennen Sie, Frau Thyri?«

Ich sah die Alte, wie sie mir über die Schulter blickte.

»Ich sehe Sie und mich.«

»Nein«, entgegnete sie, »das meine ich nicht. Betrachten Sie Ihr Bild und stellen Sie sich dabei vor, es handle sich um eine fremde Frau. Was sehen Sie? Oder besser: Wen sehen Sie?«

Ich spielte das Spiel mit. Nur, damit sie mir endlich meine Ruhe ließ. »Ich sehe eine Frau mit traurigen Augen.«

»Das ist korrekt. Beschreiben Sie ihr Aussehen.«

»Sie ist jung …«

»Jung, ja«, warf sie ein.

»… und sie ist gutaussehend.«

»Richtig.«

Ich stellte mich gerade hin und streckte die Brust raus.

»Und sie ist … ist …«

»Ja?«

»Diese Frau ist stattlich.«

»Stattlich«, bestätigte sie. »Ja, das ist sie.« Unsere Augen tasteten musternd über mein Spiegelbild. Dann wies sie mich an: »Und jetzt stellen Sie sich vor, diese Frau würde ein schönes Kleid tragen.«

Sofort kam mir mein Gewand in den Sinn, das ich zu besonderen Anlässen getragen hatte.

»Was denken Sie?«, wollte sie wissen. »Würde diese Frau im Spiegelbild damit noch besser aussehen?«

»Ja«, sagte ich. Und ich dachte: *Ja, ja. Auf jeden Fall.*
Ein Fehler.

»Ich sage Ihnen, Frau Thyri. Diese Schönheit im Spiegel, mit der wunderhübschen Kleidung – sie hat ihr Leben noch vor sich.«

Ich hatte das Bild vor meinem inneren Auge: ich, das Kleid, die Haare zurechtgemacht und glänzende Schuhe dazu.

»Diesem Mädchen liegen die Männer zu Füßen«, schwärmte sie. »Ach, was sage ich. Das Königreich liegt ihr zu Füßen, wenn sie das will.«

Und mit einem Mal sah ich nicht mehr nur mein Ebenbild in der Reflexion, nein. Ich sah eine bildhübsche, beeindruckende, bewundernswerte Ausgabe von mir. Und hinter mir junge Kerle, die darauf warteten, dass ich mich mit ihnen abgab. Fürsten, Könige, die ganze Welt. Ich fühlte mich großartig. Und ich ertappte mich dabei, wie ich sogar ein wenig lächelte.

... obwohl ich eben noch den Leichnam meines Ehemanns gewaschen hatte.

Der Fleck, huschte ein Gedanke durch meinen Kopf.

Brexels Hände hielten mich fest im Griff. Sie drückten mich näher an den Standspiegel heran. Aber auf eine geheimnisvolle Weise mochte ich's. Näher am Spiegel war dichter am Erfolg, Macht, Reichtum. Und ihr Gerede hatte mich hoffnungslos gefangen.

»Sehen Sie die Welt da drüben?«, fragte sie. Zweifellos meinte sie meine Traumwelt. Und ich gebe zu, ich wollte sie erspähen. Weil diese Wunschwelt tausendfach besser war, als der klägliche Rest, der mir in der Realität noch geblieben war.

»Ja«, sagte ich. Und ich hörte Hoffnung und unerwartete Fröhlichkeit in meiner Stimme. »Ja.« Ich war meinem Spiegelbild verfallen.

Und da war er wieder, der unliebsame Gedanke: *Der Fleck! Ja, der Fleck.*

Doch auf einmal brüllte die Alte: »Dann nimm das!« Und der Hass in ihren Worten hätte mich unvermittelt aus meiner Traumwelt gerissen, wenn sie mich nicht gleichzeitig mit einem kräftigen Stoß näher an den Spiegel gewuchtet hätte. Ich stolperte. Und die Brexel gab mir einen weiteren Schubs.

Meine Gedanken sprangen im Kreis: *Valentin hätte niemals einen so großen Quecksilberfleck auf seiner Schlafdecke gehabt. Zahnausfall, Verwirrung, Stimmungsschwankungen ...*

Eigentlich hätte ich gegen das Spiegelglas fallen müssen. Der Standspiegel hätte wanken, umkippen, auf den Fußboden knallen und klirrend zerbrechen müssen. Und mein Spiegelbild hätte in tausend bedrohliche Scherben zerspringen müssen, funkelnd, wie ein Eisregen, die Splitter über den Boden schlitternd.

Aber das passierte nicht.

Stattdessen fiel ich in das Traumbild hinein. Ich stolperte hindurch. Und im nächsten Augenblick sah ich mich aus dem Spiegel herausfallen und zu Boden gehen.

Andersherum.

Mir war, als drehte sich die Welt einmal um die eigene Achse. Aus links wurde rechts und das Licht kam urplötzlich aus umgekehrter Richtung. Und die Kommode, das Bett, der ganze Raum – alles befand sich auf der anderen Seite.

Spiegelverkehrt.

Vor Überraschung fiel ich ungebremst auf die Knie. Ich schrie vor Schmerz. Und ich dachte mir: *Was zur Hölle war da eben passiert?*

Ich drehte mich um. Gerade noch rechtzeitig, um die Alte zu sehen, wie sie einen Holzscheit gegen das Glas des Standspiegels warf.

Es sah aus, wie der Ausblick durch ein Fenster. Das Holz flog direkt auf mich zu. Ich kniff die Augen zusammen und zog die Arme hoch. Und als das Brennholz aufschlug, zersprang das Spiegelglas vor meinen Augen. Die Scherben brachen aus dem Rahmen. Und dann klirrten überall um mich herum Spiegelscherben auf den Boden. Und der Blick in den Spiegel zeigte nur noch die Wand dahinter.

Ein Ansturm von Geistesblitzen flutete meinen Geist: *Husten, Müdigkeit, Durchfall, zittrige Hände und ausfallende Zähne, Angstzustände und Wutanfälle. Der Fleck. Vergiftungserscheinungen!*

Bärlind Brexel hatte Valentin getötet!

Sekunden später war der Spuk vorbei. Und ich stand in einer verdrehten Welt und versuchte zu begreifen, was geschehen war …

VII

Links war rechts und verkehrt herum.

Da war ich nun. In der Stube und doch nicht in der Stube. Verwirrt. Auf dem Boden vor mir die Glasscherben des großen Standspiegels. Entsetzt fixierte ich das zerbrochene Glas. Und ich war überrascht, dass die einzelnen Scherben so gut erhalten geblieben waren – keine kleiner als ein Handspiegel. Mein zweiter Gedanke war, dass ich diesen Umstand sofort Valentin mitteilen musste. Und mein dritter, ein bitterer, trauriger Einfall: dass er längst tot war.

Verwundert stellte ich fest: Ein Blick auf die Spiegelscherben zeigte zwar die Reflexion der Stube mit Tischen, Stühlen und dem hölzernen Fenster, nicht aber mein Gesicht. Ich erschrak und sah mich um. Viele Jahre hatte ich an diesem Ort verbracht. Er war mir unendlich vertraut. Der Geruch von Stroh und der von Lehm. Und die Art, wie das Licht in die Wohnstube fiel. Doch nun kam mir das alles ungewöhnlich fremd und sonderbar unrichtig vor. Als ob ich jedes Detail wohl kannte, und trotzdem zum ersten Mal sah.

Links war rechts und verkehrt herum.

Es dauerte ein paar Augenblicke, bis ich erkannte, was nicht richtig war. Aber dann überwältigte mich ein Gefühl der unbarmherzigen Erkenntnis. Das Fenster befand sich auf der anderen Seite des Raumes. Die Kommode und die Tür nach draußen – alles nicht da, wo es hingehörte.

Links war rechts und verkehrt herum.

Auf der falschen Raumseite war auch der Durchgang zum Treppenhaus. Hier ging es in den ersten Stock, wo Valentins Leichnam auf dem Büßertuch lag. Urplötzlich hatte ich das starke Gefühl, ich müsse zu ihm. Ohne Umwege. Ich stürzte die Treppe hinauf geradewegs ins Schlafzimmer, den Blick auf den Fußboden gerichtet …

… und erstarrte.

Da war kein Tuch, kein Stroh, kein Körper. Tränen schossen in meine Augen. Und dieser Raum war gleichermaßen verdreht.

Links war rechts und verkehrt herum.

Mein Herz hämmerte. Ich weinte. Und mich packte die Sorge, als verliere ich den Verstand. Was zur Hölle war hier los?

Und im Geiste kreischte ich mir hilflos zu:

Links ist rechts und verkehrt herum! Alles ist spiegelverkehrt.

Ich setzte mich aufs Bett, stützte die Hände auf die Schenkel und holte tief Luft. Und ich ließ die letzten Minuten Revue passieren.

Ich, Brexel, der Spiegel.

Dann erst wurde mir bewusst: Ich war durch den Spiegel gefallen. Halt, nein! Bärlind Brexel hatte mich auf die andere Seite *gestoßen*. Ja. So hatte es sich begeben. Und nun befand ich mich hinter dem Spiegelbild. In einer Welt, die man sieht, wenn man *in* einen Spiegel hineinblickt.

Links war rechts und verkehrt herum.

Mit großen Augen sah ich auf die Stelle, wo eigentlich der Leichnam hätte liegen müssen. Wieso war er nicht da? Nicht das Stroh, nicht das Tuch, nicht die Asche.

Nicht der Fleck …

Da meldete sich mein Verstand: *weil kein Spiegelbild diesen Raum gespiegelt hatte, nachdem Valentin starb. Ist doch ganz einfach.*

Ich nahm die zittrigen Hände vors Gesicht und wünschte mir inständig, aus diesem Albtraum so schnell wie möglich zu erwachen.

*

Es dauerte eine Weile, bis ich mich überwand, das Haus zu verlassen. Ich hatte Angst davor, was mich in einer Welt erwarten würde, die aus gespiegelten Dingen bestand. Aber dann setzte ich den Fuß vor die Tür.

Der nächste Schock war die überwältigende Ausdruckslosigkeit. Die Stadt schien verstummt zu sein; die Farben verblasst und der übliche Gestank der Straße versiegt. Ich hatte sogar den Eindruck, den unangenehmen Geschmack verloren zu haben, der mir für gewöhnlich in dieser mittelalterlichen Provinzstadt tagein, tagaus auf der Zunge lag. Und nicht einmal die Kälte fühlte sich mehr normal kalt an. Trotzdem waren da die altbekannten Wege, da waren die Häuser und der graue Schnee. Kein Luftzug bewegte sich durch die Gassen, und der Himmel wirkte leblos und blass.

Aber was vor allem fehlte, waren die Menschen. In diesem Augsburg gab es kein Leben. Normalerweise wären die Straßen um diese Tageszeit überfüllt gewesen. Aber nein. Nichts. Keine Pferdekarren. Keine schimpfenden Frauen in zerlumpten Kleidern, die schwere Körbe schleppten. Keine Bettler, die ihre abgestorbenen Gliedmaßen vor sich niederlegten. Und da waren auch keine Schweine und keine Ratten, die man für gewöhnlich an jeder Straßenecke sah. Es war, als hätte man alles Lebendige von jetzt auf gleich aus Augsburg entfernt.

*

Ich trottete ziellos über die Straßen, spähte vorsichtig in Fenster und schielte durch offene Türen. Aber nirgends war eine Menschenseele zu sehen. Die Stadt war ohne Leben. Und schon nach kurzer Zeit war ich überzeugt, von nun an wäre ich mutterseelenallein auf dieser Welt.

Es mussten Stunden vergangen sein. Ich war richtungslos in Gedanken von den Heilig Creutz Gassen über die Sankt Anna Gassen bis zum Marktplatz gelaufen. Und trotz des kalten Wintertages fror ich kein bisschen. Da sah ich ein menschliches Wesen. Am Weinmarckt. Endlich. Am Brunnenrand saß ein Mann und tauchte die Füße ins Wasser. Auf dem Kopf trug er einen ausladenden Strohhut. Strähniges Haar verdeckte seinen Nacken. Und seine Kleidung sah schäbig, aufgebraucht und durchgetragen aus.

Erleichtert schnaufte ich durch, lächelte in mich hinein und lief auf ihn zu. Ich wollte ihn nicht erschrecken. Ich wollte reden, ein Gespräch unter Leidensgenossen. Darum rief ich von Weitem: »Herrlich! Endlich jemand, der mir erklären kann, was …«

Weiter kam ich nicht.

»Verschweig dich!«, brüllte der Mann und riss die Füße aus dem Wasser, dass es nur so spritzte. Und noch mal: »VER-SCHWEIG DICH!« Er sprang auf die Beine und starrte mich mit riesigen Augen an.

»Ich …«

Ich wurde durch einen Schwall Brunnenwasser unterbrochen, den er mir mit beiden Händen entgegenwarf. Und er plärrte: »VERSCHWEIGUNG!«, so laut er konnte. Dann hetzte er davon, mit den Fingern auf dem Hut, dass ihm dieser nicht vom Kopf wehte.

Ich sah ihm ungläubig nach, wie er zwischen den Hausreihen verschwand. Und ich fragte mich, mit pochendem Herzschlag, ob ihn diese Welt in den Wahnsinn getrieben hatte …

VIII

Ich kenne dich.

Diesen Satz hörte ich nicht allzu oft in meinem Leben. Vielleicht, weil ich stets darauf bedacht war, unauffällig und unerkannt zu bleiben. Oder da ich mich ja nie länger an einem Ort aufhielt, als es wirklich nötig war. Im Laufe der Zeit war ich zu einer Meisterin im Täuschen und Verstecken herangewachsen.

Ich kenne dich.

Möglicherweise erschienen mir diese Worte nur deshalb so fremd, weil ich mich ja nicht einmal selbst kannte. Wer war ich schon? Ein Mädchen, jung im Körper, alt im Geist, auf der Suche nach seiner eigenen Identität. Eine Frau ohne Familie. Ohne Perspektive. Mit zu viel Zeit, aber zu wenig Liebe. Ich war einfach nur Thyri, mehr nicht. Und wohin die Reise ging, bestimmte mein Schicksal.

Und trotzdem passierte es. Jetzt, zu einem Zeitpunkt, wo alles noch fremder und die Welt vom Wahnsinn auf den Kopf gestellt erschien, in einem Moment totaler Verzweiflung, hörte ich die Worte:

Ich kenne dich.

Nichts kam mir exotischer vor, nichts unpassender. Wie ein Elefant am Sandstrand oder ein Löwe im Wasser.

Ich saß, gelehnt an eine Backsteinwand, den Po im schmutzigen Schnee, der nicht kalt war, bedrückt auf dem Boden, die Hände vorm Gesicht. Womöglich weil ich dachte, ich könne dadurch die falschen Geister vertreiben. Da sagte jemand ohne Vorwarnung und ohne Umschweife in die Stille hinein diese drei Worte:

»Ich kenne dich«,

sodass ich erst meinte, es mir nur eingebildet zu haben. Aber dann bekam ich's mit der Angst zu tun.

Ich öffnete die Augen. Und wahrhaftig, da stand ein Mann, 35 Jahre alt oder etwas älter, in brauner Kniehose mit gepflegten Strümpfen. Über der Weste trug er einen waldgrünen Rock. Und auch der war sauber und ohne Gebrauchsfalten.

Zunächst sah ich ihn einfach nur ungläubig an. Ich kannte ihn nicht, hatte ihn noch nie gesehen. Und ich konnte mir keinen Reim aus seinen Worten machen. Außer, dass er ebenso wahnsinnig war wie der andere Kerl. Ja. Da hatte ich meine Erklärung.

»Du glaubst mir nicht?«, sagte er und wirkte verwirrt.

Ich schüttelte den Kopf.

Er trat an mich heran. Sofort ging ich auf die Beine, bereit, wegzulaufen.

»Ich hab dich schon einmal gesehen, ganz sicher. Ich kann mich nur nicht erinnern *wo!*«

»Ich lebe schon sehr lange in Augsburg«, entgegnete ich und achtete auf den Sicherheitsabstand.

»Augsburg? AUGSBURG?«, rief er. »Was ist schon Augsburg?«

Ich trat einen Schritt zurück.

Da wurde er noch lauter. »Das hier nicht! Ich weiß nicht, was das für eine abartige Stadt sein soll. Aber mein geliebtes Augsburg ist's auf jeden Fall nicht!«

»Wir befinden uns in einem Spiegel«, sagte ich vorsichtig.

»Ja, das erklärt alles, was?«

Ich zuckte mit den Schultern.

»Jahrelang habe ich Spiegel hergestellt«, rief er aufgeregt. »Ich kenne mich aus, das kannst du mir glauben. Und nie, nie …«, schimpfte er, »… NIE habe ich erlebt, dass jemand durch einen hindurchgegangen ist.«

»Nicht?«, meinte ich, und dachte: *Ein verrückter Spiegelmacher in einem Spiegel. Bizarr. Mit Sicherheit lebt ein übergeschnappter Hutmacher in einem Hut. Das ist der Beweis – ich verliere den Verstand.*

»Es ist nicht möglich, in einen Spiegel hineinzugehen! Davon war ich zeitlebens fest überzeugt«, keifte er und machte ein paar Schritte auf mich zu. Mehr, als mir lieb waren. »Aber dann, als ich ohne triftigen Grund hineinsehe …« Er klatschte die Faust in die Handfläche. »BÄM!«

Ich zuckte zusammen.

Jetzt war ich mir sicher – dieser Mann war verrückt. Ich lief zwei Fußlängen rückwärts und sah ihn mit großen Augen an.

»Was?«, rief er verärgert, fast ein wenig angriffslustig.

»Wissen Sie, wie man von diesem Ort wegkommt?«

»Sag mal, Mädel. Was glaubst du: Wäre ich dann noch hier?«

Ich schüttelte den Kopf.

»Ich dachte«, erklärte er, »wenn ich's durch den Spiegel versuche, der mich hergebracht hatte … Nur, dass der nicht mehr da war. Stell dir das mal vor. Sie haben ihn weggebracht. Meine Werkstatt, meine Wohnung – alles nicht mehr da. Vermutlich, weil sie denken, ich sei tot.« Jetzt wurde er wieder lauter. »Und weißt du was?«

Ich hatte keine Ahnung, was er von mir hören wollte. Darum öffnete ich nur tonlos den Mund.

»Ich dachte, ich *bin* tot. Und das hier ist die verfluchte Hölle. Und todsicher bist du nichts weiter als ein gottverdammtes Hirngespinst.«

Er machte einen großen Satz nach vorne. Mein Körper spannte sich an, bereit, loszulaufen.

Plötzlich rief er: »Jetzt weiß ich's. Du bist der Teufel!« Und er lachte laut los. »Der Deubel hat tausend Gesichter. Deshalb kenne ich dich.« Dann kreischte er: »Ich kenne dich … Teufel!« Und im selben Augenblick holte er zum Faustschlag aus. Ich zog den Kopf hoch und spürte den Luftzug des Schlages, der haarscharf an meiner Nase vorbeizischte.

Ich stolperte rückwärts. Fiel beinahe. Konnte das Gleichgewicht halten, machte kehrt und rannte los.

Er lief mir nach. Aber ich merkte gleich, dass er zu träge war, um mir zu folgen.

Ich blickte zurück, sah ihn nicht mehr. Dann hörte ich ihn noch einmal rufen:

»Ich kenne dich!«

Es klang wie eine Drohung. Und ich hoffte, diesem Kerl nicht wiederzubegegnen. Doch mein Schicksal hatte andere Pläne …

IX

Jetzt, im Nachhinein, kommt es mir so vor, als sei ich tagelang durch die verdrehte Welt geirrt. Was daran liegen kann, dass es zum einen an Horror grenzte, nicht zu wissen, ob man aus der verkehrten Gefangenschaft je würde entkommen können. Zum anderen war die Zeit mit intensiven Erfahrungen prall gefüllt. So viel sei gesagt: Ich dachte, es würde niemals enden.

Es gab kaum Gutes in der Spiegelwelt. Vielleicht, weil nichts echt war? Weil jedes Objekt, jeder Lichtpunkt, jeder Gegenstand nur Täuschung war? Dinge aus zweiter Hand. Reflexionen.

Alle Farben wirkten verwaschen und abgenutzt. Der Himmel diesig, obwohl er wolkenlos war. Die Wände, die Pflanzen, der Boden – jedweder Farbklecks sah aus wie ein Gemälde, das viel zu lange in der Sonne gestanden hatte. Blass, leblos, tot.

Das Wasser aus dem Kirchbrunnen schmeckte schon immer wie Pisse, sagte man. Aber nun hatte sogar das schlechte Aroma seine grauenvolle Intensität verloren. Stattdessen hinterließ es auf der Zunge den haftenden Geschmack von ranzigem Fett.

Aus irgendeiner Augsburger Stube, unverschlossen, mopste ich mir ein Stück Dörrfleisch, das nutzlos einen Teller zierte. Es kaute sich wie ein Fetzen Hornhaut vom Fuß eines alten Ochsen. Und es schmeckte, als hätten sie es von einer halbverwesten Leiche geschnitten, bevor sie es in der Sonne trockneten. Ich spie das Zeug schneller aus, als ich es in den Mund genommen hatte.

Es war nicht warm, aber auch nicht kalt. Als temperaturlos würde ich es bezeichnen. Gerade so, dass es kein Gefühl auf der Haut hinterließ. Hauptsache, man wurde nicht daran erinnert, dass man eigentlich noch am Leben war.

Ja, sogar die Atemluft schmeckte fahl und abgestanden. Und ich möchte sagen, selbst die anfänglichen Eindrücke – Furcht und Verwirrung – verblassten in einem Meer aus Neutralität und fahler Sinnlosigkeit.

Eine Welt zum Verrücktwerden. Hier konnte man ungehindert dem Wahnsinn verfallen. Allzu lange hätte ich mich vor der herannahenden Umnachtung nicht verstecken können, soviel war klar. Und darum war ich heilfroh, als ich schon bald wieder Gesellschaft hatte. Auch wenn in dieser Welt jeder Wortwechsel nahe an der Grenze zum Irrsinn wandelte.

X

Die Nacht brachte ich im Sitzen mit gelegentlichem Sekundenschlaf hinter mich. Ich fror nicht. Trotzdem brachte mich die unentwegte Eindruckslosigkeit zum Zittern. Und am darauffolgenden Tag trottete ich niedergeschlagen, müde und kraftlos durch die verschneite Stadt.

»Ich kenne dich.«

Als ich die Stimme rufen hörte, zuckte ich unweigerlich zusammen. Sofort war ich in Alarmbereitschaft. Mein Kopf drehte sich suchend hin und her. Doch ich konnte diesen Irren nirgendwo entdecken.

Ich rief: »Lass mich in Ruhe!« Es sollte wie eine Warnung klingen.

»Jetzt weiß ich's«, sagte er von irgendwo her. »Ich erinnere mich, wo ich dich schon einmal gesehen habe.«

Ich sei der Teufel, hatte er gesagt. Und ich muss zugeben, dass ich das hin und wieder selbst gedacht hatte. War ich ein Beelzebub? War dies die Strafe für meine Selbstzufriedenheit? Die Fragen nagten an meinem Verstand. Ich fragte mich, ob ich wegrennen oder stehenbleiben und ihn anhören sollte. Da sprang die Tür zu einem Wohnhaus auf. Und vor mir stand der gepflegte Mann, die Handflächen zu einem Stoppzeichen geformt, und rief:

»Nicht weglaufen! Ich kenne dich.«

Eigentlich hätte ich auf der Stelle kehrtmachen sollen, Stoff geben, was das Zeug hält. Schließlich wusste ich ja nicht, was er mir antun wollte. Wozu er fähig war. Und trotzdem hielt mich etwas davon ab. Ich denke, es lag an der Art, wie er die letzten drei Wörter gesagt hatte. Behutsam. Sanftmütig. Ehrlich.

Ich kenne dich.

Ich vernahm einen Unterton, den ich nur schwer beschreiben konnte. Und ich hatte das unwiderstehliche Gefühl, dem auf den Grund gehen zu müssen. Darum blieb ich stehen, runzelte die Stirn und ließ ihn zu Wort kommen.

»Meine Mutter«, sagte er. Und ich sah das feuchte Glitzern in seinen Augen. Er musterte mich, als hätte er einen Geist gesehen.

»Rede weiter«, befahl ich. Seine Lippe bebte.

»Du bist …«, er zögerte, »… es. Aber das ist unmöglich.«

»Nichts von alldem hier ist möglich«, wisperte ich.

Er nickte.

»Ich war noch ein Kind.« Er blickte ins Nichts.

»Was?«

»Ich war am Fluss. Nahe Augsburg. Mit meiner Mutter. Am Tag, als sie ertrank.« Noch immer hatte er diesen Blick, als schaue er in eine andere Welt – eine andere Zeit. Tränen liefen über seine Wangen. »Stundenlang hatte sie am Ufer gesessen und sich selbst betrachtet, während ich auf der Wiese mit Grashüpfern und Kröten spielte. Ich denke, sie fühlte sich unendlich schön und erfolgreich, als wäre sie allein das Zentrum des Planeten.

Da sprang sie. Ich wusste nicht, warum sie das tat. Ich hüpfte ihr nach. Kreischte: 'Mami!' Und es trieb mich weg, schneller als ich mich umsehen konnte.

Sie war nirgends zu sehen. Ich geriet in Panik. Sie musste da irgendwo sein. Auftauchen. Nach Luft schnappen. Aber es war, als wäre sie mit dem Sprung ins Flusswasser verschwunden. Heute weiß ich: Sie warf sich in ihr Spiegelbild.

Da sah ich dich …«

Sprachlos, mit weit aufgerissenem Mund, lauschte ich. Und er sah mir in die Augen und beteuerte: »Du wolltest meine Mutter retten.«

Die Frau im Fluss. Das Spiegelbild. Ich erinnerte mich.

»Ich bekam sie nicht zu fassen«, sagte ich. »Sie war da und doch nicht …«

»Aber du hast es versucht. Ich war im Wasser. Die Strömung riss mich fort. Habe dein Gesicht gesehen. Und du bist nicht einen Tag älter? Wie lange ist das her? Zwanzig Jahre? Dreißig?«

»Hier spielt Zeit keine Rolle«, würgte ich seine Gedanken ab. Dann hielt ich ihm vorsichtig die Grußhand hin.

»Mein Name ist Thyri.«

»Und ich heiße Sebastian Link«, stellte er sich vor, gab mir zaghaft die Hand und versuchte es mit dem Ansatz eines freundlichen Gesichtszuges. Mit der anderen wischte er sich übers Gesicht.

»Schön, dich kennenzulernen«, sagte ich und erwiderte sein Lächeln.

*

Sebastian war Spiegelmacher, wie er zum zweiten Mal berichtete. Aber diesmal hörte ich aufmerksam zu. Seit dem Vorfall in seiner Kindheit wurden Spiegel zu seiner Manie. Und zu seiner Leidenschaft. Er wusste, wie man geborstene Spiegelteile wieder zusammensetzt. Und Sebastian Link war der festen Überzeugung: Der Weg zurück war der Weg durch das Spiegelbild, durch das man gekommen war.

»Ich habe viel darüber gegrübelt«, sagte er. »Eitelkeit ist die Ursache allen Übels.

Ich hatte mich stundenlang selbst betrachtet. Über das nachgedacht, was ich sah. Zweifellos aufgrund des Erlebnisses mit meiner Mutter.

In Wirklichkeit wurde mein Bild immer wichtiger für mich – wichtiger als die Realität. Ja, es zog mich förmlich in die andere Welt. Eine Parallelwelt, die mich in ihren Mittelpunkt rückte. Hier drehte sich alles ausschließlich um mich.«

Ich erinnerte mich, mit welchen Mitteln mich die Brexel vorbereitet hatte, bevor sie mich in den Spiegel stieß. Da waren schöne Kleider und ich als Mädchen, das ihr Leben noch vor sich hatte. Aber nur im Spiegel, während die Wirklichkeit anders aussah: Valentin tot und mein langjähriger Lebensweg in Augsburg am Ende.

»Womöglich sind wir beide verrückt«, meinte ich. »Möglicherweise liegen wir in Wahrheit zitternd in irgendeinem Krankenbett und machen uns vor Angst in die Hose.«

»Wer weiß schon, was echt und was Einbildung ist? Nur eins ist klar: Wenn du unbedingt zurück willst, fest davon überzeugt bist, du seist bereit für die wahre Welt – und wenn du durch den Spiegel zurückspringst, dann kommst du nach Hause.«

Ich machte traurige Augen. »Der Standspiegel ist zerbrochen.«

»Aber dafür hast du ja jetzt mich«, sagte er und zwinkerte mir frech zu.

Ich schmunzelte. Endlich ein Funken Hoffnung. Ich bekam ihn zu fassen, packte ihn in mein Herz und hielt ihn fest. Ein großer Fehler …

XI

Es war schwer für mich, unser altes Wohnhaus zu betreten. Auch wenn es spiegelverkehrt war. Gerüche, Geräusche. Das Knarren der Tür, der Duft von Stroh, Lehm. Tief verankerte Eindrücke fluteten meinen Kopf, und tiefgreifende Gefühle fielen über mich her. Für einen Moment war ich unfähig zu sprechen. Ich schluckte einen Felsen weg und kämpfte mit den Tränen. Als Sebastian eintrat, zwang ich mich zu lächeln. Und ich war mir sicher, dass er die Qual in meinem Ausdruck sah. Nur meine Hoffnung gab mir Kraft.

»Kein Kunststück«, hatte Sebastian gesagt und überzeugt gewirkt. Falls die Spiegelscherben nicht zu klein wären, sei es kein Problem. Er könne die Stücke miteinander verbinden. Und wenn es nicht für die Ewigkeit sein musste, ginge das sogar recht flott.

Ein Hoffnungsschimmer in einer hoffnungslosen Welt.

Und als ich ihm erklärte, dass in unserem Zuhause alles da war, was zur Herstellung eines Spiegels benötigt wurde, meinte er nur: »Na dann, kein Kunststück.«

Kein Kunststück. Und mit einem Mal ertappte ich mich dabei, ganz tief in meinem Inneren ein echtes Lächeln aufflammen zu sehen.

Wow! Kein Kunststück.

»Packen wir's an«, sagte Sebastian. Und jetzt kam er mir auch gar nicht mehr so verrückt vor.

Vorsichtig sammelten wir die Scherben ein und puzzelten sie auf der Werkbank zu einem vollständigen Spiegel zusammen. Wir hatten Glück. Wir fanden so gut wie alle Teile. An den Kanten waren hier und da Splitter abgeschlagen. Aber Sebastian war guter Dinge und sagte: »Kein Problem. Die Lücken füllen wir mit Quecksilber auf.«

Das klang nach positiven Nachrichten. Als er begann, das flüssige Metall mit der Hasenpfote aufzutragen, entwischte mir sogar ein echtes Lächeln. *Ich werde diesen verrückten Ort verlassen,* dachte ich. *Und dann werde ich aus Augsburg wegziehen. Für immer. Weit weg von Webstühlen. Und weit, weit weg von Spiegeln.*

Die Arbeit schritt gut voran. Und in einem sonderbaren Augenblick erinnerte mich Sebastian in seiner konzentrierten Begeisterung an Valentin – nicht den alten, mürrischen Valentin, nein, den jungen, motivierten Mann, der großen Spaß an seiner Tätigkeit hatte.

*

»Tausend Jahre für eine Schönheit wie dich.«

Sebastian werkelte am Spiegel herum. Letzter Feinschliff. Ich, neben ihm, bewunderte sein Geschick. Da vernahm ich die Worte, geflüstert, irgendwo in diesem Haus, glaubte aber kein bisschen, dass sie echt waren.

Keine Ausrede! Ich hätte sofort Alarm schlagen, schreien sollen. Warnen. Nichts davon tat ich. Warum? Ich denke, es steckte einfach zu viel Hoffnung in dieser Sache. Die Möglichkeit, alles könnte noch kurz vor knapp den Bach runtergehen, wollte mein Verstand nicht zulassen. Ich ignorierte, was ich hörte. Schob es auf einen Anflug von Wahnsinn. Und Sebastian war viel zu konzentriert, als dass er bemerkte, was um ihn herum geschah.

Als ich den Raum verließ, eine Waschschüssel holen, sah ich mich vorsichtig um, skeptisch, aus den Augenwinkeln. *Nein. Da war nichts*, sagte ich mir. Und zur Bestätigung schüttelte ich unsicher den Kopf.

Da ertönte ein markerschütternder Schrei, dann die Worte »Thyri, lauf!« Und schließlich Rumpeln und Krachen, Scheppern und Klirren.

»Was … Sebastian?«, rief ich und ließ die Schüssel fallen. Es gab einen dumpfen Schlag. Das Holz schlug auf den Boden. Wasser spritzte über meine Füße.

»Tausend Jahre für eine Schönheit wie dich, Thyri«, hörte ich eine vertraute Stimme rufen. »Tausend Jahre in der Hölle!« Dazu ein wahnsinniges Lachen.

Aber ich lief nicht weg. Stattdessen hastete ich zurück in die Werkstatt.

Der grausige Anblick packte mich. Auf dem Fußboden zuckte Sebastians Körper, seine Kehle gurgelte, das Blut strömte in Schüben aus seinem Hals. Es roch nach Eisen und Kot. Mit riesigen Augen sah er mich hilfesuchend an. Flehte, mit weit geöffnetem Mund.

Neben ihm hüpfte die Brexel wie eine Hexe von einem Bein auf's andere und kicherte. In der Hand hielt sie eine Spiegelscherbe.

»Nein!«, kreischte ich. »Sebastian!«

Dann sah ich, sie trampelte auf den Resten des Spiegels herum – einer Masse aus Quecksilber und Scherben. Die Werkbank hatte sie umgestoßen und damit die letzte Chance auf Rettung zunichtegemacht.

»NEIN!«, plärrte ich verzweifelt, hilflos, hoffnungslos. Und am liebsten wäre ich in meiner Wut mit vollem Körpereinsatz gegen das verfluche Weibsstück gerannt.

XII

Ich konnte nicht klar denken. Keine Kontrolle mehr. Nur gnadenlose Wut. Und Fassungslosigkeit. Ich blitzte, funkelte, beschoss das Miststück mit wütenden Blicken, wild entschlossen, in den Tod zu rennen, nur um sie mitzureißen.

Da redete sie. In einer Stimmlage wie ein Mütterchen, das zu einem trotzenden Kind spricht.

»Schau mich nicht so vorwurfsvoll an.«

Und ich dachte mir nur: *Halt den Mund, Hexe, und fühle dein letztes Stündlein.*

Was sie dann von sich gab, stellte alles in den Schatten.

»Schuld bist du schon selbst.«

Das brachte meine Wut zum Ausbruch. Wie die Lava eines tausend Jahre unter Druck gesetzten Vulkans brachen die Worte in einem unkontrollierten Schrei aus mir heraus: »Schnauze, Weib! Ich bringe dich um. Für Sebastian, für Valentin und für jede Sekunde deines erbärmlichen Lebens!«

Indessen grinste sie nur, zeigte verschlagen die Zähne und hob die Scherbe an, sodass die blutige Zacke in meine Richtung zeigte.

Sebastians Blut.

Wenn ich jetzt blindwütig gegen das Weibsstück rannte, hatte ich keine Chance. Sie würde mich aufschlitzen, von unten bis oben. Ich könnte nur zusehen, wie sie meinen Torso ausweidete – und dabei entsetzlich schreien. Mir fiel auf, dass ich längst weinte.

Ich zügelte meinen Zorn, wollte Zeit schinden für einen Plan. »Was willst du?«, jammerte ich.

Sie kicherte verschlagen. Ihre Augen blitzten. Dann fauchte sie: »Dich aufhalten.«

In dieser Sekunde machten meine Gedanken einen verstörten Sprung. *Sie muss mich verwechselt haben*, dachte ich. *Es gibt keinen Grund, mich aufzuhalten. Weil ich nichts vorhabe.*

»Aber«, sagte ich und ertappte mich dabei, dass ich klang wie ein flehendes Kind. »Ich tue doch nichts.«

»Es ist nicht das, was du tun willst, Thyri. Es geht um das, was du tun könntest.«

Sie war verrückt. Anders konnte ich mir ihr Gerede nicht erklären. Die verkehrte Welt hinter dem Spiegel hatte ihr den Verstand geraubt. Oder ging es wirklich darum, mich von einer Tat abzuhalten, die ich tun könnte? War ich doch nicht ohne Grund in Augsburg?

»Aber was sollte *ich* schon …«

»Ach, sei still!«, befahl sie. »Ich habe keine Lust, mich länger mit dir zu unterhalten. Finde deinen letzten Gedanken. Weil ich dich gleich töten werde, so wie *er* es mir aufgetragen hat. Und dann schaffe ich deinen Körper weg. Raus aus der Stadt. Auch das hat *er* mir befohlen. Unsinnig. Doch ich mach's. Und jetzt: Genieße diesen Atemzug, Thyri.«

Sie hielt die Scherbe wie eine Waffe und zeigte damit auf meinen Hals. Ich hob die Arme, wusste aber: *Abwehren unmöglich.* Sie würde mir das Fleisch von den Knochen schlitzen. Ich dachte ans Weglaufen. Zu spät. Die ganze Zeit über hatte sie mich unbemerkt mit dem Rücken zur Wand gedrängt.

Wie konnte ich nur so dumm sein?, verfluchte ich mich selbst.

Nun griff sie an.

Ich hatte keine Chance. Brexel kreischte. Die Scherbe zischte haarscharf an meinem Gesicht vorbei.

Ich hörte, wie die Spiegelklinge die Luft zerschnitt. Ich riss beide Arme vor den Kopf. Presste den Rücken an die Wand.

Kaum war der erste Angriff vorüber, zog sie die Klinge nach unten. Jetzt stach sie zu und erwischte mich an den Unterarmen. Ich fühlte, wie die Kraft schmerzhaft aus den Muskeln entwich. Meine Deckung war dahin.

Das war's, dachte ich und stellte mich auf einen schnellen, grausamen Tod ein.

Ich brüllte, als die Scherbe abermals in meine Richtung stieß.

Wenn die Zahnräder des Schicksals ineinandergreifen und dir der Schicksalsspiegel eine Lektion erteilt …

Aber dann passierte etwas Außergewöhnliches: Die Attacke endete. Bärlind Brexel sackte zusammen. Das Bruchstück klirrte auf dem Boden und zersprang in tausend Stücke. Die Alte schlug mit dem Kopf auf den Fußboden. Es gab ein dumpfes Geräusch. Ihr Kiefer schob sich unnatürlich zur Seite. Und schon eine Sekunde später war es absolut still im Raum.

Nur ich, mein schneller, schnappender Atem und mein hämmerndes Herz.

Wenn die Zahnräder des Schicksals ineinandergreifen und dir der Schicksalsspiegel eine Lektion erteilt …

Was war geschehen?

Verwirrt, durcheinander, hilflos, beinahe panisch stand ich einfach nur da und konnte den Blick nicht von dem Körper lassen. Jede Sekunde würde sie aufspringen, befürchtete ich. Und dann würde der Angriff noch härter und erbarmungsloser fortgeführt werden.

Schließlich sah ich dunklen Urin, der sich um ihren Schoß herum ausbreitete. Vorsichtig stieß ich mit dem Fuß an ihrer Schulter. Keine Reaktion.

War es möglich, dass diese Hexe unverhofft aus dem Leben gerissen worden war? Als wäre ihre Schicksalsuhr gerade zur rechten Zeit abgelaufen? Es fühlte sich an, als hätte ich Hilfe gehabt. Ich sah mich um. Nichts.

Da waren nur ich, die Leiche und die verdrehte Welt.

Es dauerte eine Weile, bis ich wirklich daran glaubte, dass sie tot war.

Nichts ist unmöglich, war mein Gedanke. Und: *Gefangen*.

Bärlind Brexels Tod kam so unverhofft, wie der Sprung in den Spiegel. Mit ihrer letzten Tat machte sie den Rückweg zunichte. Und ich fragte mich, ob ich jemals erfahren würde, woran die Alte starb.

<h1 style="text-align:center">XIII</h1>

Ich weiß nicht, wie lange ich umhergeirrt war. Raus aus diesem verfluchten Haus. Durch die Gassen. Zwischen den Mauern. Hinter den Spiegeln. Hinter meinem Verstand.

Und ich kann auch nicht sagen, was ich damit bezweckt hatte. Es packte mich, überkam meinen Geist, blockierte ihn. Ich hastete hin und her, auf der Suche nach etwas, von dem ich nicht wusste, ob ich es finden wollte.

Vielleicht war ich dem Wahnsinn zu nahegekommen. Und möglicherweise passierte das jedem Menschen, der sich zu lange in der Spiegelwelt aufhielt. Doch als ich irgendwann, in irgendeinem beliebigen Wohnhaus, unverhofft einen Spiegel sah, ging ohne ersichtlichen Grund mein Herz auf. Pure Freude. Als wäre ich nach jahrelanger Reise nach Hause gekommen.

Und dann verstand ich es: Das reflektierende Glas hatte mich hierhergeführt – wie eine Marionette. Das Spiegelglas war der imaginäre Faden, festgebunden an meinen Gliedmaßen. Ich war trunken nach dem Blick in die spiegelnde Fläche. Ich musste einfach hineinsehen. Ob ich wollte oder nicht. Sie zog mich magisch zu sich hin. Meine Droge. Meine Erfüllung. Und schließlich würde mich jeder weitere Spiegel für alle Zeit durch die Stadt jagen, von einem zum nächsten.

Meine schwitzigen Hände zitterten. Mein Atem ging schnell. Nur einmal hineinsehen, ein flüchtiger Ausblick. Ich schluckte, fasste Mut, gab dem Drang nach und sah hin.

Nur was ich da erspähte, verschlug mir ganz und gar die Sprache. Der Blick durch den Spiegel war nicht einfach nur der Blick auf mich selbst. Ich befand mich in der Stube eines Wohnhauses. Und ich war allein, wie überall in der verkehrten Stadt – wenn man von den Wahnsinnigen absah.

Aber in diesem Wandspiegel sah ich nicht nur mich. Nein. Hinter mir erblickte ich noch andere Leute. Da waren ein grauhaariger Mann, eine jüngere Frau und ein Bub. Sie saßen am Tisch und aßen Brot.

Das Kind sah mich und riss kreidebleich die Augen auf. Und ich würde sagen, es kreischte. Nur der Ton kam nicht bei mir an. In der Wohnstube blieb es klanglos und still.

Ich erschrak, trat vom Spiegel zurück und versteckte mich neben dem Glasspiegel, wie ein Dieb hinter einem Fenster. Dann stand ich einfach nur da, mein Herz pochte und ich versuchte zu verstehen, was passiert war. Alles nur Einbildung? Illusion? Das Resultat andauernden Wahnsinns?

Ich wagte einen zweiten Blick. Der Junge schien darauf gewartet zu haben. Er riss auf der Stelle den Arm hoch und deutete rechthaberisch zu mir. Schnell zog ich den Kopf zurück, lehnte den Rücken an die Wand und starrte auf den Esstisch. Er war leer. Keine Menschen auf den Stühlen. Kein Essen auf dem Tisch. Ich war allein.

Dieser Spiegel war ein Fenster nach draußen. Ja, so musste es sein. Mein magisches Fernglas in die echte Welt. Und ich fragte mich, ob das bei jedem reflektierenden Glas so war?

*

Das Rätsel war schnell gelöst. Meine neugewonnene Sucht schickte mich durch Straßen, Häuser, die Treppen hinauf und in Keller hinunter. Je länger ich ohne Spiegel war, umso unerträglicher war es für mich. Der intensive Drang, etwas haben zu müssen, sofort, ohne zu wissen, wo es war.

Schließlich bekam ich den ersehnten Schuss. Endlich ein Handspiegel. Und abermals der Blick durch das Fenster hinüber in die ursprüngliche Welt. Diesmal war da ein junger Mann, nackt, mit dem Rücken zu mir. Ich errötete und vermied es, ein zweites Mal hinzusehen.

Es war überall dasselbe: Egal wo ich einen Spiegel fand, ich sah die Wirklichkeit. Und hin und wieder erblickte ich echte Menschen, das echte Leben.

*

Mein Irrweg durch Augsburg führte mich in eine Art Gästehaus, mit einer Wirtsstube und vielen Schlafzimmern. Ich war hungrig und müde – in dieser Reihenfolge. An diesem Ort konnte ich die Nacht verbringen. Aber zuerst musste ich etwas zu essen finden.

Seit dem Reinfall mit dem ungenießbaren Dörrfleisch hatte ich mich noch nicht getraut, etwas Essbares in den Mund zu schieben. Egal was ich fand, immer sah es farblos und fahl aus, wie alles andere in dieser Welt auch.

Nur mittlerweile machte mein Magen die Geräusche eines hungrigen Bären.

Auf der Suche nach einer Vorratskammer geriet ich in den Keller. Und hier in einen Raum, dessen Wände rundherum mit Nägeln gespickt waren, so unzählig viele, dass ich im ersten Augenblick an eine mittelalterliche Folterkammer dachte.

Da war ein Spiegel.

Ich konnte mir keinen Reim daraus machen, was an den Mauern gehangen haben mochte oder wozu der bizarre Wandschmuck diente. Aber das war mir egal. Zu lange hatte ich keinen Schuss mehr bekommen.

Und da war der Spiegel.

Ein Wandspiegel. Beim Anblick der mit Quecksilber behafteten Glasscheibe packte mich das animalische Verlangen nach einem Blick – nur einen winzig kleinen Blick – durch das Spiegelfenster. Damit sei es getan, dachte ich. Und dann würde ich es auch nie wieder tun.

Ich brauche es nicht, nein, belog ich mich. *Es ist nur: weil es nett wäre, wenn ich noch einmal durchsehen könnte. Ganz ohne Hintergedanken. Es tut ja keinem was. Nur ein einziges Mal kurz gucken.*

Mein Herz raste bei dem Gedanken, näher an das reflektierende Ding heranzutreten. Kalter Schweiß stand auf meiner Stirn. Und am liebsten hätte ich meine Hände auf das Spiegelbild gelegt und das befriedigende Gefühl genossen, das mir die Sicht in den Spiegel gab.

Ich konnte nicht anders. Musste es tun. Der Hängespiegel, meine Sucht, diese Welt – alles zwang mich, hineinzusehen. Darum trat ich davor und schaute hindurch.

Wenn die Zahnräder des Schicksals ineinandergreifen und dir der Schicksalsspiegel eine Lektion erteilt …

Zwei Männer befanden sich in dem Raum. Und Uhren. Taschenuhren aber auch Dosenuhren. Hunderte. Offenbar hingen sie an den Nägeln, die in meiner Welt – der seitenverkehrten Welt – unbenutzt in der Wand steckten.

Einer der beiden Kerle stand mit dem Rücken zu mir. Der andere sah mich an. Da plötzlich war ich mir sicher, ich sah nicht nur in ein geisterhaftes Antlitz, nein. Ich blickte in die Vergangenheit, fünftausend Jahre und mehr, als ich noch in Dilmuns Urwald hockte und mich ein lieber Junge unverhofft in den Krieg führte. Zum zweiten Mal in wenigen Tagen sah ich seine Gesichtszüge. Es kann kein Zufall gewesen sein. Hier griffen tatsächlich außerweltliche Spiegelbilder ineinander.

»Simon«, sagte ich leise zu mir selbst.

Da fiel mir auf, dass sein Gesicht deutlich älter aussah, als vor ein paar Tagen. Doch mir blieb keine Zeit, mich darüber zu wundern.

Der andere Kerl riss erschrocken die Augen auf, nahm den Spiegel ins Visier und stampfte darauf zu.

Wenn die Zahnräder des Schicksals ineinandergreifen und dir der Schicksalsspiegel eine Lektion erteilt …

Ich machte einen hastigen Satz zur Seite und stieß einen Schrei los. Der Laut erstickte in meinem Hals. Was war nur los mit mir? An diesem leblosen Ort ging mein Verstand mit mir durch, wie ein ängstlicher Gaul. Und ich taugte nicht einmal mehr zu einem ordentlichen Brüllen.

Gierig sah ich zu dem Spiegel hin. Nur traute ich jetzt meinen Augen nicht mehr. Es war schlichtweg unmöglich, dass der Zufall uns auf diese Weise zueinander führte. Oder doch? Misstrauisch schielte ich zu dem Ding hin.

Im selben Augenblick, als ich meine Meinung ändern und einen Blick wagen wollte, hörte ich eine mir bekannte Männerstimme schimpfen: »Verschweig dich!«

Verflucht. Der Kerl vom Brunnen. Scheinbar hatte er mich rufen gehört. Ich hatte keine Lust, ihm ein zweites Mal zu begegnen. Ich musste weg. Schnell.

Ich stürmte die Treppe hinauf, hastete aufmerksam durch die Stube, sah mich um und verließ das Gästehaus.

Hätte ich mehr Zeit gehabt, dann wäre mir sicherlich aufgefallen, dass ich nicht ohne Grund in diesen Wandspiegel geblickt hatte …

XIV

Tage und Nächte im Spiegel.

Schlafen, ohne dabei auszuruhen, essen, ohne satt zu werden. Wenig Nahrung, geschmacklos und zäh. Farblose, tonlose, geruchlose Stunden. Und pennen in fremden Strohbetten, ungemütlich und ständig auf der Hut. Getrieben von der Sucht – von einem Spiegel zum nächsten. Auf der Flucht vor den Wahnsinnigen und auf dem Weg in den Wahnsinn. Und wofür? Für die stumpfe Reflexion eines blassen Selbst und den flüchtigen Blick in die echte Welt.

Tage und Nächte im Spiegel. Tage und Nächte in der Hölle.

Anfangs war mein einziger Gedanke: *Weg von hier*. Der zwanghafte, hilflose Drang nach einem Ausweg trieb mich von Haus zu Haus. Und vielleicht hatte ich die Zeit nötig, um mich mit meiner Situation abzufinden.

Schon nach wenigen Kalendertagen war mir alles gleich. Und ein paar Dunkelheiten später dachte ich gar nicht mehr daran, ob und wie ich die Spiegelwelt je wieder würde verlassen können.

Am Ende war's der simple Blick ins Brunnenwasser, der mir den helfenden Einfall bescherte.

Ich saß am Brunnen auf dem Weinmarckt, die Füße im Wasser. Dieser Platz eignete sich besonders, um zu verschnaufen, der Sucht zu frönen und die Zeit dahinplätschern zu lassen. Dabei genoss ich die Sicht auf mein verwaschenes Spiegelbild. Außerdem war man hier in der Lage, öfter als anderswo, einen Blick in die reale Welt zu erhaschen. Umgeben von rastlosen Menschen, die über den Marktplatz eilten. Männer, Frauen, Kinder. Nun durfte ich nachempfinden, warum dieser Ort bei den Spinnern so beliebt war. Jetzt war ich einer von ihnen. Und möglicherweise dachte ich sogar mehr als einmal: *Verschweig dich!*

Vielleicht waren eine gehörige Portion Wahnsinn und Ignoranz notwendig, um auf außergewöhnliche Ideen fernab des Möglichen zu kommen? Wer weiß. Denn urplötzlich hatte ich einen Einfall. Beim Brüten am Brunnenrand kam mir der ungeahnte Gedanke, dass der Weg nach draußen – die Grenze dieser Welt – auch im Inneren liegen könnte.

Und wie zur Bestätigung erinnerte ich mich an das Erlebnis am Fluss. Tausend Jahre schien es zurückzuliegen. Nahe Augsburg. Sebastians Mutter ertrank. Ich war unfähig, sie zu retten. Aber für den Bruchteil einer Sekunde, als ich meinen Arm ins sommerwarme Flusswasser streckte, bekam ich sie zu fassen. Ich hielt ihre Spiegelung in der Hand. Und mit etwas mehr Kraft, Geschick und Glück hätte ich sie herausziehen können.

Der Ausweg liegt im Inneren.

Mein Herz schien den Einfall aus mir herausklopfen zu wollen, wie ein Bildhauer sein Meisterwerk aus dem Marmorblock. Wumm. Wumm. Mein Atem ging schnell. Und endlich, da war er – der rettende Gedanke:

Falls es möglich war, jemanden zu finden, der das Vertrauen hatte, dass er in der Lage war, in den Spiegel zu fassen; wenn diese Person die Gewissheit im Herzen trug, dass sie mich fest genug zu packen bekam; und wenn sie mit Überzeugung kräftig zog, dann könnte mich dieser Mensch aus dem Spiegelbild herausziehen. Zurück in die richtige Welt. Zurück nach Hause.

Der Ausweg liegt im Inneren, sagte ich mir. *Im Glauben, im Willen, im Herzen. Nur wo finde ich jemanden, der an eine Spiegelwelt glaubt?*

Das Schicksal meinte es gut mit mir.

Mein erster Einfall war: *Der Bub, der beim Essen mit seinen Eltern auf mich deutete.* Aber trug er tatsächlich genug Überzeugung in sich? Ich vermutete *nein.* Er war eingeschüchtert, verwirrt und verängstigt.

Was ich brauchte, war ein Verbündeter auf der wirklichen Seite. Ein Zeitgenosse, der in der realen Welt andere von der Spiegelwelt überzeugen *wollte.* Eine Person, die sich mit ihren Mitmenschen darum stritt, ob es Gesichter im Spiegel gab. Die sich nicht zu schade war, durchs Wirtshaus zu brüllen: »Ich habe jemanden im Spiegel gesehen. Punkt. Du bist ein riesengroßer, widerlicher HUNDSFOTT!«

Das Schicksal meinte es gut mit mir. Denn da war die Feier im SCHWABENTANZ und da war der Uhrmacher. Und dann gab es da dieses Mädchen, das an jenem Abend ihren Gefühlen freien Lauf gelassen hatte. Ich war überzeugt, *sie* war mein Schlüssel zum Rückweg. Ich musste sie finden und von meinem Vorhaben überzeugen. Klang einfach. Oder auch nicht ...

XV

Wind und Schnee begleiteten mich auf meiner Suche durch die reichsfreie Stadt. Nur dass der Luftzug kraftlos und das Schneegestöber nicht kalt genug war. Ich trottete über einen namenlosen Weg hinter der Rückseite der Beckengasse, Augsburgs Stadtmauer im Nacken. Da entdeckte ich ein brandneues, gigantisches Schild, das bis zur Straße hin lesbar war:

ЯЗИƧIЗM ЖЯЗWDИAHTƧИUꓘ

Und obwohl ich noch nie hier gewesen war, hatte ich das Gefühl, an dem richtigen Ort angekommen zu sein. Als hätte man dieses funkelnagelneue Namensschild eigens für mich angebracht. In diesem Hinterhof hatte alles seinen Anfang genommen, das wusste ich.

Ich lief auf die Werkstatt zu und hatte den Eindruck, als bewege ich mich in ein von der Sonne gebleichtes Gemälde hinein. Bei jedem Schritt versank ich kniehoch im Schnee. Meine Sohlen knirschten im gleichmäßigen Takt einer Pendeluhr. Der Zugang zur Uhrmacherei war freigeräumt. Ich stieß die Tür auf.

Tick, tack.

Ich spürte, dass dieser Raum für gewöhnlich mit einer eigenen kleinen Welt aus Zeit, Uhrwerken und vielen Zahnrädchen belebt war. An der Wand hingen Sägen, Hammer, Feilen und winzige Schraubwerkzeuge an ins Holz geschlagenen Nägeln. Scheiben, Zahnräder, Federn und Schrauben türmten sich auf einem Regal neben dem Christuskreuz. Und da war eine prachtvolle Pendeluhr. Aber wie alle Zeitmesser in der Spiegelwelt stand sie still – eingefroren in einer ewigen Reflexion.

... tack.

Da waren zwei Werkbänke. Eine mit direktem Blick durchs Fenster nach draußen. Die zweite dahinter. Und neben der letzteren hing ein nagelneuer Wandspiegel. Auf eine eigentümliche Art passte er nicht hierher. Womöglich, weil er entzückend glänzte, während alles andere an diesem Ort stumpf und abgenutzt aussah.

Der Spiegel zog mich zu sich hin. Ein so intensives, so aufwühlendes Gefühl, das mir sofort Tränen in die Augen trieb. Ich streckte die Hand aus. *Nur ein einziges Mal berühren. Die Fingerkuppen aufs Glas legen. Drücken. Streicheln. Und dann,* sagte ich mir, *wenn die Spannung unheimlich stark und das Brustgefühl warm, hämmernd und unerträglich ist, einen erlösenden Blick hinein.*

Beinahe hätte ich vergessen, weshalb ich hier war. Erschrocken zog ich den Arm zurück und begutachtete meine Finger, als gehörten sie nicht zu meinem Körper.

Und ich flüsterte: »Was denkst du dir dabei? Widerstehe der Sucht. Kämpfe dagegen an. Die Spiegel befreien dich nicht. Im Gegenteil. Sie halten dich gefangen.«

Mein Verstand kreischte boshaft: *Verschweig dich!* Aber ich ließ ihn nicht zu Wort kommen.

Da bewegte sich etwas in der Reflexion. Nur kurz, ein Augenzwinkern. Und doch erkannte ich das gesuchte Mädchen aus dem SCHWABENTANZ. Ich erstarrte. Und mein Herz hüpfte aufgeregt in meiner Brust hin und her.

Sie ist hier, dachte ich. *Mit mir. In diesem Raum. Zur selben Zeit. Und einzig und allein das reflektierende Glas trennt uns voneinander.*

Wachsam ging ich einen Schritt auf den Spiegel zu – dem Fenster in die Wirklichkeit. Nicht wie einer, der sich darin selbstverliebt betrachten wollte, nein. Wie jemand, der verstohlen durch ein Glasfenster einen verbotenen Blick auf den König zu erhaschen versucht. *Wird sie schreien? Panisch wegrennen, wenn sie mich sieht? Das Spiegelglas zerschlagen?* Ich hatte Angst. Aber ich wusste auch, dass dies der einzige Ausweg war.

Es traf mich völlig unvorbereitet. Mein Körper zuckte zusammen. Mein Herz setzte einen Schlag aus. Und mein Atem stockte.

Denn im selben Augenblick, als ich mich vor den Spiegel beugte, tauchte ihr Gesicht in voller Größe darin auf. Ich stieß einen Schrei aus und starrte ihr mit offenem Mund direkt in die Augen.

Sie hatte mich erwischt. Vermutlich hatte sie mich zuvor schon entdeckt und nur darauf gewartet, dass ich näher ran kam. Und doch wirkte sie gleichermaßen verschreckt und unsicher, so wie ich.

Sie war die junge Frau aus dem Gasthaus. Ich wollte ihr so viel sagen: *Hilf mir. Hol mich raus. Bitte.* Erhoffte mir, endlich am Ziel meiner Reise angekommen zu sein. Da verschwand ihr Gesicht. Und zurück blieb nur mein verstörtes Spiegelbild.

Wo war sie hin? Wie durch ein Fenster, suchte ich in dem reflektierenden Glas herum. Und ich entdeckte einen Mann mit rosigen Wangen und schmalen Lippen. Er saß auf einem runden Hocker, kniff konzentriert die Augen zusammen und hantierte mit einer Pinzette an einem offenen Uhrwerk. Schnell zog ich den Kopf weg.

Und was nun?, fragte ich mich. *Endet mein Plan, noch bevor er begonnen hat?*

Plötzlich klatschte ein Stofffetzen aufs Spiegelglas. Und da war auch wieder das Frauengesicht. Verwundert las ich, was da mit rußigen Fingern geschrieben stand: *Bist du ein Geist?*

Ich sah sie an und schüttelte den Kopf.

Sie verschwand, kam aber schnell zurück. Auf die andere Seite des Seidentuchs hatte sie gekritzelt: *Was bist du dann?*

Ich schleckte meinen Zeigefinger ab, legte ihn auf den Spiegel und schrieb: *Thyri.*

Sie betrachtete das Wort, zuckte mit den Schultern, sah sich verstohlen um und deutete auf eine Tür. Dann ging sie weg.

Auch in meiner Welt gab es diese Tür. In Windeseile huschte ich hindurch, mit der Angst im Bauch, sie zu verlieren.

Dahinter verbarg sich ein Flur. Und am anderen Ende sah ich einen Standspiegel, so groß, dass er einen ganzen Menschen zeigte. Die junge Frau winkte mir zu.

*

Wir hatten schnell herausbekommen, wie wir uns unterhalten konnten. Wir wischten mit dem feuchten Finger den Schmutz vom Boden und schrieben damit auf den Spiegel. Das funktionierte allerdings nur, wenn die Wörter Buchstabe für Buchstabe spiegelverkehrt aufs Glas aufgetragen wurden.

Hilf mir, schmierte ich und sah sie mit großen Augen an. »Bitte«, flüsterten meine Lippen. Ich war überzeugt, dass sie mich verstand.

Ihr Zeigefinger trug ein Fragewort unter mein Geschriebenes auf. *Wie?*

Zieh mich hier raus.

Das kann ich nicht.

Doch. Du kannst es.

Der Spiegel ist aus Glas.

Das macht nichts. Du musst nur fest daran glauben.

Verzweifelt sah sie mich an und zuckte mit den Schultern. Und weil kein Platz mehr zum Schreiben war, griff sie nach dem Lappen und putzte das Geschriebene weg. Schließlich tauchte sie die Fingerkuppe in den Schmutz, setzte an und erstarrte. Ihr Mund stand offen. Die Augen weit aufgerissen. Sie betrachtete den Stofffetzen, dann wieder mich.

Etwas war passiert. Mein Herz pochte.

Nach einer kurzen Pause trug sie einen neuen Satz auf das Glas auf.

Der Spiegel ist sauber.

Und mir blieb der Atemzug im Hals stecken.

Ja. Sie hatte recht. Der Standspiegel war völlig sauber. Sie hatte alle Sprüche weggewischt. Nur ohne darüber nachzudenken, säuberte sie auch die Stellen, die von *mir* beschrieben worden waren.

Jetzt sah sie mich verstört und hilflos an.

Ich beschmutzte meinen Finger und schrieb: *Du musst daran glauben.*

Sie nickte.

Dann sah sie sich um. Rief etwas. Und schließlich kritzelte sie flink ein paar schwer leserliche Wörter auf das Spiegelglas. Und noch bevor ich reagieren konnte, huschte sie über den Flur und verschwand in der Werkstatt.

Abends, wenn wir allein sind. Versteck dich!

Begeistert starrte ich auf den Satz und hatte endlich wieder Hoffnung ...

XVI

Abschied.

Den Rest des Tages trottete ich durch die Spiegelstadt. Nicht zum ersten Mal hatte ich das Gefühl, mich von einer unliebsamen Sache nur schwer lossagen zu können. Die letzte unfühlbare Kälte, ein letzter geschmackloser Brocken Brot, der letzte Spaziergang in lautlosen Gassen. Ja, sogar die verhasste Sucht, in den Spiegel blicken zu müssen, fehlte mir bei dem Gedanken an ein Lebewohl von dem Dasein hinter den Spiegeln.

Und ein bisschen vermisste ich schon jetzt den Ausblick von der Seite auf die Welt – abseits jedweder Verantwortung. *Heute Abend werde ich alles hinter mir lassen,* sagte ich mir wehmütig. *Und der Lauf des Lebens wird weitergehen – mit mir.*

*

Als ich die Werkstatt betrat und zum Korridor durchlief, fühlte ich mich wie auf dem Weg zu einer Beisetzung. *Auf dem Rückweg wird diese Werkbank, diese Mauer, das Fenster andersherum sein,* dachte ich. *Links wird rechts und verkehrt herum. Nimm Abschied von der Spiegelwelt.*

Abschied.

Im Winter dämmerte es schon früh. Der Flur war so dunkel, dass ich den großen Spiegel nur als finsteren, quadratischen

Fleck wahrnahm. *Nicht gut,* dachte ich. *Sie muss mich sehen, um zu glauben.* Ich suchte nach meiner Retterin. Doch es tat sich nichts. Ich war allein.

Sie wird kommen, sagte ich zu mir selbst, tat mich aber schwer, meinen Optimismus beizubehalten. Ich setzte mich mit angezogenen Knien neben den Standspiegel und lehnte den Rücken an die Wand. Dann wartete ich. Die Dunkelheit umhüllte mich. Und nach einer Weile hatte ich das Gefühl, längst wieder zuhause zu sein. Müde. Ohne Hoffnung. Meine Gedanken trieben dahin. Und mein Kopf sackte nach vorn.

Da blendete mich ein zappelnder Lichtschein und riss mich aus dem Schlaf. Ich erschrak, als ich ihr lebensgroßes Gesicht am Fenster sah. Nein, im Spiegel. Mit den Fingerknöcheln klopfte sie gegen das Glas, als glaubte sie, ich könne das Klopfen hören. In der anderen Hand hielt sie eine Laterne. Mein Herz ging auf, mein Antlitz strahlte und das Mädchen im Spiegelfenster lächelte zurück.

*

Im Schein der Kerze wirke der Raum unheimlich und geisterhaft. Der Durchgang zur Werkstatt war ein dunkler Schlund, gewillt mich aufzufressen. Oder aber jemanden auszuspucken. Besorgt behielt ich das finstere Maul im Auge. Das Wort VERSCHWEIGUNG geisterte in meinem Kopf herum.

Wir stellten uns auf – ich auf meiner Seite des Spiegels, sie auf ihrer, als wäre sie mein Spiegelbild. Dann atmete ich tief durch und schaute ihr hoffnungsvoll in die Augen. *Sie wird es schaffen,* sprach ich mir Mut zu. Sie nickte. Ich ebenso. Es war so weit.

Dann hielt sie die Luft an und streckte den Arm aus …

… und ihre Hand schlug sanft gegen das quecksilberbeschichtete Glas. Verflucht. Ihre Schultern sackten resigniert ab.

»Nochmal«, flüsterte ich ihr zu. Oder mir selbst? Sie starrte auf mein Spiegelbild. Ich weiß nicht, was sich in ihrem Kopf abspielte. Womöglich zweifelte sie an sich selbst. Oder an ihrem Verstand. Es war ja so, dass sie nachts im Laternenlicht vor einem Spiegel stand und mit einem Wesen aus einer anderen Welt kommunizierte. Beängstigend. »Bitte«, wisperte ich und faltete die Finger zu einer flehenden Geste.

Sie zog die Mundwinkel nach oben und legte die flache Hand auf die Glasscheibe. Dazu zuckte sie mit den Schultern und schüttelte den Kopf. *Geht nicht*, verstand ich. Und ich spürte, wie gnadenlose Hoffnungslosigkeit meinen Rachen hochkletterte.

Nein, nein, nein! Auf gar keinen Fall kann's das gewesen sein!

Ich beugte mich zum Fußboden und streifte den Zeigefinger in den Schmutz. Dann setzte ich ihn über meinen Kopf aufs Glas und schrieb in großen, spiegelverkehrten Lettern: VERTRAUE.

Sie las es. Und ich konnte in ihrem Blick neuen Mut erkennen. Er durchströmte ihren Körper. *Ja. So ist es gut. Schultern hoch. Augen gerade. Brust raus.*

Glaube an dich, wünschte ich mir. *Du kannst es.*

Richte den Arm in Richtung Spiegel.

Zum Weltentor.

Schiebe sämtliche Regeln beiseite. Befreie deinen Geist von Grenzen und Rechtmäßigkeiten.

Alles ist möglich.

Du musst nur fest genug vertrauen, dass es passieren wird. Überzeugt sein. Dann ist es machbar.

Wünsche nicht – nein! Du musst WISSEN, dass du es tatsächlich tun wirst.

Stell dir vor, wie du es bereits getan HAST.

Und im nächsten Augenblick packte ihre Hand mein Kleid und riss mich mit aller Kraft durch den Spiegel.

XVII

Ich war heilfroh, zuhause in der Welt der gewohnten Verrücktheiten angekommen zu sein. Überglücklich fiel ich ihr um den

Hals. Sofort stachen mir die kräftigen Farben ins Auge. Ich hatte vergessen, dass sie so schön waren. Unzählige Gerüche, die im normalen Alltag tausendmal ohne Beachtung an mir vorbeigezogen waren, brachen nun auf wundervolle Weise über mich herein.

Draußen war es eisig kalt. Ich genoss die zitternde Gänsehaut.

Johanna Meisner – so hieß meine Retterin – war entzückt, dass es die Gesichter in den Spiegeln tatsächlich gab. Wie sie mir erzählte, hatte sie bereits an ihrem Verstand gezweifelt. Und das nicht nur einmal. Sie musste mir versprechen, ab sofort nicht weiter über Menschen in der Spiegelwelt zu berichten. Ich machte mir Sorgen, zu viel Gerede könnte die letzten Auswüchse der Inquisition auf den Plan rufen. Ich befürchtete, man könne sie der Hexerei bezichtigen.

Nichts hielt mich mehr in Augsburg. Ich verdrängte jeden Gedanken an meine Arbeit, meine Freunde, meinen Ehemann.

Die Zeit hinter den Spiegeln lehrte mich, dass von Eitelkeit und Selbstverliebtheit nicht zu unterschätzende Gefahren ausgehen können. Seither mache ich einen großen Bogen um ausladende Wandspiegel, insbesondere, wenn ich in übermütiger, empfänglicher Stimmung bin.

*

30 Jahre nach meiner Abreise hörte ich von den Augsburger Weberaufständen, die von der Polizei niedergeschlagen wurden. Die Ursache war der Import billiger Tücher aus Ostindien. Stoffe waren einst der Grund für meine Reise in die reichsfreie Stadt gewesen, erinnerte ich mich. Und ich besann mich meiner Zeit in der schwäbischen Provinzstadt zurück. Ich dachte darüber nach, wie Bärlind Brexel den Auftrag gehabt hatte, mich aus Augsburg wegzuschaffen. Wer dahintersteckte, blieb für immer ein Rätsel. Und ebenso, ob es simples Glück gewesen war, dass sie im rechten Augenblick entseelt zusammensackte.

Auch wenn mich der Gedanke quält, aber heute denke ich: Bärlind Brexel hatte den Tod verdient. Sie hatte Valentin auf dem Gewissen. Denn sie präparierte seine Schlafdecke mit flüssigem Metall, das in seinen Körper eindrang und ihn qualvoll ums Leben brachte.

Ich glaubte nicht an Zufälle. Eher bin ich der Meinung, dass die Räder der Vorsehung hin und wieder enger miteinander verzahnt sind, als es den Darstellern möglich erscheint. Und so ist es durchaus denkbar, dass, was für den Einen ein unerwarteter Schicksalsschlag zu sein scheint, für den Anderen einen großen Nutzen hat.

Dann greifen die Zahnräder des Schicksals ineinander und der Schicksalsspiegel erteilt uns eine Lektion.

Ich sehne mich nach Simon. Ich erblickte ihn im SCHWABENTANZ und ein zweites Mal im Wandspiegel in dem sonderbaren Gasthaus. Das Gefühl war so echt und so nah. Hatten mich meine Augen getäuscht, oder war ich ihm wahrhaftig begegnet? Diese Frage wollte mich länger nicht loslassen.

Aber auch, ob ich je wieder eine Reise antreten würde, auf geheimnisvolle Weise durchs reflektierende Glas in die *Spiegelwelten.*

Mein Name ist Thyri.
Ich lebe ewig.
Solange ich zurückdenken kann, bin ich auf der Erde.
Ich suche nach meiner Liebe. Und ich suche nach dem Tod.
Gemeinsam werden wir eine Antwort finden auf die Frage:
Wer bin ich?
Ich kann nicht sterben. Ich darf nicht lieben.
Ich bin Thyri.

Gilgamesch und die Seherin

I

Leipzig, Deutschland im Jahr 1999 nach Christus

Wir schlenderten durch eine vornehme Einkaufsgasse, in der für gewöhnlich ausgesuchte Dinge an erlesene Kundschaft angeboten wurden. Kühler Wind hielt uns auf Trab und es duftete nach zuckerigem Gebäck.

Mich überkam ein eigenartiges Gefühl, als ich den Souvenirladen zum ersten Mal sah. Er quetschte sich zwischen ein nobles Antiquitätengeschäft und einen stilvollen Laden mit Zigarren und Pfeifentabak. Nur dieses Geschäft passte ganz und gar nicht hierher. Überladene, kunterbunte Aufsteller mit Ansichtskarten, Zeitschriften und Schlüsselanhängern brachten die Laufkundschaft zum Stehen und viel zu große, neongelbe Preisschilder – JEDES TEIL 50 PFENNIG – lockten die Leute hinein.

Argwöhnisch näherte ich mich dem Ladengeschäft. Ich wagte einen Blick ins Schaufenster und verzog angewidert das

Gesicht. Nicht wegen der pinken Küchenuhr mit dem unheimlich grinsenden Pandagesicht, die auf einem kleinen Podest über einem schwarzen Matchbox-Porsche und einer Spiegelei-Bratpfanne posierte. Und auch nicht aufgrund des Eierschälers, von dem ein Schild empfahl: JEDEN TAG EIN EI UND DU BIST MIT DABEI. Nein. Mein Blick blieb an einem Scherzartikel hängen – einer Spardose in Form eines hängenden Penis. Und ich fragte mich: *Wer zur Hölle kauft so ein Zeug?*

Vielleicht war's meine Neugier? Ich weiß es nicht, aber irgendetwas zog mich in seinen Bann und ließ mich nicht mehr los. Auf einmal hatte ich das dringende Bedürfnis, mir dieses Ladengeschäft genauer anzusehen. Marie, mit der ich die Buchmesse besuchen wollte, war an einem Geschäft mit Seidentüchern hängengeblieben. Ich sah zu ihr hinüber, deutete mit dem Daumen auf die Tür, erntete einen herablassenden Blick und betrat den Souvenirladen.

*

Damit hatte ich nicht gerechnet. Zwar war der Laden von vorne recht schmal – drei bis vier Meter vielleicht, weshalb er mir so klein vorkam – aber dafür breitete er sich nach hinten aus. Am anderen Ende verlor er sich in einer ausladenden Treppe abwärts.

»Hallo«, begrüßte mich das Mädchen an der Kasse freundlich. Ihr Gesicht kam mir auf rätselhafte Weise bekannt vor, wie jemand aus einem längst vergessenen Traum. Ich nickte unsicher und schlenderte an ihr vorbei. Und mich beschlich dieses Gefühl, dass nichts von alldem hier richtig war – dass *ich* nicht hier sein sollte.

Nahe der Kasse lag noch mehr billiger Plunder in den Regalen herum: Ein Sandmann aus Porzellan; Teller, auf denen knallbunte Comicfiguren abgebildet waren; eine Spiderman-Maske sowie die gigantische Kunststoffbrille eines Clowns mit einer

290

Blume am Gestell und einer Wasserspritzvorrichtung. Und da war auch der Tisch mit den 50-Pfennig-Sachen, den ich von draußen gesehen hatte.

Ich bummelte weiter durch den Laden, ohne einen Gedanken daran zu verschwenden, dass der einzige Kunde ein muskelbepackter Mann war, der hier noch weniger reinzupassen schien als ich. Ich schlenderte an Bücherregalen vorbei, vollgestopft mit gebrauchter Literatur für Kinder. Ich finde nicht, dass man Bilderbücher, Kunststoff-Kaubücher und Vorleseheftchen, die schon zerknittert, besabbert, beschmiert, zerrissen und bekleckert wurden, noch verkaufen sollte. Ein Blick in dieses Regal bekräftigte meine Meinung.

Dahinter entdeckte ich ein ansprechendes Bücherregal mit Spannendem, Abenteuerlichem und Phantastischem. *Schon eher meins*, sagte ich mir. Ich las gerne mal ein gutes Buch. Seit meiner Zeit als Bibliothekarin in der *British Museum Library* war ich den geschriebenen Texten verfallen. Hier in Leipzig fand zum zweiten Mal nach der deutschen Wiedervereinigung eine der weltgrößten Buchmessen statt. Ein Traum für jeden Bücherfreund. Von dem Augenblick an, als ich die üppig gefüllten Bücherregale sah, hatte mich der Laden am Haken. Ich war fasziniert und wollte unbedingt wissen, was da noch kam.

Jetzt erst wurde mir der Kerl bewusst. Nicht, weil er nur so dastand und sich für überhaupt nichts zu interessieren schien. Sondern da ich für eine Sekunde das Gefühl hatte, er behielt mich im Auge. Trotzdem wuchs die merkwürdig vertraute Spannung, als gäbe es einen besonderen Grund für mein Hiersein.

*

Blumentöpfe und Untersetzer in einem kunterbunten Sammelsurium aus Gebrauchtem und Neuem, in Terracotta und bemalt, in sämtlichen Formen und Größen blockierten die Stufen ins Kellergeschoss, sodass ich darüber hinwegsteigen musste. Ein aufregender Geruch drang aus den unteren Räumen. Ich war gespannt, welche Geheimnisse es hier zu entdecken gab.

Eigentlich war ich stets auf der Suche nach anderen Menschen meiner Art, nach Mitgliedern aus meiner Familie, nach Simon. Doch seit jeher lenkte mich das Schicksal an außergewöhnliche Orte, die magische Mysterien und zauberhafte Erlebnisse für mich bereithielten. Nicht ohne Grund, wie ich vermutete. Es war, als wäre ich eine Sklavin der Vorsehung – verdammt, die Welt im Lot zu halten und was schiefgegangen war wieder in Ordnung zu bringen.

Ich hörte Marie lachen. Dann sah ich ihre Stiefel auf der Treppe.

»Oh, wow!«, rief ich erstaunt aus, als ich sah, was sich hier unten verbarg.

»Thyri?«, rief Marie.

»Hier«, antwortete ich, ohne den Blick von all dem wundervollen Kram abzuwenden. Regale, überfüllt mit abgenutzten, in Leder gebundenen Büchern; rostige, verbeulte Schilder aus Blech, die COLA VERSÜSST DEINEN TAG und HAPPY HOODLES BITTERSAURE GUMMI-SCHLANGEN anpriesen; kistenweise Schallplattenhüllen: *Fats Domino* lächelte mich an, *Dean Martin* und die *Glen Miller* Kapelle. Hier fand ich alte Seifenschachteln, bedruckt mit Gesichtern aus den 50ern, dort ein Grammophon sowie einen Holzfernseher und eine Auswahl von Verkehrsschildern aus aller Welt. So unendlich viele Gegenstände aus vergangenen Zeiten – ich war hellauf begeistert.

»Stell dir vor«, sagte Marie, »der Kerl da oben hat mich gefragt, ob wir Schwestern sind.« Sie grinste, dass ihre strahlend weißen Zähne sichtbar wurden.

»Wäre ja noch schöner«, witzelte ich beiläufig, immer noch verzaubert von dem wundervollen Klimbim. »Sieh dir das an!«, staunte ich und hob einen abgekuschelten Teddy mit rotem Halstuch hoch.

»Igitt.« Sie rümpfte die Nase. »Ist ja wie auf dem Flohmarkt hier. Nein, schlimmer.«

»Zauberhaft«, schwärmte ich und legte ihn zurück.

Der Geruch, die Gegenstände und all das Leben, das an ihnen genagt hatte – es kam mir vor, als stünde ich in den Requisiten meiner Vergangenheit; als gehörte ich auf wundersame Weise hierher. Ein Gefühl von Zuhause. Die Maske eines indianischen Häuptlings machte mich ebenso froh wie die verbeulte Ritterrüstung in der Ecke und das vergilbte Gemälde an der Wand, das eine nackte Frau am Wasser zeigte. Was war das hier? Ein Trödelladen? Eine Ausstellung?

»Viertausendfünfhundertfünfundfünfzig«, kommentierte eine tiefe Stimme mein Interesse an einem roten Oldtimer-Modell aus Blech mit einer winzigen Kurbel an der Front – der Muskelmann.

»Wir schauen nur«, entgegnete ich und wunderte mich über den Preis. Marie zwinkerte ihm zu und kicherte beschämt.

Ich rempelte sie an. »Was soll das?«

»Ist doch süß«, verteidigte sie sich und zog eine Schnute.

Auf dem Deckel einer monströsen Holztruhe entdeckte ich einen verbeulten, grauen Karton, vollgestopft mit Bildern und Fotos. Das musste ich mir näher ansehen.

Wahllos zog ich eines der Bildchen heraus. Es war eine Postkarte. Ihre Rückseite zeigte das verwaschene Schwarzweißbild einer Berghütte mit einem breiten Rand drumherum, der einmal weiß gewesen sein musste. Auf der anderen Seite standen eine Anschrift und der Text:

Liebe Familie Sanner,

herzliche Urlaubsgrüße aus Lamastre. Es ist schön. Aber zuhause ist es schöner.
Alois Brunner.

»Zeig mal her«, meinte Marie und zog mir die Karte aus den Fingern. »Was ist das denn für ein Kram?«

»Alte Ansichtskarten«, sagte ich fasziniert.

»Komm, raus hier«, drängelte Marie.

Aber ich wollte noch nicht gehen. Erst recht nicht, nachdem ich diese Kiste entdeckt hatte. Stattdessen zog ich eine Handvoll rechteckiger Papierkärtchen heraus und blätterte sie durch.

Sämtliche Fotos waren in Schwarz-Weiß. Dazwischen immer wieder Bilder in Tusche oder Öl, gedruckt auf dickes Papier. Die Ränder mancher Postkarten waren in Wellenformen gestanzt, einige auch gezackt. Alle waren beschrieben von Menschen, die einander liebten, grüßten und sich erzählten, was sie erlebt hatten.

Auf einer entdeckte ich die Fotografie eines Mannes zu Pferd in Paradeuniform mit geschwellter Brust und federgeschmücktem Pickelstahlhelm. Den linken Arm versteckte er in seiner Rocktasche. *Kaiser Wilhelm II* stand daruntergeschrieben. Ich war hin und weg.

Die nächste zeigte die Tuschezeichnung einer vornehm gekleideten Dame mit weitem Hut, die ihren Hund maßregelte. Darüber stand geschrieben: *Frohes Neujahr.*

Schätze der Vergangenheit, kam mir in den Sinn. Von da an konnte ich meine Finger nicht mehr von den Karten lassen. Ich musste durch diese Schatzkiste stöbern, egal was Marie sagte.

Eine andere Postkarte war mit der Aufnahme eines überfüllten Hafens, Segelbooten, einem Fuhrwerk, Häusern im Hintergrund und dem Spruch SALUTE GENOVA bedruckt.

Schon folgte der Protest. »Komm schon.«

»Viertausendfünfhundertfünfundfünfzig«, meinte der unheimliche Mann an der Treppe zum zweiten Mal. *Er muss meine Faszination gesehen haben,* dachte ich. Breitbeinig stand er da, verschränkte die Arme und wirkte wie ein unbeirrbarer Türsteher.

Ich stopfte die Karten zurück und zog eine weitere Ladung aus der Kiste.

»Ich gehe jetzt«, maulte meine Freundin, aber ich beachtete sie nicht. Ich verspürte den übermächtigen Drang, mich noch länger mit diesen Ansichtskarten beschäftigen zu müssen. Hier lag ein Geheimnis verborgen, das es zu entdecken gab. Und ich dachte mir, vielleicht war es so, dass jeder Mensch in dieser Pappkartonkiste seinen persönlichen Schatz finden könnte, wenn er nur lange genug suchte. *Jedem sein eigenes Kärtchen.*

Nachdem ich die alten Bilder durchgesehen hatte, wendete ich das Bündel und stöberte durch die handgeschriebenen Texte. Ich war wie berauscht. Gezackte, altdeutsche Schriftzeichen sowie schwungvolle Tuschebuchstaben gemischt mit braver Druckschrift; die eine Karte ordentlich beschrieben, die andere wirr bekritzelt, oftmals so gut wie unleserlich. Und ich dachte wehmütig: *Die meisten Menschen, die diese Texte verfasst hatten, sind längst tot.*

Heiner, mein lieber Mann,

wie lange ist's jetzt her, dass wir uns in die Arme genommen haben? Ich vermisse den Frieden. Ich möchte dich bei mir haben. Wenn nur dieser zehrende Krieg endlich zu Ende wäre.
In Liebe, Deine Magda

Montag.
Liebe Hermia!

Also ich freue mich sehr zu lesen, wie groß die beiden schon geworden sind. Und dass sie brav lernen ist mir eine große Freude.
Ich vermisse euch.
Also auf frohes Wiedersehen am Mittwoch und vergesst nicht, die Auslöse beizubringen.

Dein Walter

Ich legte den Kartenstapel weg und sah mich um. Marie schmollte neben mir und dieser unangenehme Kerl blockierte die Treppe nach oben. Er fixierte mich, als dürfte ich sein Angebot nur über meine Leiche abschlagen.

Viertausendfünfhundertfünfundfünfzig.

Dann noch eine, dachte ich, ließ meine Fingerspitzen über die gestapelten Postkarten gleiten und zog eine beliebige heraus. Da war das Bild einer Schauspieltruppe. Offenbar warben sie für ein Stück aus dem Orient. Die Männer trugen lange, weiße Gewänder und Tücher auf dem Kopf, die von dicken Kordeln festgehalten wurden. Sie hatten sich dichte Bärte angeklebt und die Gesichtshaut dunkel geschminkt. Die Frauen waren mit Seidentüchern behangen, ihre Haare mit Ketten, Broschen und Perlen geschmückt. Das Bild erinnerte mich an meine Zeit in Uruk. Wie lange war das schon her? Ich fand, die Kostüme wirkten aufgesetzt und primitiv – auf eine komische Weise.

Ich weiß nicht, weshalb meine Hände zitterten, als ich die Karte wendete. Und auch nicht, aus welchem Grund ich urplötzlich Angst verspürte. Mein Herz klopfte hart und unnachgiebig. Dann las ich, was dort in großen, kantigen Tuschelettern geschrieben stand:

Und ich rannte los …

II

*Irgendwo in der Nähe von Uruk, Mesopotamien,
2542 vor Christus*

»Hab keinen Hunger«, jammert der kleine Ea und schiebt die Tonschale mit beiden Händen weg.

»Er will, dass du ihn fütterst«, sagt Sia, unsere Große.

Resigniert greife ich nach dem Gefäß und seufze: »Herrje, du bist vier Jahre alt. Wie lange soll das noch gehen?« Ich tauche zwei Finger in den Brei, den ich aus Gerste, Weizen, Sesam und Öl hergestellt habe und halte sie ihm hin. Er reißt den Mund weit auf, wie ein hungriges Küken. Also doch.

»Du solltest dich schämen!«, schimpft Sia. Die lange blonde Mähne fällt wild über ihre Schultern.

»Was ist denn los?«, höre ich Agrah rufen. Da kommt er auch schon angelaufen. Er ist etwas klein geraten für einen Zehnjährigen, aber das gleicht er mit der kräftigen Stimme und seinem Temperament locker aus.

Sia verschränkt vorwurfsvoll die Arme vor der Brust und sagt: »Ea muss gefüttert werden.« Agrah lacht übertrieben.

»Jetzt seid mal nicht so«, verteidige ich den Kleinsten. »Ihr wart auch nicht besser. Und bei dir, Agrah, ist das noch gar nicht so lange her.« Ich erinnere mich daran, wie er vor dieser Schale gesessen hat und frage mich, wo die Zeit geblieben ist. Den Brei drücke ich in Eas Mund. Genüsslich schmatzt er die Reste von meinen Fingern.

Es grenzt an Zauberei, vier Kinder gesund zur Welt gebracht zu haben. Dennoch überrascht es mich nicht. Mein ganzes Leben ist ein Wunder und so bin ich einfach nur glücklich, dass es das Schicksal gut mit uns meint.

»Erzählst du uns eine Geschichte?«, fragt Agrah und reißt die Augen weit auf, weil er das für eine gute Idee hält.

»Au ja!«, meint Sia.

Im Grunde habe ich keine Lust dazu. Die Ziegen warten auf mich und ich muss noch frisches Wasser vom Dorfbrunnen holen. Skeptisch presse ich die Lippen zusammen.

»Ach Mami«, jammert Agrah und lässt die Schultern hängen. »Nur eine.« Sia zieht eine Schnute. Wenn sie das macht, erinnert sie mich an die Zeit, als sie klein war. Sie war der erste Nachwuchs in meinem Leben und ich hatte schreckliche Angst vor der Geburt. In meinen Alpträumen sah ich schwarze Gewebeklumpen aus mir herausschlüpfen – blutige Eier, so groß wie ein Kinderkopf, mit schrumpeliger Schale und pergamentartigen Flügeln. Noch nie war ich so erleichtert gewesen, wie in jenem Augenblick, als ich Sia an die Brust legen konnte – gesund und … normal.

Meine Erinnerungen und die langen Gesichter der Kinder ringen mir ein »Na gut« ab.

»Hurra!«, jauchzt Agrah und wirft die Arme in die Luft. Sia grinst breit und sogar der kleine Ea zeigt sein dickstes Lächeln, sodass der Getreidebrei aus seinem Mund tropft.

Der Lärm hat Etana neugierig gemacht. Der Junge kommt müde angetorkelt, reckt die Arme in die Luft und gähnt herzhaft. Obwohl der Elfjährige nur ein Jahr älter ist als Agrah, ist er unser Ruhigster. Seine verschlafenen blauen Augen sagen: *Habe ich etwas verpasst?*

»Mutti erzählt eine Geschichte«, erklärt Sia. Etana nickt zufrieden – seine Art, sich zu freuen.

Agrah wirft sich als erster auf die am Boden liegende Strohmatte, stützt den Kopf in die Hände und fordert: »Aber heute erzählst du uns endlich davon, als du eine Geschichtenerzählerin warst!«

»Nein«, sage ich. »Das ist noch nichts für euch. Ich erzähle euch lieber von dem starken David, der …«

»Wir wollen aber von König Gilgamesch hören. Und wie du ihm eine Geschichte erzählt hast!«, meint Sia und legt sich auf den Boden zu Agrah.

»Ich habe ihm keine Geschichte erzählt.«

»Sondern?«

Selbstverständlich bemerke ich die Falle, in die sie mich zu stoßen versucht.

»Gerettet habe ich ihn«, sage ich stolz. »so wie David, der …«

»David ist uns egal!«, mault Agrah.

Sogar Etana stimmt ihm zu. »Ach, bitte.« Er legt sich zu den anderen.

Dann flehen sie mich zu dritt an, auf dem Bauch liegend, mit großen Augen, Schnuten ziehend, die Köpfe in die Hände gestützt; Sia mit einem gewinnenden Lächeln, wohlwissend, dass sie mich am Haken haben.

Schon oft habe ich ihnen Geschichten erzählt – alte Legenden oder einfach nur erfundene Sachen. Ich kann das gut. Schließlich habe ich viele Jahre vom Geschichtenerzählen gelebt. Ich habe Menschen mit meinen Darbietungen unterhalten und mein jahrtausendealter Erfahrungsschatz war mir dabei eine große Hilfe.

Ich hebe Ea von meinem Schoß und platziere ihn neben den anderen. Dann hocke ich mich ihnen im Schneidersitz gegenüber. Die Schüssel nehme ich dazu.

»Also, was genau wollt ihr wissen?«, frage ich resigniert, aber auch ein klein wenig vergnügt und schiebe Ea eine weitere Portion Brei zwischen die Lippen.

»Alles«, haucht Sia erwartungsvoll. Die anderen nicken.

Ich hole tief Luft und nehme einen ausgiebigen Atemzug, als wäre die folgende Erzählung so aufregend, dass später keine Zeit mehr dafür sei. Eine Technik, von der ich früher stets Gebrauch gemacht habe. Ich beginne mit einem unbedeutenden Wort, um die Spannung zu erhöhen.

»Also …«

Ich sehe das erwartungsvolle Funkeln in den Augen meiner Kinder – Sia, Etana, Agrah und Ea – und bin froh, dass ich nachgegeben habe.

»Ich erinnere mich noch, als ich zum ersten Mal nach Uruk kam«, beginne ich meinen Erlebnisbericht. »Es war

Liebe auf den ersten Blick. Es duftete nach fruchtigen Blüten und saftigen Wiesen. Je näher ich dem Kern der Metropole kam, umso dichter wurde das Geflecht von Feldern, Schilfrohrhäusern, ...«

III

... Blumen, Lehmziegelbauten und Palmenhainen. Ein Arm des Euphrat floss mitten durch die Stadt, vorbei an verzierten Tempelbauten und begrünten Palastanlagen. Ein dichtes Kanalsystem verteilte das plätschernde Nass überall in der Großstadt, wo es zur Bewässerung, aber auch als Wasserstraße für den Schiffsverkehr genutzt wurde. Der tiefste Kanal umrundete Uruk dort, wo heute die gewaltige Stadtmauer steht, denn die gab es damals noch nicht. Die Stadt Uruk war eine grüne Oase mitten in Mesopotamien. *An diesem Ort hatten sich die Menschen ihr Paradies auf Erden geschaffen,* dachte ich mir.

40000 Bewohner drängelten sich auf den kiesbedeckten Straßen: Töpfer, Händler, Lagerverwalter, Wasserwächter; Ziegen und Rinder mit Körben, die bis oben hin gefüllt waren mit Maulbeeren, Quitten, Feigen, Aprikosen, Äpfeln, Trauben und allem, was das fruchtbare Schwemmland zwischen Euphrat und Tigris hergab.

Von weitem erkannte man schon den legendären Tempelturm im Herzen der Stadt, die Heimstätte der Götter, und daneben die eindrucksvollen Palastanlagen des Königs Gilgamesch.

Bald wohnte ich im Inneren des Herrschaftssitzes. Als Geschichtenerzählerin konnte ich mich frei zwischen den Palastmauern bewegen. Man schätzte mich für meinen Einfallsreichtum und fragte sich, woher ich junges Ding die Ideen für die reichhaltigen, phantastischen und spannenden Erzählungen nahm. Die Antwort blieb mein Geheimnis.

*

Am ersten Tag, der mir in den Sinn kommt, wenn ich an den König denke, huschte ich durch das weitläufige System aus Säulen, Räumen und Korridoren, vorbei an mannshohen Statuen und gestickten Wandteppichen. An diesem Tag waren die Böden prachtvoll geschmückt mit einem Meer aus Blumen. Farbenfrohe Seidentücher wehten mir bei jedem Schritt hinterher. Die Heirat des wohlhabenden Händlers Fernes stand ins Haus und so wurden alle Wege dekoriert, vom Portal bis zum Tanzsaal.

Es dämmerte schon und der Duft des Abendmahls lag in der Luft. Ich wollte nicht, dass man mich bemerkte und hastete leise durch den großen Korridor. Vor mir sah ich das Licht der Abendsonne hereinscheinen. Ich fragte mich, was sich die Wachen wohl dachten, wenn ich zu dieser späten Stunde den Palast verließ. Da packte eine Hand grob meine Schulter und riss mich zurück.

»Wer es abends so eilig hat, führt beileibe etwas im Schilde«, hörte ich eine kräftige Stimme sagen. Neben mir stand König Gilgamesch. Das pechschwarze, glänzende Haar fiel strähnig in sein Gesicht und bedeckte den Oberkörper bis zu den Brustwarzen. Die wilden Augen funkelten mich an, während seine Pranke einschüchternd auf meiner Schulter ruhte. Zwei Männer der Stadtwache bauten sich neben uns auf.

Der Herr über Leben und Tod, schoss es mir durch den Kopf, denn so nannte man ihn.

Auf eine eigentümliche Art schämte ich mich – grundlos. Ich spielte nicht mit offenen Karten, ja. Aber ich war ein freies Individuum, konnte tun und lassen, was ich wollte. Der König sah das anders. Gewiss erkannte er meine Scheu.

»Ich wollte …«, stammelte ich und tat mir damit keinen Gefallen. »Ich fühle mich nicht so gut. Frische Luft schnappen wollte ich, mein König.«

Menschen wie er können das Unbehagen riechen. Solche Persönlichkeiten stürzen sich auf jeden Funken Unsicherheit mit der hemmungslosen Energie eines Geparden auf der Jagd.

Sein Daumen strich sanft über meinen Nacken.

Der Herr über Leben und Tod.

»Ich denke, dass du, Geschichtenweib, mir schon sehr lange deine Ergebenheit bewiesen hast«, sagte er und ich wusste, was er damit ausdrücken wollte: Ich sollte mich nicht in Sicherheit wiegen, nur weil ich schon so lange im Palast lebte.

»Danke, mein Herr, dass ihr mir euer Vertrauen schenkt«, erwiderte ich, fühlte aber, wie sich ein unsichtbarer Bogen um mich spannte, wenn ich nicht endlich aus der Deckung kam. Situationen wie diese endeten oftmals tödlich.

»Möchtest du mir etwas sagen, mein Kind?« Seine Stimme klang bedrohlich.

Ein Schauer lief mir über den Rücken. Als er *mein Kind* sagte, zeigte er, dass er als König durchaus die Rechte eines Vaters besaß. Und das schloss auch mit ein zu erfahren, was der Zögling tat.

»Nein, mein Herr«, entgegnete ich mit zittriger Stimme und erschrak. Meine Worte kamen einer Beleidigung gleich. Einem König widerspricht man nicht und schon gar nicht unterstellt man ihm, dass seine Ansichten falsch sind. Kalter Schweiß bildete sich auf meiner Stirn.

Der König war ein brutaler, selbstsüchtiger und überaus hinterhältiger Mann, dem nur eines wichtig war: Macht. Er selbst war die unangefochtene Spitze seiner Herrschaft und darauf erpicht, das jeden spüren zu lassen. Er erdrosselte, köpfte und erstach gerne einmal, ohne Zögern und ohne Vorwarnung.

Was Gilgamesch keinesfalls duldete war Widerspruch. Aus diesem Grund schob er nun seinen nackten Oberkörper unangenehm nah an mich heran, legte die zweite Hand an meinen Hals und drückte zu, sanft, aber mit Nachdruck.

Der Herr über Leben und Tod.

Seine Wachen zogen die Schwerter.

Ich hatte Angst vor dem Sterben. Es ist weniger der Tod selbst. Dies wäre nicht das erste Mal gewesen. Nein, es sind die Schmerzen. Die größte Qual ist der Moment, wenn das Leben den Organismus verlassen möchte, der Zellenverbund sich auflöst und der Körper die Seele nicht mehr halten kann. Es grenzt an Selbstfolter, aufzugeben und den letzten Atemzug zu wählen – sagt man.

Ich fühlte ein Brennen in meiner Brust – Wut. Ich konnte dieses Scheusal nicht ausstehen und ich denke, er las es mir von den Augen ab.

Gilgamesch fletschte die Zähne und knurrte. Er genoss es, das Leben aus mir herauszuwürgen. Im selben Augenblick, als seine Hände meinen Hals noch fester umschlossen, hörte ich das metallische Scheppern von Rüstungen. Drei Soldaten liefen auf uns zu.

»Mein König«, rief der vordere aufgeregt. Er war der oberste Heerführer, verantwortlich für den Schutz von Uruk. Aber auch er tat keinen Handstreich ohne Gilgameschs Einwilligung. »Wir brauchen eure Entscheidung, dringend!«

Jetzt knurrte der König noch lauter. Sein stechender Blick schien in meinen Kopf eindringen zu wollen.

Die Soldaten standen atemlos neben den Kriegern der Stadtwache. Niemand war gewillt, den Herren über Leben und Tod zu stören.

Gilgamesch hielt noch ein paar Sekunden stand. Ich merkte, wie die Hände an meinem Hals zu zittern begannen vor Wut. Seine Kiefer mahlten aufeinander, dann schnaubte er. Eine letzte Warnung an mich und mein vorlautes Mundwerk.

Schließlich ließ er von mir ab.

Ich war erleichtert.

Aber da war auch diese unbändige Wut. So konnte es nicht weitergehen. Es musste etwas passieren. Die Zeit war reif für Veränderungen. Der Gedanke, die Metropole zu verlassen, stimmte mich traurig. Für mich war Uruk das von Menschenhand geschaffene Paradies auf Erden – der Garten Eden der Zivilisation. Nein. Eine Lösung hatte anders auszusehen.

Was ich nicht wusste: Schon bald würde sich die Gelegenheit zur Veränderung bieten …

IV

Gilgamesch: König der Hinrichtungen, der Intrigen und des Misstrauens. In seinem Reich und vor allem in seiner Nähe herrschte die strikte Anweisung, niemand habe mehr als eine Sache zu tun. Was so viel heißt wie: Ein Wasserwächter bleibt ein Wasserwächter, ein Soldat bleibt ein Soldat und eine Geschichtenerzählerin hat nichts anderes zu tun, als Geschichten zu erzählen. Der König behauptete, wenn man sich mit mehr als einer Tätigkeit beschäftige, dann würde man keine davon richtigmachen. Doch in Wahrheit hatte er einen anderen Grund gehabt, dieses Gesetz zu erlassen: Misstrauen. War ein Soldat, der nebenher ein Feld bewirtschaftete, noch loyal? Und wenn ein Wachmann nicht einzig und allein Wachmann war, was ging in seinem Kopf vor, während er Wache stand? Der König witterte Intrigen und schnell führte das zum Tod durch Hinrichtung – zur Abschreckung für Nachahmer.

Als ich das unscheinbare Wohnhaus in unmittelbarer Nähe des Palastes betrat, fühlte ich mich unwohl, wie eine gejagte Maus. Nur wenige wussten, wer hier wohnte: Die Seherin.

Ken-gir verbrachte ihre Tage wie ich im Königspalast. Wie ich wurde sie verköstigt und umsorgt, weil der König die Seherin um sich haben wollte. Und doch gab es einen entscheidenden Unterschied: Ich war für die leichte Unterhaltung da, lockerte langweilige Gesellschaftsabende auf oder hauchte mit meinen Erzählungen Müdigkeit in die Köpfe. Ken-gir dagegen war eine lebende Waffe.

Sie war kleiner als ich und deutlich älter. Ihr Körper hatte die Form einer Birne. Die Rundungen verbarg sie eingehüllt in zauberhafte Stoffe mit kräftigen Farben – zumindest versuchte sie es. Manchmal trug sie die Tücher sogar auf dem Kopf. Aber trotz ihrer schwerfälligen Gestalt bewegte sie sich flink, beinahe anmutig. Sie war immer etwas wichtigtuerisch und steckte ihre Nase in jede Angelegenheit. Wer ihr begegnete und sie nicht kannte, musste denken, sie sei eine wohlhabende Händlerin – auch wenn es weibliche Händler zu jener Zeit für gewöhnlich nicht gab. Ken-gir war eine außergewöhnliche Erscheinung – ein Unikat. Und das allein machte sie zu einer interessanten Gesprächspartnerin für mich.

Ken-gir besaß die wundersame Fähigkeit, in die Zukunft zu schauen. Sie sagte dem König, was er wissen wollte; beriet ihn, wenn es um erfolgreiche Kriegstaktiken ging sowie in Dingen zu Landwirtschaft und Bauwesen.

Manch einer behauptete, die Seherin gestalte die Weltgeschichte auf ihre Art selbst, mit winzigen Änderungen, kleinen Stellschrauben hier und Feinjustierungen dort. Ich wollte herausfinden, was dahintersteckte, darum freundete ich mich mit ihr an und machte Andeutungen. Ich schaffte es, ihre Neugier zu wecken, indem ich witzelte, dass mehr hinter mir steckte als nur eine Geschichtenerzählerin und gewann ihr Vertrauen – zumindest dachte ich das – indem ich ihr Geheimnisse aus der fernen Vergangenheit offenbarte. Sie schien sich brennend dafür zu interessieren und heute wollte sie mir endlich die Kunst der Hellseherei zeigen.

Ein ungutes Gefühl begleitete mich in ihr Wohnhaus. Ich wusste, sie würde die Gelegenheit nutzen wollen, um tiefer in mein Mysterium einzutauchen. Ich hatte mir Antworten zurechtgelegt, die nur wenig preisgaben, aber genug, um Ken-gir zufriedenzustellen.

In der Stube roch es nach einer kräftigen Kräutermischung und süßen Blüten. Das Flackern des Kaminfeuers hüllte den Raum in besinnliches Licht. Es war bedrückend still.

»Setz dich«, sagte sie und deutete mit der Handfläche auf den freien Hocker ihr gegenüber. Auf dem Holztisch stand eine eigenartige Vase: eine ganze Armeslänge hoch und rundherum verziert mit Darstellungen von Menschen, die Getreide mit der Sichel abernteten, nur dass anstelle der Ähren Sonnen und Monde auf den Stielen saßen sowie winzige Sternbilder. Außergewöhnlich.

Wortlos nahm ich Platz.

»Du möchtest also lernen, wie es ist, in die Zukunft zu blicken?«

Ich war mir nicht sicher, ob ich Ken-gir vertrauen konnte, aber mir blieb nichts anderes übrig – auch auf die Gefahr hin, dass ich mein bisheriges Leben in Gefahr bringen würde. Selbstverständlich wusste sie, was für ein Risiko ich einging und ich hoffte, sie wertete dies als Vertrauensbeweis.

Ich nickte.

»Und aus welchem Grund möchtest du das tun?«

Jetzt kam ich mir ausgehorcht vor. Möglicherweise saß ich tatsächlich in einer Falle, nur dann war jede Vorsicht auch schon zu spät.

»Weil ich glaube, ein langes Leben vor mir zu haben. Ich möchte lernen zu sehen, was es für mich bereithält.«

Das war nicht gelogen. Ich dachte an die Antworten auf all meine Fragen: Was ist der Grund für meine Langlebigkeit? Wohin wird mich die Ewigkeit führen? Und was ist mit Simon? Werde ich ihn je wiedersehen?

»Weißt du, Thyri«, sagte sie, »So funktioniert das nicht.«

»Nein?«

»Niemand hat die Fähigkeit, zu sehen, was wirklich in Zukunft geschehen wird. Der Blick durch die Zeit ist unmöglich.«

Der winzige Hoffnungsschimmer in meinem Herzen erlosch.

»Ich«, sagte Ken-gir und sah mich dabei eindringlich an, »habe die Gabe, erdenkbare Wege nachvollziehen zu können. Was wäre, wenn? Und: Wie ist es wahrscheinlicher? Das können wir gemeinsam einmal ausprobieren, wenn du möchtest.«

Also doch, dachte ich. *Eine andere Art der Wahrsagerei. Und eine Chance.* Ich machte große Augen.

»Ja«, flüsterte ich. »Das möchte ich.«

»Gut.«

Sie lächelte zufrieden.

Doch dann ging ihre Miene wieder in Skepsis über.

»Und ich möchte«, meinte sie schließlich, »mehr, viel mehr über die Vergangenheit erfahren.«

Ich denke, Ken-gir glaubte schon damals fest daran, dass meine Geschichten über die Welt der Wahrheit entsprachen. Aber das war mir egal. Ich würde sie mit historischen Ereignissen füttern und sie würde mir als Gegenleistung die Kunst der Hellseherei zeigen, das war der Deal.

»Ja«, sagte ich und zauberte das Lächeln zurück in ihr Gesicht.

»Dann fangen wir an.«

*

»Das Herz meiner Fähigkeit ist diese Vase«, sagte sie und strich mit dem Zeigefinger über den Ton. Damit hatte ich nicht gerechnet. Wie ein merkwürdiger Turm störte die absonderlich bemalte Blumenvase unseren Blickkontakt.

»Ich muss zugeben«, erklärte sie, »ich weiß nicht, warum sie tut, was sie tut. Ich habe die Vase von meiner Mutter bekommen und von ihr gelernt, damit umzugehen.«

Jetzt sah ich genauer hin. Die Bauern ernteten Monde, Sonnen und winzig kleine Sternbilder. Ich kannte die Konstellationen. Der Reihe nach gelesen stellten sie Veränderungen am Sternenhimmel im Jahresverlauf dar. Ich fragte mich, ob diese Symbole zeigten, dass die Bauern Zeit ernteten. Vielleicht war die Vase eine Art Auffangbehälter für Zeit?

Neugierig lauschte ich ihren Worten.

»Es hat etwas mit Konzentration zu tun. Es ist, als würdest du in Gedanken ein in naher Vergangenheit liegendes Ereignis in die Vase geben. Nur wenn du aufmerksam genug bist, vermagst du zu sehen, was dir die Vase über die Zukunft erzählt. Hast du das verstanden?«

Nein, dachte ich und sagte: »Ja.«

»Nun gut.« Sie lächelte mich an. »Dann versuchen wir es. Gemeinsam.«

Ken-gir schloss die Augen. Ich tat es ihr nach.

Sie flüsterte: »Lass uns ein wenig atmen.«

Und dann sagten wir nichts mehr.

Ich hörte meine Kleidung rascheln und vernahm das Geräusch meiner herumrutschenden Sohlen auf dem Boden. Nach einer Weile meinte ich, mein Herz schlagen zu hören.

Ich fragte mich, was Ken-gir durch den Kopf ging. Ein klein wenig beschlich mich die Angst, die Seherin könnte fort sein, sobald ich die Augen öffnete. Ich lauschte. Versuchte, ein Lebenszeichen zu erhaschen. Nichts. Gerade spielte ich mit dem Gedanken, nachzusehen, als Ken-gir unverhofft sagte: »Und jetzt suche ein Ereignis in deiner Vorstellung. Es kann eine Erinnerung sein. Oder auch etwas, das du dir vorgenommen hast.«

Wieder war es still.

Ich grübelte. Dann konzentrierte ich mich darauf, wie ich mich heute Morgen gewaschen hatte.

Die Hellseherin sprach weiter: »Es ist von Vorteil, wenn du starke Gefühle mit dem Erlebnis verbindest.«

Gefühle?, dachte ich. *Nein. Keine Gefühle.*

»Und jetzt«, sagte sie, »öffnen wir gemeinsam die Augen und legen den Gedanken in die Vase, ja?«

»Ja«, erwiderte ich ohne den Hauch einer Ahnung, was sie von mir wollte.

»Aber nur ganz kurz«, sagte sie. »Dann schließen wir die Augen wieder. Gut?«

»Ja.«

»Dann los«, befahl sie. Als ich die Lider hob, saß sie vor mir und warf einen winzigen Blick auf die geheimnisvolle Vase. *Ab mit dir, hinein in die Vase – du Aufstehen, du,* dachte ich mir.

Dann schloss ich die Augen.

Mit einem Mal klang ihre Stimme ganz anders. Höher, aufgeregter, erregt.

»Kannst du es fühlen?«, fragte sie.

Ich fühlte nichts.

»Da«, sagte sie. »Siehst du die Verbindungen?«

Ich sah nichts.

»Das sind Wege, Thyri. Jeder führt zu einem weiteren Weg und zu einem anderen Ziel.«

Verdutzt blickte ich sie an.

Ken-gir wiegte angestrengt den Kopf hin und her. Schweiß stand auf ihrer Stirn. Sie schien Dinge wahrzunehmen. Etwas, das aus ihr kam und ihre Sinne beflügelte.

Für mich war die Sache gelaufen. Ich probierte es noch einmal kurz, sah aber nichts als die Dunkelheit hinter meinen Lidern.

*

»Dann lassen wir's für heute sein«, meinte sie. Ein bisschen hatte ich das Gefühl, sie wäre froh, wie es gelaufen war.

Das soll alles gewesen sein?, dachte ich und zuckte enttäuscht mit den Schultern.

»Ich habe dir gezeigt, wie es geht. So hatten wir's ausgemacht.« Sie funkelte mich an.

»Ich hätte schon gern noch einen Versuch unternommen …«

»Ach …« Sie klang unwirsch und auch ein wenig verächtlich.

Nichtsdestotrotz hoffte ich, sie würde sich auf einen zweiten Anlauf einlassen.

»Na gut«, seufzte sie.

Ich lächelte erleichtert.

Wir tranken einen Schluck Bier und tauschten Erfahrungen aus. Ich stellte fest, dass die Wahrsagerin mit vorsichtiger Zurückhaltung auszudrücken versuchte, was ich längst wusste:

Gilgameschs Königspalast war ein Gefängnis und der König ein brutaler, ungehobelter Sklaventreiber.

Unser Plausch kochte den feurigen Zorn auf Gilgamesch in mir hoch; wie er mich vor einer guten Stunde noch behandelt hatte, als wäre ich ein nutzloser Klumpen Dreck.

»Augen zu«, befahl Ken-gir. »Lass uns atmen.«

Ich legte die Handflächen ausgebreitet auf den Tisch vor die geheimnisvolle Vase, richtete mich gerade auf, die Schultern entspannt, schloss die Augen und atmete. Dummerweise bekam ich das Zusammentreffen mit Gilgamesch nicht aus dem Kopf. Die Wut fühlte sich an, als würde sie gegen einen innerlichen Damm pressen, der jeden Moment zu brechen drohte.

»Und jetzt denken wir an ein Ereignis«, sagte Ken-gir.

Ich versuchte die unliebsame Begegnung beiseitezuschieben, wollte meine Erinnerung nach einer anderen Begebenheit durchforsten. Aber es hatte keinen Sinn: Gottkönig Gilgamesch hatte mich fest im Griff. Ich gab auf. Es gab für mich in diesem Augenblick keine bessere Erinnerung als die an das Aufeinandertreffen mit dem König.

»Nun öffnen wir die Augen und geben das Ereignis in die Vase.«

Ich tat wie mir befohlen. Ich nahm sogar die Hände zu Hilfe – auch wenn es unsinnig war – weil ich das Gefühl hatte, es auf diese Weise tun zu müssen. Ich legte die Handflächen zusammen, formte sie zu einer Schüssel, fasste den Zorn auf Gilgamesch, seine Intrigen und seine Ignoranz zusammen und tat so, als kippte ich alles wie eine Handvoll Wasser in die besondere Vase.

Im selben Augenblick zuckte eine überwältigende Bilderflut durch meinen Kopf. Eine Kette von Begebenheiten, die wie ein Spinnennetz in alle Himmelsrichtungen auseinanderplatzte, ausgehend von dem heutigen Zusammentreffen mit dem König. Plötzlich stand mein Körper unter Strom, er schüttelte sich und krampfte wie im Fieberrausch. Ich fühlte, wie das Blut aufgeregt durch meine Adern hämmerte, pulsierte, schoss.

Es brauchte all meine Kräfte, um in dem unbegreiflichen Wirrwarr aus Eindrücken, Gefühlen, Bildern, Farben und ursächlichen Begebenheiten ein Muster zu erkennen. Woher die Zeitfäden kamen und welche Auswirkungen sie auf andere Fäden hatten.

Die Vision dauerte nur den Bruchteil einer Sekunde. Vermutlich hätte niemand geglaubt, dass man in so kurzer Zeit so viele Eindrücke verarbeiten kann, aber urplötzlich empfand ich alles hell und klar, als wäre das Licht über dem Horizont erschienen und hätte mir den richtigen Weg gewiesen.

Ich sah einen wilden Menschen, nein, ein Tier. Enkidu war sein Name. Er würde sich gegen Gilgamesch stellen, und er würde ihm ebenbürtig sein. Ich musste ihn finden. Nur dann würde es einen Kampf geben, der alles veränderte.

Einen Augenblick später schlug mir etwas ins Gesicht: Ken-gir.

»Was ist los? Hey. Aufwachen!«

»Ich ... ähm ... ja?«

»Hast du etwas gesehen?«, fragte sie ungläubig.

Ich starrte sie an, überwältigt von dem kurzen, aber intensiven Erlebnis.

Ja, dachte ich. *Ich habe etwas gesehen. Es war wie in einem Traum. Und doch birgt er die Antwort auf all meine Fragen ...*

V

Das starke Gefühl, etwas Wichtiges zu tun zu haben, riss mich am nächsten Morgen schon früh aus dem Schlaf. Die Gewissheit, dieser Tag würde alles verändern, führte mich auf direktem Wege an die Grenzen des Ackerlandes nahe Uruk. Ich gehorchte der Intuition, obwohl dicke Regentropfen aus dem Himmel platzten.

Zu meiner Überraschung fand ich dort einen Hügel und einen Bach, wie es mir die Vorsehung gezeigt hatte, und auch

Zedern, die unten kahl, oben dicht waren. Mein Kleid klebte auf der Haut und das Haar im Gesicht. Die Luft roch sauer. Ich zitterte.

Hier also, dachte ich mir, *wird sich das Schicksal wenden.* Ich sah mich um und wischte mir das Wasser von der Stirn.

Ich versteckte mich hinter einem gigantischen borkigen Baumstamm, als wäre ich auf der Pirsch und auf eine besondere Weise war ich das auch. Oh ja. Ich war auf der Jagd nach einem ungezähmten Wesen, wild, animalisch, vor allem aber männlich.

Es war unklug, sich allein so weit außerhalb der Stadt aufzuhalten. Dies war kein guter Ort. Es gab allerhand gefährliche Biester und Menschen, die wie wilde Tiere hausten. Von beiden wurde man angegriffen, getötet und geschlachtet.

Ich muss zugeben: Ich glaubte nicht daran, dass der Mann aus meiner Fantasie wahrhaftig auftauchen würde. Nicht, bis ich ein Schimmern im Regen sah.

Da war etwas.

Ich zog den Kopf weg. Wollte mich nicht verraten. Den Rücken am Stamm.

Wie dumm ich doch war. Wenigstens ein Messer hätte ich mitnehmen können. Ich war so in meine Vorstellung vom übermenschlichen Retter versunken gewesen, dass ich an die einfachsten Dinge nicht gedacht hatte. Ich verfluchte mich. Mein Herz pochte und ich zitterte vor Kälte, vor Angst.

Trotzdem machte es keinen Sinn, sich länger hinter dem Baum verborgen zu halten. Ich wollte jemanden finden und dieser Mensch sollte hier erscheinen, unverhofft, aus dem Nichts, wie ein Gott.

Fette Regentropfen prasselten auf meinen Kopf. Ich legte beide Hände an den Stamm, die Rinde war rau und ungezähmt. Mein Atem ging schnell. Ich schob den Kopf vorsichtig um das Holz herum. Der Hügel kam in mein Blickfeld. Laub, Erde und dieser ungestüme Bach. Sonst nichts als Regen.

Da packte etwas mein Kleid, wirbelte meinen Körper herum und warf mich zu Boden. Mein Rücken landete dumpf im Moos. Der Schlag nahm mir den Atem. Erschrocken riss ich das Kinn hoch und starrte mit offenem Mund in ein wildes Antlitz – der Mann aus meiner Vision.

Ich konnte es kaum glauben. Er war da. Ein kräftiger Krieger. Leder um die Lenden, keine Schuhe. Der Oberkörper nackt, behaart. Sein Kopf schien aus einem Wust von Barthaaren und wild wachsenden Locken zu bestehen, aus dem tiefbraune Augen wie geschliffene Pfeilspitzen hervorstachen.

Jetzt kam mir sein Name wieder in den Sinn. Für mich war es, als kannte ich ihn seit einer halben Ewigkeit: Enkidu.

Ich war verängstigt und fasziniert zugleich. Wenn die Vorahnung mich nicht trog, dann stand ich einem wahrhaftigen Gott gegenüber. Einem ungezähmten Träger himmlischer Macht. Dieser Mann war die Wildnis in Person und er besaß die Stärke und den Mut, dem Gottkönig von Uruk die Stirn zu bieten.

»Wer bist du, der du unverfroren zu dieser Stunde allein aufs Land hinausgehst?«, sagte er mit kraftvoller Stimme.

»Ich …«

»Verrückt oder verstoßen?«, legte er nach.

»Keins von beidem«, sagte ich und zitterte am ganzen Körper.

Enkidu sah an mir hinunter. Sein Augenpaar glitt unangenehm bedrängend über meinen Hals und zu meinen Brüsten. Der nasse Stoff meines Kleides klebte auf meiner Haut. Ich konnte spüren, wie sein Blick verharrte und sich an meinem Anblick labte.

Unbeabsichtigt und mit zaghafter Stimme hauchte ich seinen Namen.

»Enkidu.«

»Du kennst mich?«, knurrte er.

Ich erschrak über meine Dummheit.

»Wo ich herkomme«, erklärte ich zähneklappernd, »kennt man den großen Enkidu.«

Er brummte zufrieden: »So?« Jetzt lächelte er sogar ein wenig. Dann tastete sich sein lüsterner Blick weiter an den kaum verborgenen Rundungen meines Körpers hinab.

Ich erkannte meine Chance.

Langsam drückte ich mich vom Erdboden weg. Ich wollte nicht länger wie ein Opfer vor ihm liegen. Ich stand auf und spürte die Wärme seines Körpers und seine Augen, die gierig auf meinen Hüften lasteten.

»Bei uns sagt man, du wärst ein ganzer Mann«, meinte ich und ging damit zum Angriff über – ein gefährliches Unterfangen.

Enkidu schnaubte wie ein Pferd.

»Und man sagt, es gäbe nichts, wovor du dich fürchtest.«

Ich schob meinen Körper näher an seinen. Meine Hand legte ich sanft auf seine Brust und fühlte die Anspannung in seinen Muskeln.

»Schlaue Leute, da, wo du herkommst«, flüsterte er, sein Mund nur wenige Zentimeter von meinem. »Was sagen sie noch?«

Gleich würde ich wissen, ob mein Plan aufging. Wenn nicht, dann würde dieser Kerl wie ein Tier über mich herfallen.

»Sie behaupten«, sagte ich und brachte meine Lippen einen Kuss weit von seinen in Stellung, »du, Enkidu, wärst ein anständiger Kerl.«

Ich spürte seinen heißen Atem und sah, wie seine Augen unsicher funkelten, hin- und hergerissen zwischen einer vergänglichen, schnellen Verführung oder dem Beweis, dass alles, was man über ihn sagte, der Wahrheit entsprach. Seine Entscheidung. Er haderte mit sich.

Irgendwo grollte der Himmel. Der Regenschauer schwoll an und schüttete dicke Tropfen auf uns hinab. Enkidu atmete schwer. Eine unerträgliche Spannung lag in der Luft. Ein Blitz zuckte über das Firmament und stellte uns ins Rampenlicht. Für einen Moment dachte ich, er würde mich bestürmen wie ein Hengst die hitzige Stute.

Doch dann, urplötzlich, sagte er: »Zeig es mir.«

Ich konnte fühlen, wie die wollüstige Spannung verpuffte. Enkidu wich einen Schritt zurück.

Er wich zurück! Ich hatte es geschafft. Aber noch traute ich mich nicht, Erleichterung zu empfinden.

»Was, zeigen?«

»Ich möchte sehen«, brummte er, »wo du herkommst.«

»Uruk.«

»Zeig mir dein Uruk«, befahl er forsch. Aber in seinen Worten vernahm ich ein verhaltenes *Bitte*. »Ich möchte sehen, wo die Menschen so sind, wie du es sagst.«

»Nur wenn du zahm bist«, entgegnete ich mit einem vorsichtigen Lächeln.

Ein boshaftes Funkeln glomm in seinen Augen und er knurrte: »Dann gehe ich selbst dorthin, in dein Uruk.« Seine Kiefer mahlten aufeinander. »Ich nehme es mir und ich …«

»Ohne mich kommst du nicht weit.« So selbstsicher, wie es mir möglich war, hauchte ich verheißungsvoll: »*Ich* aber kann dich in den Palast bringen – *zum König*.«

Seine Augen weiteten sich auf die Größe dicker Feigen.

»Ja«, murmelte er. »Das will ich.«

Und es schien, als ob ihm die Wildnis fremd war …

*

›Sie verführte Enkidu, bis ihm die Wildnis fremd war‹ – so steht es geschrieben. Aber ich denke, in Wahrheit wollte er es so. Vielleicht, weil er seine Bestimmung kannte. Oder aber, weil er in seinem Schicksal gefangen war.

Ich brachte ihn zum Palast, obwohl ich wusste, dass er dort ebenso fehl am Platz war wie ein Esel im Thronsaal. Ich wusste, wenn Gilgamesch und Enkidu aufeinanderträfen, würde dies ein bitterböses Donnergrollen nach sich ziehen. Und doch war ich bereit, es zu riskieren.

Klammheimlich schleuste ich ihn in meinen Schlafraum, was nicht einfach war. Er ließ sich nichts sagen und tat das Gegenteil von dem, was ich von ihm verlangte. Ich war froh, als wir endlich in meiner Kammer angekommen waren.

Ich wusch ihn, schnitt und bürstete sein Haar und gab ihm Kleidung, sodass er aussah wie ein Mensch. Trotzdem wurde ich das Gefühl nicht los, ein gefräßiges Tier versteckt zu halten, das jeden Moment ausbrechen und Schlimmes anrichten konnte.

Vielleicht, weil es so war?

VI

Dieser eine Kampf entscheidet über Gut oder Böse, das dachte ich damals wirklich. Ich war der festen Überzeugung, wenn der epochale Zusammenstoß zu Ende sei, würde sich das Leben für alle Bewohner Uruks grundlegend verändern. Zum Guten.

Hätte ich nur einmal genau hingesehen …

Dieser Kampf entscheidet alles.

Mit dieser Vorstellung brachte ich Enkidu dazu, mir spätabends zu folgen. Den Königspalast ließen wir hinter uns. Der Wind nahm Musik und Gesang mit und trug sie uns nach, bis weit über die Palastmauern hinaus. Weiter, als der Hochzeitsbraten zu riechen war. Für gewöhnlich dauerten Feierlichkeiten im Palast einige Tage, selbst wenn das Brautpaar längst nicht mehr anwesend war. Fernes und Tulub waren schon vor Stunden aufgebrochen und bald war auch der König verschwunden. Ich kannte seine Gewohnheiten. Und ich kannte das Gesetz: Gilgamesch würde danach gieren, das Recht der ersten Nacht in Anspruch zu nehmen, insbesondere bei einem einflussreichen Mann wie Fernes. Der Brauch demütigte den Bräutigam und brachte Gilgamesch großen Spaß.

Beängstigendes Donnergrollen kündigte Unheil an. Ich war mir sicher, heute Nacht würde eine neue Zeitrechnung beginnen. *Denn dieser Kampf entscheidet alles.*

*

Fernes wohnte in einem Atriumhaus. Nach außen gab es keine Fenster, keine Luken, keine Öffnungen, abgesehen von der schweren, verzierten Holztür, die in einem prachtvollen Säulenhof lag. Wir verbargen uns hinter den Pfeilern. Im unheimlichen Licht der Blitze wirkte Enkidus Gesicht kantig wie ein Vorschlaghammer. Wir waren die hinterhältigen Mörder in der Nacht. Verräter.

»Und wenn ich den Kerl erledigt habe?«, knurrte Enkidu mit zusammengebissenen Zähnen. Seine Augen funkelten entschlossen.

»Dann«, sagte ich, »bist du der neue König von Uruk.«

Es donnerte. Ein bedrohliches Geräusch, wie eine Lawine aus tausend Wackersteinen. Dann zischte ein Blitz den Himmel entlang. Das Firmament flackerte wild und die Lichterflut zeigte einen anderen Enkidu, als ich bisher zu kennen glaubte. Einen böswilligen Mann mit einem unehrenhaften Ziel vor Augen: Er wollte König werden, komme, was wolle.

Plötzlich ging alles sehr schnell. »Da rein!«, zischte er. Ich wollte ihn zurückhalten, da trat er schon kräftig gegen die Tür. Mit einem lauten RUMS sprang sie auf. Enkidu packte meinen Arm und zog mich hinein, vorbei an dem geborstenen Verschlussriegel, der zu Boden hing wie der Rüssel eines toten Elefanten.

Von nun an war ich mir sicher: Diesen Mann hierher zu bringen war eine fürchterliche Idee gewesen. Die ganze Aktion war idiotisch. Pah. Hellseherei. Ein Himmelfahrtskommando ins Ungewisse!

»Was ist da los?«, rief jemand.

»Bleib hier!« – eine Frauenstimme.

Draußen hörte ich Schritte. Marschieren.

Enkidu zog mich in eine dunkle Ecke hinter eine lebensgroße Statue.

Dann hörte ich Gilgamesch rufen: »Wartet hier, bis ich …«, er lachte, »fertig bin.«

»Zu Befehl!«

Und ich dachte: *mindestens zwei Wachen. Ohne Frage ein Himmelfahrtskommando.*

Gilgamesch stapfte durch die Tür. Dann kam Fernes aus den hinteren Räumen.

»Nein!«, rief er entsetzt. »Du wirst nicht …«

»Wo ist sie?«, brüllte der König.

»Ich lasse dich nicht vorbei!«, rief Fernes. Ich sah die hilflose Verzweiflung in seinen Augen.

»Lass ihn!« Es war Tulub. Sie trat aus dem Schatten, Tränen in den Augen, ihr nackter, zierlicher Körper in ein Leintuch gehüllt. Ihre Stimme zitterte. »Es ist sein Recht.«

Gierig fixierte Gilgamesch Tulub. Er nahm sie ins Visier, stapfte auf sie zu. Fernes stellte sich ihm in den Weg. Der König stieß ihn mit Leichtigkeit beiseite. Und Gilgamesch kam in Fahrt, geradewegs in Richtung Tulub. Sie nahm die Hände vors Gesicht.

Wieder zuckte ein Blitz, warf sein Licht durch die offenstehende Tür und mit dem darauffolgenden Donnerschlag offenbarte sich unser Versteck. Gilgamesch sah uns. Er bremste ab.

»Wer ist das?«, rief Fernes, am Boden sitzend.

»Das Geschichtenweib«, keifte der König, mit einer Mischung aus Verachtung und Abscheu in der Stimme. Dann erblickte er Enkidu. Seine Augen blitzten. »Und ein … Mann.«

*

Zwei Wachen stürmten in Fernes' Haus. Einer rief: »Brauchen Sie Hilfe, mein König.«

Gilgamesch knurrte. Niemand unterstellte dem König Hilflosigkeit.

Dann nahm er Enkidu ins Visier. Dieser bewegte sich stolz und athletisch aus dem Schatten, baute sich breitbeinig und

318

unbewaffnet vor dem König auf und ballte die Hände zu Fäusten.

»So ist das also«, sagte Gilgamesch.

*

Wie zwei wilde Tiere fielen Gilgamesch und Enkidu übereinander her. Zunächst boxten sie aufeinander ein. Viele Schläge trafen, andere gingen ins Leere. Die Muskeln waren gehärtet, das Fleisch sehnig. Ein Kampf, Mann gegen Mann, Muskelberg gegen Muskelberg. Ich fragte mich, aus welchem Grund der König nicht zum Schwert griff. Mit einem Hieb hätte er dem Angreifer ein jähes Ende bereitet.

Dann umklammerten sie sich und rangen mit aller Kraft ums Gleichgewicht. Die Muskelstränge an den Schenkeln traten hervor. Ein Kräftemessen, Gigant gegen Titan. Da wurde mir klar, dass der Griff zur Waffe einer Niederlage gleichgekommen wäre.

Die Wachen blockierten den Ausgang, zuckten mit keiner Wimper, den Kampf im Auge behaltend.

Gilgamesch hämmerte seinem Konkurrenten mit der Faust gegen die Rippen. Enkidu brüllte, holte blitzschnell aus, verließ die Deckung und platzierte einen unerwarteten Schlag in Gilgameschs Gesicht. Die Lippe platzte auf, Blut spritzte durch die Luft. Einer der Wachmänner machte einen unüberlegten Schritt nach vorne.

Zum zweiten Mal erntete er den bitterbösen Blick des Königs.

Dann standen sie sich wieder gegenüber, traten von einem Bein aufs andere, sodass die Körper hin und her wankten.

Der König wollte die Herausforderung eigenhändig meistern. Nein, er musste es. Eine Niederlage wäre ein unkorrigierbarer Schlag gegen seine Autorität gewesen. Wider seiner Macht. Der Gottkönig hatte die Pflicht, Enkidu zu bezwingen – allein.

Gilgamesch spuckte Blut. Dann brüllte er und mit Schwung und aller Kraft warf er sich gegen Enkidu.

Der Kampf ging in die zweite Runde. Die beiden prallten aufeinander wie zwei wildgewordene Stiere. Sie schlugen, rangen, traten, stolperten, fielen, rollten und grölten. Die Wucht der Schläge ließ die Luft vibrieren und ihre Schreie fuhren mir ins Mark. *Ich* hatte das alles zu verantworten. Eins wurde mir klar: Egal, wie das enden würde, von nun an war mein altes Leben Geschichte.

Dieser Kampf entscheidet alles.

Jetzt erst fieberte ich mit Enkidu. Ich begann, ihn mit anderen Augen zu sehen: Ein aufregender Mann im Gefecht gegen den Tyrannen. Mittlerweile hatte er mörderische Schläge abbekommen, die Lippe war aufgeplatzt, die Stirn blutverschmiert. Er schnaufte wie ein Gaul nach einem langen Galopp. Seine Bewegungen faszinierten mich.

Es sah nicht so aus, als hätte er eine ehrliche Chance gegen den König. Aber dann schien sich das Blatt zu wenden, als Gilgamesch mit Tritten und Schlägen übersäht zu Boden ging. Doch schon im nächsten Augenblick waren beide wieder auf den Beinen und pressten ihre Körper aneinander.

Ich hatte das Gefühl, dieser Kampf wollte niemals enden. Niemand griff ein, auch die Wachen nicht. Jeder fieberte mit, wie erstarrt.

Dieser Kampf entscheidet alles.

Tulub klammerte sich an Fernes; sie war leichenblass. Ich drückte mich an die Wand. Irgendwann spürte ich, wie Tränen in meine Augen stiegen.

… entscheidet alles.

*

Das Unwetter hatte sich verzogen. Der Morgen graute, der Tag schwappte über die Welt, aber der Kampf war noch nicht zu Ende. Die beiden schienen einen unerschöpflichen Vorrat an Muskelkraft zu besitzen. Die Schläge sahen athletisch aus, anmutig, und ich ertappte mich dabei, wie ich vor Verzückung die Augen nicht von Enkidus geschickten Bewegungen lassen konnte. Was Gilgamesch und Enkidu taten, kam einem Tanz gleich – dem brutalen Tanz zweier Titanen, Götter.

Schließlich, als ich mich längst damit abgefunden hatte, dass es so weitergehen würde bis in alle Ewigkeit, ließen sie voneinander ab.

Stille. Nur der Atem der Gegner. Schweiß.

Sie standen sich gegenüber, Auge in Auge. Spannung lag in der Luft, die beinahe knisterte. Die Zähne waren gefletscht, die Schädel hochrot. *Jetzt nimmt er das Schwert und schlägt ihm den Kopf ab, dachte ich.*

Doch dann sagte König Gilgamesch völlig außer Atem etwas, mit dem ich niemals gerechnet hätte. Es zerschlug mein Weltbild, meine Zuversicht in die Vorsehung, alle Hoffnungen und mit einem Mal wusste ich, dass dieser Kampf wahrlich alles geändert hatte. Mein Herz setzte einen Schlag aus und mein Atem stockte. Zwei Wörter. Mit dem Gesagten hob der König seinen Widersacher auf eine Stufe mit sich selbst. Zum ersten Mal akzeptierte Gilgamesch einen Menschen, betrachtete ihn als ebenbürtig. *Das wird unweigerlich alles ändern, dachte ich.* Nicht, wie ich es mir gewünscht hatte, aber mehr hatte mir der hellseherische Blick auf die Ereignisse ja auch nicht verraten. Und nun blickte ich fassungslos auf eine ungewisse Zukunft.

Denn Gilgamesch sagte: »Mein Bruder.«

VII

Von dieser Nacht an war nichts mehr, wie es vorher war.

Gilgamesch und Enkidu.

Man sah sie nur noch gemeinsam. Im Palast oder auf der Straße, in der Kaserne sowie im Park. Es gab keinen eigenständigen Gilgamesch mehr. Nur noch Gilgamesch und Enkidu.

Gilgamesch und Enkidu.

Sie waren wie Zwillinge, deren Seelen miteinander verwachsen waren und die keine größeren Entfernungen zwischen sich mehr zu ertragen schienen.

Als der König eine Bauernaudienz leitete, bei der es um Grenzstreitigkeiten und Abgabequoten ging, saß sein neuer Gefährte an seiner Seite. Er beteiligte sich nicht aktiv am Geschehen, aber er nickte oder senkte den Blick und der König reagierte auf diese Zeichen. Unsichtbar? Ich sah es zumindest, weil ich meine Augen nicht von dem neuen Königsbruder lassen konnte.

Wenn Gilgamesch, umringt von Wachen und Beratern, auf seinem mit prunkvollen Teppichen geschmückten Ross durch die Stadt ritt, trabte Enkidu auf einem ebenso prächtigen Pferd neben ihm her. Auf einer Höhe. Nicht zu glauben. In verstohlenen Augenblicken lächelten sie sich zu. Niemand sah es, ich schon. Und ich fragte mich, ob der König noch bei Sinnen war.

Gilgamesch und Enkidu – unzertrennbar.

Ich hatte das Gefühl, der König und sein neu gewonnener Bruder mieden es, mich zu treffen. Gilgamesch ließ nicht mehr nach der Geschichtenerzählerin rufen und die Erlebnisse der besagten Nacht wurden ganz und gar totgeschwiegen.

Die ersten Tage befürchtete ich, sie würden mich festnehmen und wegsperren, weil ich Enkidu auf Gilgamesch angesetzt hatte. Aber nein. Nichts. Auch Fernes wurde in Frieden gelassen, obwohl er sich in seiner Hochzeitsnacht gegen den König gestellt hatte. Es war, als wollten sie von den Ereignissen dieser Nacht nichts mehr wissen.

Nach dem Kampf waren sie fortgegangen – geradewegs und Hand in Hand, ohne ein weiteres Wort zu sagen.

Gilgamesch und Enkidu.

Wie ein Liebespaar.

Sie ließen uns wortlos zurück, in peinlicher Stille.

Die Wachen folgten ihnen. Ich lief tränenüberströmt nach Hause, in mein Zimmer im Palast und fragte mich, was passiert war, ob das alles überhaupt passiert und was für eine grauenvolle Idee es gewesen war.

Was ich nicht ahnte: Das Schlimmste hatte ich noch vor mir …

<h1 style="text-align:center">VIII</h1>

»Lass uns ruhig durchatmen«, sagte Ken-gir und schloss die Augen.

Ich saß mit ihr am Tisch, den Blick auf die magische Vase gerichtet. Bis dahin wollte sie mehr und mehr Geschichten hören aus alten Zeiten, von vergessenen Königen. Ich plauderte gedankenlos aus, was mir einfiel, erzählte ihr von den Königen von Larsa und Mari, von Kriegen zwischen Ur und Lagas und von dem sumerischen Gottkönig Utuhengal und der altorientalischen Stadt Isin. Für sie waren es schlichtweg Geschichten zur Unterhaltung, das dachte ich zumindest. Und wie es unsere Abmachung verlangte, sprang für mich im Gegenzug eine Lektion dabei heraus.

Ich sog meine Lungen mit einem großen Schwung frischer Luft voll und machte die Augen zu. Dann saßen wir eine Weile einfach nur so da.

Eigentlich hätte ich meinen Geist entleeren sollen, wie sie es sagte. Nur diesmal gingen mir die Ereignisse der vergangenen Tage nicht aus meinem Kopf. Enkidu und Gilgamesch, der Gottkönig und der Königsbruder schienen überglücklich zu sein in ihrer Zweisamkeit. So etwas hatte ich bis dahin nur bei einem Liebespaar gesehen und wer sie beobachtete, bekam den Eindruck, sie wären eins.

»Suchen wir uns einen Gedanken«, sagte Ken-gir.

Herrje. Das ging mir nun doch zu schnell. Ich wollte den neuen Versuch nicht noch einmal mit Erinnerungen an Gilgamesch verschwenden. Damit hatte ich genug angerichtet. Darum suchte ich in meiner Vergangenheit nach Ereignissen, ließ meine Gedanken treiben, blieb jedoch immer wieder am Hier und Jetzt hängen. Ich und Ken-gir und diese Vase.

»Und nun …«, sagte die Wahrsagerin.

Nein!, rief meine innere Stimme. *Zu früh!* Gleichwohl unterbrach ich sie nicht, denn diesmal würde sie mir keine zweite Gelegenheit geben. Sie hatte ihren Zoll erhalten. *Ach egal*, dachte ich und nahm den nächstbesten Gedanken, der mir in den Sinn kam: Ich hier mit Ken-gir.

»Nun«, sprach sie weiter, »geben wir es in die Vase.«

Ich öffnete die Augen und starrte wie gebannt auf das Gefäß. Auf einmal war da die Angst, was passieren könnte, wenn ich zu viel erfuhr. Dinge, die mich nichts angingen. Die ich nicht sehen wollte.

Trotzdem fasste ich den Gedanken und gab ihn – diesmal nur in meiner Vorstellung – in die Vase.

Es erwischte mich unvorbereitet, wie ein unvermittelter Hammerschlag gegen den Schädel. Ich fiel vom Stuhl und ich glaube, ich schlug mir dabei den Kopf und den rechten Arm an. Aber das war mir in diesem Augenblick egal.

Nicht egal war mir, was der Strom der Zeit mich sehen ließ.

Da waren Ken-gir und ich. Und da waren meine Geschichten und uralte Ereignisse, verknüpft mit den Erlebnissen der letzten Tage. Nicht selten war ich das Bindeglied – die eine Schlinge, die alles zusammenhielt. Ich trug die Wucht der Weltgeschichte wie ein dickes Bündel auf meinem Rücken und die Wahrsagerin gierte danach.

Urplötzlich wuchs der heutige Tag an mir vorbei wie ein Baum, der sich in dicke Äste, immer dünner werdende Zweige und abertausende Blätter aufteilte – jedes Blatt ein vorstellbares Geschehnis. Wie der Wind rauschte das Hier und Jetzt durch die Ereignisblätter, die abfielen und neue Bäume in den Himmel trieben. Und auch die teilten sich auf.

Ich wollte schreien, fühlte mich hilflos. Kein Entkommen. Ich hatte keine Luft mehr. Entsetzt und panisch fixierte ich ein einzelnes Blatt, irgendeines, das nächstbeste. Ich hielt mich daran fest, sah zu, wie es sich ausbreitete und erkannte, was darauf stand. Die Texte drängten sich als Erinnerungen direkt in meinen Verstand.

Auf einmal wusste ich alles. Ich riss die Augen auf und blickte in Ken-girs Gesicht.

Verrat!

Sie hatte sich über mich gebeugt. Tupfte mit einem feuchten Tuch das Blut von meiner Nase.

Sie ist eine Verräterin!

Am liebsten hätte ich sie angeschrien. Ihr vorgeworfen, was ich gesehen hatte. Dass sie Teil einer Machenschaft war. Dass ich wusste, was sie vorhatte: Enkidu vergiften, weil sie durch ihn ihren Einfluss auf Gilgamesch verloren hatte. Ich wollte sie beschuldigen, aber ich tat es nicht.

Stattdessen glotzte ich sie einfach nur an. Und zu meiner Überraschung blickte sie ebenso verdutzt zurück.

Es sah aus, als hätte Ken-gir einen Geist gesehen. Die Augen waren riesengroß, der Mund stand weit offen. Im Glanz ihrer Augen las ich, dass sie nicht glauben konnte, was sie kurz zuvor gesehen hatte.

Als wollte sie spüren, ob es mich tatsächlich gab, legte sie mir ihre eiskalte Hand auf die Wange. Schließlich sagte sie mit unsicherer, zittriger Stimme: »Du lebst ... ewig ...«

Mir blieb die Luft weg. Hatte sie mich gelesen? Meine Zukunft erschaut?

Ich stieß sie zur Seite, zog mich hoch und rannte davon.

IX

Ken-gir hatte mich erkannt.

Ich stieß die Tür auf, stolperte auf die finstere Straße und rannte, wollte einfach nur weg. Nicht mehr da sein, wo diese Verräterin war.

Nicht mehr da sein, wo man mich enttarnt hatte.

Das Merkwürdige war: Ich fühlte mich schlecht, falsch, verlogen. Von einer Sekunde zur nächsten war *ich* diejenige, die nicht hierhergehörte. Ich hatte mich in Uruk eingeschlichen und das Vertrauen der Menschen unterwandert, weil ich eigentlich längst tot sein sollte …

Ich war der Verräter.

Ohne darüber nachzudenken, hetzte ich den altbekannten Weg entlang, zurück zum Palast. Atemlos stolperte ich an den Wachen vorbei, die mich verständnislos ansahen, und hastete über den langen Korridor. Zu meiner eigenen Überraschung lief ich an der Abzweigung zu meinem Wohnraum vorbei. Wo wollte ich hin?

Du musst es ihnen sagen!, zischte meine innere Stimme boshaft. Der Teil von mir, der wütend war und enttäuscht, dass diese Welt ohne Vorwarnung über mir zusammenzubrechen drohte.

Da bemerkte ich, dass ich unbewusst zum Thronsaal gelaufen war. Gilgamesch stolzierte hoch erhobenen Hauptes zwischen zwei Männern hindurch; einer von ihnen hielt eine Ziege an einem Seil fest. Neben der Gruppe stand Enkidu, der stolz und ehrenvoll aussah. Und bildschön war er. Seit ich ihn in den Wäldern getroffen hatte, hatte er sich zu einem stattlichen Mann herausgeputzt.

Berichte ihnen von dem Verrat, flüsterte mir die böse Stimme zu. Von der Seherin. Dem Gift. Ich malte mir aus, wie sie Ken-gir grausam bestraften und ich als Retterin gefeiert würde, weil ich ihre Machenschaften ans Licht gebracht hatte.

Der Klang meines Namens riss mich aus den Gedanken. »Thyri!« Es war Gilgamesch, der Herr über Leben und Tod. »Was ist los?«, polterte er und sah mich vorwurfsvoll an. Enkidu sagte nichts.

»Ich … ich«, zögerte ich. Eine Sekunde blickte ich verlegen umher. Dann meinte ich »Nichts« und zog mich zurück in den nächsten Korridor.

»Na los! Sag es ihnen!«

Zuerst dachte ich, meine abgründige Seite würde wieder zu mir sprechen. Die Stimme klang alt und knorrig. Dann sah ich Ken-gir. Sie lehnte hinter mir an der Wand, ihre Augen blitzten aus der Dunkelheit.

»Ich werde es tun!«, zischte ich sie entschlossen an.

»Und sag ihnen auch, wie lange es dich schon gibt, du Teufel!« Sie spuckte auf den Boden.

»Das wird dir niemand glauben!« Da war ich mir absolut sicher. Es gab nur einen Menschen, der den Tod bezwingen konnte, wenn es nach dem damaligen Glauben ging: Gottkönig Gilgamesch. Der Herr über Leben und Tod.

Ihre Drohung zielte ins Leere.

»Weißt du, was man mit dem Wissen über die Zukunft alles anrichten kann, Thyri?« Ich war entsetzt, noch immer so viel Überlegenheit in ihren Worten zu spüren. Sie war sich ihrer Sache sicher und ich hatte Angst zu erfahren, warum.

»Du weißt gar nichts!«, blaffte ich.

»Oh doch, meine Liebe. Ich weiß so einiges.«

»Lass mich in Ruhe, Verräterin!«, keifte ich, unsicher, weil ich nicht wusste, was sie im Schilde führte. Außerdem rätselte ich, ob mich in Wirklichkeit nicht eine ganz andere Sache wütend machte. Ken-gir hatte vor, Enkidu etwas anzutun.

Meinem Enkidu.

Ich erschrak vor der Wucht meiner Gedanken.

»Weißt du, Thyri. Wenn einer genug über kommende Ereignisse weiß, dann weiß er auch, was er tun muss, um die Zukunft nach seinen Vorlieben zu ändern.«

Was redete sie da? Fassungslos sah ich sie an.

»Und dann, wenn du es am wenigsten erwartest, holt dich die Vergangenheit ein und geht auf dich los.« Sie kicherte.

War es möglich, dass sie mir eine Falle in der Zukunft gestellt hatte? Weil sie die Zusammenhänge kannte?

Plötzlich packte sie mein Kleid, zog mich zu sich heran und raunte boshaft: »Rache, Thyri.« Sie drohte mir. »Also überlege gut, was du tust.« Dann sagte sie etwas, das mich von da an über Jahrtausende nicht mehr loslassen würde: »Rache ist das Elixier des Bösen, Thyri!« Urplötzlich ging sie fort und ließ mich entgeistert zurück. Einmal hörte ich sie noch heimtückisch kichern. Dann war sie verschwunden.

Rache ist das Elixier des Bösen, wiederholte ich in Gedanken. Leider hatte sie Recht und ich beschloss, fürs Erste nichts zu verraten …

X

Die ganze Nacht lag ich wach, wütend und traurig. Ich kam mir vor wie gefangen zwischen zwei Felsbrocken.

Als die Dunkelheit hinter dem Horizont verschwand, war ich noch nicht bereit für den Tag. Und als die Sonne am höchsten stand, saß ich immer noch wie paralysiert auf dem Boden, den Rücken an die Wand gelehnt, auf der Suche nach einem Ausweg.

Schuld an allem war nur dieser verfluchte Blick in die Zukunft. Es war ein unvollständiger Ausblick gewesen, der mir nur die halbe Wahrheit gezeigt hatte. Ohne Konsequenzen.

Und da kam mir die Idee. Ich verließ den Palast und lief an den Ort, wo die Probleme ihren Anfang genommen hatten. Es war leicht, in Ken-girs Wohnhaus einzudringen. Wie ich vermutet hatte, war sie nicht da. Aller Voraussicht nach hielt sie sich beim König im Palast auf, feilte an ihren Plänen und stellte sicher, dass ich ihr nicht in die Quere kam.

Die Vase fand ich im Stroh unter ihrem Schlafplatz. Ich setzte mich damit an den Tisch, ohne darüber nachzudenken, dass jeden Augenblick die Seherin durch die Tür kommen konnte. Wie dumm ich doch war.

Ich betrachtete die Bilder – Menschen, die Zeit ernteten – und meine Gedanken kreisten um die Unmenge von Lebenszeit, die mir unberechtigt zugeteilt war. Konnte es sein, dass auch ich so ein Gefäß war? Eine Vase, die unentwegt mit mehr und mehr Zeit gefüllt wurde? Mehr als ich entnahm?

So oder so – auch wenn dieses verfluchte Ding das Ende meiner Tage im Palast von Uruk eingeläutet hatte, barg das Behältnis zugleich eine Chance. Wie viel Zeit war darin gespeichert? Wie weit konnte mich diese Vase in die Ungewissheit schauen lassen? Das wollte ich herausfinden. Hier und jetzt.

*

Ich schloss die Augen, hörte Stimmengemurmel und Kindergeplärr. Menschen, die an Ken-girs Haus vorbeiliefen. Ich vernahm den Geruch trockenen Lehms und den muffigen Gestank nasser Stoffe. Ein kalter Luftzug fuhr durch den Raum wie ein Geist, der mich warnen wollte: *Lass es sein!*

Ich durfte mich nicht weiter ablenken lassen. Musste mich konzentrieren. Atmen.

Ich sog meine Lungen voller Sauerstoff, zählte drei Sekunden, dann atmete ich aus. Und noch einmal. Und noch einmal. Ich besann mich eines Augenblicks, den ich in die Vase geben wollte. Den zündenden Moment. Meine Entscheidung fiel auf den Zeitpunkt, als ich Enkidu überredete, mit mir zu kommen. Wenn alles klappte, würde ich im Bruchteil einer Sekunde sämtliche vorstellbaren Ereignisse meiner Zukunft sehen können und jeden Wendepunkt. Ich würde voraussehen, wohin das alles führte. Ein bisschen Angst hatte ich schon. Dennoch blieb ich bei dem Plan, nahm das Ereignis in beide Hände, betrachtete es wie einen imaginären Lichtball, der zwischen meinen Fingern schwebte, öffnete die Augen und legte es in die Vase hinein.

*

Ein gewaltiges Durcheinander aus in Stahl gegossener Zeit drosch mit einem vernichtenden Donnerschlag auf mich ein.

Ein gigantischer Feuerball, übersät mit blutverschmierten Reißzähnen, explodierte in meinem Geist wie der alles erschaffende Urknall und schleuderte seine Bruchteile in sämtliche Himmelsrichtungen, Rauchschwaden nach sich ziehend. Ich war unfähig, die Mordskraft dieses Erlebnisses zu fassen. Erst hinterher erkannte ich, dass es sich bei dem Feuerball um das Enkidu-Ereignis gehandelt hatte. Die auseinanderfliegenden Brocken waren mögliche Auswirkungen auf mich und alle Dinge, Tiere und Menschen gewesen, die davon betroffen waren.

Die Bruchteile kollidierten, änderten ihre Richtung, explodierten krachend und brachen auseinander. Wendepunkte in der Zeitgeschichte. Das alles ging so schnell, dass ich nur noch in der Lage war, es über mich ergehen zu lassen.

Mein Kopf schmerzte, das Blut wallte durch meinen Körper. Ich war verängstigt, ergriffen und erregt zugleich. Ich saugte auf, was ich kriegen konnte, ohne zu fragen, was ich mit diesem Wissensschatz anfangen sollte und ohne zu wissen, ob ich in der Lage war, mit den Informationen umzugehen. Vorfälle und Scheidewege, Ursachen und Wirkungen prasselten auf mich ein, schmerzhaft wie riesige Hagelkörner an einem Unwettertag.

Ich wollte einzelne Geschehnisse verstehen und daraus sinnvolle Ereignisketten zusammensetzen, bekam eines zu fassen, verlor es aber gleich wieder. Das alles war zu viel auf einmal. Mein Kopf zuckte krampfhaft hin und her. Blut schoss aus meiner Nase. Eine unerträgliche Flut aus tausend Gefühlen schwappte wie die Gischt einer bedrohlichen Brandung über mich hinweg. Ich ertrug es, doch ich weinte.

Dann endlich fand ich einen Ereignispfad, dem ich folgen konnte. Ein »Was wäre, wenn?«, das seinen Anfang just in dem Augenblick nahm, als ich Enkidu zum ersten Mal begegnete.

Ich nahm mich dem Gedanken an und er floss als Erinnerung in meinen Verstand. Jetzt sah ich, wie ich mich entschied, Enkidu nach Uruk mitzunehmen, was sich mit meiner tatsächlichen Erinnerung deckte. Aber ich sah auch, was geschehen wäre, hätte ich Enkidu niemals angesprochen. Ich folgte dem ersten Pfad und hangelte mich weiter und weiter, von einem Ereignis zum nächsten. Schnell kam ich an den Punkt, da ich mich hier sitzen sah, in die echte Ereigniswelt eintrat und verfolgte, wie es weitergehen würde.

Ich überschritt den Pfad von der Vergangenheit über die Gegenwart bis in die Zukunft. Nun sah ich, was geschehen würde, wenn ich spezielle Entscheidungen träfe.

Ich folgte dem Weg durch den Rest meiner Lebenszeit nahe Uruk, sah vier Kinder, drei Buben und ein Mädchen und war erstaunt, meinen zukünftigen Ehemann zu erblicken. Es fühlte sich an wie die Idee einer Möglichkeit. Eine Chance. Und doch waren es Erinnerungen, nicht an vergangene Ereignisse, sondern an Augenblicke in der Zukunft.

Ich verfolgte die Idee weiter und weiter, über Jahre, Jahrzehnte, Jahrhunderte, dann Jahrtausende hinweg.

Aber ich spürte auch noch etwas anderes: Ermüdung. Ich würde die Konzentration nicht ewig halten können. Für einen Augenblick verlor ich den Faden und mein Geist stob in das endlose Chaos aus den Folgen des Urknalls zurück.

Mein Herz raste. Was, wenn ich mich in meiner eigenen Zukunft verlor? Was, wenn ich wahnsinnig wurde? Ken-gir würde mich finden, zuckend und krampfend auf dem Stubenboden, und würde triumphieren. Was, wenn das ihr geheimer Plan war? Die Falle.

Rache ist das Elixier des Bösen.

Ich musste in der unendlichen Vielfalt aus »Was wäre, wenn?«-Ereignissen ihre Rachepläne ausfindig machen, so lange es mir noch möglich war. Erst danach konnte ich mir den Ausblick in die Ewigkeit erlauben.

Ich konzentrierte mich. Erinnerungen hämmerten auf mich ein. Mein Kopf drohte vor Schmerzen zu zerspringen. Trotzdem fand ich an irgendeiner Stelle im Ideenpfad eine Spur, die nach Intrigen stank und gegen mich und meine Zukunft gerichtet war. Die Fährte war winzig wie ein laues Lüftchen, schwer zu erspüren und umständlich zu verfolgen. Krampfhaft suchte ich nach einer Auflösung. Und ich wurde fündig.

Ein einzelner Kieselstein schien eine große Rolle zu spielen. Er löste das Netz, entzerrte es und gab mir eine gerechte Chance.

Meine Kräfte schwanden. Ich entschied mich, es dabei zu belassen und richtete meine Gedanken auf die Erinnerungen der Zukunft. Die Kette aus Ursächlichkeiten und deren Wirkung war zu einem fetten Tau angewachsen, das weiter in die vor mir liegende Zeit reichte, als ich mit bloßem Auge erblicken konnte.

Ich sah für mich unverständliche Absonderlichkeiten – die Vorstellung von tuschelnden Dienstmädchen in den Gassen einer dunklen Stadt schoss unverkennbar an mir vorbei, ich sah einen zerbrechenden Wandspiegel von hinten und eine gigantische Bibliothek mit einer unheimlichen, schwarzen Pforte, die in die Tiefen der Zeitgeschichte hinabführte. Weiter und weiter zog es mein Ideengebilde in die Zukunft, sodass ich die damit verbundenen Gefühle nicht mehr fassen und begreifen konnte.

Von nun an wusste ich, dass ich meinen Weg nicht beschreiten konnte, ohne Simon aus den Augen zu verlieren und wie wichtig meine Familie, meine Art für mich und für alles wäre, was die Zukunft bringen würde. Meine Kräfte neigten sich dem Ende zu. Ich heulte wie ein gefolterter Hund und ich denke, ich schrie sogar, weil ich die Vision nicht mehr ertragen konnte.

Da kam mir ein Ort in den Sinn: ein gepflasterter Platz, umrundet von Säulen und Gebäuden in einer sonst leeren Welt, der überfüllt war mit weinenden Menschen. So viel unerträgliche Trauer erfasste meinen Körper, dass es den Rest meiner Kräfte beanspruchte. Ich konnte das Gedankengebilde nicht länger aufrechterhalten, wollte aber so viel davon mitnehmen, aufsaugen, wahrnehmen wie möglich. Das Letzte, was in meiner Erinnerung haften geblieben war, war die Idee von einem

Namen, der in der Zukunft für mich wichtig werden würde, sofern mein seherischer Blick auf die echte Zukunft gerichtet war:

DIE EWIGEN.

Dann brach das Gedankengebilde zusammen. Ich war mit meinen Kräften am Ende. Ließ los. Öffnete die Augen. Schlug atemlos die Hände vors Gesicht und weinte.

XI

Ich wusste, wohin ich zu laufen hatte. Ich hastete durch die Straßen, floh aus der Stadt und hetzte über die Felder bis an die Grenzen von Uruk. Nieselregen tropfte auf meine Kleidung und der Wind kühlte meinen Körper aus.

Als ich den Hügel endlich erreichte, erkannte ich ihn sofort wieder. Hier war ich Enkidu zum ersten Mal begegnet. Hier hatte ich ihn aufgelesen und verführt, bis ihm die Wildnis fremd geworden war. *Hier war der Stein ins Rollen gekommen.*

Der Stein, dachte ich, *ja,* und lächelte in mich hinein. Denn schon der kleinste Kieselstein konnte eine gigantische Lawine auslösen.

Mit dem Fuß schob ich das Gemisch aus feuchtem Laub und Nadeln beiseite, wühlte den Boden auf, fand aber nur Würmer und Dreck.

Eine Lawine auslösen, sagte ich mir, *eine Unmenge von Geröll, die den Hang eines Berges hinabstürzt, noch mehr Erde, Kies und Sand mit sich nimmt, bis sie mit einem Donnergrollen das ganze Tal unter sich begräbt.*

Ich ging in die Hocke und schob mit den Händen Laub, Nadeln und Moos auseinander.

Oder aber, dachte ich, *eine Lawine in der Zeit.*

In diesem Augenblick, als ich erdige Blätter und einen überwachsenen Zweig wegräumte, fand ich, wonach ich gesucht hatte. Ich lachte. Ein Beobachter hätte mich vermutlich für verrückt gehalten. Aber hier am Boden entdeckte ich, wie ich es vorhergesehen hatte, unter all dem Dreck einen einzelnen, feigengroßen, runden Stein.

Ein Stein kann eine Lawine ins Rollen bringen.

Ich nahm ihn in die Hand und befühlte ihn. Ein bezauberndes Empfinden durchfuhr meinen Körper, so rein wie die Oberfläche einer steinernen Frucht, aber zugleich so mächtig. Mit einem Mal schloss sich der Kreis. Ich erinnerte mich an einen Apfel aus Stein, der vor vielen Jahren der Auslöser für eine Welle gewesen war, die noch immer über die Welt schwappte und ihre Spuren hinterließ.

Ein einzelner Stein kann eine Lawine ins Rollen bringen.

Und dann tat ich, was ich in meiner Idee von einer Zukunft gesehen hatte: Ich warf den Stein so fest ich konnte durch die Luft, wohin war mir egal. Es war ein befreiendes Gefühl. Ich sah, wie er sich in den Zweigen verlor, hörte ihn Blätter streifen und gegen Äste schlagen, bis er irgendwo dumpf auf dem Waldboden aufschlug.

So wahnwitzig es erschien: Meine Arbeit war getan.

Ich lachte laut los und konnte nicht fassen, wie kinderleicht die Welt manchmal war. Fröhlich glucksend hielt ich mir den Bauch, lehnte mit dem Rücken an einem Baumstamm und rutschte kichernd auf den Po.

»Hab ich dich«, rief Ken-gir und schon im nächsten Augenblick sah ich, wie die Klinge ihres Schwertes schmerzhaft aus meinem Brustkorb brach. Blut füllte meinen Mund.

Ken-gir kreischte: »Dein ewiges Leben endet hier und jetzt!«

Mein Körper zuckte, ohne dass ich noch Einfluss darauf hatte …

*

»Blut schwappte aus meinem Mund. Das Leben wich aus meinem Körper und ich verlor das Bewusstsein«, erzähle ich in

Rage und wie berauscht von meinen Worten. Dann halte ich für einen Augenblick die Luft an, öffne die Augen und blicke in die Gesichter meiner Kinder.

Ea, unser Jüngster, hat schon vor einer ganzen Weile das Interesse an der Geschichte verloren. Er spielt mit den Fingern in der Tonschale und verteilt den letzten Rest der breiigen Masse in seinem Gesicht.

Sia, Etana und Agrah starren mich gebannt an, mit weit aufgerissenen Augen und offenen Mündern. Sie warten auf ein Zeichen – ein Lächeln oder ein Augenzwinkern – , dass ich sie reingelegt habe. So kann es ja nicht zu Ende gegangen sein. Ich habe das Gefühl, dass sie ersticken, wenn ich das Rätsel nicht jetzt und hier auflöse.

Stattdessen setze ich noch einen drauf und sage: »Ende.«

Sia ist die Erste, die Widerspruch einlegt: »Aber Mama!«

Jetzt kann ich mir ein Schmunzeln nicht mehr verkneifen.

Die Vergnüglichkeit währt nicht lange. Da sehe ich Tränen in Etanas Augen. Er ist unser Sensibelster. Ich muss die Geschichte so schnell wie möglich auflösen, bevor sie die Kinder verstört.

»Das mit dem Schwert war selbstverständlich gelogen. Ich war natürlich nicht tot. Aber ich wollte, dass die Menschen in Uruk es glauben«, sage ich und kichere.

Ich sehe, wie sich die Gemüter beruhigen. Nur Sia traut der Sache nicht über den Weg.

»Aber es hört sich gut an, oder?«, pruste ich.

Wieder Protest, diesmal von Agrah: »Mam! Lass das. Wir wollen die Wahrheit hören.«

Sias Blick kreuzt meinen. Ich kann die Lüge nicht länger verbergen, darum überspiele ich den peinlichen Moment und erzähle, was als Nächstes geschah.

»Einmal im Jahr gab es in Uruk ein großes Fest: Die *Hochzeit des Sulgi* ... Das hätte euch mit Sicherheit gefallen ...«

XII

In den Straßen wurde ausgelassen gefeiert und musiziert, mit geschmückten Rundharfen, mannshohen Leiern und bunten Felltrommeln. Es wurde gelacht und gesungen, Lieder von der Urbarkeit der Menschen, der Herrlichkeit der Natur und der Fruchtbarkeit des Königs. Die Mittagssonne brannte vom Himmel. Es roch nach frischem Fladenbrot und mancherorts sogar nach saftigem Braten, sodass einem auf der Stelle das Wasser im Mund zusammenlief.

Die große Feier fand im Eanna statt, dem *Haus des Himmels*. Der Haupttempel von Uruk lag mitten im Stadtteil *Kullab*. Dieser Bezirk war besonders prachtvoll geschmückt worden, mit Blüten auf den Wegen und Pflanzen auf den Dächern.

Und dann kam der König.

Unzählige Boote brachten Gilgamesch durch die singende und jubelnde Menge zum Tempel. Darüber hinaus verfrachteten sie Rinder, Ziegen und Lämmer als Opfergaben für die Herrin der Liebe und der Fruchtbarkeit, des Krieges und des Todes – *Innana Ischtar*.

Die Gaben wurden den Tempeldienerinnen dankbar übergeben und König Gilgamesch ließ sich bejubeln. Dann durfte er über die große Treppe den Tempel betreten, wo am Ende des labyrinthartigen Tunnels ein Mädchen stolz und hingebungsvoll auf ihn wartete. Die Dienerinnen hatten die Jungfrau vorbereitet, mit der der Hirte – so wurde Gilgamesch an diesem Tag genannt – das Ritual vollziehen sollte.

Enkidu blieb bei den Booten, tanzte ausgelassen und feierte königlich, aber auch leichtfertig, aß Früchte und Fleisch und trank Wein. Ich vermute, dies war der Moment, in dem das Ende seinen Anfang nahm. Dort gab Ken-gir etwas in den Rebensaft, dort nahm Enkidu das Gift zu sich. Ich bemerkte davon nichts, denn ich wartete auf meine Gelegenheit zum Triumph.

Ich hatte mich unter die Tempelfrauen gemischt, dann hatte ich mich im Tempel versteckt und als Gilgamesch allein durchs Labyrinth zur Jungfrau lief, schnitt ich ihm den Weg ab.

»Halt!«, rief ich und streckte beide Hände vor.

»Was ...?«, sagte er mit zusammengebissenen Zähnen. Ich hörte die Verachtung und den Hass, den er jedem entgegenbrachte, der sich ihm in den Weg stellte.

»Bleib stehen, König!« Ich tat mich schwer, hart und energisch zu klingen, denn dieser Mann schüchterte mich ein.

»Wer bist du, dass du dich traust, mir zu befehlen ...?« Dann zögerte er. »Geschichtenweib? Aber ... das kannst du nicht sein. Du ... du bist ... tot.«

Zum ersten Mal überhaupt sah ich Unsicherheit in Gilgameschs Augen. Ich lächelte überlegen, aber schnell bemerkte ich, wie sich der minimale Ausdruck von Schwäche hinter seiner stolzen Fassade verzog.

»Das kann nur eines bedeuten«, meinte er schließlich. Er musterte mich wie ein verschlissenes Möbelstück. »Du bist Innana Ischtar.« Dann sah er mich an, als hätte er ein unlösbares Rätsel geknackt.

Das kam mir gerade recht. Er glaubte, ich sei die Göttin des Tempels persönlich. Von einem Augenblick zum nächsten hob er mich auf seine Stufe. Götter unter sich. Das konnte mir zum Vorteil werden. Ich beschloss, ihn in dem Glauben zu lassen.

Dann fragte er zornig: »Was willst du? Warum störst du die heilige Hochzeit?«

Ich sah ihn streng an. »Du machtest zum Gott, was kein Gott ist!«

Ich sah, wie er mit sich rang. Nur schwer konnte er ertragen, dass ihm jemand Vorwürfe an den Kopf warf – selbst, wenn es eine Göttin war.

Nach einer kurzen Denkpause sagte er: »Enkidu?«

»Schicke ihn fort!«, befahl ich. »Er hat hier nichts verloren.«

Ich wollte in Ordnung bringen, was ich angerichtet hatte. Doch das war nur die halbe Wahrheit. Noch viel mehr wollte ich Enkidu in Sicherheit bringen, aber das konnte ich mir zu diesem Zeitpunkt noch nicht eingestehen.

Die Antwort kam so grob, dass ich erschrak.

»Nein!«

Ich war aus dem Konzept gerissen, musste meine Gedanken sammeln. Unterdessen nutzte Gilgamesch die Zeit für einen verbalen Angriff.

»Warum benutzt du den Körper einer Toten? Ich hasse dieses Geschichtenweib. Zu gern würde ich sie noch einmal abschlachten.«

»Enkidu wird sterben«, platzte es aus mir heraus und ich hoffte, seinen Groll damit auszubremsen.

Aber der Gottkönig redete einfach weiter. Jetzt kam er mit dem Vorwurf: »Du willst ihn für dich haben. Das sehe ich dir an.«

Ich fühlte mich ertappt. Denn auch wenn Innana Ischtar keinerlei Interesse an Enkidu hatte – ich hatte es. Und ich tat mich schwer, diese aufkeimende Leidenschaft zu verbergen, insbesondere vor einem gnadenlosen Richter wie Gilgamesch.

»Eifersüchtig bist du!«, brüllte er. »Geh zur Seite. Ich habe zu tun. Die Hochzeit des Sulgi wartet auf mich.«

Dann packte er mich am Ärmel, als wäre ich nur eine nutzlose Geschichtenerzählerin.

»Eines sage ich dir, Innana: Komm mir nicht in die Quere!«

Er stieß mich hart beiseite und setzte seinen Weg fort, ohne sich nur ein einziges Mal nach der vermeintlichen Göttin umzudrehen.

Ich fragte mich, ob es die echte Innana Ischtar überhaupt gab oder ob er sie mit seiner grobschlächtigen Ignoranz nicht schon vor langer Zeit vertrieben hatte …

XIII

Noch in derselben Nacht fiel eine heimtückische Krankheit über Enkidu her. Ken-girs Gift tat seine Wirkung. Sein Körper wurde heißer als die Wüste zur Mittagszeit, erzählt man sich. Schweiß überzog seine Haut, als wäre er gerade eben aus Uruks Flüssen gestiegen und er erbrach sich ohne Atempause, sodass er fast daran erstickte. Schließlich brüllte er und hielt sich den Bauch, während sein Körper zuckte und krampfte vor Schmerz.

Als die Heiler bei ihm eintrafen, schwamm er in Kot und Blut. Gilgamesch brüllte und drohte den Heilern die wildesten Qualen an, sollten sie seinem selbsternannten Bruder nicht helfen können. Enkidu bekam das alles – Gott sei Dank möchte man sagen – nicht mehr mit.

Die Heiler umwickelten seine Waden mit feuchten Tüchern und mischten eine Medizin, die sie ihm einflößen wollten, aber dann gab sein Körper auf. Enkidu war tot.

Das war der Tag, an dem man Ken-gir zum ersten und letzten Mal lächeln sah, sagt man. Hinterher wurde auch erzählt, Gilgamesch soll wie ein Kind geheult haben.

Als ich von den tragischen Ereignissen erfuhr, brach ich weinend zusammen. Die anderen Tempeldienerinnen dachten wohl, ich weinte um Gilgameschs Leid.

Bis heute wird behauptet, der Gottkönig wachte tagelang über Enkidus Leiche, bis Maden aus seinem Körper krochen. Und so steht es geschrieben.

XIV

»Maden?« Ea sieht mich mit großen Augen an. Die letzten Worte haben sein Interesse geweckt.

»Mensch, Ea«, ruft Etana. »Sie bindet uns einen Bären auf. Ist doch klar!«

Der Kleine scheint sichtlich erleichtert zu sein. Agrah und Etana lachen über seine Leichtgläubigkeit.

Nur Sia betrachtet mich misstrauisch. Ihr kann man einfach nichts vormachen.

»Warst du dann keine Geschichtenerzählerin mehr?«, will Etana wissen.

»Nein«, erkläre ich und hebe den Kleinsten hoch, um ihm den Mund sauber zu wischen.

»Was hast du dann gemacht?«

»Ich lebte noch eine Weile bei den Tempeldienerinnen.«

»Und der König?«, fragt Agrah.

»Von dem Tag an, als Enkidu starb«, erkläre ich, »hatte sich Gilgamesch verändert. Jetzt wollte er ewig leben. Nichts war ihm wichtiger.«

Auf einmal sagt Ea mit holpriger Stimme: »Waren denn Maden in Enkidu?«

»Nein, mein Schatz«, sage ich und drücke ihm einen beruhigenden Kuss auf die Stirn.

»Aber ewig leben kann man nicht«, meint Agrah und ich nicke ihm traurig zu. In diesem Augenblick würde ich meine Arme am liebsten um meine Kinder schlingen, aber ich tue es nicht.

»Und was hat er dann gemacht, der König?«, möchte Agrah wissen.

»Ach, da gibt es viele Geschichten«, sage ich aufgewühlt, möchte aber eigentlich nicht mehr weitererzählen.

»Mam. Bitte«, sagt Sia. »Du kannst nicht mittendrin aufhören.«

Ich zögere. Nicht weil ich ihnen nicht sagen will, was aus Gilgamesch wurde. Ich zögere, weil ich nicht berichten möchte, welches grausame Schicksal die Seherin Ken-gir ereilte, aber ich weiß auch, dass ihr Schicksal zur Geschichte dazugehört. Darum spiele ich die Geschehnisse im Kopf durch.

Wie ich mich bei ihr einschlich, weil ich die Vase stehlen wollte. Mitten in der Nacht schob ich die Tür auf, drehte verstohlen den

Kopf hin und her und betrat das Haus. Und wie ich nicht leise genug war. Sie musste mich gehört haben, weil sie unverhofft in die Stube kam, meine Hände an der Vase sah und auf der Stelle losbrüllte.

»Was machst du da?«

»Ich … »

»Thyri?!«

»Ken-gir.«

»Ha! Wusste ich's doch. Du bist nicht tot.«

Ich sah zur Tür, der Fluchtweg war offen, dann wieder zu ihr. »Lass mich gehen und ich war nie hier«, bot ich ihr an.

»Niemals!«, fauchte sie. »Diese Gelegenheit lasse ich mir nicht entgehen.«

»Du weißt, was ich bin!«

»Jetzt hast du's mir bestätigt.«

»Dann weißt du auch, dass ich dich töten kann. Egal, wann und wo …«

»Egal, ob ich tot bin oder lebe«, lachte sie, »früher oder später läufst du in meine Falle.«

Sie bewegte sich zur Vase hin und ich dachte, sie wolle das Gefäß beschützen. Ich nutzte die Gelegenheit und rutschte ein paar Schritte auf die Tür zu.

»Pah! Ken-gir. Bist du so dumm?«

Sie sah mich misstrauisch an.

»Deine Falle habe ich längst unschädlich gemacht«, sagte ich.

»Das kannst du nicht!«, fauchte sie, jetzt neben der Vase.

»Glaub es, oder glaub es nicht«, brüllte ich.

»Dann nimm das!«, kreischte sie, schob die Hand in die Porzellanvase und zog ein Messer daraus hervor. Und schon stürzte sie auf mich zu.

Ich machte einen Satz zur Seite. Haarscharf stach sie in die Luft neben mir.

»Ich zerstückele dich!«, schrie sie wie im Wahn, »… in viele kleine Fetzen, dass sogar du nicht mehr weiterleben kannst!«

»Lass mich gehen«, rief ich. »Und niemandem passiert etwas.«

Aber sie kreischte wie eine wütende Krähe und stach ein zweites Mal in meine Richtung. Wieder konnte ich ausweichen und stand nun direkt neben der besonderen Vase.

Meine Chance, dachte ich und schnappte mir das Ding.

»Nein!«, brüllte sie.

Doch das war mir egal. Ich hob die Vase über den Kopf und warf sie auf Ken-gir.

Die Seherin ließ die Waffe los und griff mit beiden Händen nach dem fliegenden Gefäß. Das Messer klirrte zu Boden.

Dann passierte es.

Die Vase glitt durch ihre Hände, fiel zu Boden und zersprang in tausend Teile.

Ich erinnere mich, wie Ken-gir sich wie wild geworden auf die Scherben stürzte, als wollte sie die Bruchstücke umarmen und zusammenhalten. »Das ist meine!«, schrie sie und fiel mit dem Kopf mitten in den Scherbenhaufen.

Dann gluckste sie. Zuckte. Und plötzlich war es still.

Als ich ihren leblosen Körper mit dem Fuß berührte, um festzustellen, ob sie noch lebte, fiel ihr Kopf entseelt zur Seite.

Ich erinnere mich, dass ein Tonsplitter in ihrem Hals steckte und wie das Blut floss.

Nein, denke ich. *Davon will ich meinen Kindern nichts erzählen. Dann doch eher die Geschichte, wie es mit Gilgamesch weitergeht.*

Von nun an ist alles nur Hörensagen. Aber ich habe es schon so oft erzählt und auch niedergeschrieben, dass ich mittlerweile daran glaube.

»Wisst ihr«, sage ich und wende mich meinen Kindern zu, »Gilgamesch war auf der Suche nach einem Weg, Unsterblichkeit zu erlangen ...«

»Au ja«, ruft Etana, »sie erzählt weiter.« Ea, Agrah und Sia grinsen überglücklich.

»Also …«, sage ich und mache eine bedeutungsschwangere Pause.

XV

So fragte sich der König, was er denn tun müsste, um unsterblich zu werden.

Er rief seine Berater zusammen. Die waren verwundert, denn dass der Gottkönig eine Frage stellt, war bis zu diesem Tage nicht vorgekommen. Es war, als wäre er durch die zurückliegenden Ereignisse zu einem neuen Menschen gereift. Leider konnte ihm niemand eine Antwort geben.

Von einer Dienerin kam der entscheidende Hinweis: Uta-napischti. Ein Mann mit diesem ungewöhnlichen Namen hatte als einziger die Sintflut überlebt, sagte man. Uta-napischti könnte wissen, wie man Unsterblichkeit erlangt.

Der alte Mann lebte mit seiner ebenso in die Jahre gekommenen Frau in einem bescheidenen Haus in den Bergen, mehrere Tagesreisen von Uruk entfernt. Getrieben von seinem Wunsch, nahm König Gilgamesch die Strapazen der Reise auf sich.

Die Legende erzählt, dass Uta-napischti zu Gilgamesch sagte: »Du kannst nicht unsterblich werden. Wer würde für dich die Götterversammlung einberufen?«

Der König wollte ihm nicht glauben. Er – der Herr über Mensch und Tier, Uruk und die ganze Welt – konnte nicht der Herr über seinen eigenen Tod sein?

Also entgegnete Uta-napischti: »Ich beweise es dir. Der Schlaf ist der kleine Bruder des Todes. Bleib sieben Tage und Nächte wach und du wirst sehen, dass du nicht einmal den Schlaf bezwingen kannst.«

Müde von der langen Reise schlief der König schon in der ersten Nacht ein.

Von da an war er sich seiner Sterblichkeit bewusst und er empfand Demut vor dem Tod und vor den Göttern.

Gilgamesch war ein neuer Mensch geworden. Er beschützte seine Untertanen und ließ eine gigantische Schutzmauer um Uruk errichten.

*

»Und ohne es zu erzwingen«, beende ich die Geschichte, »erlangte Gottkönig Gilgamesch auf diese Weise doch noch seine lang ersehnte Unsterblichkeit – Unvergänglichkeit durch große Taten.«

Sia strahlt mich an. »Eine schöne Geschichte.«

»Will noch eine«, ruft Agrah.

»Nichts da. Jetzt wird geschlafen.«

»Aber Mutter!«, mault Agrah und blickt Etana aufstachelnd an. Etana, dessen Augenlider bereits schwer werden, reißt den Mund zu einem mächtigen Gähnen auf.

Da fällt mir auf, dass Ea, unser Jüngster, auf meinem Schoß eingeschlafen ist.

Sia wirkt zufrieden. Mit dem Ansatz eines Lächelns trottet sie zu ihrem Schlafplatz.

Dann öffnet sich die Tür. Und da ist mein Ehemann. Der Mann, dem ich gern meine Lebenszeit schenke. Der Vater von diesen liebreizenden Kindern.

Er sieht mich an. Weiß nicht, dass ich die Geschichte erzählt habe. Unsere Geschichte. Er wundert sich, ist verwirrt, das erkenne ich in seinen Augen und an seinem schiefen Mund. Obwohl er heute so lieb und zahm ist, kommt es mir vor, als wäre es erst gestern gewesen: wir beide in den Zedernwäldern nahe Uruk, durchnässt bis auf die Haut. Heute gebändigt, damals wild. Seine Ungezähmtheit gab ihm die Kraft, Ken-girs Gift zu überleben, sage ich mir wieder und wieder.

Enkidu, der sich heute Kushim nennt, küsst mich, dann Ea, dann Sia, dann die Jungs. Wir leben im Verborgenen, weit weg von Uruks großer Mauer.

Nicht immer sind die Legenden wahr. Nicht immer stirbt der Held den Heldentod und oft übertreibt der Volksmund.

Ich zerrte Enkidus sterbenden Körper auf dem Handwagen aus der Stadt. Zwei Totgeglaubte, ein Schicksal. Ich fand sein Dorf und stieß auf Menschen, die ihn liebten und vermissten. Vor seiner Zeit in Uruk war er ein verbitterter Jäger gewesen, ein Einzelgänger, berichtete man mir, wild und ungezähmt. Die Zeit an König Gilgameschs Seite hatte ihn kultiviert. Vielleicht, weil er von da an wusste, wo sein Zuhause war.

Die Heiler pflegten Enkidu gesund und die Dorfgemeinschaft nahm mich freundlich auf, als wäre ich seine Frau. Enkidu wusste, dass ich sein Leben gerettet hatte. Jeden Tag zeigte er mir liebevoll seine Dankbarkeit. Und schon bald verwandelten sich Vertrauen und Nähe in Zuneigung.

Uruks Geschichte ist vor allem Enkidus Geschichte. Und wenn Enkidu bereit ist, über alles zu sprechen, dann wird er unseren Kindern auch das letzte Geheimnis offenbaren. Ich denke, er braucht Zeit.

Enkidu sieht die Freudentränen in meinen Augen und erkennt die Erinnerung. Er nimmt mich liebevoll in den Arm, drückt mich an sich, dann küsst er mich.

Ich weiß, jetzt, da ich das Epos um König Gilgamesch – meine Geschichte – den Kindern erzählt habe, sollte ich die Angelegenheit sorgsam in Keilschrift aufschreiben; Buchstabe für Buchstabe, Wort für Wort, Satz für Satz. Damit in Zukunft jeder weiß, dass auch ein verabscheuenswerter Mann wie König Gilgamesch in der Lage sein kann, Gutes zu tun.

Leipzig, Deutschland, 1999 nach Christus

Ich weiß nicht, warum meine Hände zitterten, als ich die Postkarte umdrehte. Und auch nicht, aus welchem Grund ich mit einem Mal Angst verspürte. Mein Herz klopfte hart und unnachgiebig. Dann las ich, was dort in großen, kantigen Tuschelettern geschrieben stand:

Tyri,

Du bist in schrecklicher Gefahr. Sieh zu, dass du da wegkommst, so schnell du kannst!
Sofort!

Und ich rannte los …

Die Karte flog durch die Luft.

Weg hier!, dachte ich, packte Marie an der Hand und sprintete in Richtung Treppe.

»Was ist …?«

»Komm!«, kreischte ich und zerrte an ihrem Arm. »Wir müssen hier weg, sofort!«

Sie sah die Angst in meinen Augen und folgte mir.

4555!

Breitbeinig stellte sich der Kerl auf die Treppe, blockierte den Fluchtweg.

Jetzt erkannte ich: *Er* war die Gefahr.

Keine Sekunde hielt ich inne. Stattdessen beschleunigte ich und schnappte mir auf halber Strecke ein verbeultes Autokennzeichen.

M-TH 4555.

Mit Schwung schlug ich es nach dem Mann und rief: »Lass uns durch!«

»Nicht in tausend Jahren!«, fauchte er und wich meinem Angriff geschickt aus.

Ich sah Maries bleiches Gesicht und zog das Kennzeichen hoch wie ein Schwert.

Wieder sagte er: »Viertausendfünfhundertfünfundfünfzig.« Jede Silbe war erfüllt mit bedingungsloser Verachtung.

»Was will er?«, fragte Marie. Ihre Stimme zitterte.

Ich hatte keine Ahnung. Von einem Preis konnte nicht die Rede sein. Nichts in diesem Laden war 4555 Deutsche Mark wert.

»Alles in Ordnung da unten?«

Eine Mädchenstimme. *Die Kassiererin,* vermutete ich.

Wie ein gemauerter Turm blockierte der Kerl den Fluchtweg. Ich sah ihm tief in die Augen, die mich voller Bosheit, Wut und Verbissenheit anfunkelten.

Dann fragte ich: »Viertausendfünfhundertfünfundfünfzig?«

Er nickte und grinste.

Mit einem Mal wusste ich, wovon er sprach. »Jahre?«, sagte ich.

Wieder ging sein Kopf rauf und runter.

Dann sagte er einen Satz, der in mir lebhaft die Erinnerung an einen unendlich weit zurückliegenden Vorfall wachrief.

»Rache«, fauchte er, »ist das Elixier des Bösen.«

Auf der Stelle hatte ich das Bild einer Frau im Kopf, die schon lange tot war – 4555 Jahre, um genau zu sein. Trotzdem hatte sie es fertiggebracht, mir ihre Falle im Hier und Jetzt zu stellen, weit über ihre eigene Zukunft hinaus.

In seiner Hand schnappte die Klinge eines Sprungmessers. Sie zeigte in meine Richtung, wie ein geschliffener Reißzahn.

Meine Augen blickten hilfesuchend umher. An der Wand neben mir blitzte ein altes Schwert. Marie weinte.

»Das ist ein Missverständnis«, sagte ich. »Geh aus dem Weg!«

»Nein!«, knurrte er mit zusammengebissenen Zähnen und bewegte die Klinge bedrohlich hin und her.

»Weg da!«, rief ich mit Nachdruck.

Er schüttelte den Kopf.

»Deine letzte Chance«, sagte ich, ohne seinem Blick nachzugeben.

Aber er bewegte sich keinen Millimeter.

Dann startete ich den Angriff.

Ich warf ihm das Kennzeichen an den Kopf. Er zog die Arme hoch.

Im selben Augenblick stieß ich Marie mit einer Hand an ihm vorbei. Mit der anderen zog ich das Schwert von der Wand.

»Lauf!«, brüllte ich. Marie nahm die Beine in die Hand.

Ich umklammerte das Heft des Schwertes mit beiden Händen und setzte zum Schlag an. Ich sah noch, wie er mir die Klinge seines Messers in den Magen rammte, aber das war mir egal. Mit voller Wucht traf mein Schwert seinen Hals und schlitzte seine Kehle auf. Blut spritzte, seine Augen weiteten sich, er röchelte und gluckste.

Jetzt kam der Schmerz.

Das Schwert krachte auf den Boden und ich griff mir mit beiden Händen an den Bauch. Während ich das Messer mit einem grauenvollen, schmerzerfüllten Schrei aus meinem Leib zog, brach der 4555-Jahre-Mann vor meinen Füßen tot zusammen.

*

Feuer.

Als wäre mein Körper in Flammen aufgegangen.

Die Hände feucht vom Blut.

Entsetzen im Kopf.

Flammenmeer.

Im Augenblick meines Todes reihten sich die Bausteine aneinander. Die Rätsel fügten sich zu einem großen Ganzen. Urplötzlich war ich in der Lage zu verstehen, auf welchen verwundenen Wegen die rettende Postkarte in meine Hände gefunden hatte.

Ich zerging in einer Feuersbrunst der Erkenntnis.

*

Nahe Uruk, Mesopotamien, 4555 Jahre zuvor

Scheinbar willkürlich wartet ein Stein, der nichts darüber weiß, wie und aus welchem Grund er zwischen all das Moos und die Zedernnadeln gekommen ist, darauf, dass seine Zeit kommt. Er ahnt nicht, wie lange es dauern wird, bis er seinen langersehnten Einsatz hat.

Womöglich, weil ein Nager woanders mit seinem Geknabbere einen eh schon brüchigen Stamm verletzt. Oder weil die verletzte Zeder ihre Nadeln verliert, um lange Zeit morsch einfach nur so dazustehen. Vielleicht auch, weil der Sturm sie in einer eisigen Winternacht umwirft. Wie ein unnachgiebiger Damm klatscht sie mitten in ein winziges Rinnsal, sodass das Wasser umgelenkt wird.

Unverhofft nehmen der quirlige Wasserlauf, der an einem Regentag zu einem schmalen Bach anwachsen kann, und der wartende, nein, lauernde Stein, eine Rolle in einem Schauspiel ein, das niemand hätte vorhersehen können – fast niemand.

Das Wasser trägt Schlick und Erde herbei, wovon sich ein Teil an dem Stein sammelt, den ich vor unzähligen Jahren an dieser Stelle platziert habe. Der Stein wird unter Dreck begraben und mit den Jahrhunderten entsteht dort eine winzige Unebenheit, gerade so hoch, dass ein Pferd aus dem Tritt geraten kann.

*

Irgendwo in Neubabylon, 601 vor Christus

Hastig galoppiert ein Soldat, der dem Neubabylonischen Reich verpflichtet ist, durch einen Zedernwald. Er ist auf der Flucht. Sein Pferd springt über Wurzeln und schlägt Haken um Baumstämme herum. Zwei Männer folgen seiner Spur. Die Hufe ihrer

Pferde schlagen sich in den Erdboden. Es wird gebrüllt und geflucht. Da ist ein Hügel, alt wie der Wald. Der Soldat nimmt den Weg nach oben und treibt sein Pferd über einen Bachlauf.

Er ist besser ausgebildet als seine Verfolger und hat ein ausreichend ernährtes und gut trainiertes Pferd. Aber er ist achtlos, darum entgeht ihm eine Unebenheit.

Ein Huf knickt ein. Das Tier bäumt sich auf, wiehert. Der Soldat fällt aus dem Sattel und stürzt mit dem Rücken voran auf Wurzeln und Moos.

Niemand weiß, ob er zu diesem Zeitpunkt schon tot ist oder erst, als seine Verfolger mit Schwertern auf ihn einschlagen.

*

Babylon, Babylonien, 639 vor Christus

Eigentlich hätte das Schicksal grausige Pläne gehabt für den Gelehrten Linus Adelphos. Ursprünglich hätte er an einem romantischen Vollmondabend zum Gesang der letzten Grillen mit einem Dachbalken vom Nachwuchs eines neubabylonischen Soldaten und einer Waschfrau erschlagen werden sollen. Aber da der missratene Abkömmling niemals das Licht der Welt erblickt hat, kann Linus Adelphos das Studium *Akkadische Sprache und Keilschrift* erfolgreich abschließen und in sein Heimatland zurückkehren. Als Dankeschön für ihre Geduld bringt er seiner Herzensdame eine mit einem traubengroßen Aventurin-Quarz besetzte, goldene Brosche mit.

*

Irgendwo in Griechenland, 475 vor Christus

Die sechzehnjährige Kalomyra, Enkeltochter des Gelehrten Linus Adelphos, kann die Finger nicht von Großmutters glitzernder Brosche lassen. Sie steckt sie sich heimlich zum gemeinsamen Spaziergang im Sonnenuntergang am Meeresufer an und bemerkt nicht, wie das unersetzliche Stück beim hemmungslosen Kuss von der Nadel schlüpft, in den Sand fällt und, von Salzwasser umspült, vergraben wird.

Sie macht sich ewig Vorwürfe, wenn Großvater weint, weil die Erinnerung an die viel zu früh verstorbene Liebe seines Lebens urplötzlich unauffindbar ist. Beichten wird Kalomyra es ihm niemals.

*

Patras, Griechenland, 1805

Als der Londoner Archäologe Sir William Greenburgh mit seiner Mannschaft nahe der griechischen Stadt Patras Ausgrabungen macht, finden sie nichts weiter als Muscheln und Sand.

Von der babylonischen Brosche, die Sir William allein im Feinsand an der Meeresküste entdeckt, sagt er kein Sterbenswort.

*

London, Britisches Empire, 1854

Als hätte er es gewusst, rettet der geheime Besitz des Sir William Greenburgh sein Leben und das seiner ganzen Familie – der Ehefrau Trudie, den beiden Töchtern Gran und July und dem Sohn John, der damals noch in die Windeln macht.

Die Cholera hat London gepackt und sich eingenistet. Freunde, Nachbarn und Kollegen sterben wie die Motten im Feuer.

Da trifft Sir William die einzig richtige Entscheidung, verkauft die Brosche auf dem Schwarzmarkt und macht damit die Flucht der Familie hinüber aufs Festland möglich. In München finden sie eine neue Heimat. Als er älter ist, erzählt John seine Geschichte gern den jungen Leuten. Manche staunen nicht schlecht, viele langweilen sich.

*

München, Deutsches Reich, 1911

Paul, Maria und Clemens, den die anderen beiden gerne kleiner Tyrann nennen, spielen ein Spiel, das Maria von ihrem Großvater John gelernt hat. Es geht darum, sich vorzustellen, man sei im Haus einer Hexe gefangen. Meistens muss Maria die Magierin spielen, aber manchmal hat sie einfach keine Lust dazu. Dann springt Paul ein.

Mit einem hinkenden Bein schlurft die Hexe zwischen dem brodelnden Kochtopf und dem Tisch, an dem die Kinder sitzen, hin und her.

»Lernt!«, befiehlt sie mit kratziger Stimme, »Ihr sollt fleißig lernen oder ihr landet in meinem Topf.« Dann kichert sie so schauderhaft, dass Clemens die Luft wegbleibt. Er zittert und kann sich vor Angst nicht auf die Aufgaben konzentrieren.

Maria sieht, wie sich die Hexe die Lippen leckt und die Hände reibt, je näher sie dem kleinen Tyrannen kommt. Sie wird den Jungen in den Käfig sperren. Dann wird sie ihn mästen und zuletzt über dem Feuer braten. Maria möchte ihren Bruder warnen, darum greift sie nach einer Postkarte und schreibt darauf die Worte:

Tyri,

Du bist in schrecklicher Gefahr. Sieh zu, dass du da wegkommst, so schnell du kannst!
Sofort!

Ein Kinderspiel mit weitreichenden Folgen.

*

München, Weimarer Republik, 1930

Im Alter von 10 Jahren beginnt Franzl mit dem Sammeln von Postkarten. Seine erste Karte wird er nie vergessen: eine Ansichtskarte aus Rom. Sie zeigt ein Segelschiff am Hafen und den endlosen Blick über das Meer. Von da an ist es um ihn geschehen. Er ist fasziniert von der Größe der Welt, der Vielfalt der Länder und dem Blick auf andere Kulturen.

Franzl lässt sich von überallher Ansichtskarten schicken und mitbringen. Er spricht Freunde und Bekannte an und wünscht sich sogar gebrauchte Karten unter den Weihnachtsbaum.

Er ist zwölf, als ihn sein Großvater mit einer ungewöhnlichen Postkarte überrascht. Sie zeigt das Bild einer Schauspieltruppe. Die Männer tragen lange, weiße Gewänder und Tücher auf dem Kopf, die von dicken Kordeln festgehalten werden. Sie haben sich schwarze Bärte ins Gesicht geklebt und die Haut dunkel geschminkt. Die Frauen sind mit Seidentüchern behangen, ihre Haare mit Ketten, Broschen und Perlen geschmückt.

Großvater erzählt von einem Hexenspiel, dass er in seiner Kindheit gerne gespielt hat. Diese Karte ist das letzte Überbleibsel aus jener Zeit. Fasziniert steckt Franzl die Postkarte zu den anderen in den Pappkarton und hütet seine Sammlung wie einen Schatz.

*

München, Deutschland, 1995

Ein weißes Bettlaken und die Rückseite eines Ohrensessels dienen Michael Gretchen als provisorisches Fotostudio. Schweren Herzens platziert er einen Gegenstand nach dem anderen auf dem Laken und knipst Fotos: Eine Sofortbildkamera, ein paar gut erhaltene Bücher, ein Funkwecker, eine Puppe mit einem geschminkten Keramikkopf. Er wird den Kram verkaufen, im Internet, bei dieser neuartigen Plattform – ebay. *Ob so ein Online-Auktionshaus je Erfolg haben kann?*, denkt er. *Aber warum nicht.* Was sonst soll er mit den Sachen tun? Zum Wegwerfen zu schade – behalten möchte er sie aber auch nicht. Nicht, dass er das alles nicht brauchen könnte, aber an den meisten Dingen hängen Erinnerungen: Mutter, wie sie mit dem viel zu großen Fotoapparat Bilder beim Wandern knipst; Vater, der mit einem Buch auf dem Gesicht auf dem Sofa liegt und schnarcht, oder der, lediglich mit Unterhosen bekleidet, gestresst ins Bad rennt und dabei vergisst, den Wecker auszustellen; Großvater, der schimpft, weil er die grinsende Puppe nie im Regal haben wollte.

Großvater, denkt er. *Von ihm stammt auch die Kiste mit den Postkarten. Sein ganzes Leben sammelte Opa leidenschaftlich dieses Zeug. Vielleicht gibt es da draußen einen Menschen, der sich über so eine Kuriosität freut.* Das Blitzlicht leuchtet für den Bruchteil einer Sekunde über dem Pappkarton auf.

Er seufzt, schiebt die Kiste beiseite, wischt sich eine Träne aus dem Gesicht und legt Mutters selbstgehäkeltes Sofakissen auf das Laken.

*

Leipzig, Deutschland, 1995

Obwohl Susi Kohlmannsberger erst 17 Jahre alt ist, schmeißt sie den Kramladen ihrer Mutter schon so gut wie allein. Mal steht sie hinter der Kasse, mal räumt sie Lieferungen ins Regal und immer träumt sie davon, irgendwann diesen Laden einzurichten, ganz so, wie sie es gerne hätte. Neongelbe Preisschilder schweben ihr vor: JEDES TEIL 50 PFENNIG. Sie will das Ladengeschäft zu einem Unikat machen – weg von den Souvenirs und hin zu alten Gegenständen, die sonst nirgends zu haben sind. Wer eine Nase für ausgefallene Dinge hat, soll es schwer haben, an diesem Schaufenster vorbeizugehen. Aus diesem Grund schmuggelt sie schon heute heimlich ausgefallene Gegenstände hinein – wie die verbeulte Rüstung in der Kellerecke. Oder diese Kiste voller gesammelter Postkarten. Ihr Herz schlug bis zum Himmel, als das Paket endlich da war. Mutter lächelte nur, aber Susis Begeisterung ist nicht zu bremsen, darum lässt sie sie machen.

Ob die Mutter ihre Tochter jemals im Laden alleingelassen hätte mit dem Wissen, dass dieser Ort in ein paar Jahren zum Schauplatz eines blutigen Mordes werden würde? Wer weiß das schon …

XVIII

Leipzig, Deutschland, 1999 nach Christus

4555 Jahre schossen mir durch den Kopf in nur einem Moment, so kurz wie ein Augenzwinkern. Es war der Moment meines Todes und zugleich der Zeitpunkt der Erneuerung.

Vielleicht war dies auch der Punkt, an dem der letzte Funken Existenz der Seherin Ken-gir ganz und gar erlosch; die letztplatzierte, von ihr eingefädelte Schicksalsänderung vorbei war.

Rache ist das Elixier des Bösen.

Ich hatte ihre Falle überwunden. So konnte ich von nun an positiv in die Zukunft blicken, befreit und ohne Vorbehalte.

*

Ich starb nicht. Nicht dieses Mal. Und nach meiner Genesung, die nach Aussage der behandelnden Ärzte ungewöhnlich schnell verlaufen war, dachte ich noch oft an meine Zeit in Uruk zurück.

Gilgameschs Reich gibt es schon lange nicht mehr. Wo damals eine bewohnte Oase mit unzähligen Bauwerken, begrünten Straßen und befahrenen Kanälen war, liegt jetzt eine öde Sandwüste. Trotzdem lebt der Gottkönig bis zum heutigen Tag weiter im Gedächtnis der Welt, denn ich zeichnete seine Geschichte auf. Das Gilgamesch-Epos auf zwölf Schrifttafeln wurde zu einem Bestseller der vorchristlichen Zeit. Wieder und wieder schrieb man sie ab, zur Unterhaltung und an Schulen für Keilschrift. Womöglich war meine phantastische Erzählung über Gilgamesch und Enkidu der erste Unterhaltungsroman, der je in mehrere Sprachen übersetzt wurde. Man sagt, dass Textstellen aus dem Epos sogar in die Bibel mit einflossen, wie die Geschichte von dem alten Mann Uta-napischti und seiner Frau, die die Sintflut überlebten.

Damals wagte ich den Blick in die Zukunft. Zum Vorschein kam die verwaschene Erinnerung an eine traurige Gruppe von Menschen, die sich an einem von Säulen umrundeten, weitläufigen Platz trafen. Außerdem fand ich den Namen DIE EWIGEN. Was hat das zu bedeuten?

Dieses Rätsel zu lösen wird meine nächste Aufgabe sein.

Schweren Herzens denke ich heute zurück an meine Kinder Ea, Agrah, Etana und Sia, die schon lange tot sind; an Enkidu, den ich bis ins hohe Alter versorgte und an *Gilgamesch und die Seherin.*

Der Autor

Chriz Wagner: Mystery ist sein Genre. Er liebt unfassbare Geschichten mit einem Hauch Unerklärlichem. Vielleicht fing er aus diesem Grund mit 33 Jahren an, selbst solche Texte zu verfassen.

1999 huschten die ersten Gedanken von selbst geschriebenen Geschich-ten durch seinen Kopf. 2006 startete er schließlich mit dem Schreiben von Übungsromanen und Kurzgeschichten.

2011 nahm ihn der acabus Verlag unter Vertrag, wo sein erster Roman „Social Network. Die Bibliothek des Schicksals" erschien. *„Sie behaupten also, Sie wissen, welchen Schmetterling Sie gegen die Wand klatschen müssen, damit im Karibischen Meer kein Hurrikan entsteht?"* Wer sich traut, kommt beim Lesen des Romans seinem Schicksal einen gehörigen Schritt näher.

Was er besonders gerne mag: Robert Asprin, Terry Pratchett, Michael Ende, Stephen King, die Klippenland-Chroniken, die Beatles, Spirou und Fantasio, Maniac Manison und Monkey Island, das Meer, Corralejo, Schnitzel mit Pommes, butterweiche Bleistifte und seine verstaubte Westerngitarre.

Hauptberuflich arbeitet Chriz Wagner als Softwareentwickler. Er lebt mit seinen drei bezaubernden Mädchen in der Nähe von München.

Sein Motto: *„Schreiben ist lügen mit Erlaubnis."*
Und während du diese Zeilen liest, ist die nächste Lüge schon in Arbeit …

Die E-Book-Serie – DIE EWIGEN 1-5

Die Gärten von Rom

ISBN: 978-3-86282-492-2

Der Bruderpakt

ISBN: 978-3-86282-493-9

Die Zeichen der Schuld

ISBN: 978-3-86282-494-6

Von sterbenden Engeln

ISBN: 978-3-86282-495-3

Das Gedächtnis der Welt

ISBN: 978-3-86282-496-0